GAEA

GAEA

CONAN THE BARBARIAN

蠻王科南

IV 惡龍時代

【完】

Robert E. Howard

勞勃・霍華

戚建邦 —— 譯　譚光磊 —— 企劃

蠻王科南IV—惡龍時代【完】

目次

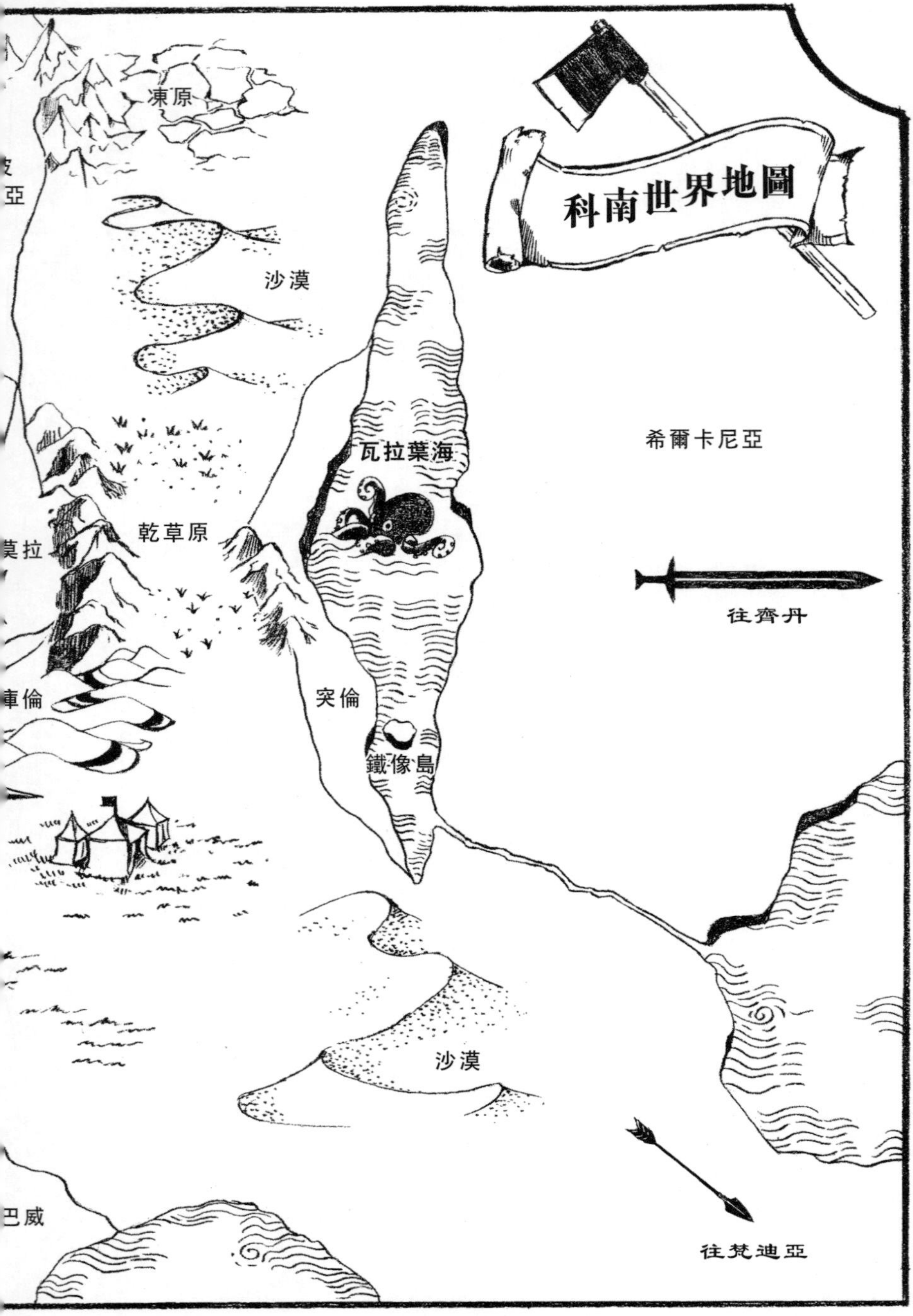
科南世界地圖
凍原
亞
沙漠
瓦拉葉海
希爾卡尼亞
乾草原
莫拉
往齊丹
突倫
鐵像島
沙漠
巴威
往梵迪亞

華納海姆
阿斯嘉德
辛梅利亞
邊界國
西海
皮克特荒野
波松尼亞邊界
阿奎洛尼亞
納米迪亞
波坦
俄斐
科斯
辛加拉
阿果斯
閃姆
斯堤及亞
庫許
達法
凱山
黑國
N

地圖繪製／布克　　◆ 城邦

惡龍時代

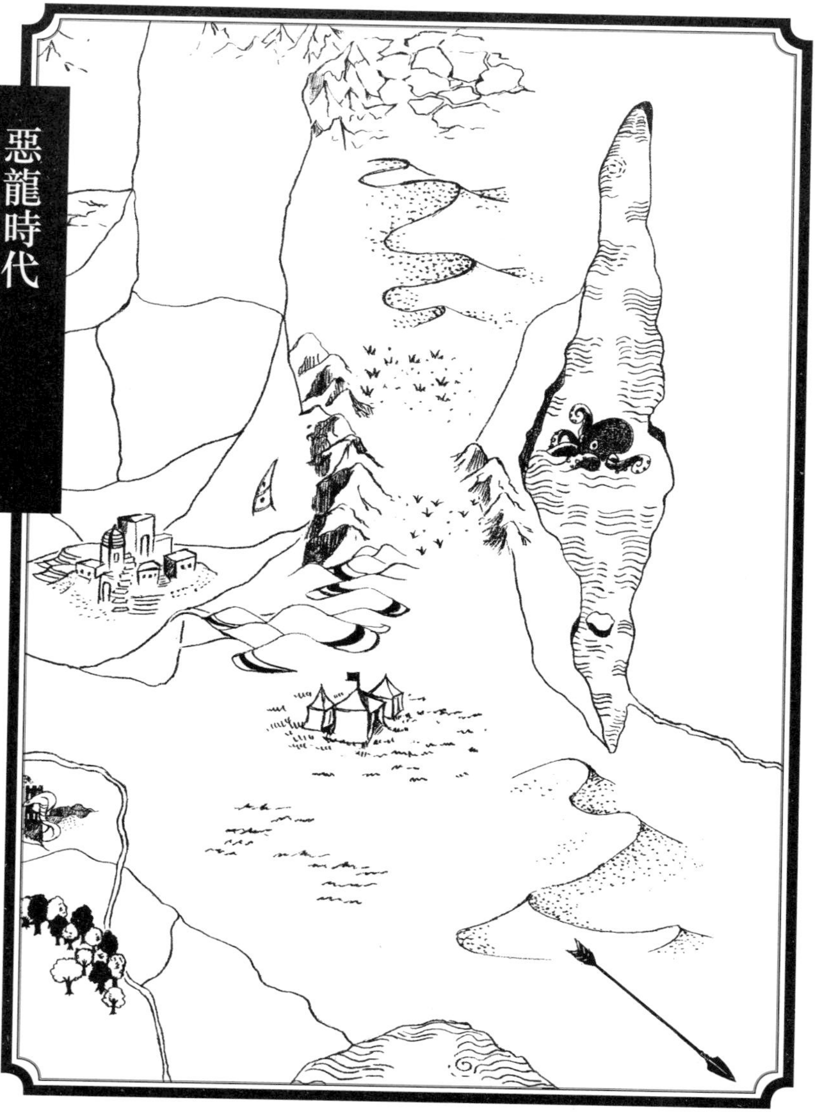

這是霍華唯一的科南長篇小說。一九三三年，他的短篇小說集被英國出版商丹尼斯．亞契（Dennis Archer）退稿，亞契表示短篇比較沒市場，但如果霍華能寫一部長篇，他保證能夠出版。於是霍華花了幾個月時間，從眾多科南中短篇裡汲取元素，完成一部有如「科南精選集」的長篇小說。沒想到書還未付梓，出版社就破產了，《惡龍時代》的稿子連同出版社其他資產一起被清算，拖了好一陣子才重回作者手裡。霍華未能實現出書的夢想，後來還是把稿子交給《怪譚》，從一九三五年十二月開始連載五期。一九五〇年，地精出版社（Gnome Press）首次推出單行本，書名改成《征服者科南》（*Conan the Conqueror*），一直要到一九七七的柏克萊（Berkley）出版社的版本才恢復原名。

——編者

01—喔，沉睡者，醒來！

長燭芯火光搖曳，導致牆上黑影晃動，絨掛毯看起來隨著光影呈波浪狀起伏。然而房裡寧靜無風。四名男子站在黑檀木桌旁，桌上放著一具反射著玉石幽光的綠石棺。所有男人高舉右手，手中握著燃放詭異綠焰的奇特黑蠟燭。此刻是夜晚，屋外黑樹間吹起的陰風如同呻吟。

房中一片死寂，黑影搖晃，四道炙熱的目光專注凝視著長長的長綠石棺上，彷彿從閃爍火光搖曳的火光獲得生命的神祕象形文字。站在石棺尾端的男人湊上前去，移動手中的蠟燭，像提筆寫字般平空畫下一個神祕符號。接著他將蠟燭放在石棺腳的黑金燭架上，喃喃唸誦著其他夥伴聽不懂的咒語，白皙大掌伸進毛皮鑲邊的袍中。抽出手來時，掌心內彷彿多了一顆活生生的火球。

其他三人深吸了口氣，站在石棺前緣的黝黑壯漢低聲道：「阿利曼之心！」其他人迅速揚手，要他閉嘴。他們聽見狗的哀號聲，上了門的門外傳來鬼鬼祟祟、放輕腳步的聲響。但沒人從木乃伊石棺前移開目光，他們看著身穿貂皮鑲邊長袍的男人手拿大顆火紅的寶石，在棺蓋上移動，口中唸誦著與亞特蘭提斯沉沒年代一樣古老的咒語。寶石光芒使他們一陣目眩，無法確定究竟看到了什麼；只聽見碎裂聲響，棺蓋向外爆開，彷彿內部出現無法抵擋的壓力，四個男人神色熱切地彎腰向前，看著棺材的主人——那皺縮、乾癟、蜷成一團的屍體，破破爛爛，如枯木般的四肢從繃帶下露出。

「讓那玩意兒復活？」右邊體型矮小的黑影短促而諷刺地笑了一下，喃喃說道。「隨便碰一下就碎掉了。我們是笨蛋——」

「噓！」手持寶石的壯漢語氣迫切地命令道。他白皙的寬額上冒出汗珠，雙眼圓睜，瞳孔放大。他湊上前，在未碰觸對方的情況下，將耀眼的寶石放上木乃伊胸口。然後他退開，專注地看著，嘴中默唸咒語。

彷彿一顆有生命的火球在死人皺縮的胸前焚燒。旁觀者緊咬牙關，發出嘶嘶的吸氣聲。因爲他們眼睜睜地目睹屍體出現恐怖的變化，石棺中皺巴巴的身體開始膨脹、變長。繃帶撐破，掉進棕色塵土。乾枯的四肢脹大、撐直。原先的黯淡色調開始褪去。

「密特拉呀！」左邊高大的黃髮男子低聲道。「他不是斯堤及亞人。這點顯而易見。」

再一次，顫抖的手指警告他閉嘴。房外的狗不再號叫，牠開始像身處邪惡夢境般嗚嗚低吠，接著嗚嗚聲也消失了。黃髮男在一片死寂之中清楚聽見沉重大門處的動靜，彷彿外面有力量強大的東西在推門。他手握劍柄轉過身去，但穿貂毛袍的男人急切地警告他：「待著！不可截斷連結。要命的話就別接近門。」

黃髮男聳肩，轉回身後突然僵住，瞪大了雙眼。玉石棺裡躺了個活人：身材高大健壯、赤身裸體、白皮膚、黑髮黑鬚。他動也不動地躺著，雙眼睜得老大，目光宛如新生兒般空洞，一無所知。大寶石在他的胸口發光。

貂毛袍男人如同從緊繃情緒中解脫般地踉蹌了一下。

「伊絲塔呀！」他喘道。「是薩托圖——他復活了！瓦勒利斯！塔拉斯克斯！阿馬利克！看到沒？看到沒？你們懷疑我——但我可沒失敗！今晚我們已接近敞開的地獄之門，黑暗力量聚集在我們身邊——對，他們跟隨他來到門口——但把這位偉大魔法師帶回人間的可是我們。」

「還讓我們的靈魂永遠墮入煉獄，我毫不懷疑。」矮小而黝黑的男人塔拉斯克斯說。

黃髮男子瓦勒利斯笑聲刺耳。

「煉獄哪會比人生可怕？我們打從出生起就遭受詛咒。再說，誰不願意出賣自己悲慘的靈魂來換取王座？」

「他眼神中毫無神智，奧拉斯特斯。」壯漢說。

「他死太久了。」奧拉斯特斯回答。「他才剛剛甦醒。漫長的沉睡導致他意識空洞——不，他死了，不是沉睡。我們帶他的靈魂穿越虛無、黑夜深淵和被遺忘的狀態。我會跟他談。」

他在石棺尾端彎下腰，目光直視棺內之人漆黑圓睜的眼，緩緩說道：「醒醒，薩托圖！」

對方的嘴唇自行動了起來。「薩托圖！」他試探性地反覆低語。

「你是薩托圖！」奧拉斯特斯大聲道，像是催眠者明確下達暗示。「你是薩托圖，來自阿克隆的派桑。」

黑眼中閃出一絲黯淡的光芒。

「我是薩托圖。」他低聲道。「我死了。」

「你是薩托圖！」奧拉斯特斯喊道。「你沒死。你復活了！」

「我是薩托圖。」詭異的低語傳來。「但我死了。死在斯堤及亞，我在凱米的家中。」

「毒害你的祭司用邪惡魔法把你做成木乃伊，保全你所有器官！」奧拉斯特斯說。「你如今又復活了！阿利曼之心使你復生，從空間和永恆中拽回了你的靈魂。」

「阿利曼之心！」記憶的光芒愈漸強烈。「野蠻人把它偷走了！」

「他想起來了。」奧拉斯特斯喃喃說道。「抬他出棺。」

其他人遲疑地照做，彷彿不太願意碰觸他們復活的男人，即使指尖感受到了對方充滿血液與生命力的結實肌肉，他們心裡似乎也沒覺得好過些。但他們將他抬上桌，奧拉斯特斯爲他穿上一件綴有許多金星和弦月的奇怪黑絨長袍，並替他綁上金布髮帶以束起長及肩膀的黑色鬈髮。他一言不發地任由他們擺布，就連他們讓自己坐上一張有黑檀木高椅背、寬銀扶手、金爪椅腳，類似王座的椅子時也沒吭聲。他動也不動地坐在上面，漆黑的眼中緩緩湧現令雙目顯得深邃、奇異與明亮的神智。那感覺像是沉沒許久的巫火浮起，緩緩穿越午夜的黑暗之池漂來。

奧拉斯特斯偷偷瞥向他的夥伴，他們全都如痴如醉地盯著奇異的客人看。他們意志堅定，抵抗著足以逼瘋弱者的考驗。他知道自己的夥伴不是弱者，但人類的勇氣取決於他們無法無天的野心及做壞事的能力。他將注意力轉到黑檀木椅上的人。對方終於開口。

「我記得，」他一口有奇特古代腔調的納米迪亞語，聲音洪亮強勢。「我是薩托圖，阿克隆帝國首都派桑的塞特大祭司。阿利曼之心——我夢到我找回它了——它在哪裡？」

奧拉斯特斯把寶石放在他手中。薩托圖深吸口氣，凝望這顆恐怖寶石的深處。

「很久以前，他們從我手中偷走它。」他說。「它是黑夜的紅心，擁有拯救或摧毀的力量。它很久以前來自遠方。只要它在我手中，就沒人能和我對抗。但有人偷走它，阿克隆殞落，我流亡到黑暗的斯堤及亞。我記得許多，但也遺忘許多。我穿越過迷霧籠罩的虛無深淵及黑暗海洋，前往遙遠的土地。今年是什麼年？」

奧拉斯特斯回答。「現在是獅年年底，距離阿克隆覆滅已經三千年了。」

「三千年！」對方喃喃道。「這麼久了？你是誰？」

「我叫奧拉斯特斯，曾是密特拉的祭司。這位是納米迪亞的阿馬利克，托爾的男爵；另外這位是塔拉斯克斯，納米迪亞王的弟弟；高個子叫作瓦勒利斯，是阿奎洛尼亞王位繼承人。」

「你們爲何復活我？」薩托圖問。「你們想要我做什麼？」

如今他徹底復活，完全甦醒，敏銳的雙眼反映出清晰的腦袋。他的一舉一動中沒有任何遲疑或不確定。他直指重點，因爲他知道沒人施恩不求回報。奧拉斯特斯也對他坦承。

「我們今晚打開地獄之門，釋放你的靈魂，令它回歸肉身，是因爲我們需要你的協助。我們想讓塔拉斯克斯坐上納米迪亞的王座，讓瓦勒利斯取得阿奎洛尼亞王冠。你的死靈法術可以派上用場。」

薩托圖城府深沉，心中充滿難以預料的想法。

「你既然有辦法復活我，奧拉斯特斯，肯定也很擅於此道。密特拉祭司怎麼會知道阿利曼之心，還有史克羅斯的咒語？」

「我已經不是密特拉祭司了。」奧拉斯特斯回答。「我因爲涉獵黑魔法而遭受放逐。要不是阿馬利克，我很可能會被當成魔法師燒死。」

「但放逐讓我可以自由追求我想要的研究。我前往薩莫拉、梵迪亞、斯堤及亞，還有齊丹的陰森叢林。我讀過史克羅斯的鐵皮書，在深井中與隱形生物對談，還有黑臭叢林中的無面靈。我在斯堤及亞海岸內地的塞特神廟黑巨牆底下的惡魔墓穴中找到你的棺材，我也學會可以讓你乾癟的屍體重獲新生的法門。我在殘破的手稿中得知阿利曼之心的存在。接下來一年間就在尋找它的下落，而我找到它了。」

「那爲什麼還費心復活我？」薩托圖問，銳利的目光穿透祭司。「你爲什麼不直接利用阿利曼之心增強自己的力量？」

「因爲時至今日，沒人知道阿利曼之心的祕密。」奧拉斯特斯說。「就連傳說也不曾提及完全釋放其力量的方式。我知道它可以讓人復活；但我不清楚更深層的祕密。我只是利用它幫你復活。我們需要的是你的知識。至於阿利曼之心，只有你知道它可怕的祕密。」

薩托圖搖頭，若有所思地凝望火焰深處。

「我的死靈知識比全世界所有人的知識加總還多，」他說：「但我還是不知道這顆寶石所有的祕密。古時候我沒有釋放它的力量；我收藏它，避免別人利用它來對付我。最後它被偷了，落入戴羽毛的野蠻人薩滿手中，以它的力量擊敗我所有強大的巫術。然後寶石消失了，在找出它的下落前，我已經被善妒的斯提及亞祭司毒害。」

「寶石藏在塔蘭提亞的密特拉神廟地下洞窟。」奧拉斯特斯說。「在斯提及亞塞特地下神廟找到你的屍體後，我又千方百計查出此事。」

「我雇用薩莫拉盜賊，對他們施展不便提及來源的保護魔法，自黑暗中的怪物手中偷出你的木乃伊石棺，然後透過駱駝車隊、大帆船和牛車等方式輾轉運抵這座城市。」

「同一批盜賊——或說在那場可怕冒險後存活下來的人——從密特拉神廟下的恐怖洞窟中偷出阿利曼之心，不過所有人類的技巧和法師的魔法幾乎消耗殆盡。最後一人活著來到我面前，將寶石放入我的手中，隨即在胡言亂語講述那個詛咒地洞中發生的事情時死去。薩莫拉盜賊乃是最值得信賴的盜賊。即使有我的法力加持，世界上也只有他們能夠從三千年前阿克隆毀滅後就由惡魔看守的黑暗中盜出阿利曼之心。」

薩托圖抬起雄獅般的腦袋，凝望遠方，彷彿在探究逝去的歲月。

「三千年！」他喃喃道。「塞特呀！告訴我這個世界有什麼變化。」

「推翻阿克隆的野蠻人建立了許多新國度。」奧拉斯特斯說。「原帝國領土上如今由阿奎洛尼亞、納米迪亞、阿果斯三個國家瓜分，傳承自當初建立他們的蠻族部落。俄斐、科林西亞、西科斯等原屬阿克隆帝國的附庸古國，在帝國瓦解後各自獨立。」

「阿克隆的人民呢？」薩托圖問。「我逃往斯提及亞時，派桑已經摧毀，所有阿克隆的紫塔大城都血流成河，慘遭野蠻人的涼鞋踐踏。」

「丘陵地區還有一些小聚落自稱是阿克隆後裔。」奧拉斯特斯回答。「剩下的都被我的野蠻人祖先趕盡殺絕。他們——我的祖先——曾慘遭阿克隆諸王迫害。」

派桑人嘴角露出陰森恐怖的笑容。

「對！許多野蠻人，不分男女，都被這隻手壓在祭壇上慘叫死去。我見過國王帶著戰利品和裸體俘虜回歸派桑，用野蠻人的頭顱在廣場上堆積成塔。」

「對。復仇之日降臨，刀劍冷酷無情。於是阿克隆不復存在，紫塔派桑淪爲遺忘歲月的記憶。但年輕的國家從帝國廢墟中興起，成長茁壯。如今我們帶你回歸，協助我們統治這些國家，即使它們沒有古阿克隆那樣奇妙美好，至少也很富饒強盛，値得奮鬥。看！」奧拉斯特斯在陌生人面前攤開一份繪製精細的羊皮紙地圖。

薩托圖看地圖，隨即搖頭，神情困惑。

「國境輪廓都變了。好像在夢中看待熟悉的事物，難以置信的扭曲。」

「然而，」奧拉斯特斯說，伸出食指沿地圖指，「這裡是貝弗魯斯，納米迪亞首都，我們所在位置。這裡是納米迪亞邊界。南方和東南方是俄斐和科林西亞，東方是不列桑尼亞，西方是阿奎洛尼亞。」

「這是一份我不認得的世界地圖。」薩托圖輕聲說道，但奧拉斯特斯沒有錯過它黑眼中閃過的怨恨之火。

「這是一份你要幫我們改變的地圖。」奧拉斯特斯回道。「我們計畫的第一步是要讓塔拉斯克斯登上納米迪亞王座。我們希望能在不起衝突下達成此事，也不讓人懷疑塔拉斯克斯在幕後指使。我們不希望掀起內戰，這樣才能保留實力去征服阿奎洛尼亞。」

「只要尼梅德王及其子嗣自然死亡，比方說感染瘟疫，塔拉斯克斯就是下一順位的王位繼承人，和平登基，無人反對。」

薩托圖點頭，沒有回應，奧拉斯特斯繼續。

「第二個目標就比較棘手了。我們不掀起戰爭就沒辦法讓瓦勒利斯登上阿奎洛尼亞王座，而那個國家實力雄厚。該國國民勇猛善戰，因爲他們持續在跟皮克特人、辛加拉人、辛梅利亞人作戰。五百年來，阿奎洛尼亞和納米迪亞交戰無數次，每次最後都是阿奎洛尼亞人占上風。」

「他們當前的國王乃是西方國度中最知名的戰士。他是外來者，一個冒險家，趁內戰的機會奪走王冠，在王座上親手扼殺納梅德帝斯王。他名叫科南，在戰場上無人能敵。」

「瓦勒利斯乃是貨眞價實的王座繼承人。他被王室親屬納梅德帝斯放逐，已經離開他的祖國多年，但他是古王朝王族的血脈，很多貴族都在私底下密謀推翻科南，因爲他沒有王族血統，甚至沒有貴族血統。但平民百姓效忠於他，偏遠行省的貴族也一樣。只要在戰場上瓦解他的勢力，殺死科南，我想要讓瓦勒利斯坐上王座就不會太難了。沒錯，只要殺了科南，政府唯一的中心就會消失。他不屬於任何王朝，只是一個冒險家。」

「我希望見見這位國王。」薩托圖沉思道，目光飄向牆上一面充當鑲板的鏡子。那面鏡子沒有呈現倒影，但薩托圖的表情顯示他知道鏡子的用途，奧拉斯特斯像是得到大師認可的好工匠般驕傲地點了點頭。

「我嘗試爲你顯示他的影像。」他說。他在鏡子前坐下，以催眠的目光凝望鏡面深處，沒多久鏡面上就浮現模糊的影子。

那現象很神奇，但旁觀者都知道鏡子是在反映奧拉斯特斯的思緒，就像巫師的想法會在水晶球中凝聚般顯像在那面鏡子上。影像虛無飄渺，接著突然變得異常清晰——一個高個子男人，肩膀寬闊，胸膛厚實，脖子粗壯，四肢滿是肌肉。他深穿絲衫絨布，名貴的盔甲外衣上繡著阿奎洛尼亞的王家金獅徽章，齊整的黑髮上戴著阿奎洛尼亞王冠；但他身邊那把巨劍似乎比這身帝王打扮更適合他。他額頭很低很寬，眼睛呈火山藍色，彷彿內有火焰般悶燒。他的臉黝黑、有疤、陰森不祥，一看就知道是戰士的臉，他的絨布服飾也無法掩飾堅硬危險的手腳線條。

「這傢伙不是海伯里亞人！」薩托圖喊道。

「不；他是辛梅利亞人，住在北方灰丘陵中的狂野部族人。」

「我跟他的祖先作戰。」薩托圖喃喃道。「就連阿克隆諸王也無法征服他們。」

「他們對南方諸國依然是威脅。」奧拉斯特斯回道。「他是那個野蠻種族中出類拔萃的人物，截至目前爲止都沒人成功征服他過。」

薩托圖沒有回應；他坐著凝視在其手中閃閃發光的活火。屋外，獵狼犬再度嚎叫，長聲呼嘯，令人戰慄。

02 黑風吹

龍年充滿了戰爭、瘟疫及動盪。黑瘟疫充斥貝弗魯斯街道，擊倒商攤裡的商人、狗舍中的奴隸、宴會中的騎士。當代醫術束手無策。有人說這場瘟疫來自地獄，懲罰驕傲和淫慾的罪孽。瘟疫就像蝰蛇咬傷般迅速致命。受害者的身體變紫變黑，幾分鐘內倒地死亡，腐敗的屍臭會在死神帶走靈魂前傳入他自己鼻孔中。南方不停吹來呼嘯熱風，田裡的作物紛紛枯萎，家畜也相繼死亡。

人們高聲哭喊密特拉，低聲抱怨國王；因爲不知爲何，全國上下都在謠傳國王在他的黑夜宮殿裡迷上了邪惡的儀式、污穢的惡行。接著死亡降臨王宮，產生恐怖的瘟疫漩渦。某天晚上，國王及三名王子死去，送葬曲的鼓聲蓋過街上收集運送腐爛屍體推車陰森不祥的鈴聲。

那一晚，天亮之前，連吹數週的熱風不再邪惡地吹動絲質窗簾。北方起了一陣大風，呼嘯吹過高塔，帶來災難性的雷鳴、刺眼奪目的閃電、沖刷一切的大雨。但晨曦清晰明亮、翠綠清爽；垂死的地表上長出青草，枯萎的作物滋長新芽，瘟疫消失了——強風把瘟疫趕離這片土地。

有人說神滿足了，因爲邪惡的國王及其子嗣盡皆伏誅，而當國王的弟弟塔拉斯克斯在大加冕廳登基爲王時，人民呼聲震天，塔樓搖晃，爲諸神認可的君主喝采。

這種襲捲全國各地的熱情與喜悅通常就是對外征戰的開端。所以塔拉斯克斯王宣稱前任國王跟西方鄰國簽署的停戰協議無效，開始集結兵力準備入侵阿奎洛尼亞時，完全沒人感到驚訝。他師出有名；他大聲宣告他的動機，利用聖戰的糖衣美化他的行爲。他擁戴瓦勒利斯「正統王位繼承人」的主張；他入侵，自稱不是阿奎洛尼亞的敵人，而是朋友，爲了從篡位者和外國暴君手中解放人民。

如果在某些特定地點有人露出憤世嫉俗的笑容，或憂心忡忡地低聲討論國王的好朋友阿馬利克將大筆個人財富注入幾近空虛的王家財庫之事，這些聲音也完全淹沒在對塔拉斯克斯如日中天聲望瘋狂崇拜的聲浪中。如果有聰明人懷疑阿馬利克才是納米迪亞眞正的幕後統治者，他們也會時刻警覺，不發表這類異端言論。於是戰爭就在全民狂熱下爆發了。

國王及其盟友率領五萬大軍西進——身穿閃亮盔甲的騎士、鋼盔鎖子鎧長矛兵、穿皮甲的弩弓兵，旗幟在他們頭盔上飄揚。他們穿越邊界，攻下一座邊境城堡，燒掉三座山中村落，接著，在邊境以西十里的瓦基亞谷，他們遇上阿奎洛尼亞王科南的部隊——四萬五千名騎士、弓箭手、重裝騎兵，阿奎洛尼亞的精銳部隊。只不見普羅斯佩羅的波坦騎士，因爲他們從國境西南方千里迢迢趕來。塔拉斯克斯毫無預警開戰。他一宣告出兵立刻展開入侵，完全沒有正式宣戰。

兩軍在一座寬敞幽暗的谷地中對峙，兩側是高低不平的峭壁，谷地中央有條蜿蜒河道，貫穿蘆葦和柳樹叢。雙方隨軍人員都會來這條河打水，相互出言羞辱，亂丟石頭。在東峭壁附近高地上塔拉斯克斯王的大帳外，被最後一絲陽光照亮的納米迪亞紅龍金旗於微風中飄動。但西峭壁的陰影宛如大片紫色棺罩般蓋過阿奎洛尼亞的營帳和部隊，及科南王大帳上的金獅黑旗。

整個晚上，谷地裡火光通明，微風帶來號角聲、武器敲擊聲，及沿著柳樹河畔巡邏的哨兵相互叫罵聲。

□

黎明前的黑暗中，科南王在絲綢和毛皮撲成的床上抖動，隨即驚醒。他突然坐起，大叫一聲，抓緊他的劍。帕蘭泰迪斯，部隊指揮官，聽見叫聲立刻衝入帳中，只見他的國王坐在床上，手握劍柄，汗珠自蒼白出奇的臉上滴落。

「陛下！」帕蘭泰迪斯大叫。「出了什麼事？」

「營地情況如何？」科南問。「守衛派出去了嗎？」

「五百名騎兵巡邏河道，陛下，」將軍回答。「納米迪亞人沒有趁夜偷襲。他們跟我們一樣在等待黎明。」

「克羅姆呀，」科南喃喃道。「我被一種末日趁夜來襲的感覺驚醒。」

他凝望照亮大帳中的絨布掛坦和地毯的大金油燈。帳裡只有他們，沒有奴隸或僕人睡在地毯上；但科南目光炙烈，就像它們在面對危機時一樣，劍也在他手中抖動。帕蘭泰迪斯神色不安地看著他。科南似乎在側耳傾聽。

「聽！」國王嘶聲道。「你有聽見嗎？鬼祟的腳步聲！」

「有七名騎士守護你的營帳，陛下，」帕蘭泰迪斯說。「有人接近一定會被發現。」

「不是外面。」科南低吼道。「聲音發自營帳內部。」

帕蘭泰迪斯吃了一驚，連忙環顧帳中。角落的絨布掛毯融入黑暗，但如果帳中除了他們還有別人，將軍也該可以看見才對。他再度搖頭。

「帳內沒人，陛下。你睡在自己的部隊之中。」

「我曾見過讓數千人團團圍住的國王莫名慘死，」科南喃喃道。「有個無聲無息又看不見得東西——」

「或許你在作夢，陛下，」帕蘭泰迪斯有點不安地說。

「我是有作夢。」科南嘟噥道。「而且是惡夢。我再度走在那條漫長疲憊的帝王之路上。」

他閉上嘴，帕蘭泰迪斯一聲不吭地凝視他。國王在將軍眼中是一團謎，在他大部分文明子民眼中都一樣。帕蘭泰迪斯知道科南在他狂野精采的一生中走過許多奇特道路，在讓扭曲命運推上阿奎洛尼亞王座前有過許多身分。

「我再度看到我出生的戰場，」科南說，神色憂鬱地用大拳頭抵著下巴。「我看見自己裹著豹皮纏腰布，朝山裡野獸投出我的矛。我再度成為傭兵劍客、盤據薩波羅斯卡河沿岸的科薩克將軍、肆虐庫許海岸的海盜、巴拉洽群島的海盜、西梅里亞丘陵部族的酋長。我曾做過的一切，我全都夢到了；從前的我彷彿無止盡的隊伍般跟我擦身而過，他們的腳在土地上踏出輓歌的旋律。

「但我的夢從頭到尾都能瞥見奇特的蒙面人和詭異的陰影，還有個遙遠的聲音在嘲弄我。而在最後一場夢中，我似乎看到自己躺在這座營帳裡的床上，有個長袍兜帽的傢伙彎腰站在我身邊。我躺在床上，動彈不得，接著兜帽落下，一顆殘破骷髏頭對我獰笑。然後我就醒了。」

「這是一場邪惡的夢，陛下。」帕蘭泰迪斯說，努力忍住不發抖。「但就是夢罷了。」

科南搖頭，比較像是懷疑，而不是在否認。他來自野蠻部族，迷信和本能都潛伏在意識之下不遠處。

「我作過許多邪惡的夢。」他說，「大多毫無意義。但看在克羅姆的份上，這場夢不一樣！我希望我們已經打贏這場仗了，因爲自從尼梅德王死於黑瘟疫後，我心裡就一直有種不祥的預感。瘟疫爲什麼會在他死後就消失？」

「人民說是因爲他作孽——」

「人民是笨蛋，向來都是，」科南嘟噥道。「如果那場瘟疫會感染所有作孽之人，那看在克羅姆的份上，根本不會剩幾個人來算還有多少活人！諸神——祭司宣稱公平正義的諸神——爲什麼要屠殺五百農民、商人、和貴族，然後才解決國王，如果整場瘟疫目標只有他的話？難道諸神是盲目降禍，就像在霧裡的劍客？以密特拉之名，如果我那樣胡亂揮劍，阿奎洛尼亞早就換國王了。」

「不！黑瘟疫不是一般瘟疫。它來自斯堤及亞墓地，只會因應巫師召喚現世。我參加過阿姆利克王子入侵斯堤及亞的部隊，三萬名士兵中，有一萬五千名死在斯堤及亞箭下，剩下的則是死在宛如南風吹來的黑瘟疫中。我是唯一活下來的人。」

「但納米迪亞只死了五百人。」帕蘭泰迪斯爭論。

「召喚瘟疫之人有辦法說停就停。」科南回應。「所以我才知道他們有陰謀，邪惡的陰謀。有人召喚瘟疫，達到目的後驅趕瘟疫——在塔拉斯克斯坐穩王位，於諸神之怒中成為人民解放者後。看在克羅姆份上，我認為幕後肯定有個老謀深算的首腦人物。傳聞中在輔佐塔拉斯克斯的陌生人是誰？」

「他遮住容貌，」帕蘭泰迪斯說；「他們說他是外國人；斯堤及亞來的陌生人。」

「斯堤及亞來的陌生人！」科南皺眉重複。「比較像是地獄來的陌生人！——哈！什麼聲音？」

「納米迪亞人的號角！」帕蘭泰迪斯叫道。「聽，跟著是我們的號角！黎明即將到來，軍官開始集結部隊準備作戰！願密特拉與他們同在，很多人不會再看到太陽沉入峭壁。」

「召集我的侍從過來！」科南大聲道，迅速起身，脫掉絨布睡衣；他似乎把不祥的預感拋到腦後。「去領導部隊，確認一切準備妥當。我穿好護具就出去。」

科南統治的文明人很難理解許多科南的行為，其中之一就是他堅持要獨自睡在寢宮或帳篷裡。帕蘭泰迪斯迅速出帳，昨晚小睡片刻後換上的盔甲噹啷作響。他四下打量營地，部隊開始動作，鎖甲發出聲響，士兵在陰暗的光線下沿著長排帳篷移動。星星依然在西方天際微微閃爍，但東方地平線投射粉紅光線，納米迪亞的龍旗在晨曦前隨風飄蕩。

帕蘭泰迪斯轉向附近一座小帳篷，王室侍從的營帳。侍從已經讓號角驚醒，匆忙出帳。帕蘭泰迪斯叫他們動作快，接著讓國王帳篷中低沉的吼叫和重物撞擊聲嚇得說不出話，緊接著又是令人心跳停止的人體倒地聲。一陣低沉笑聲令將軍血液凝結。

帕蘭泰迪斯大叫一聲，轉身衝入大帳。看見科南壯健的身軀躺在地上時，他又叫了一聲。國王的雙手巨劍躺在手邊，一根杖柱似乎被他砍斷。帕蘭泰迪斯拔劍出鞘，環顧四周，但什麼也沒看見。除了國王和自己外，帳內並無他人，就跟他剛剛離開時一樣。

「陛下！」帕蘭泰迪斯跪倒在地上的巨人身旁。

科南雙眼是睜開的；目光清澈，充滿智慧，凝視著他。他嘴唇抖動，但沒有出聲。他似乎動彈不得。

帳外傳來人聲。帕蘭泰迪斯立刻起身，走向門口。王家侍從和看守大帳的騎士站在外面。

「我們聽見帳內有聲響，」騎士神色歉然。「國王沒事吧？」

帕蘭泰迪斯神色懷疑地打量他。

「今晚沒人進出大帳？」

「除了你，大人。」騎士回答，帕蘭泰迪斯並不懷疑他會說謊。

「國王絆倒，劍掉了。」帕蘭泰迪斯簡短說道。「回歸崗哨。」

騎士轉身，將軍偷偷朝五名王家侍從打手勢，侍從隨他入帳，他放下帳簾。看到國王躺在地上，他們全都臉色發白，但帕蘭泰迪斯比畫手勢，阻止他們出聲。

將軍再度伏在國王面前，科南再度企圖說話。腦側的青筋和頸部的肌肉隨著他用力脹大，而他也撐起腦袋離開地面。他終於出聲了，含糊不清，低沉難辨。

「那傢伙──角落那個傢伙！」

帕蘭泰迪斯抬頭，恐懼地左顧右盼。他看見油燈下蒼白的侍從面孔，大帳牆上的絨布陰影。就這樣了。

「那裡沒東西，陛下。」他說。

「就在那裡，在角落。」國王喃喃說道，在奮力起身的過程中甩動頭髮。「一個男人──至少看起來像男人──好似木乃伊般裹著繃帶，披著破爛斗篷，還有兜帽。我只看得見他的眼睛，他一直躲在陰影中。我本來以爲只是影子，直到我看見他的眼睛。一對黑寶石。」

「我看準他，揮出我的劍，但沒砍中──克羅姆才知道怎麼可能──結果砍碎了那根帳杜。他在我恢復平衡時握住我的手腕，手指燙如烙鐵。我渾身力氣全失，地板撲上來，像棒子般擊中我。然後他消失了，我倒下了，而──詛咒他！我動彈不得！我麻痺了！」

帕蘭泰迪斯抬起巨人的手掌，隨即渾身發毛。國王的手腕上有道纖細手指掐出的藍手印。誰的手勁竟然強到能在這種粗手腕上留下痕跡？帕蘭泰迪斯想起衝向大帳時聽見的低沉笑聲，渾身立刻冒滿冷汗。當時笑得不是科南。

「是惡魔幹的！」一名侍從發抖道。「有人說黑暗子民在幫塔拉斯克斯作戰！」

「閉嘴！」帕蘭泰迪斯嚴厲下令。

帳外，黎明令星光黯淡。山峰颳起清風，帶來上千支號角的聲響。號角聲令國王精壯的身軀微微抖動。腦側的青筋再度打結，他奮力對抗壓倒他的無形枷鎖。

「幫我上挽具，把我綁上馬鞍，」他低聲道。「我領頭衝鋒！」

帕蘭泰迪斯搖頭，一名侍從拉扯衣服下襬。

「大人，如果部隊得知國王遇襲，我們就輸定了！今天只有他能率領我們打贏這場仗。」

「幫我扶他上床。」將軍說。

他們照做，把無助的巨人放上毛皮，蓋上一襲絲斗篷。帕蘭泰迪斯轉向五名侍從，凝視他們蒼白的面孔一段時間，然後開口。

「我們永遠不能洩露這座營帳中發生的事情。」他終於說。「阿奎洛尼亞王國的命運取決於此。一個人去找名叫瓦拉努斯的軍官過來，他是佩里亞長矛兵的隊長。」

侍從鞠躬，快步出帳，帕蘭泰迪斯站著凝望床上的國王，帳外號角聲不絕，鼓聲隆隆，部隊的吶喊聲隨著黎明逼近而逐漸響亮。沒多久，侍從帶著帕蘭泰迪斯指名的軍官回來——高個子，雄壯威武，體格跟國王很像。他也一樣留著一頭濃密的黑髮。但他眼睛是灰色的，長得也不像科南。

「國王突染怪病。」帕蘭泰迪斯簡短說道。「我要交給你一個榮耀非凡的任務；你要穿上他的護甲，率領部隊衝鋒。不能讓人發現領頭的不是國王。」

「我很樂意爲此榮耀付出性命，」隊長結巴道，一時難以接受如此艱鉅的任務。「願密特拉保佑我不辜負各位信任。」

國王目光炙烈，苦澀的怒氣和羞辱啃蝕他的內心，眼看著侍從幫瓦拉努斯脫下鎖子甲、面甲盔、護腿、換上科南的黑板甲護具、輕面盔、龍頂飾上的黑羽毛。盔甲外加穿王室金獅紋章絲質外衣，束以寬金釦環皮帶，掛著金布劍鞘的寶石柄闊劍。著裝同時，帳外號角響亮，武器敲擊，河道對面傳來低沉的吼叫聲，一隊一隊敵軍抵達定位。

全副武裝的瓦拉努斯跪倒在地，羽飾垂在床上的國王身前。

「國王陛下，願密特拉保佑我不會讓我今日這身裝扮蒙羞。」

「把塔拉斯克斯的腦袋拿來，我就封你爲男爵！」在痛苦的壓力中，科南扯下了所有文明的表象。他雙眼炙烈，咬牙切齒，憤怒嗜血，跟辛梅利亞丘陵上任何部落民一樣野蠻。

03 天崩地裂

阿奎洛尼亞部隊停止動作，密密麻麻的矛兵及明亮鋼甲騎兵陣線，看著一條高大的黑甲身影步出王室大帳，當他跨上由四名侍從固定的馬背時，部隊響起撼動山谷的吶喊聲。他們甩動長劍，爲他們的戰士國王歡呼喝采——身穿鍍金盔甲的騎士、鎖甲上衣和輕鋼盔的矛兵、皮革護甲弓兵，左手握著長弓。

山谷另一側的部隊展開行動，奔下長長的緩坡，迎向河道；他們的鋼鐵透過在馬腳邊翻騰的晨霧閃閃發光。

阿奎洛尼亞部隊不慌不忙，上前迎戰。武裝戰馬步伐整齊，撼動大地。晨風吹開旗幟的縐褶，隨風飄擺；長槍宛如高聳的樹林般搖晃，低垂、沉沒，三角旗隨之抖動。

十名重裝騎兵，沉默寡言的老兵，不會洩露祕密，負責看守王家大帳。一名侍從站在帳內，透過門簾縫隙偷看外面。除了少數知情人士，所有人都不知道騎在部隊陣前大戰馬上的並非科南。

阿奎洛尼亞部隊採取慣用的陣形：最強的部隊待在中央，完全由重裝騎士組成；側翼是由小規模騎兵部隊組成，大部分是重裝騎兵，由長矛兵和弓箭手負責支援。弓箭手來自西方邊境的波松尼亞，身材中等，體格壯健，穿戴著皮護甲、鐵頭盔。

納米迪亞部隊的陣形大同小異，兩軍朝河邊移動，側翼比中軍快。阿奎洛尼亞中央聳立著獅紋大黑旗，在騎黑馬的鋼甲之人頭上飄蕩。

王家大帳床上的科南痛苦呻吟，嘴裡罵著奇特的異教髒話。

「兩軍逼近，」侍從在帳門口邊看邊說。「聽那響亮的號角聲呀！哈！東升旭日照得槍頭和頭盔好似冒火，看得我眼花撩亂。河面殷紅——對，天黑之前，河面就會真的染紅！」

「敵軍抵達河岸。現在羽箭宛如刺痛的雲霧般遮蔽陽光。哈！放得好，弓箭手！波松尼亞人占了上風！聽他們慘叫呀！」

國王隱約聽見波松尼亞人整齊劃一拉弓放箭的低沉呼喊，蓋過號角和鋼鐵撞擊聲而來。

「他們的弓箭手企圖阻擋我軍，讓他們的騎士渡河，」侍從說。「河岸坡度不陡；斜向河水邊緣。騎士前衝，穿越柳樹。密特拉呀，布尺長的箭柄插入他們護甲上所有縫隙！馬跟人一起倒地，在河水中掙扎扭動。河水不深，水流不急，但敵軍溺斃其中，被他們的護甲拖入水底，又讓發狂的馬踐踏。現在阿奎洛尼亞騎兵前進了。他們騎入水中，攻擊納米迪亞騎士。河水深及馬腹，長劍交擊聲響徹雲霄。」

「克羅姆呀！」科南痛口吼道。他的身體逐漸恢復知覺，但依然無法支撐高大的身軀下床。

「兩翼部隊開始收合。」侍從說。「長矛兵和劍士在河裡短兵相接，弓箭手在後方持續攻擊。」

「密特拉呀，納米迪亞弩兵只是在搔癢而已，波松尼亞人抬高攻擊角度，射擊後排敵軍。

他們中軍毫無立足之地，側翼又被推回河岸。」

「克羅姆、尤米爾、密特拉！」科南怒道。「諸神和魔鬼呀，我要上戰場，就算一上場就戰死也無所謂！」

□

兩軍宛如狂風暴雨般在烈日下交戰一日。山谷在衝鋒和反衝鋒間撼動搖晃，羽箭呼嘯、盾牌撞擊、長槍碎裂。但阿奎洛尼亞部隊堅守陣地。他們曾一度被逼退河岸，但在黑戰馬及黑旗幟率領的反衝鋒下，又把失去的陣線搶了回來。他們宛如壁壘般守住河道右岸，終於侍從告訴科南納米迪亞部隊自河岸撤退了。

「他們側翼陷入混亂！」他喊道。「他們的騎士在交戰中後退。但這是怎麼回事？你的旗幟在移動——中軍衝入河中！密特拉呀，瓦拉努斯在率領部隊渡河！」

「笨蛋！」科南呻吟道。「可能是陷阱。他應該堅守陣地的；明天天亮前，普羅斯佩羅就會率領波坦部隊抵達。」

「騎士遭遇箭襲！」侍從大叫。「但他們毫不動搖！持續進攻——他們過河了！他們衝上坡！帕蘭泰迪斯指揮側翼部隊過河，支援他們！他也只能這麼做了。獅旗在混戰中低垂搖晃。」

「納米迪亞騎士堅守陣地。敵軍潰敗了！他們撤退！他們左翼落荒而逃，我們的長矛兵在屠殺他們！我看到瓦拉努斯。他被戰鬥的慾望沖昏頭。部隊已經不奉帕蘭泰迪斯號令。他們追隨瓦拉努斯，因為放下頭盔面罩，所有人都認定他是科南。」

「但看呀！他瘋狂之中帶有策略！他指揮五千騎士攻擊納米迪亞前線，部隊的菁英。納米迪亞主力部隊亂成一團——看！他們用懸崖守護側翼，但有個隘口無人守護！那就像是通往納米迪亞陣線後方的大裂縫。以密特拉之名，瓦拉努斯看見機會，加以把握！他將對方的側翼部隊趕在前方，率騎士衝向隘口。他們繞過主戰場；他們衝過長矛兵陣線，朝隘口衝鋒而去。」

「埋伏！」科南叫道，奮力想要坐起身來。

「不！」侍從欣喜若狂。「所有納米迪亞部隊都在戰場上！他們忘記了那個隘口！他們沒想到會撤退這麼遠。喔，笨蛋、笨蛋，塔拉斯克斯，居然會犯這種錯！啊，我看到隘口對面出現長槍和三角旗，納米迪亞陣線後方。他們會從後方擊潰敵軍。密特拉呀，怎麼回事？」

他在帳牆搖晃中站立不穩。一下低沉洪亮的巨響蓋過戰場的喧囂而來，充滿難以言喻的惡兆。

「峭壁傾倒！」侍從大叫。「啊，神呀，怎麼回事？河水離開河道，山峰崩塌！地面震動，戰馬和武裝騎兵紛紛摔倒！峭壁！峭壁塌了！」

伴隨他吶喊而來的是一陣轟然巨響和許多撞擊聲，地面劇震。尖叫和瘋狂恐懼的叫聲蓋過戰陣喧囂。

「峭壁崩塌了！」臉色慘白的侍從叫道。「以雷霆萬鈞之勢塌入隘道，壓死其中所有生命！我看到獅旗在落石塵埃間翻飛片刻，隨即消失！哈，納米迪亞人高呼勝利！他們有資格叫，因為懸崖坍塌害死我們五千名最勇敢的騎士——聽！」

科南耳中傳來部隊的驚慌下愈來愈大聲吶喊聲：「國王死了！國王死了！逃呀！逃呀！國王死了！」

「騙子！」科南喘道。「狗！流氓！懦夫！喔，克羅姆呀，只要我站起來——就算咬著劍我也要爬去河邊！小子，他們是怎麼逃的？」

「是！」侍從哽咽道。「他們奔向河邊；他們潰不成軍，像是暴風前的浪花般飛奔逃竄。我看到帕蘭泰迪斯試圖力挽狂瀾——他倒下了，被馬踏扁！他們衝入河中，騎士、弓兵、長矛兵，全部擠在一起，變成瘋狂的毀滅奔流。納米迪亞人緊追而來，像收割作物般砍殺他們。」

「但他們可以在河道這一邊堅守陣線！」國王大叫。他滿頭大汗，用手肘撐起身體。

「不！」侍從喊道。「他們辦不到！他們戰敗了！崩潰了！喔天呀，我真沒想到會見證這一天！」

接著他想起自己的職責，叫喚帳外神色麻木地看著同伴逃竄的重裝守衛。「備馬，動作快，幫我扶國王上馬。我們不能待在這裡。」

但在他們展開行動前，第一波風暴已經來襲。騎士、長矛兵、弓箭手衝過營帳，跨越帳繩和行李，納米迪亞騎兵也參雜其中，到處擊殺敵國士兵。他們砍斷帳繩，四下放火，開始掠奪財物。科南營帳周圍的堅強守衛原地戰死，慘遭重擊刺穿，征服者的馬蹄踐踏他們的屍體。

但侍從綁緊帳簾，兵荒馬亂之際，屠殺者都沒發現大帳裡有人。於是逃竄與追殺之人掠過大帳，沿著山谷而去，沒多久侍從偷看帳外，發現有一群人走近王家大帳，意圖十分明顯。

「來的是納米迪亞國王和四名戰士加上侍從，」他說。「他會接受你投降，我的陛下——」

「投降個魔鬼心！」國王咬牙說道。

他使勁維持坐姿。他痛苦地將雙腳垂在床邊，奮力站直身子，左搖右晃。侍從跑過去扶他，但科南把他推開。

「把弓給我！」他咬牙道，指向掛在杖柱上的長弓和箭筒。

「但是陛下！」侍從語氣十分不安。「我們打輸了！身為王族，陛下的職責之一就是要帶著尊嚴投降！」

「我體內沒有王族之血，」科南狠狠道。「我是野蠻人，是鐵匠之子。」

他扯下弓和一支箭，跌跌撞撞走向大帳門口。他的外表令人敬畏，只穿皮褲和無袖上衣，露出毛茸茸的厚實胸膛，粗壯的四肢和在亂髮下閃閃發光的藍眼，看得侍從縮向一旁，對國王的懼怕遠遠超過納米迪亞大軍。

科南跨開步伐，站穩腳步，拉開帳簾，跌跌撞撞出帳。納米迪亞王及其戰士已經下馬，他們停在原地，難以置信地看著面前之人。

「我在這裡，你們這些豺狼！」辛梅利亞人吼道。「我是王！去死，狗的兄弟！」

他拉弓放箭，箭插入塔拉斯克斯身旁騎士的胸口。科南把弓拋向納米迪亞王。

「詛咒我顫抖的手掌！有種的就過來殺我！」

他雙腳發抖，身體後傾，肩膀抵住帳柱，挺直身子，雙手舉起他的巨劍。

「密特拉呀，眞是國王！」塔拉斯克斯咒罵道。他迅速環顧四周，然後哈哈大笑。「剛剛那個是假扮成他的騙子！上，你們這些狗，砍下他的腦袋！」

三名戰士——身負王家守衛徽章的重裝騎兵——衝向國王，其中一人用錘矛打死侍從。另外兩個表現就沒那麼英勇了。第一名戰士高舉長劍衝過去，科南一劍揮出，把他的鎖甲當布做的一樣劃穿，砍下納米迪亞人的肩膀和手臂。他的屍體往後倒下，橫撞上同伴的腳。戰士腳下一絆，尚未恢復平衡，巨劍已經刺穿他。

科南大喘一聲，拔出巨劍，又退回去背靠帳柱。他的手腳發抖，胸口起伏，臉上和脖子滿是汗水。但他眼中冒出狂喜野蠻的火焰，喘息說道：「你站那麼遠幹嘛，貝弗魯斯狗？我搆不到你。過來受死！」

塔拉斯克斯遲疑片刻，看了一眼僅存的重裝騎兵，還有他的侍從，一個穿黑鎖甲，沉默寡言的瘦子，隨即上前一步。他的體型跟力量遠遠不及高大的辛梅利亞人，但他全副武裝，又是西方國家遠近馳名的劍客。但他的侍從抓住他手臂。

「不，陛下，不要枉送性命。我去找弓箭手來除掉這個野蠻人，就像我們射殺獅子一樣。」

他們都沒發現打鬥期間有輛雙輪戰車接近而來，如今停在他們之前。但科南透過他們的肩膀看見了，一股詭異的寒意沿著背脊往上爬。拖車的黑馬隱約透露出一股不自然的感覺，但眞正吸引國王目光的乃是駕車之人。

他個子很高，身材結實，身穿樸素長絲袍。他頭上裹著閃姆頭巾，下襬遮住容貌，只露出一雙充滿魅力的黑眼睛。他緊握韁繩，控制人立之馬恢復站姿的雙手白皙又強壯。科南瞪著陌生人，所有原始本能浮出水面。他感應到蒙面人身上綻放出一股不懷好意的強大靈氣，彷彿無風自動的高草標示出毒蛇爬行路徑般明確無疑。

「好哇，薩托圖！」塔拉斯克斯大聲道。「阿奎洛尼亞王在此！他沒有像我們想的一樣死在山崩裡。」

「我知道。」對方說道，也沒費心解釋他是怎麼知道的。「你現在打算怎麼辦？」

「我要找弓箭手來射死他。」納米迪亞人回答。「只要他還活著，對我們就是威脅。」

「但就連狗也有用處。」薩托圖回道。「活捉他。」

科南笑聲刺耳。「過來試試！」他挑釁。「要不是我的腳動彈不得，我就像樵夫砍樹一樣把你砍下那輛戰車。但你永遠別想活捉我，可惡！」

「我怕他說得沒錯。」塔拉斯克斯說。「此人是野蠻人，殘暴可比受傷的老虎。讓我調弓箭手過來。」

「看著，學著點。」薩托圖建議。

他手伸入袍中，取出一樣明亮的東西——閃閃發光的水晶球。他突然把球丟向科南。辛梅利亞人神色輕蔑地用劍架開——劍球接觸的瞬間發生爆炸，出現白光和刺眼火焰，科南當場失去意識，摔倒在地。

「他死了？」塔拉斯克斯的語氣比較像在陳述事實，而非提問。

「沒。昏過去了。他幾小時後就會醒來。叫你的手下綑綁他的手腳，抬上我的戰車。」

塔拉斯克斯比畫手勢，他們吃力悶哼，將昏迷不醒的國王抬上戰車。薩托圖在他身上蓋了一襲絨布斗篷，完全遮蔽他的身影。他拿起韁繩。

「我要回貝弗魯斯。」他說。「告訴阿馬利克如果有需要，我會去找他。但科南已經不是問題，他的部隊潰不成軍，接下來的戰局應該交給長槍和劍就夠了。普羅斯佩羅的部隊不可能超過一萬人，而當他聽說戰敗的消息，肯定會退回塔蘭提亞。不要跟阿馬利克、瓦勒利斯或任何人提起我們的俘虜。讓他們以爲科南死在山崩中。」

他看著重裝騎兵很長一段時間，對方讓他看得很不安。

「你腰上藏了什麼？」薩托圖問。

「什麼，就我的腰帶，願它取悅你，大人！」驚慌失措的守衛結巴道。

「你說謊！」薩托圖笑聲宛如劍刃般鋒利無情。「那是條毒蛇！你是有多笨，居然在腰上繫了條爬蟲生物！」

對方瞪大雙眼，低頭看去；結果他驚訝地發現他的腰帶釦環居然挺起來瞪他。那是顆蛇頭！他看到邪惡的蛇眼和垂涎的毒牙，聽見嘶嘶聲響，感覺到蛇身跟身體接觸的噁心。他瘋狂大叫，徒手拍打它，感覺它的利齒陷入手掌——接著他渾身僵硬，重重倒地。塔拉斯克斯面無表情地低頭看他。他只有看到皮腰帶和扣環，扣環尖端插入守衛掌心。薩托圖的催眠目光轉向侍從，侍從臉色慘白，開始顫抖，但國王插手：「不，我們可以信任他。」

巫師拉緊韁繩，調轉馬頭。

「確保此事不會洩露出去。如果需要我，叫奧拉斯特斯的僕人，阿塔羅，用我教他的方式召喚我。我會待在你貝弗魯斯的王宮裡。」

塔拉斯克斯抬手行禮，不過看著對方背影離去時的表情並不愉快。

「他為什麼饒過辛梅利亞人？」受驚的侍從低聲問。

「我也很想知道。」塔拉斯克斯嘟噥道。

轟然離去的雙輪馬車後依稀傳來打鬥和追逐的聲響；西下陽光在懸崖上灑落紅焰，雙輪馬車融入東方飄升的大片藍影之中。

04 「你從哪座地獄爬出來的？」

整段躺在薩托圖雙輪戰車上的漫長旅程，科南始終毫無所覺。他像個死人般躺著不動，銅輪於岩石山道上滾動，穿越長草滋長的山谷，終於離開崎嶇的山地，走在寬敞的白道上，穿越肥沃的牧草地，前往貝弗魯斯城牆。

黎明之前，他感到一絲活力入體。他聽見有人說話，還有沉重的鉸鍊轉動聲響。他透過身上的斗篷縫隙偷看，依稀看見火把的紅光，大城門的黑拱門，大鬍鬚的重裝守衛面孔，還有矛頭跟頭盔上反射的火光。

「戰局如何，大人？」說話之人語氣急切，口操納米迪亞語。

「很不錯。」對方簡短回應。「阿奎洛尼亞王死了，他的部隊潰敗。」

四下傳來興奮的聲浪，不過隨即讓雙輪馬車在石板地上行走的聲響蓋過。薩托圖甩鞭策馬通過城門，銅輪滾動激出點點火花。但科南聽見其中一名守衛低聲道：「從邊界到貝弗魯斯只花一個晚上！密特拉呀，他們——」接著寂靜淹沒人聲，陰暗的街道上只剩下馬蹄和滾輪聲。

科南聽到了剛剛的話，但卻沒有多做聯想。他彷彿是個能聽能看卻沒有想法，無法理解的機器。景象和聲音毫無意義地流過他身邊。他再度陷入沉睡，只有隱約察覺戰車停在一座被高牆圍繞的庭園中，很多人手把他抬起上一道蜿蜒石階，走過陰暗走廊。竊竊私語、細微腳步聲、毫不相干的聲響跟他擦身而過，無關緊要，遙不可及。

不過他最終的甦醒卻是說來就來、清晰無比。他完全記得山谷之戰的一切細節，也很清楚自己身在何處。

他躺在一張絨布床上，穿著打扮就和昨天一樣，不過手腳都用連他也無法掙脫的鎖鍊拴住。他身處的房間莊嚴陰森，牆壁上掛著黑絨布掛毯，地板上撲有厚厚的紫地毯。他沒看見門窗，天花板上垂著一盞奇特的金色油燈，為房間灑落一團紅光。

在這種光線下，坐在他面前那張類似銀王座椅子上的人影顯得虛無縹渺、如夢似幻，朦朧的絲袍更為那個輪廓增添錯覺。但他的五官很清晰——在昏暗的光線下顯得極不自然。那感覺就像男人腦袋旁邊有圈奇特的光輪，將大鬍鬚面孔凸顯得有如浮雕，導致那張臉成為這個神祕陰森房間內唯一清晰可辨的東西。

那是一張高貴的臉，五官彷彿石雕般稜角分明，極具美感。不過他冷靜平和的外表下滲透出令人不安的氣息，彷彿他懂得超越人類的智慧，擁有難以想像的自信。另外還有一個同樣令人不安的熟悉感在科南的潛意識中蠢蠢欲動。他從未見過這張臉，他很肯定這一點；但那張臉讓他聯想到某樣東西或某人。他感覺就像遇上了在自己惡夢中作祟的傢伙。

「你是誰？」國王語氣不善地問，儘管鐐銬侷限，依然奮力坐起。

「人稱薩托圖。」對方回應的嗓音強勢洪亮。

「這裡是哪裡？」辛梅利亞人接著問道。

「塔拉斯克斯王王宮內的房間，位於貝弗魯斯。」

科南不驚訝。貝弗魯斯，首都，同時也是納米迪亞最大城，距離邊境不遠。

「塔拉斯克斯呢？」

「跟部隊在一起。」

「好吧，」科南低吼道，「如果你打算殺我，爲什麼不快點動手？」

「我在國王的弓箭手前救你，可不是爲了帶回貝弗魯斯來殺。」薩托圖回道。

「你對我做了什麼？」科南問。

「我摧毀你的意識，」薩托圖道。「你不會懂怎麼辦到的。喜歡的話就說是黑魔法吧。」

科南已經做出這個結論，開始思索別的問題。

「我想我了解你爲什麼要留我活口，」他沉聲道。「阿馬利克要拿我當箝制瓦勒利斯的棋子，以免發生意外，他成爲阿奎洛尼亞王。眾所皆知，托爾男爵一直在幕後主使，要把瓦勒利斯推向我的王座。如果我對阿馬利克推斷不錯，他只想要瓦勒利斯當個傀儡而已，就跟如今的塔拉斯克斯一樣。」

「阿馬利克不知你遭俘。」薩托圖回道。「瓦勒利斯也是。他們都以爲你死在瓦基亞谷。」

科南瞇起雙眼，無聲瞪視對方。

「我想這一切還有幕後主使人。」他喃喃說道，「但我以爲是阿馬利克。難道阿馬利克、塔拉斯克斯、瓦勒利斯都是任你擺布的傀儡？你是誰？」

「有什麼差別？說了你也不會相信。如果我說我或許會讓你回到阿奎洛尼亞王座上呢？」

科南雙眼宛如野狼般燃燒。

「什麼代價？」

「服從我。」

「給我去死！」科南吼道。「我可不是傀儡。我用我的劍贏得王位。再說，你根本沒有權力收買或出售阿奎洛尼亞王座。我們國家還沒遭受征服；一場戰役不能決定戰爭走向。」

「你要對付的不只是武器。」薩托圖說。「開戰前讓你在大帳中倒地的難道是凡人的劍嗎？不，那是黑暗之子、外界的流浪者，他的手指燃放漆黑深淵的冰凍火焰，凍結你血管裡的鮮血、肌腱中的活力。陰寒到宛如白熱烙鐵般燙傷血肉的寒意！」

「你以為假扮你的男人只是剛好率領騎士深入隘口嗎？懸崖只是剛好崩塌在他們頭上？」

科南冷冷凝望他，感到毛骨悚然。在他的蠻族神話裡充滿了巫師和法師，而任何蠢人都看得出來眼前這傢伙不是普通人。科南感應到一股難以解釋的氣息——不曾見過的時空靈氣，龐大又邪惡的遠古意識。但他固執的心靈拒絕退縮。

「峭壁倒塌是運氣不好，」他爭辯道。「闖入隘口則是任何人都會做出的判斷。」

「並不是。你就不會率兵闖入隘口。你會懷疑那是陷阱。除非能肯定納米迪亞人是真的落敗，你根本不會率兵渡河。催眠暗示沒辦法影響你，即使在兵荒馬亂之中，也無法令你發狂，盲目地闖入為你準備的陷阱，就像假扮成你的那個弱者一樣。」

「如果這一切都是計畫好的，」科南語氣諷刺地問，「一切都是困住我方部隊的陷阱，那這個『黑暗之子』為什麼不在大帳裡就殺了我？」

「因為我想活捉你。我不需要施展巫術就能猜到帕蘭泰迪斯會派人假扮你。我要你毫髮無傷活下來。我的計畫有用得到你的地方。你的活力遠遠超越我那些陰險狡猾的盟友。你是很糟的敵人，但或許是很棒的下屬。」

科南狂啐一口，薩托圖不把他的怒氣放在心上，從旁邊的桌上拿起一顆水晶球，放在他面前。他沒有支撐那顆球，也不是放在任何平面上，但水晶球就這麼動也不動地停在空中，就跟放在鐵座上一樣穩。科南表現得嗤之以鼻，但心裡十分佩服。

「你想知道阿奎洛尼亞此刻的情況嗎？」他問。

科南沒有回答，但身體突然僵硬的反應透露出他想知道。

薩托圖凝望水晶球混亂的深處，開口道：「現在是瓦基亞之戰隔天傍晚。昨晚主力部隊駐紮在瓦基亞旁，騎士部隊追趕逃竄的阿奎洛尼亞人。黎明時分，部隊拔營西進，穿越高山。普羅斯佩羅，率領一萬波坦兵，黎明時在戰場數里外遇上倖存部隊。他徹夜趕路，希望能在開戰前趕到戰場。他沒辦法集結倖存的部隊，只好退回塔蘭提亞。他拚命趕路，在鄉間拉馬替換疲憊不堪的馬匹，終於抵達塔蘭提亞。」

「我看見他那些累壞了的騎士，盔甲蒙塵，槍旗低垂，催趕疲憊的戰馬穿越平原。我也看到塔蘭提亞的街道。該城陷入騷亂。他們聽說了大軍戰敗、科南王戰死的謠言。暴民恐懼發狂，大叫國王已死，沒人領導他們對抗納米迪亞人。巨大陰影從東方襲捲阿奎洛尼亞，天空都被禿鷹遮蔽。」

科南放聲詛咒。

「這些不過就是你的說法。街上衣衫破爛的乞丐也能講出這種預言。如果你說你在那顆玻璃球裡看見這些，你的可信度就跟地痞流氓一樣高，而我毫不懷疑流氓會說謊！普羅斯佩羅會守住塔蘭提亞，各地男爵會響應他的召集。波坦的特洛瑟羅伯爵會代替我統治國家，他會把納米迪亞狗趕回他們的狗欄。五萬納米迪亞軍算什麼？阿奎洛尼亞會吞掉他們。他們永遠不會再見到貝弗魯斯。在瓦基亞遭到征服的不是阿奎洛尼亞；只有科南而已。」

「阿奎洛尼亞完了。」薩托圖無動於衷。「靠長槍、斧頭、火把就能征服她；如果辦不到，還有古代的魔法能夠對付她。就像瓦基亞的峭壁一樣，有圍牆的城市跟高山都會崩塌，倘若有必要的話，河水會離開河道，淹沒整個行省。」

「最好還是靠鋼鐵和弓弦，別牽扯到魔法，因爲持續使用強力法術有可能會導致撼動宇宙的後果。」

「你是從哪座地獄爬出來的，你這條黑夜之狗？」科南凝視對方，喃喃說道。辛梅利亞人忍不住發抖；他感應到一股難以想像的古老、難以想像的邪惡。

薩托圖抬起頭來，彷彿傾聽穿越虛空而來的低語。他似乎把囚犯拋到腦後。接著他不耐煩地搖頭，面無表情地看著科南。

「什麼？問這幹嘛，就算告訴你，你也不會相信。但我已經不想跟你講話了；摧毀圍牆城市都比把我的想法化爲無腦野蠻人能夠了解的言語輕鬆。」

「如果我的手沒有鎖住，」科南說，「我立刻就把你變成無腦屍體。」

「我不懷疑，如果我蠢到給你這種機會的話，」薩托圖回應，拍擊雙手。

他的態度變了；語氣不耐煩，顯然有點緊張。不過科南不認爲這種轉變跟自己有關聯。

「好好想一想，野蠻人，」薩托圖說。「你有很多空閒。我還沒決定要怎麼處置你。端看尚未明朗化的形勢。但是聽好我的話：如果我決定要利用你，你最好給我乖乖聽話，不要惹我發火。」

科南啐罵一聲，隨即看到遮蔽門口的掛毯撩開，四個高大黑人走進來。他們身上只用腰帶固定一條絲質腰布，腰帶上掛著大鑰匙。

薩托圖不耐煩地比向國王，隨即轉頭，彷彿就此將整件事情拋到腦後。他手指古怪抽動。他從一個翠綠玉箱中抓出一把閃亮黑粉，放入用金三腳架架在他手肘高度附近的火盆。遭他遺忘的水晶球突然落在地上，彷彿隱形支撐遭人移除。

接著黑人抬起科南——因爲身上鎖鏈過多，導致無法行走——把他抬離該房間。在沉重的金框柚木門關閉前，他回頭偷看一眼，看見薩托圖靠坐在類似王座的椅子上，雙手抱胸，火盆冒出一絲煙霧。科南頭皮發麻。在斯堤及亞，位於遙遠南方的邪惡古國，他曾見過這種黑粉。那是黑蓮花的花粉，而黑蓮花能導致死亡般的沉睡和恐怖的夢魘；他也知道只有可怕的黑戒巫師，邪惡中的邪惡之人，會主動尋找黑蓮花的腥紅夢魘，藉以恢復他們的死靈魔力。

對西方世界大部分人而言，黑戒乃是寓言故事和謊言，但科南知道它確實存在，其殘暴的信徒會在斯堤及亞黑暗地窖和薩巴提亞的陰森圓頂下習練他們邪惡的巫術。

他又回頭看一眼那扇金框門，爲隱藏其後的東西不寒而慄。

國王無從判斷當時是白天還是晚上。塔拉斯克斯王的王宮是個昏暗陰森的地方，隔絕外界自然光。黑暗和陰影的惡靈盤旋其間，科南覺得怪人薩托圖就是那惡靈的實體化身。黑人扛著國王經過蜿蜒走道，光線昏暗到彷彿一群皮膚黝黑的人扛著一個死人，接著他們踏上一道盤旋而下的無盡石階。其中一名黑人手中的火把在牆壁上投射出畸形的黑影；那感覺就像是漆黑惡魔抬著具屍體前往地獄。

他們終於抵達石階底端，接著走過一條長廊，一邊牆上有幾道拱門，門後是往上的石階，另一邊牆上每隔數呎就有一扇有沉重門閂封住的門。

他們停在其中一扇門前，一名黑人拿起掛在腰帶上的鑰匙，插入鎖孔轉動。接著，他們推開欄杆門，帶著俘虜進去。他們身處小地牢，有著沉重的石牆、地板和天花板，對面牆上還有另一扇欄杆門。科南看不出來那扇門後有什麼，但他認爲不可能是另一道走廊。火把的光芒，透過欄杆搖曳，隱約照出黑暗中有著寬敞的空間，深度足以掀起回音。

地牢的一個角落，接近他們進來的門，有一堆鎖鏈掛在牆上一個大鐵環下。鎖鏈鎖著一具骷髏。科南神色好奇地打量骷髏，觀察骸骨的狀態，大部分都有裂痕或斷折；頭顱跟脊椎分離，彷彿被猛烈的力道打碎。

一個黑人，不是開門的那個，面無表情地將鎖鏈扯下鐵環，用他的鑰匙開啓大鎖，把鏽蝕鎖鏈跟骸骨拖到一旁。接著他們把科南的鎖鏈固定到鐵環裡，第三個黑人轉動對面欄杆門鎖孔中的鑰匙，嘟噥一聲，確認門有關緊。

然後他們神祕兮兮地打量科南，瞇眼睛的黑巨人，火把照亮他們黝黑皮膚的輪廓。

擁有旁邊大門鑰匙的黑人喉音很重地說道：「現在起這裡就是你家，白狗國王！除了主人和我們之外沒人知道。王宮裡的人全都在睡覺。我們祕密行事。你會在這裡關到死，或許。就跟他一樣！」他輕蔑地踢了碎頭顱一腳，滾到石地板對面。

科南不屑回應對方挑釁，黑人或許讓囚犯的沉默傷了自尊，低聲咒罵，彎下腰去朝國王臉上吐口水。這個動作對黑人而言十分不幸。科南坐在地板上，鎖鏈鎖住他的腰；手腕和腳踝都鎖在牆壁鐵環中。他沒辦法起身，也無法移動到離牆一碼的範圍外。但鎖住他手腕的鎖鏈頗長，在黑人橢圓形腦袋縮回去前，國王甩起鎖鏈，擊中黑人腦袋。黑人像頭慘遭屠宰的牛般倒地，他的夥伴瞪眼看著他頭破血流，躺在地上，耳朵和鼻孔都在滲血。

但他們沒有動手報復，也不接受科南盛情邀約他們進入血鎖鏈的攻擊範圍。沒多久，他們喃喃說著類似猩猩的語言，抬起倒地不起的黑人，手腳搖晃，像抬一袋小麥般抬出去。他們用他的鑰匙鎖門，但沒從他腰帶的金鎖鏈上取下。他們拿走火把，沿走廊離去，黑暗彷彿活物般在他們身後浮現。他們細微的腳步聲逐漸遠去，火光也隨之而逝，四周陷入絕對的黑暗與寂靜。

05 在地牢裡作祟的傢伙

科南躺在地上，承受鎖鏈的重量和與生俱來的狂野天性遭受禁錮的絕望處境。他沒有動，因為轉身時引發的鎖鏈聲響在黑暗和寂靜中聽來格外響亮，而基於上千代野蠻祖先傳承下來的本能，他不願意在動彈不得下暴露他的行蹤。這個想法並非出於理性；他安靜躺著不是因為理性告訴他黑暗中潛伏著可能會在無助狀態下發現他的危機。薩托圖承諾過不會傷害他，而科南相信留自己活口對對方有利，至少暫時如此。但野性的本能根深蒂固，他從小就會安靜藏匿行蹤，等待野生動物路過他的藏身處。

就連他的銳利目光也無法看穿如此深邃的黑暗。但一段時間後，一段無從判斷長短的時間過後，他開始看見一道微光，傾斜灑落的灰光，讓科南隱約看見手肘旁的門欄，甚至看出躺在另一扇欄杆門旁的骸骨輪廓。他滿心困惑，直到想出解釋。他位於地底深處，王宮下方的地牢；然而基於某種理由，有人打造了一條通往上方某處的豎井。外面，月亮升到能將月光透過豎井送入地牢的高度。他認為透過這個方式，他可以判斷日夜交替。或許陽光也會透過那道豎井灑落，不過話說回來，豎井也可能在白天關閉。或許這也是折磨人的一種方式，讓囚犯可以接觸到一點日光或月光。

他的目光落在對面角落的骸骨，在月光下微微反光。他沒浪費腦力推測那傢伙是什麼人，爲什麼淪落至此，但他對骸骨的殘破狀態感到好奇。骨頭不是在刑架上弄斷的。隨著他仔細打量，另一個令人不安的細節浮上檯面。脛骨上有長條裂口，這種痕跡只有一種解釋；有東西爲了取得骨髓才這麼幹的。但除了人類之外，還有什麼動物會爲了骨髓折斷骨頭？或許這具骸骨乃是恐怖食人宴的無聲證據，是被飢餓逼瘋的可憐蟲。科南懷疑會不會有朝一日有人發現自己的骸骨掛在鏽蝕的鎖鏈上。他壓下有如受困野狼般不理智的恐慌感。

辛梅利亞人沒有像文明人一樣詛咒、尖叫、哭泣，或胡言亂語。但他心裡的痛苦煎熬並沒有比較和緩。他粗壯的四肢在強烈情緒下顫抖。西方某處，納米迪亞大軍正在他的國家各處殺人放火。波坦的小型部隊無力與之抗衡。普羅斯佩羅或許有辦法鎮守塔蘭提亞數週，甚至幾個月；但如果沒有支援，他遲早都得向兵力優勢的敵軍投降。各地男爵肯定會集結對抗入侵者。但當此同時，科南卻必須束手無策地躺在黑暗的牢房中，讓其他人率領他的部隊爲他的國家而戰。國王在盛怒下咬緊強而有力的牙齒。

接著他渾身僵硬，聽見對面欄杆門外傳來細微腳步聲。他緊瞇雙眼，在欄杆外看見一道彎腰駝背的模糊輪廓。他聽見金屬摩擦，然後是叮噹聲響，彷彿有人在鎖孔中轉動鑰匙。接著那條身影無聲無息地離開他的視線範圍。是守衛，他心想，確認門鎖有鎖好。片刻過後，他又聽到更遠處傳來同樣的聲音，不過接著是門打開的聲音，然後是有人迅速後退的腳步聲。最後寂靜再度降臨。

科南又聽了彷彿很長一段時間，但不可能眞的很長，因爲月光依然透過隱密豎井灑落而下，但他沒有再聽到任何聲響。他終於變換坐姿，鎖鏈噹啷作響。然後他聽見另一道細微的腳步聲——發自他身旁的欄杆門外，剛剛進入牢房的那扇門。片刻過後，灰光中隱約浮現一條瘦瘦的身影。

「科南王！」對方語氣迫切，低聲說道。「喔，大人，你在這裡嗎？」

「還能在哪？」他懷抱戒心回應，轉過頭去凝視對方。

一個女人彎腰伸手握住欄杆。她身後的微光透過纏繞腰間的薄紗凸顯出她的輪廓，依稀照亮上身的珠寶胸飾。她的黑眼在陰影中發光，白皙的手腳也微微發亮，宛如雪花石膏。她的頭髮好似漆黑浪花，昏暗的光線依稀反射出油亮的光澤。

「這是你身上鐐銬和對面那扇門的鑰匙！」她低聲說，纖細的白手伸入欄杆，往他身邊的石板地上丟了三樣東西。

「這是什麼把戲？」他問。「妳說納米迪亞語，我在納米迪亞可沒朋友。妳的主人有什麼奸計？他是派妳來玩弄我的嗎？」

「絕對不是！」女孩渾身顫抖。手鐲和胸飾在身前的欄杆上撞得噹噹響。「我向密特拉起誓！我是從黑獄卒那邊偷來鑰匙的。他們是地牢的看守者，每個人身上的鑰匙都只能開啓一組鎖。我灌醉他們。被你打破頭的那個去看醫生了，我沒辦法弄到他的鑰匙。但我偷走了其他人的鑰匙。喔，請不要亂走！這座地牢深處有著通往地獄的大門。」

科南半信半疑，嘗試開鎖，滿心以爲會打不開，然後惹人嘲笑。但他興奮地發現其中一把鑰匙確實解開了他的枷鎖，不光能用來打開鐵環的鎖，還能打開手腳上的鎖練。幾秒鐘後，他站直身子，相形之下算是身獲自由的處境讓他心情大好。他大步來到欄杆前，手指握住對方緊握欄杆的纖細手腕，箝制對方，對方則勇敢地抬頭面對他的銳利目光。

「妳是誰，女孩？」他問。「妳為什麼要救我？」

「我叫桑諾碧雅，」她輕聲道，氣喘吁吁，彷彿在害怕；「國王後宮裡的女人。」

「除非這是某種天殺的把戲，」科南喃喃道，「我實在看不出妳拿鑰匙給我的理由。」

她低頭鞠躬，隨即抬頭，直視他懷疑的目光。修長睫毛上的淚珠宛如珠寶般閃爍。

「我只是國王後宮裡的一個女人。」她說，語氣高傲中帶有謙卑。「他從未正眼瞧過我，可能永遠不會。我比在他的宴會廳裡啃骨頭的狗還不如。」

「但我並不是彩色玩具；我是有血有肉的女人。我會呼吸、怨恨、恐懼、開心，還會愛。而我愛上你，科南王，打從多年前你率領騎士通過貝弗魯斯街頭，前來拜訪尼梅德王開始。我的心弦扯動內心，跳出我的胸口，落在你馬蹄踏過的塵土中。」

她說得眉飛色舞，但一雙黑眼卻不動搖。科南沒有立刻回應；儘管他是個狂野不羈的熱血漢子，不過在赤裸呈現自己內心的女人面前，再粗野的男人也很難無動於衷。

她低下頭，紅唇貼上握住她細手腕的手指。接著她抬頭，彷彿突然想起當前處境，恐懼充斥漆黑的雙眼之中。

「快！」她語氣急迫。「過午夜了。你必須離開。」

「但他們不會爲了偷鑰匙之事把妳活活剝皮嗎？」

「他們不會發現。如果黑人早上想起來是誰灌醉他們，他們也不敢承認鑰匙在他們醉倒期間被人偷走。我不能弄到手的是這扇門的鑰匙。你必須走地洞才能脫身。我甚至無法猜測那扇門後有什麼危險。但如果繼續留在牢房裡，你會面臨更危險的處境。」

「塔拉斯克斯王回來了——」

「什麼？塔拉斯克斯？」

「對！他回來了，祕密回歸，不久前他進入地牢，出去後臉色發白，渾身顫抖，像是遇上大蜥蜴了一樣。我聽見他偷偷對他的侍從，阿利迪斯，說不管薩托圖怎麼講，你都非死不可。」

「薩托圖呢？」科南低聲問。

他感覺她在發抖。

「不要提起他！」她說。「提起惡魔的名字會召喚惡魔。奴隸說他躺在他的房間裡，大門深鎖，作著黑蓮花夢。我相信就連塔拉斯克斯暗地裡也怕他，不然他就會公開處死你。但他今晚去過地牢，只有密特拉才知道他在底下幹了什麼。」

「難道剛剛動我門的是塔拉斯克斯？」科南喃喃低語。

「這裡有把匕首！」她說著將一樣東西推入欄杆中。他連忙握緊手指，抓到一把觸感熟悉的東西。「快點從對面的門離開，左轉，沿著牢房走，直到遇上一道石階。想活命的話，千萬不要遠離牢房！爬上石階，打開頂端的門；有把鑰匙能開鎖。如果符合密特拉的旨意，我就會在那裡等你。」接著她離開，輕輕的拖鞋腳步聲漸漸遠去。

科南聳肩，轉向對面的欄杆。有可能是塔拉斯克斯布下的殘酷陷阱，但對科南而言，一頭栽入陷阱總比坐著乾等末日強。他檢視女孩給他的武器，冷冷一笑。不管她是什麼樣的人，這把匕首都證實她很實際。那並非細長的錐狀匕首，因爲珠寶劍柄或金劍衛而挑選出來，只適合在貴婦臥房中進行講究的謀殺；那是把直截了當的匕首，戰士的武器，寬刃面，十五吋長，尖端狀如鑽石。

他滿意地嘟噥一聲。握刀柄的感覺讓他心情開朗，自信滿滿。不管四周布下什麼陰謀蛛網、狡詐陷阱，至少這把匕首是眞的。他右手臂上的肌肉脹大，等著應付任何攻擊。他推推對面的欄杆門，同時翻找手上的鑰匙。門沒鎖。但他記得黑人有把門鎖上。這表示那個彎腰駝背鬼鬼祟祟的傢伙並非確認門有上鎖的獄卒。他是來打開門鎖的。這扇門沒鎖肯定沒好事。但科南毫不遲疑。他推開欄杆門，從地牢進入門外漆黑的空間。

如他推測，門外並不是另外一條走廊。腳下依然是石板地，左右各有一排囚室，但他看不見對面的景象。他看不見天花板，也看不到其他牆壁。月光只有從欄杆後的囚室灑入，幾乎完全消失在黑暗中。目光沒有他敏銳的人只能看見每間囚室外飄著一塊灰影。

他往左轉，安靜無聲地迅速沿著牢房移動，赤腳踏在石板地上，完全沒有腳步聲。他偷看路過的每一間牢房。全部都是空的，但有上鎖。有些牢房裡有森白的骸骨。這些牢房乃是黑暗時代的遺產，早在貝弗魯斯還是堡壘，而非城市的年代建造而成。但顯然近期的用途跟外人所知大不相同。

沒多久，他看到前面出現向上的樓梯輪廓，心知就是他在找的樓梯。接著他突然轉身，伏低在樓梯底端的陰影深處。

他身後有東西在動——身軀龐大，躡手躡腳，不過不是人腳。他看向長排囚室，每間囚室外都有一團昏暗灰光，只比周遭的黑暗淡一點點。但他看到有東西沿著那些光團移動。他看不出來是什麼東西，但肯定龐大又沉重，而且移動的速度比人類快。每當它穿越灰光團時就會現身，但進入光團之間的黑暗時就失去蹤跡。那種感覺很詭異，無聲無息，出現消失，宛如殘影。

他聽見欄杆抖動，因爲對方路過每間牢房都會拉門。此刻它抵達他剛剛離開的牢房，牢門在它拉扯下應聲而開。他看到龐大的身軀在門前待立片刻，隨即消失在牢房中。科南手臉冒汗。這下他知道塔拉斯克斯爲什麼偷偷到他門外，然後又盡快離開。國王打開他的牢門，然後，地獄洞穴的某處又開啓了一座關著這頭怪物的牢房或囚籠。

如今怪物離開囚室，再度沿著走道前進，畸形的腦袋貼近地面。它不再去管那些上鎖的牢門。它在嗅聞他的氣味。如今他看得比較清楚了；灰光中有條巨大的人形物體，不過軀幹和腰身都比正常人寬大。它靠雙腿行走，但是身體前彎，灰灰的，毛毛的，厚毛皮上帶有銀色斑點。它的頭隱約具有人形，長手臂幾乎垂到地面。

科南終於懂了——也知道牢房裡壓碎折斷的骸骨是怎麼回事，並且認出在地牢中作祟的傢伙。那是頭灰猩猩，瓦拉葉海東岸山區森林裡的危險食人怪物。近似神話生物，不過非常恐怖，這些猩猩乃是海伯里亞人傳說中的哥布林，是自然界眞實存在的巨魔，食人怪物，陰暗森林中的殺人犯。

他知道它已經聞到他的氣味了，因爲它逼近的速度加快，滾動水桶般的身軀透過短而有力的弓腿迅速前進。他抬頭看了一眼長樓梯，知道那怪物可以在他抵達頂端的門之前就追上來。他選擇跟它正面衝突。

科南步入最近的月光之中，盡可能取得照明上的優勢；因爲他知道那頭怪物在黑暗中視力遠比他好。怪物立刻看見他；大黃獠牙在黑影中閃閃發光，但完全沒有出聲。身爲黑夜和寂靜的生物，瓦拉業的灰猩猩不會發聲。但透過其昏暗醜陋的五官，類似人臉的獸臉，流露出一股陰森的喜悅之情。

科南神態自若，穩穩看著衝來的怪物。他知道必須一擊得手；他沒有出第二刀的機會；他也沒時間連打帶跑。第一刀就必須擊殺，還得立刻擊殺，如果想在那雙可怕的胳臂下存活的話。他目光飄向粗短的脖子、毛茸茸的下垂肚子，還有厚實的胸膛，宛如兩面盾牌般鼓脹起來。非刺心臟不可；他寧願冒刀刃被肋骨擋開的風險，也不要攻擊不會立刻致命的位置。在完全了解風險下，科南將手眼速度和肌肉力量提升到可跟食人猩猩對抗的程度。他必須跟怪物正面衝突，施展致命一擊，然後相信自己皮粗肉厚到足以在短暫近身肉搏中存活下來。

猩猩撲到他面前，用力揮動恐怖的雙臂，他衝入雙臂中央，施展情急拚命的力量出擊。他感覺刀刃沉入毛胸膛，直沒至柄，隨即放手，矮身低頭，重重撞在對方結實的肌肉上，跟著抓住對方闔起的雙臂，膝蓋狠狠頂中他肚子，準備承受猩猩雙臂凶猛的擠壓力道。

在那頭暈目眩的瞬間，他覺得自己彷彿地震中慘遭肢解；接著突然間，他身獲自由，癱倒在地板上，壓在奄奄一息的怪物身上，對方紅眼上翻，匕首的刀柄在其胸口顫動。他的絕望一擊正中目標。

科南喘得好像搏鬥許久，四肢都在發抖。有些關節感覺像脫臼了，怪物的爪子撕裂皮膚的地方鮮血直流；他的肌肉和肌腱遭受暴力扭扯。如果怪物多撐一秒，肯定就會讓他支離破碎。但辛梅利亞人憑藉蠻力抵抗，撐過了稍縱即逝的瞬間，沒在猩猩垂死掙扎下斷手斷腳。

06 匕首出擊

科南彎下腰去，自怪物胸口拔出匕首。接著他快步踏上階梯。他無從猜測黑暗中還有什麼可怕的東西，但他不打算遇上它們。即使對高大的辛梅利亞人而言，這種瞬間勝負的打法也太激烈了點。地板上的月光逐漸暗淡，黑暗逼近，類似恐慌的感覺驅趕他迅速上樓。抵達石階頂端時，他鬆了一大口氣，感覺第三把鑰匙在鎖孔中轉動。他輕輕開門，探頭偷看，期待遭遇來自人類或怪物的攻擊。

他眼前是道裸石走廊，照明幽暗，一條苗條修長的身影站在門前。

「陛下！」對方壓低音量，叫聲興奮，欣慰中帶有恐懼。女人跳到他身邊，接著稍顯遲疑，神色羞怯。

「你流血了，」她說。「你受傷了！」

他不耐煩地揮了揮手。

「連嬰兒都傷不到的小抓傷。不過妳的匕首派上用場了。要不是它，塔拉斯克斯的猴子此刻已經折斷我的腿骨，吞食我的骨髓了。現在怎麼辦？」

「跟我來，」她低聲道。「我帶你出城。我在城外藏了匹馬。」

她轉身領路，但他伸手搭上她的裸肩。

「走我旁邊，」他輕聲指示，粗手臂摟起她的纖腰。「妳截至目前為止都沒讓我失望，所以我願意相信妳；但我能活這麼久都是因為我不會太過相信任何人，男女都一樣。所以！如果敢背叛我，妳就休想活下來笑談這一切。」

她並沒有在血紅匕首和他堅硬肌肉的碰觸下畏縮。

「如果我背叛你，殺我無需留情。」她回答。「光是感覺你摟著我，即使帶著惡意，也已令我夢想成眞。」

拱道走廊末端有扇門，她把門打開。門外躺了另一個黑人，身穿絲纏腰布、裹頭巾，手掌旁的地面上有把彎刀。他沒有動靜。

「我在他酒裡下藥。」她低聲說，繞過地上的身軀。「他是地牢最後一個，也是最外層的守衛。從來沒人從地牢裡逃脫過，也從來沒人主動想去地牢；所以只有這些黑人看守地牢。也只有他們知道薩托圖的雙輪戰車帶來的囚犯是科南王。我今晚睡不著覺，透過俯瞰庭院的窗戶觀看；因爲我知道西方在打仗，或已經打完了，而我擔心你……」

「我看到黑人抬你上樓，就著火光認出是你。我今晚溜進王宮這條側廊，剛好看見他們帶你入地牢。我不敢在天黑前過來。你肯定一整天都昏迷不醒待在薩托圖房裡。」

「喔，我們必須小心！今晚王宮裡有怪事。奴隸說薩托圖服用斯堤及亞蓮花，如往常般沉睡，但塔拉斯克斯也回宮了。他走後門祕密入城，身上穿著在長途跋涉下蒙塵的斗篷，只有他的侍從，沉默寡言的阿利迪斯隨行。我不懂這是什麼情況，但我害怕。」

他們來到一道盤旋而上的窄梯前，穿越她推開的一塊鑲板。通過後，她又把鑲板推回原位，變成華麗飾牆的一部分。如今他們身處較爲寬敞的走廊，有地毯和掛毯，吊掛油燈灑落金色的火光。

科南側耳傾聽，但整座王宮安靜無聲。他不知道此刻位於王宮哪個部分，也不知道薩托圖的寢室在哪個方向。女孩微微發抖，領他穿越走廊，沒多久停在一個用綢緞掛毯遮蔽的壁龕旁。她撩起掛毯，指示他步入壁龕，然後低聲道：「在這裡等！走廊末端那扇門後不分日夜都有可能遇上奴隸或閹人。等我確認有沒有人，然後再通過。」

他當場起了疑心。

「妳要帶我步入陷阱？」

她漆黑的眼中冒出淚珠。她跪倒在地，握起他結實的手掌。

「喔，我的王，請不要在這個時候對我起疑！」她聲音顫抖，驚慌迫切。「如果你懷疑我，裹足不前，我們就輸了！我有什麼理由帶你離開地牢，卻在此時背叛你？」

「好吧，」他喃喃道。「我信妳；不過看在克羅姆的份上，一輩子的習慣可不容易放下。但就算妳率領全納米迪亞的劍客來抓我，我現在也不會傷害妳。因爲要不是妳，塔拉斯克斯那頭天殺的猩猩早就殺了手無寸鐵又被鎖鏈鎖住的我。妳放手去做吧，女孩。」

她親吻他手掌，隨即靈巧起身，衝過走廊，消失在沉重的雙扇門後。

他看著她離開，懷疑自己信任她是否太笨；接著聳聳結實的肩膀，拉上綢緞掛毯，遮蔽藏身處。年輕貌美的女人甘冒生命危險幫助他其實並不奇怪；這種事情在他生命中經常發生。很多女人都很喜歡他，不管是在他浪跡天涯的歲月，還是成爲國王的年代。

但他待在壁龕裡並非什麼都不做，空等她回來。他憑藉本能，在壁龕中尋找其他出口，沒多久就找到了——通往狹窄走道的開口，用掛毯遮蔽，走道末端是扇雕飾門，只能透過外面走廊滲透進來的昏暗光線勉強看見。他凝視雕飾門，聽見門後傳來另一扇門開啓關閉的聲響，然後是含糊不清的說話聲。那些嗓音之中有個聽起來特別耳熟，讓他黝黑的臉上蒙上陰霾。他毫不遲疑地走過通道，宛如獵豹般伏在門旁。門沒鎖，他輕手輕腳，推開一條門縫，毫不在意任何只有他才能解釋或抵擋的後果。

門的另外一邊也有掛毯遮蔽，但透過絨布上的縫隙，他看見以黑檀木桌上蠟燭照明的房間。房內有兩個男人。一個是臉有傷疤、神色陰森的惡棍，身穿皮褲和破斗篷；另外一個是塔拉斯克斯，納米迪亞王。

塔拉斯克斯似乎坐立難安。他臉色微白，不停左顧右盼，彷彿期待又擔心會聽見什麼聲響或腳步。

「立刻出發，」他說。「他陷入藥物引發的沉睡，但我不知道他什麼時候會醒來。」

「聽到塔拉斯克斯如此擔心的語調感覺眞奇怪。」另外那個人的聲音低沉刺耳。

國王皺眉。

「我不怕普通人，你很清楚這一點。但看到瓦基亞峭壁崩塌，我立刻知道我們復活的這個魔鬼不是招搖撞騙的傢伙。我擔心他的力量，因爲我不知道他的力量有多強大。但我知道他的力量跟我從他那裡偷走的詛咒法器有關。那玩意兒令他起死回生；肯定就是他的法力來源。」

「他藏得很隱密；但我祕密指示一名奴隸監視他，看到他把東西放在金箱子裡，也看到他藏箱子的地方。即使如此，我也要等到薩托圖陷入蓮花夢時才敢去偷。」

「我相信那就是他力量的祕密。奧拉斯特斯用它復活他。他也會用它奴役我們所有人，如果我們不小心的話。所以照我的吩咐，把東西拿去丟到海裡。遠離海岸，別讓潮浪或風暴把它帶回海灘。錢我已經付了。」

「我收到了。」惡棍嘟噥道。「我欠你的不只是錢，國王；我還欠你感激之情。就連盜賊也懂得感恩。」

「不管你自認欠我什麼，」塔拉斯克斯說，「當你把這玩意兒丟到海裡，你的欠債就已償清。」

「我騎馬趕往辛加拉，在柯達瓦上船，」對方承諾道。「我不敢在阿果斯露面，因爲謀殺案的關係——」

「我不在乎，只要把事辦好。東西在這裡；有匹馬在院子裡等你。去，快馬加鞭！」

有東西在他們之間易手，看起來像活生生的火焰。科南只有時間看到一眼；接著惡棍戴上帽子，拉起斗篷，快步離開房間。門關上時，科南釋放嗜血的慾望，滿腔怒火展開行動。他已經忍不下去了。敵人近在咫尺令他熱血沸騰，趕走所有謹慎和自制。

塔拉斯克斯轉向一扇內門，科南則扯下掛毯，像頭瘋豹跳入房內。塔拉斯克斯連忙轉身，不過還沒認出對手之前，科南的匕首已經插入體內。

但那一刀並非致命傷，科南一出手就知道了。他的腳被窗簾的縐褶絆到，阻擾他躍起之勢。刀尖刺入塔拉斯克斯肩膀，沿著肋骨劃下，納米迪亞王放聲慘叫。

衝擊力道和科南的體重導致他撞翻身後的桌子，蠟燭熄滅。他們一起於科南的衝勢中摔在地上，掛毯縐褶同時纏住兩人。科南在黑暗中盲目狂刺，塔拉斯克斯則恐慌大叫。彷彿恐懼帶來超人的力量般，塔拉斯克斯扯開掛毯，在黑暗中慌忙逃竄，叫道：「救命！守衛！阿利迪斯！奧拉斯特斯！奧拉斯特斯！」

科南起身，踢開糾纏他的掛毯和破桌，在沒有滿足的嗜血情緒中破口大罵。他困惑茫然，不清楚王宮的地形。塔拉斯克斯的叫聲還在遠方迴蕩，有人高聲喊叫回應他的叫聲。納米迪亞人在黑暗中逃出科南掌握，而他不知道對方往哪個方向逃跑。辛梅利亞人衝動下復仇失敗，如此只能想辦法自保。

科南大聲咒罵，跑入密道，回到壁龕，偷看外面明亮的走廊，剛好趕上桑諾碧雅跑來，漆黑的雙眼流露恐懼之情。

「喔，出了什麼事？」她問。「整個王宮陷入騷亂！我發誓沒有背叛你——」

「不，是我捅了馬蜂窩。」他嘟噥道。「我試圖了結一樁恩怨。最近的出路怎麼走？」

她抓起他手腕，沿走廊拚命跑。但在他們抵達末端沉重大門前，門後隱約傳來叫聲，對面開始有人撞門。桑諾碧雅搓擰雙手，低聲哽咽。

「出路被截斷了！我回來時鎖上了那扇門。但他們要不了多久就會破門而入。後城門要穿越那扇門才能抵達。」

科南轉身。儘管尚未進入視線範圍，他還是聽見逐漸響亮的聲響，知道敵人不但在前，也正從後方趕來。

「快！進這扇門！」女孩急著叫道，跑過走廊，推開一扇房門。

科南跟她進門，隨即扣上金門扣。他們站在裝潢華麗的房間裡，除了他們沒有別人，她拉著他來到一扇金欄杆窗口，外面有樹林和灌木叢。

「你很壯，」她喘道。「如果你能拆下這些欄杆，或許就能逃脫。花園裡有很多守衛，但樹叢很密，你或許能避開他們。南牆同時也是本城的外牆。通過南牆後，你就有機會逃走。西向路邊的樹叢裡藏有一匹馬，就在薩洛斯之泉以南數百步外。你知道那座噴泉？」

「知道！但妳怎麼辦？我本來打算帶妳走的。」

美麗的臉龐閃過喜悅之情。

「那我的快樂杯就滿溢了！但我不能妨礙你逃亡。帶我一起是逃不出去的。不，不必為我擔心。他們不會懷疑我主動幫你。去吧！你剛剛的話將為我漫長的一生增添光彩。」

他攤開鐵打的雙臂，緊抱她苗條美麗的身軀，熱情親吻她的雙眼、臉頰、喉嚨和嘴唇，直到她在他的擁抱中喘氣；喘得宛如暴風般劇烈，他就連親熱都暴力威猛。

「我會逃走，」他喃喃道。「但以克羅姆之名，有朝一日我會回來找妳！」

他轉身，抓起金欄杆，奮力一扯，把欄杆扯出插孔；他一腳跨出窗沿，就著牆壁上的裝飾迅速爬下去。他落地後拔腿就跑，宛如影子般融入玫瑰樹叢和茂密大樹組成的迷宮中。他回頭看了一眼，只見桑諾碧雅靠在窗沿，高舉雙手向他無聲道別，斷絕關係。

守衛穿越花園，迎向王宮，一時之間人聲鼎沸——身穿明亮胸甲和亮銅頭盔的高大男人。星光照得樹林中的盔甲閃閃發光，透露出他們的行蹤；而且他們的跑步聲大老遠就能聽見。對荒野生長的科南而言，守衛衝過灌木叢就像是牲口慌亂逃竄差不多。有些守衛從他平躺樹叢處數呎外路過，完全沒察覺他的存在。他們的目標是王宮，根本沒去留意其他地方。等他們吵吵鬧鬧路過後，他起身跑過花園，宛如獵豹無聲無息。

他轉眼之間來到南牆，踏上通往胸牆的台階。城牆的用途是不讓外人進來，不是阻止人出去。巡邏城垛的守衛都不在附近。他伏在一道射孔旁，回頭看一眼聳立在柏樹林中的大王宮。所有窗戶透出火光，人影在窗口來回奔走，彷彿用看不見得線吊起的傀儡。他冷冷一笑，搖晃拳頭，做出道別和威嚇的手勢，翻出胸牆牆緣。胸牆下數碼外的一棵矮樹承受了科南的體重，他無聲無息落在樹枝間。片刻過後，他邁開丘陵人長途奔走的步伐迅速穿越樹影。

貝弗魯斯城牆外有許多花園和城郊住宅。昏昏欲睡的奴隸依靠守衛長矛打盹，沒有看見靈活鬼祟的身影翻牆而下，穿越樹枝拱道，無聲無息地越過果園和葡萄園。看門狗驚醒，抬起頭來，對著半嗅聞半感應到的飛掠黑影沉聲嗚嗚，接著黑影就消失了。

王宮某房間中，塔拉斯克斯躺在染血的床上痛苦扭動，放聲咒罵，奧拉斯特斯則手指靈動地幫他療傷。王宮中擠滿了瞪大眼睛發抖的僕役，但國王所在的房間裡除了他和叛教祭司外沒有其他人。

「你確定他還在睡？」塔拉斯克斯再度問道，咬緊牙關忍耐奧拉斯特斯在他肩膀到肋骨間又深又長的傷口上塗抹的藥汁。「伊絲塔、密特拉和塞特！燙得好像熔化的地獄！」

「要不是你運氣好，此刻已經身處地獄了。」奧拉斯特斯說。「動手之人本意是要殺你。對，我告訴過你，薩托圖還在睡。你爲什麼這麼擔心那個？他跟此事有何關聯？」

「你完全不知道今晚在王宮發生的事？」塔拉斯克斯目光炙烈地凝視祭司的表情。

「不知道。你也知道，我忙著幫薩托圖翻譯手稿，已經忙好幾個月了，將近代神祕典籍轉錄成他看得懂的語言。他精通那個年代所有語言和文字，但沒有學過現代語言，爲了節省時間，他要我幫他翻譯，弄清楚他死後世上有沒有出現任何新知識。我昨晚在他找我過去，講述戰況前，並不知道他回來了。然後我就回書房，我也不知道你回來了，直到宮裡發生騷亂才離開房間。」

「那你不知道薩托圖把阿奎洛尼亞王當成俘虜帶回王宮？」

奧拉斯特斯搖頭，並不特別驚訝。

「薩托圖只說科南不會繼續反抗我們。我假設他死了，不過沒有追問細節。」

「我本來要殺他的，是薩托圖救了他。」塔拉斯克斯吼道。「我立刻就知道他的意圖。他囚禁科南是爲了要對付我們——對付阿馬利克、瓦勒利斯，還有我。只要科南活著就是威脅，是阿奎洛尼亞聯合抗敵的機會，能用來逼迫我們走向本來不會走的道路。我錯信了這個死而復生的派桑人。最近我開始害怕他。」

「我在他東行後數小時跟回來。我想弄清楚他打算如何利用科南。我發現他把他關入地牢。我本來要除掉野蠻人的，不管薩托圖怎麼說。結果我——」

門外有人謹慎敲門。

「是阿利迪斯。」塔拉斯克斯嘟噥道。「讓他進來。」

陰沉的侍從進房，眼中壓抑一股興奮之情。

「如何，阿利迪斯？」塔拉斯克斯問。「你找到行刺我的人了嗎？」

「你沒看到他，大人？」阿利迪斯問，語氣聽來就像是已經知道答案的模樣。「你沒認出他？」

「沒。事情發生太快，蠟燭又熄了——我腦中只想到是薩托圖以魔法釋放的惡魔——」

「派桑人在上閂上鎖的房間中沉睡。但我去了地牢一趟。」阿利迪斯的瘦肩膀興奮抽動。

「好了，快說，你這傢伙！」塔拉斯克斯不耐煩說道。「地牢怎麼了？」

「空無一人。」侍從低聲道。「只有大猩猩的屍體！」

「什麼？」塔拉斯克斯試圖起身，傷口噴出鮮血。

「對！食人猩猩死了——心臟遭人刺穿——科南不見了！」

塔拉斯克斯臉色發灰，任由奧拉斯特斯把他再度壓倒，祭司又開始包紮傷口。

「科南！」他重複。「沒變成殘破的屍體——逃了！密特拉呀！他不是人；根本是魔鬼！我還以為是薩托圖刺傷我的。這下我知道了。諸神和魔鬼呀！科南刺傷我！阿利迪斯！」

「在，陛下！」

「搜尋王宮所有角落。他此刻說不定還像頭飢餓的老虎般在陰暗走廊中徘徊。所有壁龕都不要放過，還有小心點。你要獵殺的不是文明人，而是血腥瘋狂、蠻力可比野獸的野蠻人。把王宮和全城都給我翻過來找。在城牆四周建立哨兵線。如果發現他逃出城外，而他很可能這麼幹，你就率領騎兵出城追殺。只要出了城牆，就會變成在丘陵間狩獵野狼。但動作快，說不定你還能抓到他。」

「此事或許超乎常人能力範圍，」奧拉斯特斯說。「也許我們該去找薩托圖幫忙。」

「不！」塔拉斯特斯激動叫道。「讓部隊去追科南，殺了他。除掉逃獄的囚犯，薩托圖就不能多說什麼。」

「這個，」奧拉斯特斯說，「我不是阿克隆人，不過我熟悉他們的魔法，可以控制某些在物質界隱形的靈體。或許我在此事上幫得上忙。」

□

薩洛斯之泉位於城牆一哩外道旁一圈橡木之中。在寂靜的星光下，科南聽見悅耳的流水聲。他暢飲冰涼的泉水，隨即快步奔向南側一片茂密樹叢。他繞過樹叢，看見其間綁了匹大白馬。他長吁口氣，跨步而上——隨即在聽見嘲笑聲時迅速轉身，瞪大雙眼。

一名身穿黯淡鎖甲之人自黑影中來到星光下。他不是頭頂羽飾，光鮮亮麗的宮廷守衛。他是個高個子男人，頭戴高頂盔，身穿灰鎖甲——冒險者，納米迪亞特有的戰士階級；尚未取得騎士的財富和地位，或掉出那個階級的男人；強大的戰士，一生致力於戰爭和冒險。他們自成一個階級，有時候指揮部隊，不過本身只對國王效忠。科南知道自己被最危險的敵人發現了。

他迅速打量樹影，確認對方孤身一人，於是輕輕吸氣，站穩腳步，肌肉緊繃。

「我騎馬趕往貝弗魯斯幫阿馬利克辦事，」冒險者說著謹慎上前。星光在他拿在手中的雙手巨劍上閃閃發光。「樹叢裡有馬對著我的馬叫。我過來查看，認爲在這種地方拴馬很怪。於是我等待——看呀，我可挖到寶了！」

冒險者是靠劍吃飯的。

「我認得你，」納米迪亞人嘟噥道。「你是科南，阿奎洛尼亞王。我以爲在瓦基亞谷看到你死了，但——」

科南宛如垂死老虎般疾撲而出。儘管該冒險者經驗老到，他還是不了解野蠻人的肌肉有多靈活迅捷。他沒料到對方說打就打，重劍才舉起一半。在他有辦法攻擊或防守前，國王的匕首已經插入他喉嚨，從頸甲上斜插而下，直穿心臟。對方汩汩窒息，轉身倒地，科南則趁對方倒地時拔出匕首。白馬瘋狂噴息，在暴力場面和匕首上的血腥味前畏縮。

科南低頭凝視了無生氣的敵人，手握滴血的匕首，闊胸上汗水淋漓，宛如雕像般靜止不動，側耳傾聽。附近的樹林安靜無聲，只有驚醒的小鳥發出睡意甚濃的叫聲。但一里外的城裡傳來刺耳的號角聲。

他連忙彎下腰去搜刮屍體。片刻過後，他肯定此人要送的信息是透過口頭傳遞。但他沒有停下休息。再過不久天就要亮了。幾分鐘後，白馬已經沿著白道西行，而馬上之人穿著納米迪亞冒險者的灰鎖甲。

07 — 撕裂帷幕

科南心知想要逃走必須仰賴速度。他完全不考慮躲在貝弗魯斯附近，等候追兵通過；他很肯定塔拉斯克斯的神奇盟友有辦法找他出來。再說，他不是藏頭縮尾之人；光明正大的打鬥或追逐，兩者都比較符合他的性格。他有搶先起跑的優勢，他知道。他會跟追兵展開趕往邊界的競賽。

桑諾碧雅選了一匹好白馬。他的速度、韌性和耐性都顯而易見。那個女孩熟知武器和馬匹，而科南有點自豪地想到她對男人的品味也不同凡響。他向西疾行。

他穿越沉睡的大地，路過樹叢遮蔽的村落和遼闊田野間的白牆住宅。隨著人煙變少，地形愈來愈崎嶇，散落高處的堡壘述說數百年來邊境戰爭的故事。但那些城堡中無人騎馬下來質問或阻擋他。城堡的領主都是阿馬利克的人馬；通常在塔樓上飄盪的旗幟如今都在阿奎洛尼亞平原上搖曳。

路過最後一座村莊後，科南離開開始轉向西北，通往遠方山隘的道路。繼續走大道就會通過邊境塔樓，而那些塔樓的衛兵肯定會攔他下來質問。他知道道路兩側的邊境都不會有部隊巡邏，平時就是如此，不過天亮後很可能會有部隊用牛車推傷兵路過那些塔樓。

這條來自貝弗魯斯的大道乃是南北五十里內唯一通過邊境的道路。透過一系列隘口穿越丘陵，兩側都是人跡罕至的高山。他繼續朝向西行，打算從隘口南方的丘陵深處通過邊境。這是條捷徑，不過崎嶇難行，但對遭人獵殺的逃犯而言比較安全。一人一馬能走大批兵馬不能走的路。

但他沒趕在黎明前抵達丘陵；前方的地平線上有道低矮的藍色壁壘。此地沒有農場或村落，沒有白牆住宅聳立在樹林之間。晨風擾動僵直的高草，除了起伏不定的乾草棕土外什麼都沒有，而遠方低矮山丘上有座堡壘的殘破圍牆。不久前還有太多阿奎洛尼亞掠奪者翻越高山而來，導致此地不像東邊的土地那般適合人居。

晨光宛如燎原野火般灑落在草原上，天上傳來詭異的叫聲，只見楔形隊伍的野鵝朝南飛去。科南停在一片雜草叢生的沼澤地裡，翻身下馬。馬腹起伏，滿身大汗。他在黎明前幾個小時內無情催趕馬兒拚命趕路。

他趁白馬吃草打滾時躺在一道緩坡上，凝望東方。他在北方很遠的地方看到剛剛離開的那條大道，宛如白緞帶般蜿蜒斜上遠處的高地。那條白緞帶上沒有黑點移動。遠方城堡也沒有任何發現孤身旅人的跡象。

一小時後，遠方依然了無人煙。唯一的生命跡象來自遠方城垛上閃爍的鋼鐵、天上一隻來回繞圈的渡鴉，上上下下，彷佛在搜尋什麼。科南上馬，以比較悠閒的步調繼續西行。

來到緩坡坡頂時，頭上傳來刺耳的叫聲，抬起頭，他看見那隻渡鴉在他頭上振翅，不斷呱呱亂叫。他繼續騎，渡鴉則跟著他，維持一定的高度，以刺耳叫聲為早晨增添不祥之兆，怎麼趕也趕不走。

渡鴉就這麼跟著他幾個小時，直到科南牙根發酸，願意拿他半個國家換取扭斷那根黑脖子的機會。

「地獄的魔鬼！」他徒勞無功地怒吼，對那隻瘋狂的鳥搖晃鎖甲拳頭。「你到底在叫什麼鬼？滾開，你這隻地獄黑怪物，去農夫的田地找小麥吃！」

他當時正爬上第一座山丘，依稀聽見身後傳來渡鴉叫聲的回音。他在馬鞍上轉身，沒多久就看到藍天上有另一個黑點。再過去一點又有午後陽光照在鋼鐵上的反光。那只有一個可能：武裝部隊。他們不是騎在大道上，因爲大道位於地平線外。他們在追他。

他臉色陰沉，抖了一抖，凝望在天上盤旋的渡鴉。

「所以並非無腦禽獸一時興起跟著我？」他喃喃道。「那些騎兵看不到你，地獄來的怪物；但其他鳥看得到你，而他們看得到他。你跟蹤我，他跟蹤你，他們跟蹤他。你只是隻訓練有素的羽毛生物，還是凝聚鳥形的魔鬼？是薩托圖派你來追我的？你是薩托圖嗎？」

只有刺耳叫聲回應他，蘊含嘲弄意味的叫聲。

科南不再浪費精力在洩露他行蹤的傢伙身上。他神色陰沉地繼續翻越山丘。他不敢把馬逼得太緊；剛剛休息的時間並不足以讓它恢復元氣。他離追兵尚遠，但他們會穩定拉近距離。他們的馬幾乎肯定比他的馬精力充沛，因爲他們絕對有在路上的城堡換馬。

地形愈來愈崎嶇，場景愈來愈凶險，翠綠的陡坡通往茂密的高山樹林。他知道或許可以在此擺脫追兵，但沒辦法擺脫頭上那隻叫個不停的地獄鳥。他已經沒辦法透過崎嶇的地勢看見對方，但他很肯定他們還在追他，精準地仰賴羽毛同黨指路。那個黑點變成惡魔般的夢魘，跟著他穿越難以估量的地獄。他破口大罵，朝鳥丟石頭，不過不是差得太遠就是直接落下，雖然年輕時他曾打下老鷹。

馬累得很快。科南看出情況對自己有多不利。他感應到此事難以避免的命運。他逃不掉。此刻的他就跟淪落在貝弗魯斯地牢中一樣是個俘虜。但他不是會在命運前束手就擒的東方人。如果逃不了，他至少要拖幾個敵人當墊背。他轉入一片松樹林山坡，尋找適合迎敵的地點。

接著前方傳來詭異的尖叫聲，發自人口，但嗓音奇特。片刻過後，他推開一堆樹枝，看見怪異叫聲的來源。下方一片林間空地中有四個身穿鎖甲的納米迪亞士兵在一個農家老婦脖子上綁絞繩。旁邊的地上有綑綁好的木柴，顯示她被這群脫隊士兵突襲時在做什麼。

科南心中浮現怒意，默默看著那群惡棍把老婦人拖向一棵樹，顯然要在低矮樹枝上吊死她。他一小時前就已經越過邊疆。他站在自己的土地上，眼看敵軍謀殺他的子民。老婦人拚命掙扎，在他眼前，她抬起頭來，再度發出剛剛聽到的那個奇特嘹亮的叫聲。天上振翅的渡鴉彷彿嘲弄般回應她的叫聲。士兵哈哈大笑，其中一人捶她嘴巴。

科南翻下疲憊的白馬，跳下高地岩架，落在草地上時發出鎖甲震動聲響。四名士兵聞聲轉身，拔出配劍，目瞪口呆地看著持劍面對他們的巨人。

科南笑聲刺耳。他的雙眼宛如燧石般冷酷。

「狗！」他語氣冰冷，毫不容情。「納米迪亞豺狼可以自命劊子手，隨意吊死我的子民嗎？首先你們必須砍下他們國王的腦袋。我就在這裡，等著你們來尋歡作樂！」

士兵神色不定地看著他大步走近。

「這瘋子是誰？」大鬍子惡棍吼道。「他身穿納米迪亞鎖甲，口操阿奎洛尼亞口音。」

「無所謂。」另一人說。「砍了他，然後吊死老太婆。」

他說著舉劍衝向科南。但在他揮劍前，國王的巨劍砍落，打爛頭盔和頭顱。男人倒在他面前，但其他人都是勇猛的惡棍。他們發出野狼般的吼叫，撲向身穿灰鎖甲的壯漢，吶喊和金鐵交擊聲蓋過天上盤旋的渡鴉叫聲。

科南沒吭聲。他雙眼宛如藍焰火碳，嘴角揚起冷笑，左右揮動雙手劍。儘管身材高大，他動作依然靈巧，隨時都在移動，化身靈活多變的目標，導致對手的攻擊往往落空。但當他出手攻擊時，總是站穩身形，威力驚人。四人中倒下三人，在自己的血泊中垂死掙扎，而第四個人渾身是傷，一邊出劍格擋，一邊跌撞後退，接著科南的靴刺勾到地上一個人的外衣。

國王絆跤，尚未站穩，納米迪亞人情急拚命，狠狠撞上來，導致科南摔在屍體上。納米迪亞人發出勝利的叫聲，撲上前去，雙手舉劍過肩，跨開雙腳準備出擊——接著，有個體型龐大、毛茸茸的東西撲過倒地的國王身上，宛如閃電般撞上士兵的胸口，他的勝利吶喊當場變成死亡尖叫。

科南爬起身來，看見對方死在地上，喉嚨扯出，一頭大灰狼站在他身上，低頭嗅聞在草地上擴大的血泊。

國王聽見老婦人說話，於是轉身。她直挺挺地站在他面前，儘管衣衫破爛，她線條分明的五官和銳利的目光看起來一點也不像普通農家婦女。她對那匹狼叫，狼小步走到她身邊，像隻大狗般貼著她的膝蓋磨蹭，同時又瞪大綠眼看著科南。她若無其事地伸手撫摸它的粗脖子，跟狼一起打量阿奎洛尼亞王。他們沉穩的目光令他不安，儘管感受不到敵意。

「謠傳瓦基亞峭壁坍塌，科南王死於山崩。」她的聲音低沉、有力、洪亮。

「謠言是這麼說的。」他大聲道。他沒心情爭論，擔心步步進逼的武裝追兵。頭上的渡鴉還在尖聲亂叫，他不由自主往上看了一眼，緊張又惱怒地咬了咬牙。

白馬站在岩架上低頭看著。老婦人看看馬，然後看看渡鴉；接著她張嘴發出之前那種怪叫。渡鴉彷彿聽懂叫聲的意義，突然掉頭，不再繼續叫喚，朝東方飛走。但在它消失於視線範圍前，一雙羽翅的影子掠過它身上。一隻老鷹飛出樹林，升到渡鴉之上，俯衝擊落黑信差。洩露他行蹤的刺耳叫聲永遠安靜下來。

「克羅姆呀！」科南喃喃說道，凝視老婦人。「妳也是魔法師？」

「我叫澤拉塔，」她說。「谷地裡的人說我是女巫。那隻黑夜之子在指引武裝士兵追蹤你嗎？」

「是。」她似乎不覺得這種答案很瘋狂。「他們距離不遠了。」

「帶你的馬跟我來，科南王。」她簡短說道。

他不再多說，爬上岩架，帶馬繞路回到空地。回來他又看到那隻老鷹，懶洋洋地從天而降，在澤拉塔肩膀上停駐片刻，輕展雙翼，以免弄傷她。

她一言不發在前領路，大狼跟在她身邊，老鷹天上盤旋。他們穿越樹林，沿著山溝上蜿蜒的岩架，終於走上狹窄山道，來到一間奇特的石造住所，一半是房屋，一半是洞穴，位於峽谷中隱密的懸崖下方。老鷹飛到懸崖頂，宛如靜止不動的哨兵停在上面。

澤拉塔依然不吭聲，把馬拴在旁邊一座山洞裡，裡面堆了許多充當糧食的樹葉和青草，洞裡還有條小泉涓涓冒泡。

她讓國王坐在屋裡一張披獸皮的長凳上，自己則坐上小壁爐旁的矮凳，拿撐柳木塊生火，準備簡單的食物。大狼在她身邊打盹，面對爐火，大頭垂在前腳上，耳朵隨著夢境抖動。

「你不怕待在女巫家裡？」她問，終於打破沉默。

客人唯一的回應就是不耐煩地聳聳灰鎖甲肩。她拿了放滿乾水果、乳酪和大麥麵包的木盤塞到他手中，外加一大壺高地烈啤酒，用高山谷地大麥釀造而成。

「我認爲幽谷中的寧靜遠比城市街頭的喧囂討喜。」她說。「野地之子遠比人類之子慈悲。」她伸手撫摸沉睡大狼的頸毛。「我的孩子今日離我遠了些，不然我不會需要你來搭救，國王。他們聽到我的召喚就趕來了。」

「那些納米迪亞狗跟妳有何恩怨？」科南問。

「入侵部隊的脫隊士兵散落在鄉間各地，從前線到塔蘭提亞，」她回答。「山谷裡那些愚夫愚婦告訴他們我藏了許多黃金，藉以分散他們的注意力。他們來跟我要黃金，我的回答激怒了他們。但不管是脫隊兵、你的追兵或渡鴉都不會來這裡找你。」

他搖頭，開始狼吞虎嚥。

「我要去塔蘭提亞。」

她搖頭。

「你要把頭伸到龍口中。最好是去國外尋求庇護。你的國家已經失去鬥志了。」

「什麼意思？」他問。「我們以前也輸過戰役，但卻打贏戰爭。一場挫敗並不代表國家就沒了。」

「而你要去塔蘭提亞？」

「對。普羅斯佩羅會鎮守該城，對抗阿馬利克。」

「你確定？」

「地獄的魔鬼呀，女人！」他怒道。「不然呢？」

她搖頭。「我覺得情況不是那樣。我們來看看。帷幕上的裂縫不小；但我還是再撕裂一點，讓你看看首都的情況。」

科南沒看到她往火裡丟了什麼，但那匹狼在夢中輕吠，火中冒出綠煙，冉冉飄升。在他眼前，小屋的牆壁和天花板開始擴張，愈來愈遠，徹底消失，融入浩瀚虛空之中；綠煙在他身邊翻滾，遮蔽一切。煙霧中人影晃動，緩緩消失，然後又變得清晰無比。

他凝望著塔蘭提亞熟悉的塔樓和街道，人民群情激憤，大吼大叫，同時他還看到納米迪亞人的旗幟持續西進，穿越浩劫大地的濃煙和火焰。塔蘭提亞大廣場上，激動的人民聚在一起哭泣，高呼國王已死，各方男爵占地爲王，分裂國土，只要有國王出面統治，哪怕是瓦勒利斯，也比混亂無序要強。普羅斯佩羅，身穿明亮盔甲，騎在人民之中，試圖安撫他們，請求他們相信特洛瑟羅公爵，要他們守護城牆，協助他的騎士防禦城市。他們攻擊他，在恐懼和不理性的憤怒中尖叫，宣稱他是特洛瑟羅的屠夫，比阿馬利克還要邪惡的壞蛋。眾人朝他的騎士丟穢物和石塊。

畫面突然模糊，可能代表時間流逝，接著科南看見普羅斯佩羅和他的騎士魚貫離城，往南前進。全城陷入暴亂。

「笨蛋！」科南嘟噥道。「笨蛋！他們爲什麼不信任普羅斯佩羅？澤拉塔，如果妳在騙我，利用什麼把戲——」

「這都是過去的事了，」澤拉塔沉著回應，神色陰沉。「普羅斯佩羅離開塔蘭提亞已經是昨晚的事，當時阿馬利克的部隊幾乎已經抵達。人民在城牆上看見敵軍掠奪城外的野火。我是在魔煙裡看到的。太陽下山時，納米迪亞人進入塔蘭提亞，完全沒有遭遇反抗。看！此時此刻，在塔蘭提亞王室大廳——」

科南突然看到大加冕廳。瓦勒利斯站在王室高台上，身穿貂皮袍，而依然穿著蒙塵染血盔甲的阿馬利克在他的黃髮上加戴華麗閃亮的頭環——阿奎洛尼亞王冠！人民歡聲雷動；一排一排的鋼甲納米迪亞戰士冷眼旁觀，在科南宮廷中遭受冷落的貴族神氣活現地換上瓦勒利斯的徽章。

「克羅姆呀！」科南破口大罵，站起身來，大拳頭握成巨錘，腦側青筋浮現，五官扭曲。「納米迪亞人爲那個叛徒戴上阿奎洛尼亞王冠——在塔蘭提亞的王室加冕廳！」

彷彿被他激動的行爲驅散，幻象消失，他看見澤拉塔的黑眼透過煙霧盯著他。

「你看到了——首都的人民放棄了你以血汗爲他們爭取的自由；他們把自己賣給奴隸販子和屠夫。他們明白表示他們不相信他們的天命。你能仰賴他們贏回你的國家嗎？」

「他們以爲我死了，」他嘟噥道，恢復了一點儀態。「我沒子嗣。死人的回憶管理不了人民。納米迪亞人奪下塔蘭提亞又怎麼樣？還有很多行省、男爵和鄉間人民。瓦勒利斯只得到空洞的榮耀。」

「你很固執，戰士理應如此。我無法讓你看見未來，只能爲你呈現過去。不，我什麼都沒讓你看。我只是讓你看到來歷不明的力量在帷幕中打開的窗口。你想在過去尋找現今的蛛絲馬跡嗎？」

「想。」他立刻坐下。

再一次，綠煙升起。再一次，影像出現在他面前，這一次比較陌生，似乎與當前的處境無關。他看見巨大的黑牆、隱藏在黑影中台座上聳立的半人半獸邪惡神像。膚色黝黑、筋骨結實的人，身穿紅絲纏腰布在陰影中移動。他們抬著一座綠石棺，走在寬敞的黑走廊上。但在他弄清楚自己看到什麼前，場景突然變換。他看見一座洞窟，光線昏暗，充滿陰影，還有看不見的東西作祟。一座黑石祭壇上放著奇怪的金容器，外表類似扇貝殼。剛剛那些扛木乃伊石棺的精壯黑人走進石窟。他們拿起金容器，然後四周黑影晃動，看不出怎麼回事。但他看見一團黑暗中有道閃光，宛如活生生的火球。接著魔煙就只是煙，在撐柳木塊上飄升，變淡消逝。

「那到底是什麼意思？」他困惑問道。「我了解塔蘭提亞的景象。但薩莫拉盜賊偷偷溜進斯堤及亞的塞特地下神廟又是怎樣？那座石窟——我足跡踏遍世界各地，從未見過或聽說那樣的地方。既然妳能讓我看見這些瑣碎不連貫、毫無意義的片段，為什麼不能讓我得知全貌？」

澤拉塔翻動火堆，沒有回應。

「這種事情自有永恆的定律管理，」她終於開口。「我無法讓你了解；我自己也不能全盤了解，但數不清的歲月裡，我一直在高等境界的沉默之中尋求智慧。我救不了你，如果可以，我會出手。人類至少必須想辦法自救。或許今晚智慧會入我夢中，明天一早，我可能可以提供謎團的線索。」

「什麼謎團？」他問。

「攻擊你的神祕人物，導致你輸掉國家之人。」她回答。接著她在爐火前鋪張羊皮。「睡吧。」她簡短說道。

他不再說話，癱在羊皮上，陷入焦躁不安的沉睡，在夢中看見幽魂無聲遊蕩，高大的陰影潛伏。有一回，他面對沒有太陽的紫色天際，看見一座巨城的高大城牆和塔樓，他在清醒的世界中從未見過。巨大的塔門和紫色尖塔高聳在繁星之間，而尖塔上飄浮著一條巨大幻影，名叫薩托圖的男人那張留鬍鬚的大臉。

□

科南在黎明的冰冷白光中醒來，看見澤拉塔蜷伏在小火堆旁。他一整晚都沒醒來過，但是大狼出去或回來的聲音應該會驚醒他才對。不過狼也在屋內，火爐旁，蓬亂的毛皮上沾滿露水，且不只有露水。鮮血隨著露水一起滴落，它肩膀上還有劍傷。

澤拉塔點頭，沒有轉頭去看，彷彿能讀取這個王室賓客的心思。

「他黎明前出去打獵，血是獵物的。我想在獵殺國王的傢伙已經不會繼續獵殺了，不管是人或野獸。」

科南神色讚歎地看著大狼，走過去接下澤拉塔遞來的食物。

「奪回王位後，我不會忘記妳的。」他輕聲道。「妳誠心招待我——克羅姆呀，我想不起來上次像昨晚那樣受人款待，呼呼大睡是什麼時候了。但妳今早要幫我解開的謎題怎麼樣了？」

屋內陷入一遍寂靜，只有火爐中傳來撐木塊爆裂的聲響。

「找回你的王國之心。」她終於說。「你的挫敗和力量都在那裡。你作戰遠比凡人威猛。除非找回你的王國之心，不然你無法奪回王位。」

「妳是說塔蘭提亞城嗎？」

她搖頭。「我只是個神諭先知，諸神透過我的嘴巴傳話。祂們會封住我的嘴，避免我透露太多。你必須找回王國之心。我不能再多說了。我的嘴張開和閉上都是神在指引。」

□

科南在微白的晨曦中策馬西行。他回頭望去，澤拉塔站在小屋門口，一副高深莫測的模樣，身邊跟著那頭大狼。

天空一片灰暗，呼嘯的寒風預示冬季到來。光禿禿的樹枝緩緩抖落棕色的枯葉，掉在他的鎖甲護肩上。

他在丘陵間趕路一整天，避開道路和村落。天色漸暗時，他開始下坡，往低矮處走，看著下方一望無際的阿奎洛尼亞平原。山區西側的丘陵附近有許多村落和農場，過去半世紀來，大部分度過邊界的掠奪行動都是阿奎洛尼亞人幹的。如今農場和村落只剩下餘火和灰燼。

黑暗逐漸降臨，科南放慢速度。他有點擔心被人發現，不管是敵人還是朋友。納米迪亞人西行途中不忘報仇，而瓦勒利斯並沒有阻止他的盟友燒殺擄掠。他不打算贏得平民百姓的民心。西向的山丘下有一大片土地淪爲荒原。科南一邊咒罵，一邊騎過曾經肥沃的焦土，看見燒掉的房舍僅存的土牆。他經過遭人遺棄的空曠土地，宛如來自遺忘過往的鬼魂。

敵軍通過國土的速度顯示他們沒有遭遇多少抵抗。如果是科南率領阿奎洛尼亞軍對抗入侵部隊的話，敵人就必須用鮮血換取吋進。這個苦澀的想法令他良心不安；他並非一個王朝的代表。他只是孤獨的冒險者。就連瓦勒利斯吹噓的王朝血脈在人民心裡都比科南的回憶和他爲國家帶來的自由與權力重要。

沒有追兵跟他離開丘陵。他留意遊蕩或返軍的納米迪亞部隊，但是一個也沒遇上。脫隊兵都沒來惹他，從他的裝備認定他是入侵部隊的人馬。山丘西側有許多果園及河流，想要掩飾行蹤並不困難。

於是他穿越慘遭掠奪的土地，只有馬兒需要休息時才停下來，節省吃著澤拉塔爲他準備的食物，直到某天黎明，他躺在長滿柳樹和橡樹的河畔隱密處，在遠方起伏不定，散布蒼翠果園的平原上看見塔蘭提亞的藍金色塔樓。

他已經離開遭人遺棄的土地，來到生意盎然的地方。之後他開始緩慢謹愼前進，專走濃密的樹林和人跡罕至的偏僻道路。黃昏時分，他來到塞維斯．加拉努斯的大農場。

08 餘火

塔蘭迪亞附近的鄉野逃過了東方行省慘遭蹂躪的命運。殘缺的樹叢、肆虐的田野、搶光的糧倉在在顯露入侵部隊經過的跡象，但火把和武器並沒有徹底發揮作用。

觸目所及只有一個焦黑的污點——一大片焦土黑石的餘燼，科南知道該地原先聳立著他最堅定擁護者的宏偉宅邸。

國王不敢明目張膽地接近離城只有數哩的加拉努斯大農場。他在黃昏的微光中穿越一片樹林，最後終於透過樹隙看見農場看守人的小屋。他翻身下馬，綁好馬兒，走向厚拱門，打算派看守人去找塞維斯過來。他不知道莊園大宅中有些什麼人。他沒看到部隊，但他們有可能在市郊任何地方過夜。但當他走近時，門打開了，一身穿絲質緊身褲、華麗緊身上衣的身影走出門外，轉向通往樹林的小道。

「塞維斯！」

聽見這下低聲叫喚，大農場的主人轉聲驚叫。他的手握住腰間的狩獵短劍，看見聳立在夕照中的高大灰甲身影時微微縮身。

「你是誰？」他喝問。「你想幹——密特拉呀！」

他深吸口氣，紅潤的臉色轉白。「滾！」他脫口罵道。「你為什麼從亡靈的灰色國度回來嚇我？你在世時，我一直對你忠心耿耿——」

「我依然期待你對我效忠，」科南回道。「別抖了，兄弟；我有血有肉。」

塞維斯滿頭大汗，神色不安，上前凝視鎖甲巨漢的臉，接著在肯定自己沒眼花後，他半跪而下，摘下羽飾帽。

「國王陛下！眞的，實在是難以置信的奇蹟！首都的大鐘數日前就爲你敲響輓歌。傳言你死在瓦基亞，壓在數百萬噸的碎石和塵土下。」

「那是別人假扮我。」科南嘟噥道。「那個晚點再說。如果你家裡還有牛肉之類的東西——」

「請見諒，大人！」塞維斯叫道，連忙跳起身來。「你的護甲在長途跋涉下蒙塵，而我竟然沒有請你休息或用餐！密特拉呀！如今我看清你還活著，但我發誓，剛剛轉身看到你灰濛濛地站在昏暗的光線中時，我的膝蓋眞的嚇得變水了。黃昏時在樹林中遇上認定已死之人眞的很恐怖啊。」

「請看守人去照料我綁在橡木樹後的馬，」科南要求，塞維斯點頭，領著國王前進。貴族擺脫了迷信的恐慌後顯得十分緊張。

「我回屋後就派僕人過去，」他說。「看守人待在他的小屋裡——但最近我連自己的僕人都不太敢信任。最好不要讓其他人知道你在此。」

走向在樹林中隱約可見的大宅院途中，他轉向一條少有人走的小徑，兩側的橡樹樹枝在上方交錯形成拱頂，遮蔽黃昏的微光。塞維斯一言不發，快步穿越黑暗，舉止透露驚慌，沒多久帶科南走過一扇小側門，進入照明昏暗的窄廊。他們默默迅速穿越走廊，塞維斯帶國王來到一間寬敞的房間，有著高聳的橡木屋梁和華麗的鑲板牆壁。大壁爐裡升了火堆，因爲空氣中有股寒意，紅木桌上的大石盤裡放著熱騰騰的大肉餅。塞維斯鎖上大門，吹熄桌上銀燭台上的蠟燭，只留下火爐中的火光。

「請見諒，陛下，」他道歉。「如今危機四伏，到處都是奸細。最好不要讓從窗外偷看的人認出你的身分。不過這塊肉餅剛剛出爐，因爲我打算跟看守人談完後就回來享用。如果陛下願意遷就——」

「照明充足，」科南嘟噥道，毫不客氣地坐下，拔出他的匕首切餅。

他大快朵頤，暢飲塞維斯的葡萄園釀製的紅酒。他似乎沒有任何危機意識，但塞維斯不安地坐在火堆旁的長椅上，緊張兮兮地把玩著掛在脖子上的沉重金項鍊。他三不五時就會看向鑽石狀的窗口，在火光下隱隱反光，還豎起耳朵傾聽房門，彷彿期待會在門外走廊上聽見鬼鬼祟祟的腳步聲。

科南吃飽喝足，起身走過去坐在火堆旁另一張長椅上。

「我不會讓你身處險境太久，塞維斯。」他突然說道。「黎明前我就會遠離你的農場。」

「陛下——」塞維斯舉起雙手，但科南揮手打斷他。

「我知道你忠心耿耿，英勇過人。兩者都無可挑剔。但既然瓦勒利斯篡了我的王位，你收容我就是死刑，如果被發現的話。」

「我沒有實力公然忤逆他，」塞維斯承認。「我手下只有五十名重裝騎兵，在戰場上無關痛癢。你看到艾米利斯・斯卡凡努斯的大農場了？」

科南點頭，眉頭深鎖。

「他是這個行省中最忠誠的貴族，你很清楚。他拒絕效忠瓦勒利斯。納米迪亞人在他的宅院廢墟中燒死他。之後剩下的人就知道反抗無用，特別是當塔蘭提亞的人民都拒絕作戰。我們屈服了，瓦勒利斯饒了我們，不過他強徵重稅，肯定會摧毀很多貴族。但我們又能怎麼辦？我們以爲你死了。很多男爵都被殺了，剩下的淪爲囚犯。部隊潰不成軍。你又沒有繼承王位的子嗣。沒人領導我們——」

「波坦的特洛瑟羅公爵呢？」科南語氣嚴厲。

瑟維斯無奈攤手。

「沒錯，他的將領普羅斯佩羅率領部隊駐紮田野。他在阿馬利克大軍殺到前撤退，要求人民參加他的部隊。但由於國王陛下死了，人民回想起古老的戰爭和內鬥，以及特洛瑟羅和波坦人曾跟阿馬利克一樣企圖拿火把和劍征服此地。許多男爵嫉妒特洛瑟羅。有些人——或許是瓦勒利斯的奸細——四下散布波坦公爵打算爭奪王位的謠言。地方派系的仇恨再度掀起。如果我們能找出一個擁有王朝血脈的人，我們就會擁立他爲國王，跟隨他對抗納米迪亞。但我們沒有那種人。」

「忠心追隨你的男爵不會願意追隨其他男爵，所有男爵都各自爲戰，所有男爵都擔心其他人的野心。你是凝聚全國的繩索。繩索被砍斷，國家就分崩離析。如果你有兒子，男爵就會擁立他。但他們的忠誠沒有凝聚的中心。」

「商人和平民百姓，擔心暴亂，也擔心國家恢復到男爵各自爲政的封建時代，大聲疾呼說有國王總比沒國王好，就算是瓦勒利斯也行，至少他還是前朝的王族。當他率領鋼甲部隊現身，打著納米迪亞紅龍旗號，拿長槍敲打塔蘭提亞城門，沒人出面反對他。」

「不，人民打開城門，拜倒在他面前。他們拒絕協助普羅斯佩羅防禦該城。他們說寧願接受瓦勒利斯統治，也不要受特洛瑟羅指揮。他們說——這是眞的——男爵不會響應特洛瑟羅號召，但很多男爵會接受瓦勒利斯。他們說臣服於瓦勒利斯可以避免毀滅性的內戰，還有納米迪亞人的蹂躪。普羅斯佩羅率領一萬名騎士策馬南進，數小時後，納米迪亞騎兵就入城了。他們沒有追逐他。他們留下來確保瓦勒利斯在塔蘭提亞登基爲王。」

「那老巫婆的魔煙呈現的就是事實。」科南喃喃說道，突然感到毛骨悚然。「阿馬利克加冕瓦勒利斯？」

「是，在加冕廳，當時他手上的血還沒乾。」

「那人民在他善意的統治下很開心嗎？」科南諷刺怒問。

「他就像個住在征服土地上過著外國親王的日子。」瑟維斯語氣苦澀。「他的宮廷裡都是納米迪亞人，王宮守軍也是納米迪亞人，他們的部隊占領首都。對，屬於惡龍的時代終於來臨了。」

「納米迪亞人像貴族一樣神氣活現走在街上。每天騷擾女人、搶劫商人、瓦勒利斯不知道是不能還是不願意阻止他們。不，他只是他們的傀儡，有名無實。任何有理性的人都知道他是傀儡，而人民也開始察覺了。」

「阿馬利克率領大軍去對付外圍行省反抗他的男爵。但男爵並沒有統一陣線。他們彼此間的嫉妒蓋過對阿馬利克的恐懼。他會一個接著一個擊潰他們。許多城堡和城市了解這一點，於是派人遞出降書。反抗的男爵下場都很淒涼。納米迪亞人發洩經年累月積蓄的仇恨。阿奎洛尼亞人則在恐懼、金錢或占領的需求下加入他們的陣營。那是自然的發展。」

科南嚴肅點頭，凝望雕飾橡木鑲板上反映的紅色火光。

「阿奎洛尼亞有的是國王，而不是他們害怕的混亂。」瑟維斯終於說。「瓦勒利斯不在他的盟友前守護子民。數百名無力償還被強加贖金的人已經賣給科斯奴隸販子。」

科南猛然抬頭，藍眼中燃起致命的火焰。他低聲咒罵，雙手握成大鐵錘。

「對，白人販賣白人男女，就跟封建時代一樣。他們會在閃姆或突倫王宮裡當一輩子奴隸。瓦勒利斯是國王，但人們盼望的統一，甚至是用武力統一，他都辦不到。」

「北部的岡德和南部的波坦至今尚未淪陷，西方也有沒被征服的行省，因爲邊境男爵有波松尼亞弓箭手爲後盾。但這些外圍行省對瓦勒利斯並不構成威脅。他們只能採取守勢，能夠維持獨立就很幸運了。這裡瓦勒利斯和他的外國騎士具有絕對優勢。」

「那就讓他徹底發揮優勢。」科南冷冷說道。「他的時間不多。人民得知我還活著就會起身反抗。我們趁阿馬利克率兵回防前攻下塔蘭提亞。然後再把那些狗趕出王國。」

塞維斯沉默不語。火堆啪啪作響在這片寧靜中格外響亮。

「好了，」科南不耐煩地問，「你幹嘛垂頭喪氣，盯著火堆看？你懷疑我能辦到嗎？」

塞維斯規避國王的目光。

「凡人能力所及的事情，你都辦得到，陛下。」他回答。「我曾追隨你上陣殺敵，我知道沒有凡人能抵擋你的劍。」

「那是怎樣？」

塞維斯拉緊身上的毛邊外衣，在火堆前發抖。

「謠傳你是死在巫術之下。」他過一會兒說道。

「那又怎樣？」

「凡人要怎麼對抗巫術？午夜時分跟瓦勒利斯及其盟友交談的蒙面人是誰？據說他會平空出現又消失？有人私下謠傳他是數千年前死去的強大魔法師，從死亡的灰色大地回歸，推翻阿奎洛尼亞王的統治，恢復瓦勒利斯的王朝。」

「那又如何？」科南怒道。「我從貝弗魯斯的魔鬼地牢中逃脫，還有山中的鬼怪。只要人民起義——」

塞維斯搖頭。

「你在東方和中央行省最忠誠的支持者全部死了、逃了或遭囚。岡德遠在北方，波坦遠在南方。波松尼亞人已經撤回西方邊境。召集那些部隊需要數週的時間，兵力集結好前，阿馬利克早就摧毀所有徵兵地了。」

「但是中央行省人民起義的話就能爲我們帶來機會！」科南大聲道。「我們可以奪下塔蘭提亞，對抗阿馬利克的大軍，等待剛德人和波坦人抵達。」

塞維斯遲疑，聲音細不可聞。

「有人說你遭受詛咒而亡。有人說蒙面神祕人對你施法，不但殺了你，還讓部隊崩潰。大鐘敲響了你的輓歌。人民深信你已死亡。中央行省不會起義，就算知道你還活著也一樣。他們不敢。巫術在瓦基亞擊敗你。巫術把消息帶來塔蘭提亞，因爲當天晚上就有人在街上宣告你的死訊。」

「納米迪亞祭司在塔蘭提亞街道上再度施展黑魔法，殺害對你效忠的人民。我親眼見過。手持武器之人像蒼蠅般摔倒在地，透過人類無法理解的方式死去。那個瘦祭司在旁大笑道：『我只是阿塔羅，奧拉斯特斯的侍祭，而他也只是蒙面人的侍祭；我施展的不是我的法術；法術是透過我來施展的。』」

「好吧，」科南嗓音刺耳，「榮譽戰死難道不比苟且偷生強嗎？死亡難道比壓迫、奴役、和最終的毀滅還慘嗎？」

「一旦開始對巫術產生恐懼，理性就消失了，」塞維斯說。「中央行省人民恐懼過甚，不可能爲你起義。外圍行省會爲你而戰——但當初在瓦基亞擊敗你的巫術還會再度出擊。納米迪亞人占據了阿奎洛尼亞境內最遼闊、肥沃、人口最多的區域，單靠你能掌握的部隊是打不倒他們的。你將會白白犧牲效忠於你的子民。我心情沉重，但還是非說不可：科南王，你是個沒有王國的國王。」

科南凝視火堆，沒有回應。一塊悶燒的木柴在火焰中下沉，沒有爆出火星。那感覺就跟他國家慘遭蹂躪的廢墟差不多。

科南再度感應到物質幻象的帷幕後隱藏著殘酷的現實。他再度感受自己難以抵擋無情的命運。一股強大的恐慌拉扯他的靈魂，一種受困的感覺，還有想要摧毀殺戮的憤怒慾望。

「我宮廷裡的官員呢？」他終於問道。

「帕蘭泰迪斯在瓦基亞身受重傷，不過他的家人付了贖金，如今在阿塔勒斯的城堡中修養。運氣好的話，他日後還能騎馬。帕布利斯議長喬裝出國，沒人知道他身在何處。議會宣告解散。有些議員被捕入獄，有些被放逐。很多忠於你的臣民都被處死。比方說今晚，阿賓娜女伯爵將會死在劊子手的斧頭下。」

科南勃然大怒，目光炙烈瞪視塞維斯，把貴族嚇得畏縮後退。

「爲什麼？」

「因爲她不肯當瓦勒利斯的情婦。她的土地充公，家臣淪爲奴隸販售，到午夜，她會在鐵塔失去腦袋。聽我說，陛下——你永遠都是我的國王——在被人發現前逃走吧。這個世道，沒人活得安穩。奸細和告密者混在人群中，將微不足道的小事或不滿言論當成叛國或叛亂罪來回報。如果讓人民知道你還活著，一定會以你被捕或死亡收尾的。」

「我的馬和能夠信賴的手下都將聽你號令。黎明前我們就能遠離塔蘭提亞，朝邊界前進。如果我不能協助你奪回王國，至少能跟隨你流亡放逐。」

科南搖頭。塞維斯不安地看著他坐望火堆，下巴抵著他的大拳頭。火光映紅他的鎖甲和凶狠的雙眼。那雙眼睛在火光下宛如狼眼。就像從前那樣，不過此刻又比從前強烈，塞維斯再度意識到國王跟一般人大不相同。鎖甲下的壯大軀體太過堅硬靈活，絕非文明人所能擁有；那雙悶燒的眼睛裡散發出原始強大的火光。如今國王身上的野蠻特質冒出頭來，彷彿被逼入絕境時，外在的文明表象就被剝光，露出原始的核心。科南退回他最初的形態，他不會採取文明人在同樣情況下採取的行動，思緒也跟文明人不同，他難以預料。阿奎洛尼亞王跟辛梅利亞丘陵的獸皮屠夫只有一線之隔。

「我要去波坦，如果辦得到，」科南終於說。「但我一個人去。而身為阿奎洛尼亞國王，我還有最後一件事情要辦。」

「什麼意思，陛下？」塞維斯問，心裡掀起不祥的預感。

「我今晚要去塔蘭提亞救阿賓娜。」國王回道。「看來我似乎辜負了其他效忠我的子民——如果他們砍了她的腦袋，乾脆連我的一併砍了。」

「太瘋狂了！」塞維斯叫道，搖晃起身，掐自己喉嚨，彷彿已經感受到絞繩套住脖子。

「鐵塔有些只有少數人知道的祕密，」科南說。「總之，如果阿賓娜因對我效忠而死，而我卻棄她不顧，那我不過就是一條狗。我或許是沒有王國的國王，但我不是沒有榮譽的男人。」

「這樣做會害死我們的！」塞維斯低聲道。

「如果失敗，也只會害死我自己。你做得夠多了。我今晚獨自行動。我只要你做一件事：幫我弄眼罩、手杖，還有旅人的服裝。」

09 「是國王，或他的鬼魂！」

日落到午夜間有很多人通過塔蘭提亞的大拱城門——遲來的旅人、驅趕拖著沉重貨物騾子的遠方商人、市郊農場和葡萄園的自由工人。如今瓦勒利斯成爲中央行省的最高統治者，寬敞的城門口沒有人在仔細盤查持續湧入的人潮。軍紀鬆弛了。站哨的納米迪亞士兵都醉醺醺的，忙著欣賞美麗的女人和可以敲詐的有錢商人，根本不會去注意工人或風塵僕僕的旅人，就算是高大到陳舊斗篷遮蔽不住強壯身軀的旅人也一樣。

這個男人身上散發出一股強大的氣勢，不過渾然天成到他自己都沒察覺，更別說要加以掩飾。大眼罩遮住一邊眼睛，蓋住額頭的皮頭巾也遮蔽了五官。他粗壯的棕手握著一支長手杖，漫不經心地穿越拱門，火光閃爍、搖曳不定，微醺的守衛沒理會他，於是他就這麼踏上塔蘭提亞寬敞的街道。

燈火通明的大街上，人們如往常般做著生意，商店和攤位都有開張，陳列他們的商品。人群中有一種人特別顯眼。納米迪亞士兵，孤身一人或三五成群，神氣活現地穿越人群，傲慢自大地擠開路人。女人匆忙走避，男人也會神色陰沉，緊握拳頭地讓道。阿奎洛尼亞人是高傲的人種，而這些傢伙是他們的宿敵。

高大旅人手指緊握手杖，但，跟其他人一樣，他讓道一旁，給武裝士兵通過。在龍蛇混雜的人群中，他樸素蒙塵的服裝並不引人注目。但有一回，通過劍販攤位時，門後的燈火直接照亮他的身影，而他隱約察覺有道目光集中在他身上，於是他迅速轉頭，看見有個身穿自由工人棕色短衫的傢伙目不轉睛地盯著他看。那傢伙立刻轉過身去，消失在往來人群中。科南轉入一條狹窄的側巷，加快步伐。對方可能只是好奇亂看，但他不能冒險。

陰森的鐵塔跟堡壘是分開的，坐落在一片狹窄街道和擁擠房舍的迷宮中，四周建築老舊，一般比較講究的城市人都不會接近城內這個區域。鐵塔本身其實是座城堡，大量石塊和黑鐵堆成的古老建築，在粗野的古代也有護城堡壘的功能。

距離鐵塔不遠處，一堆半廢棄的住宅和倉庫之中，聳立著一座遠古瞭望塔，老到遭人遺忘，完全沒出現在該城過去一百年來的地圖上。該塔原始的功能遭人遺忘，就算有人看到它，也不會留意到防止乞丐和盜賊進入的那支古鎖相形之下其實算新，而且非常牢固，故意弄成生鏽古董的模樣。王國境內只有不到六個人知道這座塔樓的祕密。

綠鏽巨鎖上沒有鎖孔。但科南手指熟練地放在鎖上，摸索不仔細看看不到的隱藏旋鈕。塔門無聲無息地向內開啓，他步入黑暗之中，反身關上塔門。如果有光源的話，他就會看到這是一座空蕩蕩的圓柱體巨大石塔。

他十分熟悉地形，在一個角落摸索，於地面一塊石板上摸到一塊突起物。他迅速掀起石板，毫不遲疑地鑽入地洞。他的腳踏入向下的石階，來到心知是通往位於三條街外鐵塔的狹長走道。

堡壘上的大鐘，只有在午夜或國王殞落時會敲響，突然鐘聲大作。鐵塔中一個照明昏暗的房間裡打開一扇門，走出一條身影。鐵塔內部跟外表一樣莊嚴。巨大的石牆光禿禿的，沒有雕飾。石板地在無數世代人腳踐踏下光滑凹陷，拱頂在壁龕中的火把微光下隱約可見。

走上陰森走廊的男人顯然在努力融入環境。他身材高大，體格壯健，身穿緊身黑絲服。他頭上帶著黑兜帽，垂落肩膀，眼睛的位置有兩個洞。肩膀上批著寬鬆的黑斗篷，一邊肩膀扛著沉重的斧頭，看起來不像工具也不像武器。

他走在走廊上時，有個彎腰駝背的陰沉老頭迎了上去，一手撐著長矛，另一手拿著油燈。

「你沒有你的前任準時，劊子手大師。」他抱怨道。「午夜鐘已響，蒙面人都到女伯爵牢房去了。他們在等你。」

「鐘聲還在塔內迴蕩，」劊子手說。「就算我沒能像之前那條狗一樣在阿奎洛尼亞鐘聲下隨傳隨到，至少我的手臂隨時可以砍人腦袋。你管好自己的工作就好了，老守衛，把我的事交給我。我認爲我的工作比你的好，看在密特拉的份上，因爲你得要穿越冰冷的走道，檢查生鏽的牢房門，而我今晚可以砍下塔蘭提亞最美的腦袋。」

守衛沿著走廊慢慢離去，嘴裡唸唸有詞，劊子手則恢復成之前悠閒的步調。幾步後來到走廊轉角，他不經意地發現左側有扇門半開半闔。如果有花費神思考的話，他就會知道那扇門是在守衛通過後才打開的；但思考並非他的強項。他直到通過沒上鎖的門時才覺得有點不對勁，但當時已經太遲了。

他聽見輕盈迅捷的腳步聲和斗篷窸窣聲，但在來得及轉身前，一條粗手臂從後鉤住他喉嚨，壓抑他到嘴邊的叫聲。那一瞬間他在恐慌中了解突襲者的力量有多大，自己的肌肉難以抗衡。他沒看見，但卻感覺到對方的匕首。

「納米迪亞狗！」耳邊傳來激動的低語。「你已經砍完最後一顆阿奎洛尼亞頭了！」

然後他就再也聽不見任何聲音。

□

在搖曳火把照明下的濕冷地牢裡，三個男人站在跪於撲了燈心草的石板地上，瞪大眼睛看著他們的年輕女子身前。她身上只穿衣不蔽體的連身裙；亮麗的金髮撒落在白皙肩膀上，手腕讓人綁在身後。即使火光昏暗，衣衫不整、神色驚恐，她的美貌依然令人驚艷。她一聲不吭地跪著，瞪大雙眼看著折磨她的人。這些人都戴著面罩，披著斗篷。因爲幹這種事就是得蒙面，即使在征服的土地上也一樣。儘管如此她還是認得他們；但認得他們無傷大雅——今晚過後就無所謂了。

「我們慈悲的國王再提供妳一次機會，伯爵，」三人中最高的傢伙說得阿奎洛尼亞語毫無口音。「他要我告訴妳，只要妳放下尊嚴和叛逆思想，他還是會張開雙手接納妳。如果不——」

他比向牢房中央恐怖的木塊。木塊上有黑色污點，還有很多利刃穿越柔軟物體，在木頭上砍出的痕跡。

阿賓娜微微發抖，臉色發白，身體後縮。她青春活力的肉體在活命慾望下顫抖。瓦勒利斯也很年輕，英俊瀟灑。許多女人愛他，她告訴自己，爲了活命跟自己爭論。但她無法說出能在木塊和滴血斧頭前解救自己青春肉體的言語。她沒辦法跟自己講道理。她只知道一想到瓦勒利斯的擁抱，她體內就會湧現一股遠比死亡恐懼更加強烈的厭惡。她在比求生本能更難抗拒的衝動下無助搖頭。

「那就沒什麼好說的了！」另外一人不耐煩地以納米迪亞口音說。「劊子手呢？」

彷彿受到召喚般，地牢門無聲開啓，一名壯漢站在門中，宛如來自地獄的黑影。

看到那條陰森的身影，阿賓娜不由自主低呼一聲，其他人則默默凝視片刻，或許連他們都讓死寂無聲的兜帽身影給嚇了一跳。頭巾下的雙眼彷彿綻放藍焰的火碳，隨著那道目光停留在每個人身上，所有人都感到毛骨悚然。

接著高大的阿奎洛尼亞人粗暴地抓住女孩，把她拖往木塊。她忍不住尖叫，徒勞無功地反抗，驚慌失措，但他冷酷無情地逼她下跪，把她的黃腦袋壓在血淋淋的木塊上。

「你爲何遲到，劊子手？」他氣沖沖地問。「快點動手！」

他聽見一陣簡短陰森的笑聲，充滿難以形容的惡意。地牢裡所有人都僵在原地，凝望戴兜帽的男人——兩個穿斗篷的人、彎腰壓住女孩的面罩男，還有跪在地上轉動受制的腦袋向上看的女孩。

「如此無禮的笑聲是什麼意思，你這隻狗？」阿奎洛尼亞人不安地問。

黑衣男扯下兜帽，丟在地上；他背靠關上的牢門，舉起劊子手斧頭。

「你認得我嗎，狗？」他沉聲問道。「認得嗎？」

一聲尖叫打破地牢中的死寂。

「國王！」阿賓娜大喊，扭身掙脫壓制他的男人。「喔，密特拉呀，是國王！」

三個男人宛如雕像，接著阿奎洛尼亞人開口說話，彷彿懷疑自己的理智。

「科南！」他脫口說道。「是國王，或他的鬼魂！這是什麼魔鬼把戲？」

「魔鬼的把戲用來對付魔鬼！」科南諷刺道，嘴巴在笑，但眼中怒火中燒。「來，死吧，各位紳士。你們有劍，我有切肉刀。不，我想這把屠夫的工具很適合當前的任務，各位大人！」

「幹掉他！」阿奎洛尼亞人邊說邊拔劍。「他是科南，不殺了他，我們就死定了！」

納米迪亞人如夢初醒，紛紛拔劍衝向國王。

劊子手的斧頭不適合打鬥，但國王把這把笨重的武器耍得宛如手斧，加上步伐迅捷，隨時轉移位置，當場破解了對方三人同時進攻的打算。

他用斧頭架開第一個人的劍，在他後退或格擋前反手劃開對方胸口。剩下的納米迪亞人一劍沒砍中，失衡之下腦漿迸裂，片刻後阿奎洛尼亞人被逼到角落，手忙腳亂地抵擋落宛如雨下的攻勢，連大聲求救的機會都沒有。

突然科南左手一探，抓下男人的面罩，露出慘白的容貌。

「狗！」國王咬牙切齒。「我就知道我認得你。叛徒！可惡的變節者！你那顆骯髒的腦袋連這把爛武器都配不上。不，來個盜賊的死法！」

斧頭畫出凶狠的弧光，阿奎洛尼亞人慘叫一聲，跪倒在地，緊握鮮血狂噴的右手斷口。他的手臂齊肘砍斷，而斧頭順勢而下，深深砍入他身側，當場肚破腸流。

「躺著流血到死。」科南嘟噥道，神色噁心地拔出斧頭。「來吧，伯爵！」

他彎腰砍斷綑綁她手腕的繩索，把她當小孩一樣提起來，大步離開地牢。她歇斯底里地啜泣，雙臂摟著他的粗頸，緊緊抱著他。

「放輕鬆，」他輕聲道。「我們還沒脫離險境。如果我們抵達密道入口的牢房——可惡，他們聽見打鬥聲了，牆這麼厚還傳出去。」

走廊另一端傳來金屬撞擊、腳步聲，還有叫喊聲。一條駝背身影迅速衝來，高舉油燈，火光照亮科南和女人。辛梅利亞人咒罵一聲，直撲而上，但那個老守衛丟下了油燈和長矛，急忙逃開，使盡吃奶的力氣放聲呼救。遠處傳來叫聲回應。

科南立刻轉身，往反方向跑去。入塔時的密鎖和密門已經過不去了，他本來打算原路離開的，但他很熟悉這座陰森的建築。成為國王前，他曾被囚禁於此。

他轉入一條側道，迅速跑上另一條較寬的走廊，跟他來時走的那條平行，此刻走廊上空無一人。他才跑出數碼，立刻再度轉彎，衝入另一條側廊。這條路把他帶回剛剛離開的走廊，但出現在關鍵地點。數呎外有扇上閂的沉重大門，門外站著身穿甲冑和頭盔的大鬍子納米迪亞人，科南探頭出去看向人聲喧譁和火光搖曳的方向時，大鬍子剛好背對他。

科南毫不遲疑。他輕輕放下女孩，安靜迅速地持劍奔向守衛。男人在國王趕到時轉身，驚恐地大吼一聲，舉起長矛；但笨重的武器尚未到位，科南的劍已經以足以砍死牛的力道砍中對方的頭盔。頭盔和腦袋同時墜落，守衛隨即摔倒在地。

轉眼之間，科南拔開擋住大門那重到普通人單人無法抬起的沉重門閂，叫阿賓娜過來，後者跌跌撞撞跑到他身邊。他以不太端莊的姿勢一手抱起她，帶她出門，進入門外的黑暗中。

他們來到一條窄巷，伸手不見五指，一邊是鐵塔的側牆，另一側是一排建築的石牆。科南以最快的速度穿越黑暗，在房舍牆面上摸索門窗，但一扇都沒摸到。

身後的大門被人推開，守衛湧入窄巷，胸甲和劍刃反映火把的光芒。他們左顧右盼，大呼小叫，看不穿只能照亮方圓數呎的火把範圍外的黑暗，接著隨機挑選一個方向追趕而去——科南和阿賓娜的反方向。

「他們很快就會發現弄錯了，」他喃喃說道，加快步伐。「只要我們能在這面地獄牆上找到出口——可惡！街道巡邏隊！」

前方有道愈來愈近的火光，發自巷子跟一條窄街的交會處，而他隱約看到火光前有朦朧的身影和鋼鐵反光。對方確實是巡邏隊，前來調查發自小巷內的騷動。

「是誰？」他們大聲問，聽見可惡的納米迪亞口音，科南恨得牙癢癢的。

「待在我身後，」他命令女人。「我們得在監獄守衛回來夾攻之前殺出一條血路。」

他抓緊劍，直奔逼近而來的人影。他擁有奇襲的優勢。他看得見他們，站在遠方的火光前，但他們看不見從暗巷中衝來的他。他在他們尚未察覺前衝入其間，宛如受傷獅子般帶著無聲怒火展開攻擊。

他唯一的勝算就是在他們搞清楚狀況前殺光他們。但對方足足有十人之多，全副鎖甲，是邊境戰爭的老兵，單靠戰鬥本能就能彌補遭受突襲的困惑。發現對手只有一人時，他們已經倒下三人，然而即便如此，他們還是立刻反應。金鐵交擊，火星四射，科南的劍擊打輕鋼盔和鎖子甲。他看得比對方清楚，在幽暗的光線中，他迅速移動的身影令人難以看清目標。敵人的劍揮中空氣或被他的劍擋開，而當他每一劍揮出總是帶著怒意，目標明確有如旋風。

但他身後傳來監獄守衛的叫聲，從暗巷另一側跑回來，而前方的鎖甲兵還是以鋼牆阻擋他的去路。要不了多久，守衛就會趕到——他情急拚命，像打鐵的鐵匠般揮劍，接著突然有其他人逼近。巡邏隊身後平空冒出二十條黑影，然後就是凶狠無比的打鬥聲。鋼鐵在陰暗中反光，男人大叫，背後遭受致命攻擊。轉眼之間，巷內躺滿垂死掙扎的衛兵。一條漆黑的斗篷身影衝向科南，科南看到對方右手閃動金屬光澤，連忙舉劍。但對方伸出空手，語氣急迫：「這裡走，陛下！快！」

科南微微驚呼，揚起粗手臂抓起阿賓娜，跟著不知名的朋友走。在三十名監獄守衛緊追在後下，他一點都沒有遲疑的打算。

他走在這群神祕人中間，迅速通過暗巷，把女伯爵當成小孩般扛著。救他的人除了身穿黑斗篷和兜帽外，看不出其他特徵。他心中浮現疑慮，但至少他們殺了他的敵人，而眼前除了跟他們走外也沒有其他選擇。

領頭的人察覺他的疑慮，輕碰他的手臂說：「別擔心，科南王；我們是你忠心的臣民。」嗓音不熟，但肯定是阿奎洛尼亞中央行省的口音。

他們跌跌撞撞地穿越泥濘，監獄守衛在後面大呼小叫，復仇心切地衝過暗巷，看著前方的黑影和遠處街道的火光。但兜帽人突然轉向看起來光禿禿的牆壁，科南看到牆上有扇開啓的門。他暗罵一聲。他之前曾在光天化日下經過這巷子幾次，從未發現過那裡有扇門。但他們穿門而過，門關起來，發出鎖扣至定位的聲響。這個聲音令他不太安心，但領頭走的人催促他繼續前進，顯然十分熟悉此地地形，左右都有人攙著科南的手肘領路。他們似乎是沿著一條走道前進，科南感覺阿賓娜柔軟的肢體在他懷裡顫抖。接著前方隱約出現出口，就是一片漆黑中一道比較不那麼黑的拱門形狀，他們魚貫穿門而過。

接下來就是一系列令人搞不清楚方向的昏暗花園、陰暗巷道、蜿蜒走道，所有人一言不發地走著，最後來到一個寬敞明亮的房間，科南無從猜測位於何處，因爲剛剛的走法連他的原始方向感都打亂了。

10—阿克隆來的硬幣

不是所有人都跟著進房。房門關閉時，科南只看到一個人站在他面前——瘦子，全身裹在黑斗篷和兜帽裡。對方拉下兜帽，露出橢圓形的蒼白面孔，神情冷酷，五官鮮明。

國王放下阿賓娜，但她依然靠在他身邊，神色警覺地左顧右盼。房間很大，黑絨掛毯遮蔽部分大理石牆，厚地毯蓋住馬賽克地板，沐浴在銅油燈的金光下。

科南本能性手握劍柄。他手掌有血，劍鞘口也有血，因爲他沒有擦劍就還劍入鞘。

「我們在哪裡？」他問。

陌生人深深鞠躬，多疑的國王並沒有察覺任何諷刺意味。

「在阿修羅神廟，陛下。」

阿賓娜輕呼一聲，貼緊科南，神色恐懼地盯著黑拱門看，彷彿期待看到陰森的黑影走入。

「不要怕，女士，」領頭的人說。「跟平民百姓的迷信不同，這裡沒人會傷害妳。既然妳的君主有好好理解我們的信仰，在無知百姓的迫害前保護我們，那他的子民當然沒有必要擔心。」

「你是誰？」科南問。

「我是海卓瑟斯，阿修羅的祭司。我有個信徒看到你入城，跑來通知我。」

科南粗魯地嘟噥一聲。

「別擔心別人會發現你的身分。」海卓瑟斯向他保證。「你的扮像足以瞞過所有人，除了阿修羅信徒，因爲我們的信仰就是爲了看穿幻象。信徒跟蹤你前往瞭望塔，我的人進入地道，以便在你回歸時提供協助。其他人，包括我在內，包圍了鐵塔。如今，科南王，輪到你來指揮了。在阿修羅神廟裡，你還是國王。」

「你們爲什麼願意冒生命危險來幫我？」國王問。

「你在王座上時是我們的朋友，」海卓瑟斯說。「你在密特拉祭司企圖趕走我們時保護我們。」

科南好奇地打量四周。他從未造訪過阿修羅神廟，甚至不能肯定塔蘭提亞有這種神廟。該宗教的祭司習慣隱藏神廟的位置。在海伯里亞國家裡，密特拉信仰具有絕對優勢，但阿修羅信仰始終存在，儘管法律禁止，大眾又充滿敵意。科南聽說過隱密神廟的邪惡傳言，黑祭壇上不斷冒出黑煙，信徒綁架活人，獻祭給盤繞的大蛇，蛇頭永遠都在陰森的黑影中搖晃。

宗教迫害導致阿修羅信徒利用巧妙的手段隱匿神廟，掩飾他們的儀式；而如此神祕行事又引發了更多懷疑和邪惡的傳說。

但科南的野蠻習俗對宗教抱持寬容的態度，而他拒絕迫害阿修羅的信徒，也不讓人民在毫無證據，單憑無法證實的謠言和指控下這麼做。「如果他們是黑魔法師，」他說過，「他們怎麼會容許你們迫害？既然他們不是，他們就不邪惡。克羅姆的魔鬼呀！讓人們去崇拜他們想崇拜的神。」

海卓瑟斯恭敬邀請他坐上象牙椅，指示阿賓娜坐上另一張，但她寧願坐他腳邊的金板凳，緊貼他的大腿，彷彿透過肢體接觸尋求安全感。她就像大部分正統密特拉教徒一樣，對阿修羅教徒本能上懷抱恐懼，從小就聽他們活人獻祭和神祇化爲人形在陰森神廟中晃來晃去的故事長大。

海卓瑟斯站在他們面前，沒戴兜帽的腦袋低頭鞠躬。

「你打算怎麼做，陛下？」

「先吃東西。」他嘟噥道，祭司拿起銀杖敲打金鑼。

悅耳的鑼聲才剛消逝，四條戴兜帽的身影已走出門簾，扛著一個大四腳銀盤，上面放著熱騰騰的食物和水晶器皿。他們把銀盤放在科南面前，深深鞠躬，國王在錦緞上擦手，嘴裡嘖嘖兩聲，食指大動。

「小心，國王陛下，」阿賓娜輕聲道。「這些人吃人肉！」

「我用我的國家打賭這只是烤牛肉。」科南回應。「來吧，女士，吃吧。妳被關在監獄，肯定飢腸轆轆。」

她確實餓了，加上面前之人說的話對她而言就是終極法律，女伯爵聽命行事，姿態優雅地大快朵頤，而她的國王則狼吞虎嚥吃肉喝酒，好像還沒吃過晚餐一樣。

「你們祭司很精明，海卓瑟斯，」他說，手裡拿著大牛骨，嘴裡塞滿牛肉。「我很樂意接受你們的幫助一起奪回王國。」

海卓瑟斯緩緩搖頭，科南不耐煩地把牛骨丟回桌上。

「克羅姆的魔鬼呀！阿奎洛尼亞人都怎麼了？先是塞維斯——現在你又這樣！我說要趕走那些狗時，你們就不能不要搖頭嗎？」

海卓瑟斯嘆氣，緩緩回道：「陛下，這話不中聽，我也很想說點別的。但阿奎洛尼亞的自由日子已經走到盡頭。不，全世界的自由都將消失殆盡！歷史總是一個時代接著一個時代改變，如今我們即將邁入恐懼和奴役的時代，就像許久以前一樣。」

「什麼意思？」國王不安地問。

海卓瑟斯在張椅子坐下，手肘抵住大腿，凝視地板。

「聯合起來對付你的不光是阿奎洛尼亞叛變領主和內梅尼亞大軍，」海卓瑟斯說。「還有巫術——來自古世界的恐怖黑魔法。一個可怕的傢伙從過去的陰影中浮現，沒人能夠與之抗衡。」

「什麼意思？」科南重複。

「我說得是阿克隆的薩托圖，死於三千年前，如今又回歸世間。」

科南一聲不吭，心裡浮現一個影像——一張神情冷靜，英俊瀟灑的大鬍鬚容顏。他再度感到一股焦躁不安的熟悉感。阿克隆——這個名詞在他記憶本能中掀起顫動。

「阿克隆，」他回應。「阿克隆的薩托圖——兄弟，你瘋了嗎？阿克隆乃是久到我都算不清的古老年代中的傳說。我甚至懷疑它根本不曾存在過。」

「那是黑暗的現實，」海卓瑟斯回道，「黑魔法師的帝國，沉浸在早遭世人遺忘的邪惡中。該帝國最後被西方的海伯里亞部族推翻。阿克隆的巫師習練污穢的死靈魔法，最邪惡的奇門異術，魔鬼教他們的危險魔法。而那個被詛咒的王國中，最偉大的巫師就是派桑的薩托圖。」

「那他怎麼會被推翻？」科南語氣懷疑。

「有人偷走了他嚴加守護的強大魔力源去來對付他。那魔力源已回到他手中，所以他所向無敵。」

阿賓娜，抓著身旁的劊子手黑斗篷，凝視祭司和國王，聽不懂他們在講什麼。科南氣呼呼地搖頭。

「你在耍我。」他吼道。「如果薩托圖死了三千年，這傢伙怎麼可能是他？不過就是有個惡棍盜用他的名號。」

海卓瑟斯靠向一張象牙桌，打開桌上的小金箱。他從箱子裡拿出一個在柔光下微微反光的東西——一枚古董金幣。

「你見過薩托圖面罩下的面孔？看看這個。這是古阿克隆殞落前鑄造的硬幣。當年那個黑帝國魔法無處不在，就連鑄造金幣都有用到魔法。」

科南接過硬幣，皺起眉頭。金幣毫無疑問年代久遠。科南多年掠奪生涯中曾接觸過不少金幣，十分熟悉相關知識。硬幣邊緣磨光，刻字都看不清楚。但其中一面刻印的人像依然清晰可辨。科南透過齒縫深深吸了口氣。房內並不冷，但他感到頭皮發毛，渾身冰涼。那是個大鬍子男人的人像，高深莫測，神情冷靜，英俊瀟灑。

「克羅姆呀！是他！」科南喃喃說道。如今他了解了一開始看到那個大鬍子時為什麼會有似曾相識的感覺。他曾見過類似的金幣，很久以前，在遙遠的土地上。

他聳肩說道：「長得像只是巧合——而且他既然聰明到去假扮被人遺忘的法師，自然也聰明到會假扮他的外貌。」但他語氣並不十分信服。那枚硬幣動搖了他世界的基礎。他覺得現實和穩定都墜入了幻象和巫術的深淵。他可以了解巫師；但現在的情況根本毫無理智可言。

「我們不能懷疑此人真是派桑的薩托圖，」海卓瑟斯說。「就是他摧毀瓦基亞的峭壁，透過奴役大地元素的魔法——是他派遣黑暗生物在黎明前進入你的大帳。」

科南皺眉看他。「這事你怎麼知道的？」

「阿修羅教徒有我們的祕密管道。那個無所謂。但你真願意為了不可能奪回的王冠而白白犧牲子民的性命嗎？」

科南拳頭頂著下巴，神色嚴肅地凝望虛無。阿賓娜焦慮地看著他，神色困惑地摸索他所面對的困境迷宮。

「世界上沒有巫師能用魔法對抗薩托圖的魔法嗎？」他終於問。

海卓瑟斯搖頭。「如果有，阿修羅教徒肯定知道。有人說我們的宗教是遠古斯堤及亞巨蛇崇拜的旁枝。那是謊言。我們的祖先來自梵迪亞，瓦拉葉海以東的藍色西梅里亞山脈。我們是東方之子，不是南方，我們擁有所有東方巫師的知識，他們遠比西方巫師強大。但在薩托圖的黑魔法前，他們不過就是風中的一根稻草。」

「但他曾被打敗過一次，」科南堅持。

「對；有人用強大的魔力源去對付他。但如今那個魔力源再度落入他手中，他會確保東西不會再度遭竊。」

「這個天殺的魔力源是什麼？」

「阿利曼之心。阿克隆被推翻時，偷走它並用來對付他的原始祭司把法器藏入一座洞窟，並在洞窟上建立一座小神廟。神廟經過三次重建，每次都比之前更宏偉更華麗，但始終都奠基在原先的神廟上，儘管建廟之人忘記了最初建廟的理由，普通人忘記了神祕符號的意義，只有祭祀書和神祕典籍中有保留。於是到最後就變成沒人知道了。有人說那是貨眞價實的神祇之心，也有人說那是許久之前從天而降的星星。在阿利曼之心遭竊前，足足有三千年沒人見過它。」

「當密特拉祭司的魔法無法抵抗薩托圖的侍祭阿塔羅的魔法時，他們就想起了阿利曼之心的古老傳說，而大祭司就帶著一名侍祭深入三千年沒有祭司造訪的神廟下的黑暗恐怖地窖。在以神祕文字祭載阿利曼之心的鑲鐵古籍中，提到遠古祭司留下一隻黑暗怪物守護該法器。」

「在地下深處一座有許多拱門通往莫名黑暗的方正石室中，祭司和他的侍祭找到座綻放神祕光芒的黑石祭壇。」

「祭壇上擺著雙扇貝殼狀的金容器，宛如藤壺般攀附在石桌上。但容器開啓，空無一物。阿利曼之心不翼而飛。他們神色驚恐地看著，地窖守護者，黑暗的怪物，突然攻擊他們，打倒大祭司。但侍祭趕走了怪物——沒有心智、沒有靈魂的地獄浪子，許久之前被帶來該地守護阿利曼之心——扛著垂死的祭司爬上黑窄長階梯，而大祭司死前對其信徒道出此事，要求他們服從無法對抗的力量，不得洩露這個祕密。但祭司彼此之間都會談論此事，於是就傳入我們阿修羅信徒耳中。」

「薩托圖從這個法器中取用力量？」科南問，依然充滿懷疑。

「不。他的力量來自黑暗深淵。但阿利曼之心來自某個遙遠的焰光世界，倘若落在行家手裡，黑暗的力量無法與之抗衡。那是一把可能會攻擊他的劍，而不是他能拿去攻擊人的劍。它能恢復生命，也能摧毀生命。他偷走阿利曼之心，不是爲了拿去對付敵人，而是防止敵人用來對付他。」

「洞窟深處黑祭壇上貝殼狀的金容器。」科南喃喃說道，皺起眉頭，努力捕捉這個幻影。「讓我聯想到我曾聽說或見過的畫面。但以克羅姆之名，如此強大的阿利曼之心究竟是什麼東西？」

「那是一顆大寶石，類似紅寶石，但會綻放紅寶石從未綻放過的刺眼火焰。它就像是活生生的火焰——」

科南突然跳起身來，右拳敲打左掌，發出巨響。

「克羅姆呀！」他吼道，「我眞是個傻瓜！阿利曼之心！我的王國之心！找出我的王國之心，澤拉塔說。看在尤米爾的份上，那就是我在綠煙裡看到的寶石，塔拉斯克斯趁薩托圖在黑蓮花效用下沉睡時偷走的寶石。」

海卓瑟斯也站起身來，冷靜的外表有如衣服般當場退去。

「你說什麼？阿利曼之心已經不在薩托圖手中？」

「對！」科南轟然道。「塔拉斯克斯害怕薩托圖，想要閹割他的力量，而他以爲力量來自阿利曼之心。或許他以爲只要失去阿利曼之心，巫師就會死。克羅姆呀——啊！」他的表情糾纏了失望及噁心，放下緊握的拳頭。

「我忘了。塔拉斯克斯把阿利曼之心交給一個盜賊，要他丟到海裡。現在那傢伙肯定已經快到柯達瓦了。在我找到他前，他會乘船出海，把阿利曼之心丟到海底。」

「海底保不住那顆寶石！」海卓瑟斯大聲道，興奮得微微發抖。「不然薩托圖很久以前就會親手把它丟到海裡去了，如果他不是很肯定一場風暴就會把寶石吹到岸上的話。但天知道會是哪個未知海岸！」

「好吧，」科南恢復了些自信，「誰也不能保證那個賊眞的會把寶石丟到海裡。以我對盜賊的了解——我還滿了解他們的，因爲我早年在薩莫拉幹過這一行——他不會丟掉寶石。他會賣給有錢商人。克羅姆呀！」他越說越興奮，開始來回踱步。「値得調查看看！澤拉塔要我去找我的王國之心，而她讓我看見的異象都已證實為眞。能夠打敗薩托圖的力量難道眞的潛伏在那顆紅色小玩意兒裡？」

「對！我敢說就是這樣！」海卓瑟斯大聲道，臉色興奮紅潤，雙眼發光，拳頭緊握。「只要掌握了阿利曼之心，我們就有辦法對付薩托圖！我發誓！只要能找回它，我們就有很大的機會能奪回你的王冠，趕走入侵者。阿奎洛尼亞怕得不是納米迪亞的劍，而是薩托圖的黑魔法。」

科南看他片刻，欣賞祭司的熱血。

「那就像是惡夢中的冒險，」他終於說。「但你的說法跟澤拉塔不謀而合，而她提到的其他事都是眞的。我會去找這顆寶石。」

「阿奎洛尼亞的命運掌握在那顆寶石裡，」海卓瑟斯語氣堅定。「我派人隨你去——」

「不用！」國王不耐煩地說，不打算讓祭司拖累他的任務，不管他們有多擅長魔法。「這是戰士的任務。我一個人去。先到波坦，把阿賓娜交給特洛瑟羅。然後去柯達瓦，必要的話乘船出海。就算那個賊打算執行塔拉斯克斯的命令，在這個時節要找船出海也可能會遇到問題。」

「如果你找到阿利曼之心，」海卓瑟斯大聲道，「我會幫你鋪設征服之道。在你回歸阿奎洛尼亞前，我就會透過祕密管道散布你還活著，並且帶著勝過薩托圖的魔法回來。我會讓人民做好起義的準備。只要肯定有辦法對抗薩托圖的黑魔法，他們就會起義。」

「我也會協助你這趟旅程。」

他起身敲鑼。

「這座神廟下有密道直通城外。你可以搭乘朝聖船前往波坦。不會有人騷擾你。」

「就這麼辦。」確認下一步目標後，科南全身點燃性急的火焰，全身充滿活力。「盡快安排。」

□

城內其他地方的情況也瞬息萬變。氣喘吁吁的信差衝入王宮，來到在看舞女表演的瓦勒利斯面前，跪倒在地，邊喘邊道出血腥劫獄、美麗囚犯逃亡事件。他還帶來負責執行阿賓娜死刑的塞斯畢阿斯公爵瀕臨死亡，要求死前能跟瓦勒利斯談談的消息。

瓦勒利斯迅速披上斗篷，隨信差穿越蜿蜒的走道，來到塞斯畢阿斯所在的房間。貴族毫無疑問快要死了；他每吸一口氣，嘴角都會冒出白沫。他的斷臂爲了止血緊緊綑綁，但就算手臂沒斷，他身側的傷口也足以致命。

瓦勒利斯輕聲咒罵，獨自跟垂死之人共處一室。

「密特拉呀，我本來以爲世界上只有一個人能砍出這種傷痕。」

「瓦勒利斯！」垂死之人喘道。「他還活著！科南活著！」

「你說什麼?」另一人脫口說道。

「我以密特拉之名起誓!」塞斯畢阿斯嗓音汩汩，讓口裡的鮮血嗆到。「是他扛走阿賓娜的!他還沒死——不是地獄歸來作祟的鬼魂。他有血有肉，比之前更恐怖。鐵塔後巷裡躺滿屍體。小心，瓦勒利斯——他回來了——要把我們殺光——」

滿身是血的塞斯畢阿斯伯爵突然渾身劇震，然後就死了。

瓦勒利斯皺眉看著死人，左顧右看片刻，迅速來到門邊，突然推開房門。信差和一隊納米迪亞衛兵站在走廊數步外。瓦勒利斯喃喃說了幾句可能是在表示滿意的言語。

「所有城門都關了嗎?」他問。

「是，陛下。」

「所有城門加派三倍人馬。嚴加盤查才能放人進出城門。派人搜索街道和民房。一個很有價值的囚犯在阿奎洛尼亞叛徒的協助下逃獄。有人認出那傢伙嗎?」

「沒，陛下。老守衛有看到他一眼，但只說他是個巨人，穿著劊子手的黑袍，而我們在一間空牢房裡發現劊子手的屍體。」

「此人異常危險，」瓦勒利斯說。「千萬不要輕敵。你們都認得阿賓娜女伯爵。搜索她，如果找到她，立刻把她和同黨殺光。不要嘗試活捉他們。」

回到自己寢宮，瓦勒利斯傳來四個外表怪異的男人。他們高高瘦瘦，膚色偏黃，面無表情。他們打扮差不多，身穿黑袍，依稀可見腳上的涼鞋。兜帽遮蔽他們的五官。他們站在瓦勒利斯面前，雙手縮在寬袖之中；雙臂交抱。瓦勒利斯不動聲色地看著他們。他曾浪跡天涯，見過許多奇怪的人種。

「我在齊丹叢林中發現你們飢腸轆轆，」他張口道，「被你們國家放逐時，你們發誓效忠於我。你們一直以來忠心耿耿，透過恐怖的手段服侍我。只要再幫我做一件事，就能從效忠的誓言中解脫。」

「辛梅利亞人科南，阿奎洛尼亞之王，依然活著，雖然薩托圖對他施法——說不定正是因爲薩托圖施法。我不知道。那個復活魔鬼的黑心實在太陰險狡詐，不是凡人可以揣測。但只要科南活著，我就不安全。人民接受我是在兩個不好的選擇中挑比較好的，先決條件是認定他已經死了。讓他再度現身，王座就會在我還來不及舉手前被革命搞得天翻地覆。」

「或許我的盟友打算利用他來取代我，如果他們認爲我已經沒有利用價値的話。我不知道。但我知道這個世界容不下兩個阿奎洛尼亞之王。找出辛梅利亞人。不管他躲在哪裡或逃往何處，利用你們神奇的力量揪他出來。他在塔蘭提亞朋友甚多。劫走阿賓娜時有人幫他。塔外巷道內的屠殺不可能是一個人幹的，就算那個人是科南。到此爲止了。帶你們的法杖去追殺他。我不知道你們會追到哪裡去。總之給我找出他！一旦找到，殺了他！」

四個齊丹人同時鞠躬，一言不發，無聲無息地轉身離開房間。

11 — 南方之劍

遠方山丘後的黎明照亮塔蘭提亞城牆一哩外河面上的小船，河道像條蜿蜒大蛇般轉而向南。這艘船跟一般航行在柯洛塔斯河寬敞河面上的船不同——裝滿商品的漁夫或商人的平底船。這艘船比較長、比較窄，船頭弧形向上，船身宛如黑檀木般漆黑，船緣繪有白骷髏頭。船身中央有間小艙房，窗口緊閉。其他船都會遠離繪有陰森圖案的船隻；因爲這很顯然是所謂的「朝聖船」，載運逝去的阿修羅信徒南向踏上最後一趟旅程，前往波坦以南的高山，最後終將匯入大海。艙房中肯定躺著信徒的屍體。所有人都很熟悉這艘陰森的朝聖船；最虔誠的密特拉教徒也不敢接觸或干擾他們嚴肅的旅程。

沒人知道究竟朝聖船航向何處。有人說是斯堤及亞；有人說是地平線外的無名島；也有人說是梵迪亞境內的神祕聖地，死者最終的歸屬地。但沒人可以肯定。他們只知道當阿修羅教徒去世，屍體會搭乘由一名高大奴隸划槳的黑船順著大河南下，然後就再也不會有人見到船、屍體或奴隸；除非，根據某些恐怖的傳言，划槳南行的奴隸從頭到尾都是同一個人。

在這艘船上划槳的人跟其他船一樣是高大的棕膚男子，但若仔細看就會發現他的膚色其實是用顏料抹出來的。他身穿皮纏腰布和涼鞋，以超乎尋常的技巧和力量操縱長舵和船槳。但沒人接近這艘陰森的船，因爲大家都知道阿修羅教徒身受詛咒，而這些朝聖船都有被施過邪惡魔法。於是人們繞船遠行，在黑船路過時默唸咒語，完全沒人想到他們是在協助國王和阿賓娜女伯爵逃亡。

那是趟奇特的旅程，搭乘長黑船在大河上航行將近兩百哩，來到柯洛塔斯河轉向東流，繞過波坦高山之處。不斷變動的景色彷彿夢幻般掠過。白天，阿賓娜耐心地躺在小船艙裡，就跟她所假扮的屍體一樣安靜。只有在深夜，由奴隸手持火把照明，美麗乘客躺在絲墊上尋歡作樂的遊船靠岸後，漁船於黎明出航之前，女人才會離開艙房。然後她會握住以繩索固定的長舵，好讓科南睡上幾個小時。但國王不需要休息太久。慾望之火持續驅趕他；而他強健的身軀足以承受這惱人的試煉。他們毫不停歇地向南前進。

他們順流逃亡，夜間河面上反映出上百萬顆星星，白天則反射金黃色的陽光，隨著他們日漸南進而將冬季拋到身後。他們在晚間路過城市，看著城內明亮的燈火、河畔的貴族宅院和豐碩的果園。終於波坦的藍山映入眼簾，層層交疊，宛如諸神的壁壘，大河偏離那些懸崖峭壁，波濤洶湧地穿越邊境丘陵。

□

科南仔細打量河岸，最後轉過長舵，朝向岸邊一處突出河面的陸地前進，冷杉樹圍著奇特灰岩長成一圈。

「我實在不懂那些船要如何通過前方那些瀑布。」他嘟噥道。「海卓瑟斯說他們能通過——但我們要停在這裡。他說會有人帶馬等候我們，但我沒看到人。反正我也不知道我們要來的消息怎麼可能比我們先到。」

他划向岸邊，把船頭綁在河岸一道拱起的樹根上，然後跳入河裡，洗掉身上的棕漆，濕淋淋地爬回船上，恢復從本身的膚色。他從船艙內取出海卓瑟斯幫他準備的阿奎洛尼亞鎖甲，還有他的劍。他換上鎖甲，阿賓娜則穿上適合在山間行走的服裝。科南著裝完畢，轉身面對河岸，隨即吃了一驚，連忙伸手握劍。河岸上，樹蔭下，有個穿黑斗篷的人，手握一匹白馬和一匹棗紅色戰馬的轡繩。

「什麼人？」國王問。

對方深深鞠躬。

「阿修羅教徒。我收到命令。奉命行事。」

「命令是怎麼『收到』的？」科南問，但對方只是再度鞠躬。

「我是來領你通過高山，前往第一座波坦堡壘的。」

「我不需要嚮導。」科南回應。「我很熟悉這些山丘。謝謝你的馬，但我跟伯爵若有阿修羅侍祭同行會吸引更多不必要的注意。」

男人深深鞠躬，把轡繩交給科南，隨即踏上小船。他出航，順著急流而下，朝向遠方看不見的激流而去。科南困惑搖頭，把女伯爵抱上白馬的馬鞍，然後跨上戰馬，朝向高聳天際的山峰前進。

群山腳下地勢起伏的鄉野如今在陷入混亂、男爵實施封建統治的國家中淪為盜賊團體橫行霸道的邊境地區。波坦尚未正式宣布脫離阿奎洛尼亞，但就各方面而言，如今它都是自給自足的王國，由世襲伯爵特洛瑟羅統治。南方鄉野名義上臣服瓦勒利斯，但他至今尚未嘗試通過掛有波坦紅豹旗的堡壘守護的道路。

國王及其美麗的旅伴在傍晚時分騎上藍山坡。隨著他們越騎越高，鄉野宛如紫色斗篷般鋪在他們下方，河流和湖泊閃閃發光，田野也覆蓋黃色的光澤，遠方塔樓則反射白光。他們前方，高高在上，聳立著波坦第一座堡壘──位於狹窄山道之上，紅色旗幟在清澈的藍天前飄揚。

抵達堡壘前，一隊身穿明亮護甲的騎士騎出樹林，領頭之人語氣嚴厲地命令旅人停步。他們身材高大，雙眼漆黑，有著南方人的黑髮。

「停步，閣下，請表明身分，為何前往波坦。」

「波坦反叛了嗎？」科南問，仔細凝視對方，「竟然攔下身穿阿奎洛尼亞護甲的人，當外國人一樣質問？」

「近日有許多惡棍騎馬離開阿奎洛尼亞。」對方冷冷回應。「至於反叛，如果你是指拒絕承認篡位者統治，那波坦確實反叛了。我們寧願服侍死人的回憶，也不要承認一條狗的權威。」

科南摘下頭盔，撩起黑髮，正視說話之人。波坦人目瞪口呆，臉色發青。

「天堂聖徒啊！」他驚呼。「是國王──國王還活著！」

其他人呆呆看著，接著發出歡欣喜悅的叫聲。他們湧向科南，大喊戰呼，激動得揮舞長劍。波坦戰士的歡呼足以嚇壞膽小之人。

「喔，特洛瑟羅看到你一定會喜極而泣的，陛下！」一人叫道。

「對，還有普羅斯佩羅！」另一人叫。「將軍彷彿披著悲傷斗篷，日夜痛罵自己沒能即時趕到瓦基亞，與國王並肩作戰到死！」

「現在我們可以反攻了！」有人喊道，大劍舉在頭上。「萬歲，科南，波坦王！」

鋼鐵噹噹作響加上歡聲雷動的叫聲嚇得樹林間群鳥驚飛，宛如灰雲。南方人熱血沸騰，一心只想跟隨新國王共赴戰場，掠奪敵境。

「你有何命令，陛下？」他們喊道。「我們派人先行回報你抵達波坦的消息！每座塔樓都將旗幟飄揚，路上將會鋪滿玫瑰，所有南方美女和騎士都將熱烈歡迎你——」

科南搖頭。

「誰會質疑你們忠心？但風會將山裡的消息吹向敵境，而我不希望他們得知我尚在人間——暫時不要。帶我去見特洛瑟羅，不要洩露我的身分。」

於是原先打算風光歸城的騎士採取了祕密逃亡的隊形。他們加快腳步，沿途不與人交談，只有在每個關口跟執勤的隊長低聲說話；科南則放下面罩，混在騎士之間。

山區無人居住，除了法外之徒和守衛山道的駐軍。養尊處優的波坦人不需要也不想要與嚴厲的環境搏鬥。高山以南，肥沃美麗的波坦平原一路延伸到阿里曼河；不過渡河之後就是辛加拉的領地。

即使在冬季令山區樹葉冰脆的此時，平原上的高草依然搖擺，養活波坦遠近馳名的馬和牛。棕櫚樹和橘子園在陽光下微笑，城市和城堡美麗的紫、金、紅色塔樓反射金光。這裡是溫暖肥沃的土地，充滿美麗的人們與英勇的戰士。不是只有艱苦的環境才能孕育堅強之人。波坦四周都是覬覦他們的鄰居，波坦人在持續不斷的戰鬥中堅強茁壯。領土北境有高山防禦，但南方只有阿里曼河分開波坦與辛加拉的平原，河面不只一次，而是上千次被染成紅色。東方是阿果斯，再過去還有俄斐，驕傲又貪婪的王國。波坦騎士仰賴鋒利沉重的長劍守護領土，很少有機會鬆懈懶散。

沒多久，科南抵達特洛瑟羅伯爵的城堡……

□

科南坐在華麗房間的絲床上，暖風吹過薄掛簾。特洛瑟羅宛如獵豹般來回踱步，體態輕盈，靜不下來，擁有女人的腰身和劍客的闊肩，絲毫不受歲月侵擾。

「讓我們擁立你為波坦國王！」伯爵力勸。「讓那些北方豬自己承擔他們脖子上的牛軛。南方依然是你的。待在這裡領導我們，享受花朵和棕櫚樹。」

但科南搖頭。

「全世界最高貴的土地就是波坦。但波坦不能獨立存在，不管人民有多英勇。」

「它已經獨立存在許多世代。」特洛瑟羅在驕傲血統驅使下反駁。「我們並非總是隸屬阿奎洛尼亞管轄。」

「我知道。但如今局勢不同了，從前所有王國都被諸侯瓜分，彼此征戰不休。公爵領地和自由城邦的時代過去了，帝國的時代到來。統治者都作著王帝大夢，攜手合作才能取得實力。」

「那波坦就跟辛加拉合作。」特洛瑟羅爭道。「該國共有六名親王明爭暗鬥，在內戰中消耗國力。我們征服它，一個省接著一個省，增加你的領地。在辛加拉人的協助下，我們會征服阿果斯和俄斐。我們打造帝國——」

科南再度搖頭。「讓其他人去作王帝大夢。我只想保住屬於我的東西。我一點也不想統治透過血與火強接在一起的帝國。靠人民的力量奪回王座，經過他們允許統治是一回事。征服外國，用恐懼統治又是另一回事。我不想當另一個瓦勒利斯。不，特洛瑟羅，我要統治阿奎洛尼亞全境，不要更多，不然乾脆通通不要。」

「那就率領我們翻山越嶺，幹掉納米迪亞人。」

科南眼中流露敬佩的神色。

「不，特洛瑟羅。那樣會白白犧牲。我告訴過你要奪回王國需要做什麼。我必須找到阿利曼之心。」

「但那太瘋狂了！」特洛瑟羅抗議，「那是異教祭司信口開河、是瘋巫婆在無言亂語。」

「瓦基亞之役前，你不在我大帳裡。」科南冷冷回應，目光不由自主飄向自己還能看見淡淡藍色抓痕的右手腕。「你沒看到峭壁崩塌，壓死部隊主力。不，特洛瑟羅，我對他們的說法深信不疑。薩托圖不是凡人，只有阿利曼之心有辦法對付他。所以我要獨自趕去柯達瓦。」

「但那很危險。」特洛瑟羅抗議。

「人生本就危險。」國王沉聲道。「我不會以阿奎洛尼亞國王的身分前往，甚至不是波坦騎士，而是四下飄泊的傭兵，就像從前進入辛加拉一樣。喔，我在阿里曼河以南的敵人已經夠多了，不管在陸上還是海上。很多人不把我看做阿奎洛尼亞國王，只把我當成巴拉洽海盜科南，或黑海盜的阿姆拉。但我也有朋友，也有人會基於私人理由幫助我。」往事牽動他嘴角微微一笑。

特洛瑟羅無助地放下雙手，看向坐在一旁軟榻上的阿賓娜。

「我了解你的疑慮，閣下，」她說。「但我也在阿修羅神廟見過那枚硬幣，你想，海卓瑟斯說硬幣是阿克隆殞落前五百年的古物。如果薩托圖就是硬幣上的男人，而陛下信誓旦旦說他就是，那就表示他不是普通巫師，即使當他還在世時也不是，因爲他的壽命是用世紀來算的，跟正常人大不相同。」

特洛瑟羅回應之前，門上傳來恭敬的敲門聲，有人喊道：「大人，我們抓到有人在城堡外鬼鬼祟祟，他說有事求見你的客人。我等候你的命令。」

「阿奎洛尼亞的間諜！」特洛瑟羅嘶聲道，抓起他的匕首，但科南揚起音量說道：「開門讓我看看他。」

門開了，一個男人站在門內，雙手都讓神情嚴厲的守衛抓住。他是瘦子，身穿兜帽黑袍。

「你是阿修羅教徒嗎？」科南問。

那人點頭，強壯的守衛神色訝異，遲疑地看向特洛瑟羅。

「南方傳來訊息，」對方說。「過了阿里曼河，我們就無法提供協助，因爲我們的教派沒有向南傳播，而是隨柯洛塔斯河轉而向東。但我收到消息：從塔拉斯克斯手中接手阿利曼之心的賊沒有抵達柯達瓦。他在波坦山中被強盜所殺。寶石落入強盜老大手中，該強盜不清楚寶石的本質，而在摧毀他的強盜團的波坦騎士追殺下，他把寶石賣給科斯商人索拉瑟斯。」

「哈！」科南站起身來，語氣興奮。「索拉瑟斯呢？」

「他四天前度過阿里曼河，帶著一隊武裝僕役前往阿果斯。」

「笨蛋才在這種時候穿越辛加拉。」特洛瑟羅說。

「是，此刻渡河會很麻煩。但索拉瑟斯十分勇敢，作事衝動魯莽。他急著要去梅桑西亞，希望在那裡找到寶石買家。或許他打算在斯堤及亞出售寶石。或許他猜出了寶石的本質。無論如何，他沒有走波坦邊境的蜿蜒大道前往距離梅桑西亞甚遠的阿果斯，而是直接抄近路穿越東方的辛加拉。」

科南一拳敲下，整個桌面微微晃動。

「看在克羅姆的份上，我終於走運了！備馬，特洛瑟羅，還有自由軍團的裝備！索拉瑟斯先走一步，不過沒有久到我追不上他的地步，就算我要追他到世界盡頭也一樣！」

12 龍牙

黎明時分，科南駕馬渡過阿里曼河水淺處，來到東南向的車隊大道，他身後，河對岸，波坦的紅豹旗飄蕩於晨風中，特洛瑟羅在鋼甲騎士團前方，無聲無息地騎在馬背上。他們一聲不吭，身穿明亮盔甲的黑髮男子，直到國王的背影消失在遠方朝向黎明逐漸轉白的藍景前。

科南騎匹大黑馬，特洛瑟羅的禮物。他換下了阿奎洛尼亞護甲。身上的裝備顯示他是自由軍團的老兵，而自由軍團是由所有人種組成。他頭戴素面高頂盔，老舊凹陷。上身的皮革和鎖甲明亮中可見磨損，彷彿身經百戰，紅斗篷漫不經心地披在鎖甲肩上飄擺，破破爛爛，滿是污點。他看起來就是個僱傭兵，了解命運變化無常，前一天還在掠奪財物，隔天就荷包空空，勒緊腰帶餓肚子。

他不但看起來像傭兵，自己感覺也像；過往記憶再度甦醒，在他踏上帝國之道前擔任流浪傭兵那段野性、瘋狂、光榮的歲月浮出水面，喝酒、打架、鬧事、冒險，毫不考慮明天，也沒想過保存麥酒、紅唇及在世界各地的戰場上揮舞的好劍。

他不自覺重返從前之道；走起路來神氣活現，坐在馬上抬頭挺胸；早已遺忘的誓言自然回到嘴裡，一邊騎馬一邊哼著從前在許多酒館、土石路或血腥戰場上與那些莽撞的夥伴齊聲歡唱的曲調。

他此刻穿越的土地並不寧靜。正常情況下會沿著河道巡邏，應付波坦掠奪隊的騎兵完全不見蹤影。內戰導致無人看守邊境，長路空蕩，兩頭都無人跡。沒有滿載貨物的駱駝車隊、轟隆作響的馬車或放牧的牲畜；只有偶爾遇上幾名身穿皮甲或鋼甲、目光堅定的鷹臉男子，三五成群，神色警覺。那些人會仔細打量科南，然後繼續前進，因爲這個孤身旅人的護甲表明沒有油水，只有惡鬥。

村莊化爲灰燼，遭人遺棄，田地和牧地通通閒置。如今只有最勇敢的人會走這條路，當地人口在內戰及河對岸來的掠奪事件中銳減。和平時期，這條路上有許多往來波坦和阿果斯梅桑西亞的商人。但如今商人都寧願走東向的道路穿越波坦，然後轉而向南穿越阿果斯。那條路比較遠，但安全。只有極端莽撞的人才會不顧性命和財物走這條路穿越辛加拉。

南方天空晚上就會看見火光，白天則有煙柱往上飄；南方的城市中和平原上，人民死去、王座翻覆、城堡陷入火海。科南感覺到專業鬥士的本能拉扯，很想調轉馬頭，衝入戰陣，像從前那樣燒殺擄掠。他何必爲了奪回已經將他遺忘的人民搞得這麼累？——爲什麼要追逐鬼火，爲什麼要追逐永遠失去的王冠？他爲什麼不忘掉煩惱，在從前經常淹沒他的戰爭及掠奪紅潮中解放自己？他難道不能爲自己重新打造一個王國嗎？世界進入了鐵器時代，戰爭和帝制野心的時代；某個強大的男人肯定會踏過諸國廢墟，成爲至高無上的征服者。爲什麼不能是他？他熟悉的魔鬼在他耳邊低語，無視法律的血腥過往回到身前。但他沒有調轉馬頭；他繼續前進，追逐一個愈來愈模糊的使命，直到他開始覺得自己在追一個從未實現過的夢想。

他把黑馬驅趕到極限，但前方長路漫漫，不見盡頭。索拉瑟斯比他早走很久，不過科南穩定前進，知道他的速度遠比滿載貨物的商人快。接著他經過瓦布羅梭伯爵的城堡，宛如禿鷹巢穴般坐落在俯瞰大道的光禿山丘上。

□

瓦布羅梭率領重裝守衛騎馬而下，身材瘦，皮膚黝黑，目光炯炯，鼻子宛如猛禽鳥喙。他身穿黑板甲，身後跟了三十名長矛兵，邊境戰爭的黑鬍子老鷹，就跟他一樣貪得無饜、冷酷無情。最近商隊的過路費少得可憐，瓦布羅梭咒罵導致旅人減少的內戰，不過也因爲內戰讓他可以對鄰居爲所欲爲。

他並不期待能在這個從高塔上望見的孤身旅人身上榨出多少油水，但有總比沒有好。他老練地打量科南的陳舊鎖甲和黝黑的疤痕面孔，做出跟之前在道上路過科南的手下相同的結論——沒油水還掀起苦戰。

「你是誰，小子？」他問。

「傭兵，要去阿果斯。」科南回答。「問這個做什麼？」

「自由軍團的人不會往那個方向走，」瓦布羅梭嘟噥道。「南邊戰事方酣，油水也多。加入我麾下。你不會挨餓。這條道上的肥羊不多，但我打算帶我手下的惡棍往南方去找看起來最強的勢力投靠。」

科南沒有立刻回答，心知如果直接拒絕，瓦伯羅梭的手下很可能會展開攻擊。在他決定前，辛加拉人再度開口。

「你們這些自由軍團的惡棍總是懂得如何讓人開口。我有個囚犯——之前抓到的商人，密特拉呀，過去一週唯一遇到的商人——那傢伙很頑固。他有個鐵箱，我們無從得知其中的祕密，而我一直無法說服他打開箱子。看在伊絲塔的份上，我以為我懂得所有說服之道，但或許你，自由軍團的老兵，比我更懂一點。無論如何，跟我來看看你能做些什麼。」

瓦布羅梭的話立刻幫科南作好決定。聽起來很像是索拉瑟斯。科南不認得那個商人，但任何頑固到會在這種情況下取道辛加拉的傢伙很可能會頑固到抵抗刑求。

他騎到瓦布羅梭身旁，沿著崎嶇道路抵達淒涼城堡所在的丘頂。身為重裝守衛，他理應騎在伯爵身後，但習慣令他粗心，而瓦布羅梭也不以為意。多年邊疆生涯讓伯爵了解邊疆不是王家宮廷。他很清楚傭兵我行我素的作風，許多國王都是仰賴他們的武器踏上王座的。

城堡有道乾枯的護城河，某些地方積滿垃圾。他們騎過吊橋，穿越拱頂城門。閘門在他們身後悶聲關閉。他們來到空蕩蕩的庭院，地上長出稀疏的雜草，中央有座水井。守衛居住的陋屋沿著城壁而建，女人裝扮邋遢或穿著俗艷的華服，站在門口看他們。身穿生鏽鎖甲的戰士在拱門下擲骰子。此地看來比較像是強盜巢穴，而非貴族的城堡。

瓦布羅梭下馬，指示科南跟他走。他們穿越門廊，走過拱頂走道，遇上從石階走下來的鎖甲刀疤嚴肅男子——顯然是守衛隊長。

「如何，貝羅索，」瓦布羅梭問；「他招了嗎？」

「他很頑固，」貝羅索喃喃說道，神色懷疑地望向科南。

瓦布羅梭咒罵一聲，氣沖沖地踏上蜿蜒石階，科南和隊長跟在後面。隨著他們逐漸接近，男人遭受刑求的呻吟開始傳入耳中。瓦布羅梭的刑求室位於庭院之上，而非地牢中。刑求室裡有個瘦巴巴、毛茸茸、看來像野獸的男人身穿皮褲，蹲在地上大啃牛骨，還有許多刑求器具——刑架、夾足器、鐵鉤、各式各樣人類用來扯裂皮膚、折斷骨頭、撕碎切割血管和韌帶的工具。

有個男人赤身裸體綁在刑架上，科南一看就知道他快死了。他四肢遭受不自然的拉長，關節脫離，經脈斷裂。他膚色很深，長有一張透露智慧的鷹臉及一雙黑眼。如今他目光呆滯，眼睛痛得充血，滿臉都是汗珠。他牙齦瘀清，嘴唇後翻。

「箱子就在那裡。」瓦布羅梭狠狠踢了地上的沉重小箱子一腳。箱子雕刻細緻，小骷髏頭和扭曲的龍姿態奇特地糾纏在一起，但科南沒看到任何用以解鎖箱蓋的把手或扣環。箱面上有火燒、斧頭、錘子、鑿子等痕跡，但都只是小刮痕。

「這就是那隻狗的寶箱。」瓦布羅梭怒道。「南方的人都聽過索拉瑟斯和他的鐵箱。只有密特拉知道裡面裝了什麼。但他不肯說出祕密。」

索拉瑟斯！那就沒錯了；他在找的人就在眼前。科南心跳加速，湊到扭動之人面前，不過沒有流露任何渴望的神情。

「鬆開那些繩索，小子！」他語氣嚴厲地命令刑求者，瓦布羅梭和守衛隊長瞪大眼睛看他。科南一時之間忘了自己的身分，恢復慣用的帝王語調，穿皮褲的傢伙立刻聽命行事。他循序漸進地鬆開繩索，鬆太快的話會對受刑人造成不亞於拉長肢體的劇痛。

科南拿起附近一瓶紅酒，瓶口對上可憐蟲的嘴唇。索拉瑟斯嘴唇抽搐，大口喝酒，酒滴濺灑在他起伏不定的胸口。

充血的眼中浮現理智，沾滿白沫的嘴唇分開。嘴中吐出幾乎細不可聞的科斯話。

「這是死後世界嗎？漫長的痛苦結束了嗎？眼前是死在瓦基亞的科南王，我與死人爲伴。」

「你沒死，」科南說。「但快死了。他們不會繼續折磨你。我會確保這一點。但我沒辦法進一步幫你。在你死前，告訴我要怎麼打開你的鐵箱！」

「我的鐵箱，」索拉瑟斯彷彿斷斷續續胡言亂語。「在克羅夏的火焰山脈中以污穢之火鑄造的寶箱；沒有鑿子能夠鑿開那種金屬。它曾裝過多少寶藏，穿越世界每個角落！但那些寶藏都比不過此刻裝在裡面的東西。」

「告訴我要怎麼打開，」科南催促。「寶箱幫不了你了，但卻幫得了我。」

「對，你是科南。」科斯人喃喃說道。「我見過你坐在塔蘭提亞公眾大廳的王座上，頭戴王冠，手握權杖。但你死了；你死在瓦基亞。這表示我自己的命也不長了。」

「那隻狗說什麼？」瓦布羅梭聽不懂科斯語，不耐煩地問。「他會告訴我們怎麼開箱嗎？」這聲音在索拉瑟斯眼中點燃火花，他轉動充血的雙眼看向說話之人。

「我只告訴瓦布羅梭，」他以辛加拉語喘息道。「我快死了。湊上來，瓦布羅梭！」

伯爵照做，黝黑的臉上綻放貪婪之火；陰沉的守衛隊長貝羅索擠在他身後。

「壓下邊緣的七個骷髏，一個一個壓。」索拉瑟斯喘道。「然後去按盤據箱蓋上的龍頭。接著壓下龍爪上的龍珠。那樣就會彈出把手。」

科南抬起箱子，放在一個台座上，瓦布羅梭把他頂開。

「快，箱子！」瓦布羅梭邊罵邊叫。

「我來開！」貝羅索邊叫邊往前擠。

瓦布羅梭把他罵回去，貪婪在其黑眼中燃燒。

「除了我外，誰都不准開！」他喊道。

科南的手本能性握向劍柄，同時偷看索拉瑟斯一眼。對方的眼睛無神充血，但緊盯著瓦布羅梭看；垂死之人嘴角是否揚起扭曲的笑容？商人直到臨死之前才願意說出祕密。科南轉頭去看垂死之人在看的瓦布羅梭。

箱蓋邊緣刻有七個骷髏頭纏在怪樹的樹枝上。內鑲的龍盤繞在花紋雕飾的蓋頂上。瓦布羅梭以極快的速度壓下骷髏頭，當他拇指抵住龍頭，突然咒罵一聲，抽回手掌，憤怒甩手。

「刻紋上有刺，」他吼道。「我拇指刺傷了。」

他壓下龍爪間的金球，鑲蓋突然掀開。他們眼花撩亂地看著一團金火焰。在他們眼中，寶箱彷彿裝滿火焰，溢出箱緣，宛如搖曳的火星般滴落地面。貝羅索大叫，瓦布羅梭深深吸氣。

科南一聲不吭地站著，心思沉迷在火光中。

「密特拉呀，好美的寶石！」瓦布羅梭伸手入箱，拿出一大顆發光的紅珠，柔光照亮整間刑求室。在那光線下，瓦布羅梭看起來宛如屍體。躺在刑架上的垂死之人突然哈哈大笑。

「笨蛋！」他叫道。「寶石是你的了！我連同死亡一併送你！你拇指上的擦傷——看看龍頭，瓦布羅梭！」

他們全部轉身凝視龍頭。張開的龍嘴中有根隱隱發光的小刺。

「龍牙！」索拉瑟斯尖叫。「泡過斯堤及亞黑蠍毒！笨蛋，蠢到徒手去開索拉瑟斯的寶箱！死吧！你已經死了！」

他嘴中冒出血泡，就這麼死了。

瓦布羅梭腳下一軟，叫道：「啊，密特拉呀，好燙！」他尖叫。「我的血變成液態火焰！我的關節炸成碎片！死了！死了！死了！」他轉過身去，當頭摔倒。他劇烈抽搐片刻，手腳扭曲成不自然的姿勢，接著全身僵硬，茫然的雙眼凝望上方，嘴唇翻開，露出黑牙齦。

「死了！」科南喃喃說道，彎腰去撿瓦布羅梭手中滾出的寶石。寶石宛如搖曳的黃昏之火般躺在地板上。

「死了！」貝羅索喃喃說道，眼中充滿狂意。接著他展開行動。

科南毫無防備，他雙眼茫然，腦中讓大寶石的火光閃得迷迷糊糊。他沒察覺貝羅索的意圖，直到頭盔讓重物猛力擊中。珠寶的火光變得更紅，他當場跪倒在地。

他聽見急促的腳步聲，接著是像牛吃痛的叫聲。他一時動彈不得，但沒有失去意識，知道貝羅索趁他彎腰時抬起鐵箱對他當頭砸下。頭上的輕頭盔救了他一命。他跌撞起身，拔劍在手，努力搖頭，釐清視線。房間彷彿游到他旋轉不休的眼前。但房門開啓，旋轉階梯傳來向下的腳步聲。殘酷的刑求人躺在地上抱著胸口一條大傷口。阿利曼之心不見蹤影。

科南衝出房間，手持長劍，面甲之下血流滿面。他搖搖晃晃步下階梯，聽見下方的庭院中傳來鋼鐵交擊聲、吼叫聲、然後是響亮的馬蹄聲。他衝到城牆前，看見重裝守衛擠成一團，神色困惑，女人則放聲尖叫。側城門打開，一名士兵躺在他的長矛上，頭破血流。幾匹還沒卸下鞍具轡頭的馬在庭院中嘶鳴奔跑，科南的黑馬也在其中。

「他瘋了！」一個女人叫道，沒頭沒腦地擰手亂跑。「他像瘋狗一樣跑出城堡，左劈右砍！貝羅索瘋了！瓦布羅梭大人呢？」

「他往哪個方向走？」科南喝問。

所有人都轉頭看向陌生人染血的臉和出鞘的劍。

「從側門出去！」有個女人尖叫，指向東方，另一人喊道：「這個傢伙是誰？」

「貝羅索殺了瓦布羅梭！」科南喊道，跳上馬背，抓住馬鬃，重裝守衛神色不定地朝他走近。他話一說完，眾人發喊，不過他們的反應都在他的意料之中。他們沒有關上城門捉拿他，也沒有追趕凶手，幫領主報仇，反而因爲他的話陷入更困惑的狀態。這是一群被瓦布羅梭用恐懼凝聚在一起的狼，他們並不效忠城堡或彼此。

庭院中開始有人出劍互毆，女人也開始驚叫。在混亂之中，沒人發現科南衝出側門，勢若奔雷般下山而去。遼闊的平原攤在他面前，過了山丘後，車隊大道一分為二，一條往南，一條往東。他在東向的路上看到另外一人騎在馬上，壓低身形，催馬趕路。平原游入科南眼中，陽光宛如濃密紅霧，他在馬鞍上抖動，徒手抓著飄逸的馬鬃。血如雨滴般落在他的鎖甲上，但他還是冷酷地驅馬疾衝。

山丘上的城堡在他身後冒煙，遭人遺忘的伯爵屍體躺在囚犯身旁。太陽西落；火紅的天空下，兩條黑影急速奔馳。

黑馬並非氣完神足，但貝羅索的馬也一樣。高大的馬激發出保留在體內深處的活力來奔馳。科南沒耗費迷糊的腦力猜測那辛加拉人為何要逃離一名追兵。或許貝羅索陷入不理性的恐慌，來自潛藏在火焰寶石之中的瘋狂。太陽下山了；白路在逐漸變暗轉紫的微光中依稀可見。

黑馬開始喘氣，體力逐漸不支。愈來愈黑的天色中，地形開始變化。光禿禿的平原上出現橡木和赤楊木林。遠方浮現低矮山丘的輪廓，遮蔽其後的星光。黑馬氣喘吁吁，步伐虛浮。但前方出現一片濃密樹林，一路延伸到地平線的山丘，而逃犯的陰暗身影就位於樹林和科南之間。他驅趕可憐的馬兒前進，因為他就快要趕上獵物了，一碼接著一碼。黑暗中傳出奇特的叫聲，蓋過馬蹄奔馳聲，但獵物和追兵都沒去理會。

道路上方出現樹枝時，他們幾乎已經並肩而行。科南大吼一聲，舉起長劍；蒼白的橢圓面孔轉向他，遮住一半的手掌揮出劍光，貝羅索回應他的吼叫——接著黑馬體力不支，放聲哀鳴，黑暗中突然失足，當頭摔倒，把天旋地轉的科南甩下馬鞍。科南劇痛的腦袋撞上石頭，星辰瞬間消失在深夜之中。

□

科南不知道自己昏迷了多久。他恢復意識的第一個感覺，就是被人一手拖過崎嶇的石子地和濃密的矮樹叢。接著對方粗魯地丟下他，或許就是那下撞擊令他恢復意識。

他的頭盔沒了，腦袋劇痛難耐，噁心想吐，黑髮中結了很多血塊。但在其野生動物般的活力下，知覺迅速回到體內，他開始意識到周遭環境。

透過林間空隙可以看見天上的大紅月，這讓他知道當時已經超過午夜。他昏迷了好幾個小時，久到足以在貝羅索打傷的傷勢和導致昏迷的墜馬中恢復過來。他的腦袋比追趕逃犯時還要清楚。

他不是躺在白路旁，他驚訝地發現這一點，周遭環境開始深入他的感知。道路根本不在視線範圍內。他躺在草地上，身處林間空地，四周讓樹幹和樹枝組成的黑牆圍繞。他的臉和手上布滿擦傷，彷彿被拖過荊棘叢般。他翻身打量四周。接著大吃一驚——有東西蹲在他身旁……

一開始科南懷疑自己看錯了，以爲是出於想像。當然不可能有這種事，不可能有個動也不動的怪物彎腰蹲在旁邊，低頭透過毫不眨動、沒有靈魂的眼睛瞪他。

科南躺著凝視，期待它會如同夢境裡的人物般突然消失，接著一股冰冷的回憶爬上脊椎。早已遺忘的記憶突然回歸，關於辛加拉和阿果斯邊界山丘腳下樹林中作祟怪物的恐怖傳說。食屍鬼，人們稱呼它們，專吃人肉的傢伙，來自黑暗的生物，古老遺忘的人種跟地底世界的惡魔雜交生出的後代。傳說這些原始森林中有座受詛咒的古老城市遺跡，而遺跡的墓穴中潛藏著灰色的人形黑影——科南渾身發抖。

他躺著凝望上方那顆昏暗模糊的畸形腦袋，小心翼翼地伸手摸向腰間的劍。怪物大叫一聲，咬向科南喉嚨，他則不由自主跟著叫。

科南伸出右臂，怪物像狗的嘴巴一口咬下，臂甲上的鏈釦陷入堅硬的肌肉裡。畸形但類似人類的手掌抓向他喉嚨，不過他翻身避過，同時用左手拔出他的匕首。

他們在草地上連翻帶滾，砍劈嘶咬。類似屍體的灰色皮膚下長有宛如鋼絲般的結實肌肉，力量遠超過常人。但科南的肌肉同樣硬如鋼鐵，鎖甲幫他擋下尖牙和利爪，給他時間刺出匕首，一下接著一下接著一下。半人半獸的怪物活力驚人，彷彿取之不盡，而國王在對方濕冷皮膚前感到毛骨悚然。他將所有厭惡和強烈反感灌注在匕首之中，接著匕首刺中心臟，怪物突然在他身體下挺身抽搐，然後就再也不動了。

科南起身，噁心發抖。他神色不定地站在空地中央，一手拿劍，一手拿匕首。他還本能保有方向感，就羅盤指針的角度而言，問題是他不知道道路在哪個方向。他不知道食屍鬼把他拖往哪個方向。科南環顧四周在月光照射下無聲無息的漆黑樹林，感到身上冒出冷汗。他弄丟了馬，獨自身處這座怪物作祟的森林裡，地上那具畸形屍體就是林中危機四伏的無聲證據。他緊張到幾乎屏住呼吸，豎起耳朵傾聽樹枝折斷或風吹草動的聲響。

真的聽見聲響時，他嚇了一大跳。突然之間，夜空中傳來馬兒受驚時的驚恐叫聲。他的黑馬！樹林裡有獵豹——或——食屍鬼不但吃人也會吃動物。

他拔腿就跑，衝往叫聲傳來的方向，邊跑邊尖聲呼嘯，恐懼淹沒在狂怒之中。如果他的馬遇害，他就沒機會追上貝羅索，奪回寶石了。黑馬再度發出恐懼和憤怒的叫聲，距離更近了。他聽見馬腳甩動，有東西遭受重擊，摔倒在地。

科南無預警地衝上白路，看見黑馬在月光下人立而起，豎緊耳朵，眼睛和牙齒反射詭異的光芒。他出腳踢向一條左閃右躲的瘦小身影——接著科南四周的影子開始移動：鬼鬼祟祟的灰影從四面八方逼近。空氣中瀰漫一股噁心的藏屍所氣味。

國王咒罵一聲，舉起闊劍左劈右砍，又用匕首連劃帶刺。月光照亮森白利齒，污穢的爪子撕向他，但他朝他的馬殺出一條血路，握住韁繩，跳上馬鞍。他劍起劍落，在月光下閃動弧光，砍爛畸形腦袋，劈裂搖晃的身軀，在空中噴灑血雨。黑馬人立，連咬帶踢。他們衝出重圍，沿路狂奔。兩側一小段距離外迅速掠過許多令人厭惡的灰影。接著灰影消失了，科南騎上一座樹林坡頂，看見面前一大片光禿禿的上坡坡地。

13 「來自過去的鬼魂」

天亮後不久，科南越過阿果斯邊境。他沒看見貝羅索的蹤跡。要嘛就是守衛隊長趁國王昏迷不醒時逃得不見蹤影，不然就是淪爲辛加拉森林吃人怪物的獵物。但科南也沒看見他被吃掉的跡象。他能昏迷這麼久都沒事很可能是因爲怪物跑去追守衛隊長了。如果他還活著，科南十分肯定他會沿著道路騎在自己前方。除非打算進入阿果斯，不然他一開始就不會取道向東。

邊境戴頭盔的守衛沒有刁難辛梅利亞人。獨自旅行的流浪傭兵不需要身分證件或安全通行證，特別當沒有徽紋的鎖甲顯示他當前沒有領主雇用。他穿越低草丘陵，聽著溪流汩汩，看著橡木園在草地上投射光影，沿著前方起起伏伏的道路，深入山谷，趕往在藍色的遠方隆起的高山。這是一條十分古老的道路，從波坦直通大海。

阿果斯景象和平；道上有滿載貨物的牛車，在果園和田地工作的男人露出粗壯結實的棕色手臂，於道旁的樹蔭下微笑招呼。老人坐在橡木遮蔭旅舍前的長椅上，高聲歡迎道上旅人。科南跟在田裡工作的男人、提供大皮袋麥酒解渴的旅舍中喋喋不休的老人、路上遇上目光銳利，衣衫講究的商人打聽貝羅索的消息。

人們的說詞相互矛盾，但至少科南可以肯定：有個筋骨強健的辛加拉人，目露凶光，留著西方人的小鬍子，不久之前路過這條路，顯然要去梅桑西亞。這個目的地聽來合理；阿果斯所有海港都很開放，跟內陸省份形成強烈對比，其中又以梅桑西亞最爲多元。碼頭上可以看到所有海岸國家的工藝，世界各地的難民和逃犯通通聚集於此。執法不嚴；因爲梅桑西亞是靠海運貿易過活的，人民發現跟水手交易時睜一隻眼閉一隻眼比較有利可圖。梅桑西亞並非只做正當生意；走私人和海盜也都扮演一定的角色。科南十分清楚這一切，從前在當巴拉洽海盜時，他可不是經常趁夜停靠梅桑西亞港，卸下各式奇特的貨物嗎？大部分巴拉洽群島的海盜——辛加拉海岸西南方的眾多小島——都是阿果斯水手，而只要他們只碰來自其他國家的船隻，阿果斯當局就不會過度解讀他們的海事法。

但科南並不是只有跟巴拉洽海盜結夥打劫。他還有跟辛加拉海盜一起行搶，甚至還加入過從遙遠的南方殺上北方海岸的黑海盜，這讓他超過了所有法律的模糊地帶。如果在任何阿果斯海港被人認出，他就會人頭不保。但他依然毫不遲疑地迎向梅桑西亞，不分日夜只有在馬需要休息時才會停下來小憩片刻。

□

他在無人質問的情況下進城，融入不斷進出這個大商業中心的人群之中。梅桑西亞沒有城牆。大海和海上的船守護這座南方貿易大城。

傍晚時分，科南愜意地騎馬走在通往濱水區的街道上。他在街道末端看見碼頭和船的桅杆和帆。他有多年不曾聞到鹹水的味道、聽見船索綳彈、在海角外吹起浪頭的海風帶來水手的口角聲了。四下流浪的慾望再度牽動他的心弦。

但他沒有前往碼頭。他調轉馬頭，騎上一道老舊的陡峭石階，來到一條寬敞街道，道旁都是俯瞰濱水區和港口的白色華麗宅院。這裡住的都是靠海運致富的人——有幾個是在遠方找到寶藏的老船長、大部分都是從未踏上甲板、沒見識過風暴或海戰的商人。

科南在某座鍍金閘門轉彎，騎入一座有噴泉流水、大理石牆和地板上都有鴿子振翅飛舞的庭院。一個身穿絲服和緊身褲的男侍上前詢問。梅桑西亞的商人會跟各式各樣怪人打交道，但大部分都來自海上。很少會有僱傭騎兵如此大搖大擺地進入商業領主的庭院。

「商人帕里歐住在這裡？」這話像在陳述事實，而非提問，其嗓音中的某種特質令男侍摘下他的羽帽，鞠躬行禮道：「是，他住在這裡，船長。」

科南下馬，男侍傳喚僕役，僕役則連忙跑來牽過馬韁。

「你們主人在家嗎？」科南脫下護手，拍拍斗篷和鎖甲上的塵土。

「是，船長。我該通報誰要找他呢？」

「我自己通報就行了。」科南嘟噥道。「我認得路。你待在這裡。」

男侍聽從他專橫的命令，留在原地，看著科南的背影爬上大理石階，好奇自己主人跟這個擁有北方蠻族身材的高大戰士是什麼關係。

僕役放下手邊的工作，張口結舌地看著科南穿越俯瞰庭院的寬敞陽台，進入海風吹拂的寬走廊。他走到半路，聽見羽毛筆刷寫字的聲音，於是轉入一個有很多窗戶俯瞰港口的大房間。帕里歐坐在柚木書桌前，拿金羽毛筆在一張高貴羊皮紙上寫字。他個子矮小，頭很大，雙眼漆黑銳利。他的藍袍是用最頂級的波紋綢織成，鑲以金布，粗白脖子上掛著條沉重金項鍊。辛梅利亞人進房時，商人抬頭比個不耐煩的手勢。接著他當場僵住。他嘴巴張開；凝望著來自過去的鬼魂。雙眼瞪大，流露難以置信及恐懼之情。

「怎麼了，」科南說，「你都不會歡迎客人的嗎，帕里歐？」

帕里歐舔舔嘴唇。

「科南！」他難以置信輕聲說道。「密特拉呀！科南！阿姆拉！」

「還能是誰？」辛梅利亞人解開斗篷，跟護手一起丟在桌上。「怎麼回事？」他語氣不耐。「你不能端杯紅酒來嗎？我的喉嚨蒙上了一層道上的塵土。」

「對，酒！」帕里歐愣愣說道。他的手本能要去敲鑼，隨即彷彿碰到火碳般縮回，微微發抖。

科南好似看戲，冷冷旁觀，商人則起身快步走到門口，探頭出去確認走廊上沒有奴隸，然後關門。接著，他走回來，在附近一張桌子上拿起金酒瓶，正要把酒倒入高腳杯，科南不耐煩地搶過酒瓶，雙手高舉，大口豪飲。

「好了，是科南，沒錯了。」帕里歐喃喃說道。「老兄，你瘋了嗎？」

「看在克羅姆的份上，帕里歐，」科南說，放低酒瓶，不過還是拿在手上，「你住的地方跟從前不同了。只有阿果斯商人有辦法從那間瀰漫腐魚和廉價紅酒的濱水區小店裡榨出油水。」

「那都是從前的事了，」帕里歐說著撩起他的袍子，不由自主微微顫抖。「我把過去當成舊斗篷般收起來了。」

「好吧，」科南回嘴，「你不能把我當成舊斗篷收起來。我要求不多，但確實有所要求。而你不能拒絕我。我們一起幹過太多事了。你覺得我會蠢到不知道這間豪宅是建立在我的血汗上嗎？我的船上有多少貨物進了你的店？」

「梅桑西亞所有商人都曾跟海盜打交道。」帕里歐緊張兮兮地說。

「不是跟黑海盜。」科南冷冷回應。

「看在密特拉的份上，小聲點！」帕里歐脫口叫道，額頭冒出冷汗。他的手指拉扯袍上的金邊。

「好啦，我只是想提醒你一下，」科南回道。「別害怕。你從前冒了很大風險，在碼頭那間小店鋪為了生活和財富掙扎，跟從這裡到巴拉洽群島間所有海盜和走私者打交道。成功讓你變軟弱啦。」

「我受人尊敬。」帕里歐說。

「就是說你有錢得要命。」科南語氣不屑。「為什麼？你賺錢為什麼比競爭者快這麼多？是因為你都做大買賣，象牙、鴕鳥羽毛、銅、毛皮、珍珠、金飾及其他來自庫許海岸的貨品？

你從哪裡弄來這麼便宜的貨，當其他商人只能跟斯堤及亞人重金買賣？我告訴你，以免你忘了：你是跟我買的，價錢遠低於市價，而我是從黑海岸的部落還有斯堤及亞船上搶來的——我，和黑海盜。」

「以密特拉之名，別說啦！」帕里歐哀求。「我沒忘。但你在這裡做什麼？我是阿果斯唯一知道阿奎洛尼亞王曾經是海盜科南的人。但根據傳言，阿奎洛尼亞王位遭篡，國王已死。」

「根據傳言，我的敵人已經殺死我幾百次了。」科南嘟噥道。「但我還是坐在這裡暢飲凱羅斯紅酒。」他說著喝一口酒。

他放低幾乎見底的酒瓶，說道：「我要請你做的不過是件小事，帕里歐。我知道梅桑西亞裡任何事都在你的掌握中。我要知道一個名叫貝羅索或什麼化名的辛加拉人有沒有在城裡。他跟他的族人一樣高高瘦瘦黑黑，而他很可能想要出售一顆非常稀有的寶石。」

帕里歐搖頭。

「我沒聽說過這個人。但梅桑西亞每天進進出出總有好幾千人。如果他在城裡，我的手下會找出來。」

「很好。派他們去找他。同時打理一下我的馬，弄點食物來給我吃。」

帕里歐聽命行事，科南喝光酒瓶裡的酒，隨手丟到角落，走到旁邊的窗口，下意識地深吸口氣，享受海風的氣味。他看著下方蜿蜒的濱水區街道。欣賞停靠在港口的船隻，接著抬起頭來，凝望海灣之外，海天交會處的藍霧。他的回憶掠過天際，前往南方火陽照耀下的黃金海，沒有法律、狂野不羈的地方。某種香料或棕櫚樹的氣味喚醒了清晰的影像，奇特的紅樹林海岸，鼓聲隆隆，船艦交戰，血洗甲板，煙火瀰漫，淒聲慘叫……他沉浸在思緒中，沒有留意到帕里歐溜出房間。

商人撩起袍子，快步穿越走廊，來到一個房間，裡面有個腦側有疤的高瘦男子不停在羊皮紙上寫字。此人有股氣質，看起來跟書記的形象格格不入。帕里歐對他說道：

「科南回來了！」

「科南？」瘦子吃了一驚，筆從指尖落下。「那個海盜？」

「對！」

瘦子臉色發青。「他瘋了嗎？如果有人發現他在這裡，我們就完蛋了！他們會像吊死黑海盜一樣吊死收容或跟他交易的人！萬一城主發現我們過去跟他的關係怎麼辦？」

「他不會發現的，」帕里歐冷冷說道。「派你的人到市集和碼頭的酒館去打聽一個名叫貝羅索的辛加拉人。科南說他有枚寶石，可能會想辦法脫手。寶石商人應該會知道，如果有人知道的話。另外你還有個任務：去找十來個願意鋌而走險殺一個人，事後又能保守祕密的傢伙。你懂我的意思吧？」

「我懂。」另外那個人神情嚴肅，緩緩點頭。

「我靠著偷搶拐騙一路爬出陰溝，絕不能讓個來自過去的鬼魂搞砸一切。」帕里歐說，臉上流露出一股猙獰惡意，足以讓所有在他眾多店面購買絲綢和珍珠的有錢男女驚訝到合不攏嘴。但一段時間後，當他親手端來一盤水果和肉，回到科南面前，他則換上寧靜的表情面對這個不受歡迎的客人。

科南依然站在窗口，凝望著停靠在港口那些蓋倫帆船、單層甲板帆船、快速大帆船上形形色色的船帆。

「港口有艘斯堤及亞單層甲板帆船，如果我沒瞎的話。」他說著指向距離其他船隻很遠的一艘低矮狹長黑船，停在遠方海角後的寬敞沙灘外。「這表示斯堤及亞跟阿果斯停戰了嗎？」

「就跟從前的那種停戰一樣。」帕里歐回答，把盤子放在桌上，鬆了口氣，因爲盤裡裝了很多食物；他跟這個客人很熟。「斯堤及亞港口暫時對我們的船隻開放，我們也一樣。但希望我的船在離開陸地視線範圍後不會遭遇那些天殺的大帆船！那艘斯堤及亞船昨晚靠岸。我不知道船的主人打算幹什麼。目前爲止他們還沒開始買賣。我不信任那些深皮膚魔鬼。他們在那片黑暗土地上出生時就懂得背信棄義。」

「我曾打得他們哇哇叫，」科南漫不經心地說，自窗口轉過身來。「在黑海盜的單層甲板帆船上，我趁夜爬上凱米黑牆海岸城堡的稜堡，放火燒掉停在那裡的蓋倫帆船。說起背信棄義，我的東道主，請你吃幾口食物，喝點紅酒，讓我知道你心裡沒有亂打主意。」

帕里歐想都不想就照做，打消了科南的疑心，於是他不再遲疑，坐下來大口享受三人份量的食物。

他吃飯時，許多人散入市場和濱水區，尋找販售寶石或是找船前往外國港口的辛加拉人。

還有一個腦側有疤的高瘦男子坐在骯髒地窖中有酒漬的桌前，被煙燻黑的橫梁上掛著銅油燈，跟十個從凶神惡煞的長相跟破爛的衣衫就能看出專長的亡命之徒會晤。

第一批星星開始閃爍，照亮梅桑西亞西邊白路上一群奇怪的騎馬旅人。一共有四個人，高高瘦瘦，身穿兜帽黑袍，默不作聲。他們無情驅趕座騎前進，那些馬都跟他們一樣瘦，汗流浹背、疲憊不堪，彷彿來自遙遠的地方。

14 塞特的黑手

科南宛如貓咪般轉眼間自沉睡中甦醒。碰他的男人還來不及後退，他就像貓一樣拔出長劍，站起身來。

「有何消息，帕里歐？」科南認出東道主，問道。金油燈火光黯淡，在厚掛毯和他剛剛睡覺的華麗床單上撒落柔光。

帕里歐，在從客人驚醒時的反應中恢復過來後，回道：「找到辛加拉人了。他昨天日出時抵達。幾小時前，他找上一個閃姆商人，兜售奇特的大寶石，但閃姆人不願扯上關係。據說他一看到那顆寶石，當場嚇得黑鬍鬚下臉色發白，在那顆被詛咒的東西前拔腿就跑。」

「肯定是貝羅索。」科南喃喃說道，感覺腦側的血管焦躁地鼓動。「他在哪裡？」

「他下榻塞維歐的店。」

「那酒館我熟，」科南嘟噥道。「我最好快點，免得濱水區的小賊為了寶石割了他喉嚨。」

他拿起斗篷，甩到肩上，然後戴上帕里歐幫他弄來的頭盔。

「幫我備馬，牽到庭院。」他說。「我很快就會回來。我不會忘了今晚的事，帕里歐。」

片刻過後，帕里歐站在一扇小外門前，看著國王高大的身影消失在陰暗的街道中。

「永別了，海盜。」商人喃喃道。「才剛失去王國的男人要找的寶石肯定價值非凡。眞希望我有告訴我的手下動手前先讓他把寶石弄到手。不過話說回來，那樣就可能會出錯了。讓阿果斯忘記阿姆拉，讓我跟他的關係消失在過去的塵土裡。消失在塞維歐酒館後的巷子裡——科南從此不會再對我構成威脅了。」

□

塞維歐酒館，一間名聲不佳的骯髒小店，位於碼頭附近，面對濱水區。那是用石塊和沉重的船梁建成的破爛建築，外圍有條長窄巷。科南沿著那條巷子前進，接近酒館時，他感到心神不安，彷彿遭人監視。他專心凝望那間骯髒建築的陰影，但什麼也沒看到，雖然他隱約有聽見布料或皮革摩擦皮膚的聲響。不過那也沒什麼不尋常的。這種巷子裡隨時都有盜賊和乞丐，而他們只要看到他的體型和裝備就不太可能會攻擊他。

但他前方牆上有扇門突然開啓，他立刻閃入一扇拱門的陰影中。有條身影步出門外，順著巷子行走，不是偷偷摸摸，而是渾然天成安靜無聲，就像來自叢林的野獸。足夠的星光撒落巷中，在對方通過科南藏身的門廊時依稀照亮他的輪廓。那傢伙是斯堤及亞人。即使在星光下，他也不會認錯那種鷹臉、剃光的頭形，還有闊肩上的披風。他繼續走過巷子，朝海灘的方向前進，科南心想他衣服裡肯定藏有油燈，因爲在對方消失前，他有看到一絲火光。

但辛梅利亞人在發現陌生人剛剛打開的門還開著時就把對方抛到腦後。科南本來打算從大門進入，強迫塞維歐帶他去辛加拉人睡覺的房間。但如果他可以神不知鬼不覺地進入酒館，那就更好了。

幾步之後，他來到門前，當他的手摸到門鎖，他差點不由自主哼了一聲。他的手指訓練有素，許久前跟薩莫拉的盜賊學過偷盜技巧，一摸就知道那道鎖被人強行撬開，顯然是從外面透過恐怖的壓力扭斷沉重的鐵門，連門框上插孔都鬆動了。科南無法想像造成這種程度毀壞的動作怎麼可能不吵醒附近所有人，但他很肯定鎖是當天晚上破壞的。在這個充滿小偷和強盜的地方，塞維歐酒館如果發現了壞掉的鎖，肯定會立刻修復。

科南悄悄進門，手持匕首，思索該如何找出辛加拉人的房間。他在伸手不見五指的黑暗中摸索，突然停止前進。他宛如野生動物，感應到房內有死亡氣息——不是威脅他的危機，而是死屍，剛死沒多久。黑暗中，他的腳踢中某樣沉重又柔軟的東西。他心生預感，沿牆摸索，找到支撐油燈的架子，旁邊還放著燧石、鋼塊和火種。片刻過後，他點燃搖曳的火苗，瞇起雙眼打量四周。

裸石牆旁有張床鋪，加上一張桌子和長凳，骯髒的房間裡就沒有其他家具了。有扇內門緊閉上閂。貝羅索躺在硬土地板上。他平躺在地，腦袋於雙肩之間後仰，彷彿瞪大無神的雙眼凝望蛛網滿布的屋頂上燻黑的梁柱。他嘴唇後翻，僵成一襲痛苦的笑容。他的劍躺在一旁，依然插在鞘裡。他上衣扯爛，結實的棕色胸膛上有個黑手印，大拇指和四根手指清晰可見。

科南默默凝望，後頸寒毛根根豎起。

「克羅姆呀！」他喃喃說道。「塞特的黑手！」

他曾見過這古老的印記，塞特黑祭司的死亡印記，統治黑暗斯堤及亞的殘暴邪教。他突然想起從這個房間出去的神祕斯堤及亞人身上透出的奇特光芒。

「阿利曼之心，克羅姆呀！」他低聲道。「他用披風遮住寶石。他偷走寶石。他用魔法開門，殺了貝羅索。他是塞特的祭司。」

他迅速查探，肯定了心中某些疑慮。寶石不在辛加拉人屍體上。不安的感覺浮上心頭，科南知道此事絕非偶然，肯定是經過謹慎策劃；這表示那艘神祕的斯堤及亞單甲板帆船停靠梅桑西亞港口肯定有所圖謀。塞特的祭司怎麼可能知道阿利曼之心跑到南方來了？但這個問題並不比透過空蕩蕩的掌心殺死武裝戰士的巫術神奇到哪裡去。

門外鬼鬼祟祟的腳步聲令他如大貓般轉身。他順手熄滅油燈，拔出長劍。他的耳朵告訴他有人潛伏在黑暗中，透過門廊逼近而來。他的眼睛逐漸適應突如其來的黑暗，看出門外幾條黯淡的身影。他無從猜測對方的身分，不過一如往常採取主動——不等對方攻擊，搶先撲上前去。

他這出乎意外的舉動讓偷襲者大吃一驚。他感應並聽見四周有人接近，星光下看見面前有個條容顏遮蔽的身影；接著他的劍擊中目標，衝入巷中，在腦子轉得慢、動作也不迅捷的襲擊者有機會阻攔他前拉開距離。

他奔跑中聽見前方傳來槳架摩擦聲，當場把身後的追兵拋到腦後。有艘船離港，往海灣移動！他咬緊牙關，加快腳步，但抵達海灘前，他聽見繩索吱吱作響，還有大船舵在孔架中摩擦的聲音。

濃密烏雲自海面翻滾而來，遮蔽星空。黑暗中，科南來到海灘，瞇起雙眼凝視漆黑的海面。有東西在海上移動——長長黑黑的東西於黑暗中遠離，速度逐漸加快。他耳中傳來長槳划水的節奏。他在無助的怒氣中咬牙切齒。航向大海的是那艘斯堤及亞單甲板帆船，船上載有對他而言等同阿奎洛尼亞王座的寶石。

他怒罵一聲，朝打上海灘的海浪跨出一步，抓起他的護甲，打算脫下來，游泳去追那艘逐漸失去蹤跡的船。接著腳跟踏在沙灘上的聲響引他回頭。他都把追兵給忘了。

漆黑身影迅速穿越沙灘包圍他。第一個人死在辛梅利亞人的快劍下，但其他人毫不畏縮。利刃掠過他身旁，或擦過他的鎖甲。鮮血和內臟濺上他的手掌，有人在他狠狠向上扯劍時淒聲慘叫。有人低聲催促其他人進攻，那個聲音聽起來有點耳熟。科南殺開血路，逼近出聲之人。烏雲飄散，撒落微光，照亮一名高瘦男子，腦側有疤。科南一劍砍穿他的頭顱，就跟劈爛成熟甜瓜一樣。

接著一把在黑暗中盲目亂砍的斧頭擊中國王的輕頭盔，打得他當場眼冒金星。他斜身撲起，長劍沉入目標，聽見痛苦尖叫。然後他被一具屍體絆倒，又讓鈍器打落凹陷的頭盔；下一秒鐘，木棒擊中他沒有護甲保護的頭顱。

阿奎洛尼亞國王癱倒在濕沙地上。幾條凶神惡煞的身影站在他身前喘氣。

「砍下他的腦袋。」有一人低聲道。

「別管他，」另一人喃喃說。「先幫我包紮傷口，以免我失血至死。潮水會把他捲入海灣。看吧，他躺在水線邊緣。他頭破血流；沒人能在這種傷勢中存活下來。」

「幫我剝光他。」另一人主張道。「他的護甲能賣幾個錢。動作快。提伯里歐死了，我聽見海灘上有水手在唱歌。我們快點離開現場。」

眾人手忙腳亂開始動作，然後腳步聲迅速遠離。酒醉水手的歌聲愈來愈響亮。

□

帕里歐緊張兮兮地在房間裡能夠俯瞰漆黑海灣的窗戶前來回踱步，突然轉身，情緒緊繃。據他所知，房門是從內部閂好的；但此刻房門大開，四個男人魚貫走入房內。他一看到對方，立刻毛骨悚然。帕里歐這輩子見過許多奇特生物，但都不能跟眼前這些人相提並論。他們高高瘦瘦，身穿黑袍，頭巾的陰影下臉型橢圓，呈暗黃色。他看不出來他們的長相，並毫無來由地為此慶幸。他們各自攜帶一把造型奇特的斑剝木杖。

「你們是什麼人？」他問，聲音聽起來無力空洞。「你們為何而來？」

「科南在哪裡，阿奎洛尼亞國王？」四人中最高的傢伙平靜地問，聽得帕里歐不禁發抖。那嗓音空洞的音色令他聯想到齊丹的神廟大鐘。

「我不知道你的意思，」商人結結巴巴說道，正常的儀態在訪客奇怪的氣勢下分崩離析。

「我不認識這個人。」

「他來過這，」對方語氣毫無變化。「他的馬在庭院裡。在我們傷害你前說出他的下落。」

「蓋伯！」帕里歐放聲大叫，一路退到牆邊。「蓋伯！」

四名齊丹人不動聲色地看著他，表情沒有任何變動。

「叫你的奴隸來，他就會死，」其中一人警告他，這話說得帕里歐更加害怕。

「蓋伯！」他尖叫。「你在哪裡，可惡？有賊要殺你主人啦！」

門外走廊傳來急促的腳步聲，蓋伯闖入房內——閃姆人，中等身高，肌肉壯健，藍黑色的卷鬚根根豎起，手裡握著一把葉型短劍。

他目瞪口呆地看著四個入侵者，無法了解他們為何出現於此；他依稀記得自己在看守的樓梯上莫名其妙打瞌睡，這些人肯定就是從那裡進來的。他執勤時從未打過瞌睡。但他的主人正在歇斯底里大叫，於是閃姆人像頭公牛般衝向陌生人，肌肉結實的手臂舉起，準備施展重擊。但他的劍始終沒有揮出。

黑袍衣袖竄起，木杖瞬間伸長。杖底撞上閃姆人結實的胸口，隨即縮回。這恐怖的一擊十分類似蛇頭竄出又後縮的動作。

蓋伯衝到一半突然停下，彷彿撞上了實體屏障。他公牛般的腦袋垂落胸口，短劍滑落指間，緩緩癱倒在地。那感覺彷彿他體內所有骨頭突然變軟。帕里歐臉色發青。

「別再叫人了，」最高的齊丹人建議。「你的僕人都在沉睡，但如果你叫醒他們，他們就會死，你也會跟著一起死。科南在哪裡？」

「他去濱水區附近的塞維歐酒館，尋找辛加拉人貝羅索，」帕里歐喘道，所有反抗的意志蕩然無存。商人並不缺乏勇氣；但這些詭異的訪客讓他的勇氣化水。外面傳來快步上樓的腳步聲，在陰森寂靜中顯得特別響亮，把他當場嚇了一跳。

「你僕人？」齊丹人問。

帕里歐一聲不吭地搖頭，舌頭跟上顎凍結在一起。他說不出話。

一名齊丹人從床上拿起一條絲床單，丟去蓋住屍體。接著他們躲入掛毯後，但最高的齊丹人消失前，他低聲說道：「跟來人交談，盡快打發他。如果背叛我們，你跟他都不可能活著走到門前。不要讓他知道你房內還有別人。」他意有所指地揚起木杖，接著黃人消失在掛坦後。

帕里歐抖了一抖，壓抑嘔吐的衝動。或許是光影的錯覺，但他依稀看到那些木杖偶爾會自行移動，彷彿擁有難以言喻的生命。

他以強大意志力讓自己冷靜下來，沉著面對闖入房內的惡棍。

「我們完成了你交付的任務，大人，」男人大聲道。「野蠻人死在海岸沙灘上。」

帕里歐察覺身後的掛毯微動，差點嚇得拔腿就跑。男人毫無所覺，繼續說下去。

「你的書記提伯里歐死了。野蠻人殺了他，還有我四個夥伴。我們把他們的屍體抬去會合點。野蠻人身上除了幾枚銀幣，沒有值錢的東西。還有其他命令嗎？」

「沒！」帕里歐喘道，嘴唇發白。「走！」

亡命之徒鞠躬，快步離開，暗地覺得帕里歐是個膽小又不多話的傢伙。

四個齊丹人從掛毯後出來。

「那個人在說誰？」高個子問。

「一個對我造成傷害的流浪漢。」帕里歐喘道。

「你說謊。」齊丹人冷冷說道。「他說得是阿奎洛尼亞王。我看你表情就知道了。坐到床上，不要動，不要說話。我留在這裡，等我三個夥伴去找屍體。」

於是帕里歐坐下，於寂靜中驚恐發抖，在神祕人的監視下一路等到三個齊丹人回到房內，告訴他們科南的屍體不在沙灘上。帕里歐不知道是該開心還是遺憾。

「我們找到打鬥現場，」他們說。「沙灘上有血。但國王不在了。」

第四個齊丹人用木杖在地毯上繪製神祕符號，在火光下發出類似鱗片的光澤。

「你們在沙灘上沒有讀出什麼？」他問。

「有，」他們回答。「國王還活著，搭船往南方而去。」

高齊丹人抬頭看向帕里歐，商人登時滿身大汗。

「你要我怎麼做？」他結結巴巴道。

「給我們一艘船，」齊丹人回答。「人手充足，能夠長途航行。」

「多長途？」帕里歐結結巴巴，完全沒想過拒絕。

「航向世界的盡頭，或許，」齊丹人回答，「或許前往位於日出之後的地獄熔岩海。」

15—海盜回歸

科南意識開始恢復時，第一個感覺就是搖晃；他所躺的地方並非固定不動，而是持續不斷的起起伏伏。接著他聽見船索和船柱之間風聲呼嘯，在模糊的視線尚未聚焦前就知道自己身在船上。他聽見有人說話，有灘水灑在身上，讓他徹底清醒過來。他跳起身，破口大罵，站穩腳步，打量四周，耳中傳來刺耳的笑聲，鼻孔聞到沒洗澡的臭味。

他站在一艘單甲板長帆船的艉艛上，船則順著北風朝南前進，條紋船帆吃風撐緊。太陽正自升起，天際綻放耀眼的金光、藍光、和綠光。左側依稀可見紫影般的海岸線，右邊則是一望無際的大海。科南一眼之間將一切盡收眼底，還包括船本身的情況。

船身狹長，典型的南方海岸商船，艉艛甚高，前後都有船艙。科南低頭看向寬船腰，噁心的惡臭就是來自那裡。他很熟那股味道。那是鎖在長凳上的槳夫的體臭。槳夫全是黑人，兩側各四十個，所有人腰部都有鎖鏈鎖住，另一端固定於沉重鐵環，鐵環則焊死在船頭到船尾間的堅固走道船梁上。在阿果斯船上當奴隸宛如置身地獄。大部分奴隸都是庫許人，但其中有三十個左右在槳前休息、神色好奇地凝望這個陌生人的黑人來自更南方的島嶼，黑海盜的家園。科南從他們的五官和直髮、修長光滑的肢體認出他們。這些人從前曾經追隨過他。

但那一切都是他起身時匆匆一瞥間看到的，之後他才將注意力轉移到身邊的人身上。他雙腳沉穩，迅速轉身，緊緊握拳，看向圍在他身邊的人。拿水淋他的水手哈哈大笑，空水桶還拿在手上，科南惡狠狠地咒罵他，手掌本能移向劍柄。接著他發現他手無寸鐵，身上除了皮短褲外什麼都沒穿。

「這是哪艘爛船？」他吼道。「我怎麼會流落到船上來？」

眾水手放聲嘲笑——粗壯、留鬍鬚的阿果斯人——其中一個從打扮和氣勢上看得出是船長的傢伙雙手抱胸，不可一世地說：「我們發現你躺在沙灘上。有人打你腦袋，搶走你的衣服。我們缺人，就帶你上船。」

「這是哪艘船？」科南問。

「冒險者號，從梅桑西亞出海，載運鏡子、紅絲斗篷、盾牌、鍍金頭盔和劍，要去跟閃姆人交易銅礦和金礦。我是迪米崔歐，這艘船的船長，你今後的主人。」

「那我終究還是趕往我要去的地方。」科南說，沒有理會對方最後那句話。他們在往南走，沿著阿果斯海岸漫長的彎道前進。他知道那艘低船身的斯堤及亞黑船就在前方高速南行。

「你有看到一艘斯堤及亞單甲板帆船——」科南開口，但身材魁梧、相貌凶狠的船長突然大發雷霆。他對囚犯的提問一點也不感興趣，是時候讓這傢伙了解自己的身分了。

「去前面！」他吼。「我在你身上浪費太多時間了！我出於尊重把你帶來艉艛叫醒，也回答夠了你那些天殺的問題。給我下去！你要在這艘船上工作——」

「我要買你的船——」科南開口，然後才想到自己是個身無分文的流浪漢。

這話引來一陣大笑，接著船長臉色發青，覺得自己被人嘲笑了。

「你這頭不守本分的豬！」他大叫，威脅性地踏步上前，手掌緊握腰帶上的匕首。「趁我鞭打你前給我到前面去！你嘴巴給我放乾淨點，不然看在密特拉的份上，我就把你跟黑人鎖在一起搖槳！」

科南向來不怎麼樣的火山脾氣當場爆發。已經有很多年，即使在他成爲國王之前，都沒人可以這樣跟他說話而不送命。

「不要跟我大聲說話，你這條穿水手褲的狗！」他嗓音嘶吼宛如海風，所有水手目瞪口呆。「敢拔出那把玩具，我就把你丟去餵魚！」

「你以爲你誰呀？」船長微微喘道。

「我讓你見識見識！」抓狂的辛梅利亞人大吼，轉身衝向船欄，架上掛有武器。

船長拔出匕首，大叫衝向他，但還沒來得及出手，科南已經抓住他的手腕，扭斷整條胳臂。船長像隻劇痛的牛般大叫，隨即在對手輕蔑拋擲下滾過甲板。科南從船欄拔下一把沉重的斧頭，像貓科動物般轉身面對衝向前來的水手。他們衝過去，像獵犬般吐舌頭，在獵豹般的辛梅利亞人面前顯得笨手笨腳。他們拿匕首衝到他面前之前，他已經跳到他們中間，以迅雷不及掩耳的速度左砍右劈，鮮血和腦漿在兩具屍體倒地時四下噴濺。

科南於匕首亂舞中闖過跌跌撞撞的暴徒，跳上貫通艉艛和艏艛之間的窄橋，就在划槳奴隸觸手不及的地方。艉艛幾名水手手忙腳亂地追上，不過同伴的死相令他們膽顫心驚，而剩下的船員——約莫三十名——手持武器，過橋來追。

科南在窄橋上跳一下，站在抬頭看他的黑人頭上，舉起斧頭，黑髮飄逸。

「我是誰？」他喊道。「看我，你們這些狗！看呀，阿瓊佳、亞松佳、拉蘭佳！我是誰？」

船腰傳來叫喊，喊得人愈來愈多：「阿姆拉！是阿姆拉！雄獅回歸啦！」

聽見這叫喊又了解其中意義的水手嚇得臉色發白，紛紛後退，突然間神情恐懼地看著窄橋上的狂野人影。此人當眞就是幾年前在南方大海神祕失蹤，卻依然活在恐怖傳說中的嗜血巨魔嗎？黑人口沫橫飛，幾近瘋狂，搖晃拉扯他們的鎖鏈，彷彿念咒般口呼阿姆拉的名號。從未見過科南的庫許人也跟著大叫。關在船底及後船艙的奴隸開始捶牆，狂吼猛叫。

迪米崔歐，憑藉膝蓋和單手沿著甲板移動，脫臼的手臂痛得臉色發白，大叫道：「上去殺了他，你們這些狗，別讓奴隸掙脫了！」

這話乃是所有單層甲板帆船船員最深沉的夢魘，當場激發情急拚命的水手從兩端衝上窄橋。但科南宛如雄獅般跳下窄橋，輕巧落在奴隸長凳中央的走道上。

「主人全都去死！」他聲如雷鳴，舉起斧頭，對準鎖鏈狠狠劈下，如同砍火柴般當場砍斷。轉眼之間，一名奴隸身獲自由，立刻打斷船槳當成木棒。水手瘋狂衝向上方的窄橋，冒險者號彷彿人間地獄般陷入混亂。科南的斧頭毫不停歇，起起落落，每砍一斧，就有一個口沫橫飛的黑巨人掙脫束縛，在恨意、自由與復仇的怒火下瘋狂作戰。

水手跳下船腰，企圖擒抱或攻擊不顧一切砍斷鎖鏈的白巨人，結果都讓尚未獲釋的奴隸拉倒，其他奴隸則拖著斷掉的鎖鏈，宛如盲目的黑色奔流爬出船腰，發出惡魔般的叫聲，拿斷船槳和鐵塊攻打水手，張牙舞爪連撕帶咬。混戰之中，關在奴欄裡的奴隸拆爛牆壁，擁上甲板，科南釋放五十名黑人後就停止砍鎖鏈，跳上窄橋，舉起凹痕密布的斧頭加入戰團。

接著戰況變成血腥屠殺。阿果斯人又強又壯、勇猛善戰，在大海這座殘酷的學校中受訓，但他們無法對抗這群由猛虎般的野蠻人領導的抓狂巨人。毆打、虐待、地獄般的苦難都在横掃全船的憤怒狂風中展開復仇，而在狂風徹底過境之後，冒險者號上就只剩下一個白人還活著，渾身染血的巨人，所有黑人拜倒在他身邊血淋淋的甲板上，不斷磕頭，如痴如狂地膜拜他們的英雄。

科南，厚實的胸膛起起伏伏，汗水閃閃發光，血紅手掌緊握滴血的斧頭，環顧四周，像是人類史上第一個酋長在遠古黎明中左顧右盼，然後甩開他的頭髮。那一刻裡，他不是阿奎洛尼亞王；他又變成了黑海盜王，在火焰和鮮血之中砍出權力之道。

「阿姆拉！阿姆拉！」欣喜若狂的倖存黑人唸誦道。「雄獅回歸！這下斯堤及亞人晚上會像狗一樣嚎叫！這下村落將會化為火海，船隻將會沉沒！艾伊，女人會慟哭，長矛如雷鳴！」

「少在那邊鬼叫鬼叫，你們這些狗！」科南喊聲震天，蓋過風帆扯動聲。「十個人下去放開還鎖著的槳夫。剩下的人去掌舵、划槳、拉吊索。克羅姆的魔鬼呀，你們沒發現我們混戰中已經在往岸上漂了嗎？你們想要擱淺，然後再被阿果斯人俘虜嗎？把屍體丟下船。開始動作，你們這些惡棍，不然我會在你身上留下傷痕！」

他們在叫喊、笑聲、和歌聲中開始依照他的吩咐工作。屍體，不論黑白，都被丟到海裡，海面上已經有許多三角鰭破水而來。

科南站在艉樓上，皺眉看著底下那些滿懷期待看著他的黑人。他粗壯的棕臂交抱胸口，黑髮在流浪旅程中留長，飄蕩風中。從來沒有如此粗暴野蠻的形象站在這種船上，不會有幾個阿奎洛尼亞的朝臣能在如此恐怖的海盜船上認出他們的國王。

「貨艙裡有食物！」他喊道。「還有很多武器，因為這艘船運送武器和防具給沿海地區的閃姆人。我們的人手足以駕馭這艘船，對，還能作戰！你們讓阿果斯狗鎖著當奴隸划槳：你們可願意以自由之身幫阿姆拉划槳？」

「願意！」他們喊道。「我們是你的子民！帶領我們前往你要去的地方！」

「那就下去清理船腰。」他下令。「自由人不會在這麼髒的地方工作。三個人跟我去後艙拿食物。克羅姆呀，我要在這趟旅程結束前養胖你們。」

底下再度歡聲雷動，餓肚子的黑人連忙照他的話做。海風再度掠過海面，吹飽風帆，白浪隨著海風飛舞。科南在起伏不定的甲板上站穩腳步，深吸口氣，攤開雙臂。他或許不再是阿奎洛尼亞王；但他依然還是藍海之王。

16 — 黑牆凱米

冒險者號宛如活物般航向南方，船槳如今握在自由又自願的人手裡。從和平商船變成戰艦，各方面都盡可能改變。如今坐在長凳上的人都有配劍，奇形怪狀的腦袋上還戴著鍍金盔。船欄上掛著盾牌、一捆捆的長矛、船桅上掛弓箭。就連天氣似乎都在幫科南；每天都有強風吹飽大紫帆，幾乎不太需要划槳輔助。

儘管科南安排人員日以繼夜待在桅頂瞭望，他們始終沒有在前方發現任何矮船身單甲板黑帆船駛向南方。日復一日，藍海翻騰，空無一物，只有見到幾艘一看到他們船欄上的盾牌立刻逃之夭夭的漁船。當年的貿易季節已經結束，他們沒看到其他船。

當瞭望員真的看到船帆時，那艘船是在北方，而非南方。他們後方天際出現了一艘船速甚快的單甲板帆船，紫帆吃飽風。黑人促請科南轉向掠奪它，但他搖頭。南方某處有艘單甲板長黑帆船在趕往斯堤及亞海港。那天晚上，天色全黑之前，瞭望員最後看見那艘單甲板帆船在海平線上，而天亮時它還在他們後方，距離遙遠，看來很小。科南懷疑那艘船是不是在跟蹤他，雖然他想不出任何人有這麼做的理由。不過他不在意。

如此每日深入南方讓他愈來愈不耐煩。他從未心生懷疑。正如他相信太陽會升起落下，他也相信有個塞特祭司搶走了阿利曼之心。除了斯堤及亞，塞特祭司還會把寶石帶去哪裡？黑人都察覺他內心焦躁，比遭受奴役時更加努力工作，但沒人知道他意欲何為。他們預期會過一段血腥掠奪的日子，心裡就滿足了。南方島嶼的人沒有其他謀生之道；而船員中的庫許人一心只想因應該族冷酷無情的天性洗劫他們自己的同胞。血緣關係意義不大；英勇善戰的領袖加上自私自利就是一切。

沒多久，海岸景象出現變化。他們不再路過陡峭的岩壁跟其後的藍色山丘。如今海岸變成牧草地的邊緣，比海面高不了多少，一路延伸到遠方的霧氣之中。這裡港口不多，港城更少，但綠色平原上零星散落著閃姆城市；綠海，覆蓋綠色平原邊緣，城市裡寶塔建築在一段距離外於陽光下反射白光。

牧草地上有許多牛群及頭戴圓柱狀頭盔、留藍黑卷鬚的矮壯騎師，手持弓箭。這裡是閃姆境內的海岸，除了每座城市自行頒布的法律外，基本上無法無天。科南知道，深入東方，牧草地會變成沙漠，沒有任何城市，游牧部落主宰一切。

他們持續南行，通過一成不變的牧地城邦，終於景象再度轉變。羅望子樹叢開始出現，棕櫚樹林逐漸茂密。海岸線斷斷續續，出現許多蕨類植物和樹林壁壘，其後隆起光禿禿的沙丘。溪水匯入大海，沿著潮濕溪岸長有各式各樣豐富的植物。

終於他們通過一處匯流入海的大河口，在南方地平線上看見凱米的大黑城牆和塔樓。

那條河名叫斯堤克斯。凱米乃是斯堤及亞最大港，當時也是最重要的城市。國王住在古城魯克瑟；不過人們宣稱他們黑暗信仰的中心位於內陸，斯堤克斯岸附近一座神祕荒城。這條河，來自斯堤及亞南方未知土地的無名源頭，北向流千哩，然後轉而向西流過數百哩，最後匯入大海。

冒險者號沒有點燈，趁夜偷偷穿越港口，於黎明前在城南一里處的小海灣中下錨。四周是沼澤，一片綠油油的紅樹林、棕櫚樹和藤本植物，到處都是鱷魚和蛇。他們不太可能被人發現。科南很熟這個地方；當海盜時他曾藏身此地。

他們無聲無息掠過這座在突出的陸岬上建立大黑稜堡守護港口，火把閃爍，紅光搖曳的城市，耳中聽見轟隆隆的低沉鼓音。港口裡沒有像阿果斯港口那樣擠滿船。斯堤及亞人的榮耀和國力不是奠基在商船和艦隊上。他們確實擁有商船和戰艦，但跟他們內陸的實力不成比例。他們大部分船隻都在大河上下游走，鮮少出海。

斯堤及亞人是古老的種族，高深莫測、深色皮膚的人種，力量強大，冷酷無情。許久以前，他們的領土擴張到斯堤克斯以北很遠的地方，超越閃姆的牧地，進入現代科斯、俄斐、和阿果斯境內。他們的領土可與古代的阿克隆比美。但阿克隆殞落了，海伯里亞人的野蠻祖先穿著狼皮和角盔南進，趕走那些土地上的古代統治者。斯堤及亞人沒有忘記那段歷史。

□

冒險者號一整天都待在小海灣裡，四周都是綠樹枝和藤蔓，色彩鮮艷、叫聲嘶啞的鳥兒飛掠而過，還有很多鱗片閃閃、無聲無息的爬蟲類。日落時分，一艘小船下水，沿著河岸前進，搜索並找到科南要求的人——一個搭乘平頭小船的斯堤及亞漁夫。

他們把漁夫帶回冒險者號的甲板上——高個子、四肢修長、膚色黝黑，嚇得臉色發灰，因爲俘虜他的人乃是那片海域傳說中的巨魔。他身上只穿了條絲褲，就跟希爾卡尼亞人一樣，斯堤及亞就連普通人和奴隸都有絲綢穿；他船上有襲寬披風，專讓漁夫晚上披在肩上禦寒用的。

他在科南面前下跪，以爲會被凌虐處死。

「站起來，老兄，別發抖了。」辛梅利亞人不耐煩地說，因爲他難以理解這種可憐兮兮的恐懼。「我不會傷害你。告訴我：過去幾天內有沒有單甲板帆船，黑色快船從阿果斯返航，停靠凱米？」

「有，大人，」漁夫回答。「昨天黎明，圖托斯梅斯祭司自北方的旅程回歸。據說他是去梅桑西亞。」

「他從梅桑西亞帶了什麼回來？」

「哎呀，大人，我不知道。」

「他去梅桑西亞做什麼？」科南問。

「不知道，大人，我只是一介平民。我怎麼會知道塞特祭司在想什麼？我只能告訴你我看到什麼，還有在港口聽到的傳言。據說有很重要的消息自北方傳來，但是沒人知道具體內容；大家都知道圖托斯梅斯祭司立刻搭乘他的單甲板黑帆船出海。如今他回來了，但他在阿果斯做了什麼，帶了什麼貨物回來，沒人知道，就連那艘船上的水手都不知道。有人說圖托斯梅斯曾出面反抗所有塞特祭司的領袖，魯克瑟的索斯阿蒙，而他在尋找神祕力量去推翻大祭司。但我懂什麼？祭司彼此開戰時，我們普通人就只能趴在地上，期待不要遭受波及。」

這種卑微低賤的觀念令科南惱怒，他轉向手下。「我要孤身進入凱米，找出這個名叫圖托斯梅斯的賊。把這個傢伙關起來，但不要傷害他。克羅姆的魔鬼呀，別抱怨了！你們難道以為我們可以駛入港口，然後攻下這座城嗎？我必須獨自行動。」

壓下抗議的聲浪後，他脫下身上的衣物，換上囚犯的絲褲和涼鞋，還有對方頭上的髮圈，不過對漁夫的短匕首不屑一顧。斯堤及亞的平民不能攜帶長劍，那件披風又沒有大到能夠遮住科南的巨劍，於是科南在腰帶上掛了一把干納塔匕首，斯堤及亞南方沙漠部族的武器，刀身微彎的沉重寬刃精鋼匕首，刀鋒銳利，長到足以肢解人體。

接著，科南把斯堤及亞人留給黑海盜看守，爬上漁夫的小船。

「等到天亮，」他說。「如果到時候我沒回來，表示我不會回來了，你們就盡快南行返家。」

他爬過船欄時，船員為他唱起悲歌，直到他回頭罵到他們安靜為止。接著，跳上小船，他抓起船槳，讓小船以在自己主人手中從未達到的高速破浪而去。

17 「他殺了神聖的塞特之子！」

凱米港口位於兩道突出海面的陸岬之間。他繞過南側陸岬，岬上有著宛如人造山丘的大黑城堡，於天黑之前進入港口，光線剛好讓衛兵可以認出漁夫的小船和披風，但又沒有亮到足以看出破綻。他沒有被人攔下，直接穿越無聲停靠港口的大型黑色戰艦，在深入海水中的石階旁上岸。他把船綁在石柱鐵環上，就跟其他數不清的小船一樣。漁夫把船留在這裡是很正常的事。除了漁夫，沒人用得到這種船，而漁夫不會偷漁夫的船。

□

他踏上長石階，默默避開漆黑海面每隔一段距離點燃的火把，沒人朝他多看一眼。他看起來就是個普普通通、一無所獲、在海裡做了整天白工後回家的漁夫。如果有人仔細觀察他，或許就會發現他的步伐太過輕快穩健，對低賤的漁夫而言舉止過度自信。但他迅速通過，保持在陰影中，而斯堤及亞的普通人跟其他國家的普通人一樣不太在乎其他人。

他的體型跟高大壯健的斯堤及亞戰士差不多。他的皮膚在烈日下曬成古銅色，幾乎跟大部分的斯堤及亞人一樣深。他的黑髮齊整，用銅環束起，也增添相似度。讓他跟斯堤及亞人不同的特質在於走路的姿態、外來者的五官和藍眼珠。

但披風是很好的僞裝，而他又盡可能待在陰影中，有本地人接近時就偏開頭去。不過再怎麼說此事都有風險，他很清楚自己遲早會被人發現。凱米不像海伯里亞國家的港口城，有各式各樣人種聚集。這裡唯一的外國人是黑人和閃姆奴隸；而跟兩者相形之下，他還比較像是斯堤及亞人。斯堤及亞城市不歡迎陌生人；他們只能容忍外國使節或有執照的商人。後者還不能在天黑後上岸。此刻港口沒有停靠任何海伯里亞船。城內瀰漫著一股奇特煩躁氣氛，遠古野心蠢蠢欲動，除了說話之人沒人聽得懂的低語。科南感覺出那股氣氛，他敏銳的原始本能察覺周遭那股不安。

如果被人發現，他肯定下場淒慘。他們光是因爲他是陌生人就會宰了他；萬一有人認出他是阿姆拉，用鋼鐵和火焰肆虐他們海岸的海盜船長——科南厚實的肩膀不由自主抖了一抖。他不怕人類敵人，也不怕死在鋼鐵或火焰之下。但這裡是屬於巫術和無名怪物的土地。據說許久之前遭受海伯里亞人驅逐的古蛇塞特依然潛伏在隱密神廟的陰影中，而那些陰暗神廟裡一直在上演恐怖又神祕的事件。

他遠離有大石階通往水裡的濱水區街道，進入主城區的陰暗長巷。此地的景象跟海伯里亞城市大不相同——沒有油燈的火光，沒有心情愉快的平民笑著在街上漫步，商店和貨攤也沒有開門展示商品。

這裡的貨攤天一黑就關門。街道上只有火把照明，相隔甚遠，濃煙瀰漫。街上的行人相對稀少；他們默不作聲，迅速行走，人數隨著時間越晚而越少。科南覺得街上的景象陰森又不眞實；寂靜無聲的行人，匆忙鬼祟的舉止，街道兩旁的大黑石牆。斯堤及亞的建築風格高大陰森，給人難以忍受的壓迫感。

少數建築物上層有傳出光線。科南知道大部分居民都躺在平坦的屋頂上，星空下，棕櫚樹花園間。某處傳出奇特的音樂。偶爾有雙輪銅馬車駛過街道，披著絲斗篷、戴著蛇頭金環固定黑髮的高大鷹臉貴族匆匆路過；赤裸的黑車夫站穩雙腳，駕馭狂野的斯堤及亞馬。

此刻在街道上步行的都是平民、奴隸、商人、妓女、勞工，而這些人也在他行走間愈來愈少。他的目的地是塞特神廟，因爲他要找的祭司很可能就在那裡。他相信只要看到圖托斯梅斯就能認出對方，雖然他只有在梅桑西亞暗巷中匆匆一瞥。他很肯定當時在巷子裡看到的人就是那個祭司。只有位居駭人聽聞的黑戒迷宮高層術士才有能力施展黑手死亡之觸；也只有這樣的人才敢違抗索斯阿蒙，在西方世界眼中恐怖和神祕的代表。

街道變寬，科南察覺自己進入該城的神廟區。雄偉漆黑的建築高聳在星空前，於微弱的燭光下散發難以言喻的陰森氣息。突然間，他聽見前方街道另外一邊傳來女人的尖叫聲——一名赤身裸體的交際花，戴著屬於她那個階級的羽毛頭飾。她退到牆邊，瞪大眼睛看著在他視線範圍外的東西。街上其他行人一聽到她的叫聲立刻停止動作，彷彿遭受冰封。那一瞬間，科南聽見一陣詭異的爬行聲響。接著他前方建築的黑暗角落中冒出一顆醜陋的楔形腦袋，其後跟著一圈一圈隱隱反光、搖搖晃晃的軀幹。

辛梅利亞人當即縮身，想起之前聽過的傳聞——蛇是斯堤及亞之神塞特的聖獸，據說塞特本身就是一條巨蛇。塞特的神廟裡豢養許多這種怪物，它們飢餓時，就會爬入街道，食用任何它們看上的獵物。信徒將淪爲它們的食物視爲獻給鱗片神的祭品。

科南視線範圍內的斯堤及亞人紛紛下跪，不分男女，認命地等候他們的命運。大蛇會挑選其中一人，捲入鱗片軀幹之中，將其壓成肉醬，然後像吞老鼠般吞入腹中。其他人會活下來。那都是諸神的旨意。

但那並非科南的旨意。那條巨蟒朝他游去，可能是因爲他是在場唯一還站著的人。科南握住披風下的大匕首，希望那條滑溜溜的怪物會路過他。但巨莽停在他面前，於搖曳的火光下極其恐怖地立起，叉舌吞吐不定，冷眼綻放出蛇民遠古殘暴的氣息。它弓起蛇頸，但尚未竄出前，科南已經自披風下揮出匕首，宛如閃電般出擊。寬刃劈開楔形蛇頭，深深砍入厚頸。

科南拔出匕首，在巨大的蛇身糾結纏繞，垂死掙扎時跳向一旁。那一瞬間，他神色陶醉地凝視巨莽，耳中只聽見蛇尾甩在石板地上的撞擊聲。

接著震驚的信徒大聲吼叫：「瀆神！他殺了神聖的塞特之子！殺了他！殺！殺！」

石頭掠過他身邊，發狂的斯堤及亞人衝向他，歇斯底里大吼大叫，四面八方的房舍中衝出更多人加入吼叫。科南咒罵一聲，轉身奔向一道漆黑巷口。他憑藉感覺而非視力奔跑，聽見身後傳來赤腳踏地的聲響，牆壁反射追兵激動的叫聲。接著他左手摸到牆上的縫隙，連忙轉入另一條更窄的巷子。兩側都是高聳的黑石牆。他看到高處透露一線星空。他知道這些巨牆都是神廟的牆。他聽見身後的暴民喧鬧不休地衝過巷口。他們的叫聲逐漸遠離，消逝。他們錯過了小巷子，直接闖入黑暗中。他也繼續往前跑，不過想到有可能在黑暗中遇上另一條「塞特之子」就忍不住抖了一抖。

接著前方某處出現在移動的光芒，彷彿會發光的蠕蟲。他停步，平貼牆壁，握住匕首。他知道那是什麼：有人拿著火把走近。如今火光接近到能夠看出握著火把的深色手掌，還有橢圓形的陰暗面孔。再多走幾步，對方肯定就會看到他。他宛如猛虎般壓低身形——火把停下來了。火光短暫照亮一扇門，拿火把的人動手開門。接著門開了，高個子消失在門後，巷內再度陷入漆黑。那條高瘦身影進入黑暗巷道中的門給人一種鬼鬼祟祟的感覺；或許是個祭司，幹完什麼見不得人的事情回來。

但科南朝那扇門摸索而去。既然有人拿火把經過這條巷子，就表示隨時都可能有其他人這麼幹。如果回頭走，他或許會撞上剛剛那群暴民。他們隨時可能掉頭回來，找到這條窄巷，衝進來搜。他覺得被那兩面無法攀越的高牆困住，渴望脫身，就算脫身之道是要入侵某棟陌生建築。

沉重的銅門沒有上鎖。他推開門，透過門縫偷看。裡面是一間巨大黑石建造的四方石室。牆上的壁龕中有支火把燃燒。石室中空無一人。他穿越光滑的大門，順手關上。

他走過黑大理石地板，腳下涼鞋安靜無聲。一扇柚木門半開半闔，他手持匕首，穿門而過，來到一個高大陰暗的空間，只能隱約看到黑暗中的高聳天花板，四周黑牆則朝上深入黑暗之中。四面都有大黑拱門通入這間寂靜的大殿。廳裡點有許多奇特的銅油燈，投射出黯淡詭異的火光。大殿對面有道寬敞的大理石階，沒有欄杆，朝上深入黑暗，上方四周都有類似黑石岩架的迴廊。

科南不寒而慄；他身處某個斯堤及亞神的神廟，就算不是塞特神廟，也是只比它不可怕一點點的神。而且神廟並非沒有住客。大殿中央有座黑石祭壇，高大，莊嚴，沒有雕刻或裝飾，其上盤據一條大聖蛇，燦爛鱗片在油燈火光下閃閃發光。大蛇沒動，科南想起祭司會對這些動物下藥的傳聞。辛梅利亞人不太確定地往門外跨步，接著突然縮身，不是退回原先的房間，而是有絨布掛毯的壁龕內。他聽見附近傳來細微的腳步聲。

一道大拱門後走出一條身穿涼鞋和絲纏腰布的高壯身影，肩膀上披著寬大披風。他的頭和臉都遮在半人半獸的可怕面具下，面具頂插著一團鴕鳥羽毛。

斯堤及亞祭司會戴面具主持某些儀式。科南希望對方不要發現自己，但斯堤及亞人的本能警告了他。他突然自顯然是目的地的石階前轉身，直接朝壁龕走來。當他扯開掛毯，一隻手掌竄出黑暗，掐碎他喉嚨中的喊叫聲，一頭把他拉入壁龕，然後手起刀落。

接下來科南做了件顯然符合邏輯的舉動。他掀開陰森的面具，戴到自己頭上。他用漁夫的披風蓋住祭司的屍體，藏在掛毯後，然後把祭司的披風披在自己結實的肩膀上。命運賜給他這套偽裝。此刻全凱米的人可能都在搜查膽敢攻擊聖蛇的瀆神者；但有誰會想到掀開祭司面具去找他？

他昂首闊步走出壁龕，隨便挑選一道拱門走去；但還沒走出十來步又再度轉身，所有感官都提出危機的預警。

一群戴面具的人魚貫走下台階，穿著打扮跟他一模一樣。他遲疑，站在空曠處，一動也不動，相信自己的偽裝，儘管額頭和手臂上冒出冷汗。沒人說話。他們宛如幽靈般步下通往大殿的階梯，經過他身邊，走向一道黑拱門。領頭的人手持黑檀木杖，杖頂有顆森白骷髏頭，科南知道那是外國人無法理解的儀式法器，但又在斯堤及亞宗教中扮演重要——通常也很邪惡——的角色。走最後的人微微轉頭看向站著不動的辛梅利亞人，彷彿期待他會跟上。不做其他人顯然期待他會做的事肯定會引人懷疑。科南跟在最後一個人身後，調整到跟他們一樣的步伐。

他們走過一條黑暗拱頂長廊，科南不安地發現杖頭骷髏竟然綻放磷光。他感到一股毫不理性的野獸本能，驚慌失措地要他拔出匕首，砍死這群奇形怪狀的傢伙，然後死命逃出這座陰森黑暗的神廟。但他克制自己，壓抑內心深處隱約浮現的本能，跟著這群可怕的身影穿越黑暗；沒多久他暗自鬆了口氣，隨眾人通過比常人高上三倍的雙扇大門，步入星光之下。

科南考慮該不該溜進某條暗巷；但他遲疑，不確定，跟著他們無聲無息地走過漆黑長街，路上行人全都轉頭走避。祭司隊伍離牆甚遠；轉身閃入任何通過的巷道都會引人懷疑。他在心裡破口大罵，跟著他們來到南城牆一道低矮拱門，然後魚貫穿越。他們面前和兩側都是低矮平底泥屋和棕櫚樹叢，在星光下陰影密布。科南心想此刻就是逃離這些無聲夥伴的時機。

但一走出城門，這群夥伴就不再保持安靜。他們開始興奮地交頭接耳。莊嚴肅穆的儀態蕩然無存，骷髏法杖讓領頭祭司夾在腋下，整隊人馬打亂隊形，快步前進。科南跟了上去。因爲他在其他人的言語中聽見一個吸引他的名字。就是：「圖托斯梅斯！」

18 「我是永生不死的女人！」

科南饒富興味地凝視這群戴面具的夥伴。或許圖托斯梅斯就在其中，不然就是他們要去跟他在找的人會合。當他在棕櫚樹後看見聳立於陰暗星空下的巨大三角形黑影，立刻知道他們的目的地爲何。

他們通過小屋和樹林帶，如果有人看到他們，也全都小心翼翼假裝沒看到。小屋陰暗無光。他們身後的凱米黑塔陰森聳立星空下，於港口海面投射倒影；前方是深入黑暗的無際沙漠；某處傳來豺狼嚎叫。沉默祭司的涼鞋迅速踏過沙地，沒有發出聲響。他們跟鬼一樣，朝向陰暗沙漠中的高大金字塔前進。整片沉睡大地上一片死寂。

科南心跳加速，看著陰森聳立在星空下的黑色楔形建築，儘管他急著想跟圖托斯梅斯會面，然而與之衝突的渴望中還是參雜了對未知的恐懼。沒人可以毫不懼怕地接近這種黑石堆成的莊嚴建築。光是提起它就能在北方諸國掀起強烈恐懼，而根據傳說，建立金字塔的並非斯堤及亞人；他們身處深色皮膚的民族在難以推測的遠古時代進入大河流域的土地上。

接近金字塔時，他看見塔底附近有昏暗光源，沒多久就發現光線來自一道塔門，門兩旁各有一座頂著女人頭的石獅，彷彿神祕難明的夢魘結晶成石。祭司領袖筆直走向門口，科南在入口深處看見一條陰暗身影。

領袖在陰暗身影旁停留片刻，隨即消失於黑暗的金字塔中，其他人一個接著一個進去。每個戴面具的祭司通過陰暗入口時都會被神祕守衛攔下來，進行某種交流，是說話還是比手勢，科南看不出來。辛梅利亞人一見如此，刻意待在後面，彎腰蹲下，假裝在繫緊涼鞋。直到最後一名面具祭司進去後，他才站直身子，走向入口。

他想起從前聽過的傳言，不安地懷疑神廟守護者究竟是不是人。但這份疑慮很快就得到答案。門內有一盞銅燈照亮深入黑暗的狹長走道，走道口有個男人一聲不吭地站著，身穿寬大黑斗篷。觸目所及沒有其他人。面具祭司顯然都消失在走廊中。

斯堤及亞人透過遮蔽五官的低垂斗篷，目光銳利打量科南。科南鋌而走險，模仿他的目光。但顯然對方在等他做出其他舉動；斯堤及亞人右手伸出斗篷，金屬微光閃動，刺出足以刺穿普通人心臟的一刀。

但他的對手動作快如叢林貓。匕首在反射微光同時，科南已經抓住深色手腕，握緊右拳擊中斯堤及亞人下巴。男人腦袋後仰，撞上石牆，發出頭顱碎裂的悶響。

科南在屍體旁站立片刻，側耳傾聽。銅燈火光黯淡，在門旁投射模糊的陰影。其後黑暗中沒有任何騷動，不過他似乎聽見遠處下方傳來悶悶的鑼聲。

他彎下腰去，將屍體拖往向內開啓的大銅門後，接著辛梅利亞人謹慎但迅速地步入走廊，毫不費心猜測有什麼末日在裡面等他。

他沒走出多遠便即停下腳步，神色困惑。走廊分成兩條，他無從猜測面具祭司走哪一條。

他隨意挑選左邊的路走。地板微微向下傾斜，也讓人腳踐踏得十分光滑。三不五時會有昏暗銅燈投射出夢魘般的微光。科南不安地懷疑這些高大石堆當初在被遺忘的年代中究竟爲何而建。這是一塊遠古、遠古的土地。沒人知道斯堤及亞黑神廟至今仰望星空多少年。

走道左右偶爾會有狹窄的黑拱門，但他始終保持在主要走道上，雖然越走越覺得自己走錯路了。就算祭司比他早走一步，此刻他也該追上他們了才是。他愈來愈緊張。寂靜彷彿擁有實體，但他又有種自己並不孤獨的感覺。不只一次，路過漆黑拱門時，他依稀感覺有道看不見得目光在瞪視他。他停步，考慮掉頭回到走道分岔處。他突然轉身，舉起匕首，精神緊繃。

有個女人站在一道小通道口，冷冷凝望著他。白皙的皮膚顯示她出自斯堤及亞遠古貴族家族，而就跟所有這種女人一樣，她身材高挑、體態輕盈、性感撩人，頭髮宛如漆黑泡沫，其中有顆紅寶石閃閃發光。但除了絨布鞋和纖腰上的寬珠寶腰帶外，她沒穿任何衣物。

「你在這裡做什麼？」她問。

只要一答話就會洩露他是外國人的身分。他一動不動，維持戴著恐怖面具，羽飾在頭上飄蕩的莊嚴形象。他目光警覺地打量對方身後的陰影，發現空無一人。但或許她只要張口大叫就會跑來大批戰士。

她朝他走近，儘管起疑但卻毫不擔心。

「你不是祭司，」她說。「你是個戰士。就算戴了面具，還是掩飾不了如此明顯的事實。你跟祭司的差異就跟男人跟女人的差異一樣大。看在塞特的份上！」她大聲說話，突然停下腳步，雙眼圓睜。「我甚至不相信你是斯堤及亞人！」

他的手以肉眼難察的速度扣住她的喉嚨，不過力道輕如愛撫。

「不要出聲！」他低聲道。

她光滑雪白的肌膚如大理石般冰涼，但那雙漆黑美麗的大眼睛裡卻絲毫沒有恐懼的意味。

「不要害怕，」她冷靜回應。「我不會說出去。但你是不是瘋了，一個陌生人、外國人，居然跑來塞特的禁忌神廟？」

「我是來找圖托斯梅斯祭司的。」他回答。「他在神廟裡嗎？」

「你找他做什麼？」她問。

「他偷走了屬於我的東西。」

「我帶你去找他，」她答應得太爽快，立刻讓他起疑。

「不要耍我，女人，」他吼道。

「我沒有耍你。我不喜歡圖托斯梅斯。」

他遲疑，然後做出決定；畢竟，他就像她受制於他般受制於她。

「走在我旁邊，」他下令，放開她的喉嚨，改抓她手腕。「動作小一點。如果妳讓我起疑——」

她領頭走下微斜的走道，一路往下，直到道旁沒有銅燈，他在黑暗中摸索前進，伸手不見五指，單靠感覺和身旁的女人前進。有一回他對她說話，她轉頭面對他，而他驚訝地發現她的眼睛彷彿兩道金火焰。他心裡浮現恐怖的疑慮，但還是跟著她走，穿越足以迷惑他原始方向感的黑走廊迷宮。他暗自咒罵自己愚蠢，竟然任人引入黑磚迷宮中；但如今回頭已經太遲了。他再度感到四周的黑暗裡有東西蠢蠢欲動，於陰影中不耐煩地釋放惡意及渴望。除非他耳朵有問題，不然他肯定聽見有個爬行聲響在女人的命令下停頓並後退。

她終於領著他進入由奇特七柱燭台上的黑蠟燭照亮的石室。他知道他們位於地下深處。石室方方正正，牆壁和天花板都是光滑的大理石，呈現遠古斯堤及亞風格；房中放著一張黑檀木床，鋪著黑絨布，另外還有一座黑石台座上放著一具木乃伊棺。

科南滿懷期待地站著等候，打量石室四周的漆黑拱道。但女孩沒有繼續移動。她像貓咪般躺在床上伸展肢體，食指交扣搭在明亮的秀髮後，透過修長的睫毛打量他。

「怎麼？」他不耐煩地問。「妳在幹嘛？圖托斯梅斯在哪裡？」

「不要急。」她慵懶回應。「一個小時算什麼——或一天，或一年，或一世紀，算得了什麼？摘下面具。讓我看看你的臉。」

科南惱怒地嘟噥一聲，摘下大頭套，女孩彷彿認同式地點頭，欣賞他深色有疤的面孔和炯炯有神的雙眼。

「你擁有力量——強大的力量；你能掐死閹牛。」

他不安走動，疑心愈來愈重。他手握刀柄，看向陰暗的拱門。

「如果妳把我誘入陷阱。」他說，「妳不會活下來欣賞妳的傑作。妳要不要給我下床，實現妳的承諾，還是要我——」

他越說越小聲。他看著那具木乃伊棺，棺材上以早已失傳的技藝栩栩如生地用象牙刻劃棺材主人的容貌。那副面具眼熟到令他不安，接著他驚訝地發現爲什麼會有這種感覺；棺材上的容顏跟躺在黑檀木床上的女孩異常相似。棺材簡直就是照著她的臉雕出來的，但他知道棺材上的雕像起碼有好幾百年了。漆亮的棺蓋上刻有古體象形文字，他努力回想從前在冒險生涯中零散習得的相關知識，拼出那些文字，然後大聲唸道：「阿姬娃夏！」

「你有聽過阿姬娃夏公主？」床上的女孩問。

「誰沒聽過？」他嘟噥道。這個古老、邪惡、美麗的公主至今依然透過歌謠和傳說活在世上，然而突沙蒙之女在遠古魯克瑟的黑殿堂中飲酒做樂已經是一萬年前的事了。

「她唯一犯下的罪行就是熱愛生命及生命所有的意義。」斯堤及亞女人說。「爲了贏得生命，她不惜向死亡求愛。她無法想像自己衰老枯萎、憔悴滄桑，終於變成老太婆死去。她成爲黑暗的愛人，而黑暗的禮物就是生命——一種與世俗觀念不同的生命，永遠不會衰老消逝。她深入陰影，騙過歲月和死亡——」

科南看她的雙眼突然瞇成兩條明亮的縫。他轉身拉開棺蓋。棺材是空的。女孩在他身後大笑，笑聲令他血液凝結。他轉回去面對她，後頸寒毛豎起。

「妳就是阿姬娃夏！」他嘶聲道。

她笑著撩開明亮的秀髮，性感誘人地攤開雙臂。

「我是阿姬娃夏！我是永生不死的女人，永不衰老！蠢人以爲我在青春洋溢的全盛時期被諸神帶走，在某個神界成爲永恆的女王！不，凡人得在黑暗中找尋永生！我在一萬年前爲了永生而死！吻我，強壯的男人！」

她撫媚起身，朝他走來，踮起腳尖，雙手摟上他的粗頸。他低頭凝視她仰望的美麗容顏，心中浮現可怕的迷戀和冰冷的恐懼。

「愛我！」她細語呢喃，揚起頭，閉上眼，張開雙唇。「給我你的鮮血，恢復我的青春，延續我的永生！我也會讓你獲得永生！我會教導你古往今來所有智慧，所有在這些黑暗神廟中流傳許久的祕密。我會讓你成爲那群夜幕籠罩沙漠、蝙蝠飛掠月亮前時在古老墓穴中狂歡的黑暗生物之王。我厭倦了那些祭司和魔法師，還有在尖叫聲中拖過死亡大門的女孩。我要男人。愛我，野蠻人！」

她漆黑的腦袋貼上他厚實的胸膛，他立刻感到喉嚨下傳來刺痛。他咒罵一聲推開她，然後一把將她摔到床上。

「天殺的吸血鬼！」他喉嚨上的小傷口流下鮮血。

她在床上起身，彷彿準備出擊的巨蛇，瞪大眼睛綻放炙烈的地獄金焰。她撐開嘴唇，露出森白獠牙。

「愚蠢！」她尖叫。「你以爲能逃出我的手掌心嗎？你會在黑暗中生存和死亡！我把你帶到神廟深處。單靠你的力量根本找不到路出去。你不可能靠武器通過所有通道守衛。要不是有我保護，塞特之子早把你吞了。笨蛋，我要喝你的血！」

「離我遠一點，不然我就讓妳死無全屍。」他哼了一聲，噁心到起雞皮疙瘩。「妳或許永生不死，但鋼鐵還是能砍斷妳的手腳。」

他往剛剛來時的拱門退去，突然間房內陷入漆黑。所有蠟燭同時熄滅，他不知道對方怎麼辦到的；阿姬娃夏根本沒碰它們。但吸血鬼在他身後大笑嘲弄，宛如地獄琴音般甜美中帶有劇毒，他近乎驚慌失措，在黑暗中滿頭大汗地摸索拱門。他一手摸空，立刻奪門而出。他不知道是不是剛剛來時的拱道，也不特別在乎。他唯一的想法就是要逃離那個美麗妖邪的不死怪物居住無數世紀的恐怖房間。

他在漆黑蜿蜒的走道中遊蕩，彷彿一場冷汗直流的惡夢。身後和兩旁不斷傳來細微滑溜爬行聲，還一度聽見在阿姬娃夏房間聽過的那個甜美恐怖的笑聲。他狠狠朝向任何聽見或幻想自己聽見的聲音或動靜揮劍，有一次他的劍砍中稀薄柔軟的東西，可能是蜘蛛網。他有強烈遭人玩弄的感覺，持續將他引誘到最終黑夜裡，然後讓惡魔般的利爪和尖牙攻擊。

他的恐懼中還參雜一股噁心厭惡的感覺。阿姬娃夏的傳說十分古老，而那些邪惡的故事中對永不消逝的美貌帶有一絲理想浪漫的憧憬。在許多夢想家、詩人、愛人眼中，她不只是斯堤及亞傳說中的邪惡公主，還是永恆青春與美貌的象徵，永遠在某個遙遠神界中發光發熱。而他見證了醜陋的現實。這個邪惡扭曲的怪物就是永恆生命的眞相。除了生理上的噁心，他還有一股崇拜的美夢粉碎之感，光彩絢麗的黃金變成了深不見底的黏液和穢物。他覺得一切徒勞無

19 亡者大殿

科南小心翼翼朝光源前進，豎起耳朵留意身後，但跟蹤他的聲音消失了，儘管他感覺到黑暗中有東西虎視眈眈。

那道光並非靜止不動；它在動，一邊移動一邊上下搖晃。接著他看到火光的來源。他身處的走道在前方一段距離外跟另一條較寬的走道相交。而另一條走道上有支奇異的隊伍——四個高瘦男子，身穿有兜帽的黑袍，撐著木杖。領頭之人高舉火把——其上火焰綻放一種奇特穩定的光芒。他們宛如幽靈般通過他有限的視線範圍，隨即消失，只留下逐漸遠去的黯淡光芒。他們的外表詭異出奇。他們不是斯堤及亞人，不是科南見過的任何人種。他甚至懷疑他們不是人。他們像是黑鬼，在恐怖陰森的走道中作祟。

但他的處境不可能比現在更糟。在身後那些拖行腳步聲隨著火光遠去再度開始前進前，科南已經拔腿就跑。他轉入另外那條走道，遠遠看見奇怪的隊伍於光圈內前進。他無聲無息跟著他們，接著在對方停下腳步，圍成一圈，彷彿在討論什麼時連忙縮身貼牆。他們轉身，彷彿要往回走，於是他偷偷溜入最近的拱道。他在黑暗中摸索，由於已經習慣黑暗之故，幾乎可以看穿黑暗，而他發現這條通道不是直的，迂迴曲折，於是他退入第一條彎道之後，避免在那群人通過時被光照到。

但站在那裡時，他察覺身後傳來低沉的嗚嗚聲，彷彿有人在喃喃低語。他朝那個方向沿走道前進，確認自己之前的懷疑。他放棄跟蹤那群怪人前往天知道什麼地方的想法，轉向說話聲的方向移動。

沒多久他就在前方看見閃光，轉入閃光來源的走道，只見走道末端有道寬敞拱門，門內透出微光。他左側有道向上的狹窄石階，本能引導他轉身上石階。他聽見的人聲來自有火光的拱門後。

他走上石階，人聲漸行漸遠，沒多久他穿越低矮拱門，進入在奇特光芒照射下的寬敞空間。

他身處陰暗迴廊，俯瞰下方一座照明昏暗的大殿。那是亡者大殿，除了斯堤及亞祭司外很少有人見過。黑牆上有一層層的雕刻彩繪石棺。每座石棺都放置在黑石壁龕內，一層一層地向上深入黑暗之中。數千張石棺面具冷冷凝望著大殿中央那群在眾多亡者之間顯得微不足道的人。

那群人中有十名祭司，儘管都已摘下面具，科南還是認出他們就是跟他一起前來金字塔的那群祭司。他們站在一個鷹臉高個子男人面前，旁邊是座黑祭壇，其上躺有一具裹著腐爛布條的木乃伊。那座祭壇彷彿處於一團活生生的火焰中央，鼓動閃爍，搖曳金焰在四周的黑石地板上滴落火星。這道令人目眩神迷的光芒來自躺在祭壇上的大紅寶石，而寶石上反映祭司的臉，色如死灰，宛若屍體。科南眼睜睜看著，心中湧現這場漫長冒險日以繼夜累積下來的疲憊與壓力，渾身顫抖地壓抑著想要衝到那群沉默祭司之中，用拳頭和裸劍殺開血路，伸出緊繃的手指搶走寶石的衝動。但他以鋼鐵意志控制自己，伏身躲在石欄陰影下。他發現有道石階從迴廊通往大殿，沿牆而下，半掩於陰影中。他凝望大殿中所有陰暗角落，尋找其他祭司或信徒的蹤跡，不過只有看到祭壇旁的那群人。

在空蕩蕩的空間裡，祭壇旁的人的嗓音顯得空洞又陰森：

「……於是消息傳來南方。夜風低語，渡鴉啞叫，猙獰蝙蝠告訴貓頭鷹及潛伏在古老廢墟中的蛇。狼人和吸血鬼都知道，深夜出沒的黑體惡魔也聽說了。沉睡的夜世界不安躁動，搖晃濃密的鬃毛，深邃黑暗中開始傳出鼓音，詭異的叫聲迴蕩，嚇壞行走薄暮之人。阿利曼之心重返人間，即將實現它不為人知的天命。」

「不要問我，凱米及黑夜的圖托斯梅斯，是如何趕在自稱巫師之王的索斯阿蒙之前得知此事。有些祕密不是你們的耳朵可聽，而索斯阿蒙並非黑戒中唯一的王。」

「我聽說了，於是去找南下的阿利曼之心。那就像是有顆磁石精準無比引我而去。因為它行駛於人血河上，奪走一條又一條人命。鮮血餵食它，鮮血吸引它。它的力量在握著它的手掌上有血時會達到頂峰，當它的持有者進行屠殺時。它發光的地方就會灑血，王國翻覆，自然力量混亂騷動。」

「如今我站在這裡，阿利曼之心的主人，召喚對我忠心耿耿的各位祕密前來，一起分享黑王國的未來。今晚你們將見證索斯阿蒙奴役我們的鎖鏈粉碎，以及帝國誕生。」

「即使是我，圖托斯梅斯，有什麼資格了解寶石鮮紅深處潛伏了什麼樣的力量與夢幻？那裡面有遭人遺忘三千年的祕密。但我會學習。他們會告訴我！」

他揮手比向牆上那些沉默石棺。

「看他們沉睡的模樣，透過棺上的面具凝望！國王、王后、將軍、祭司、巫師，一萬年來斯堤及亞歷代王朝和貴族。接觸阿利曼之心就能自漫長沉睡中喚醒他們。阿利曼之心在古斯堤及亞跳動許久。這裡就是它流落到阿克隆前的家園。古人了解如何發揮它所有力量，等我用寶石的力量復活他們幫我做事後，他們就會告訴我。」

「我要喚醒他們，復活他們，學習他們遺忘的知識，埋藏在那些腐爛頭顱中的智慧。透過亡者的學識，我們將奴役活人！對，古代的國王、將軍、和巫師將會成爲我們的助力、我們的奴隸。有誰能阻擋我們？」

「看吧！祭壇上這具乾皺屍體曾是索斯梅克利，塞特大祭司，死於三千年前。他是黑戒巫師中的高手。他知道阿利曼之心。他會爲我們揭露它的力量。」

說話之人拿起大寶石，放在木乃伊皺縮的胸口，接著舉起手掌，開始唸咒。但他沒機會念完咒語。他舉起手，張開嘴，就這麼僵在原地，看向他的侍祭身後，他們也連忙轉身去看他在看的方向。

四條枯瘦的黑袍身影穿越黑拱門，魚貫進入大殿。兜帽陰影下露出橢圓形的黃臉。

「什麼人？」圖托斯梅斯語氣凶狠，宛如嘶嘶作響的眼鏡蛇。「你們瘋了嗎，竟敢私闖塞特聖殿？」

最高的陌生人開口，聲音如齊丹神廟大鐘般單調沉悶。

「我們跟蹤阿奎洛尼亞的科南而來。」

「他不在這裡。」圖托斯梅斯說，右手姿勢奇特地甩開斗篷，宛如獵豹露出利爪。

「你說謊。他在這座神廟裡。我們追蹤他時經過藏在入口銅門後的屍體，又穿越走道迷宮。我們跟著他拐彎抹角的足跡，碰巧發現這場密會。我們要繼續去追他。但首先把阿利曼之心交出來。」

「死亡就是瘋子的解藥。」圖托斯梅斯喃喃說道，朝說話之人逼近。他的祭司無聲無息地跟上，但陌生人毫不在意。

「誰看到阿利曼之心能不起貪念？」齊丹人說。「我們在齊丹都聽說過它。有了它，我們就能對抗放逐我們的人。寶石的鮮紅深處蘊含榮耀和美夢。交出來，不然就殺光你們。」

一名祭司大吼一聲，拔出明晃晃的利刃撲上。他還沒出手，一把刻有鱗片的木杖竄出，點中他的胸口，而他立刻像個死人般倒地。轉眼之間，牆上的木乃伊眼前出現血腥駭人的場景。彎刃匕首反光見紅，蛇杖竄進竄出，只要碰到敵人，對方就會慘叫死去。

雙方一開打，科南立刻跳起身來，衝下石階。他只有瞥見幾眼那場短暫殘暴的打鬥——看見眾人搖擺晃動，大打出手，鮮血四濺；他看到一個齊丹人明明已經被砍成好幾塊，依然站直身子，宰殺敵人，直到圖托斯梅斯揮掌抵著他胸口，他才倒地死去，顯然單憑裸鋼並不足以摧毀他超乎尋常的生命力。

科南奔下石階時，打鬥已經接近尾聲。三名齊丹人倒下，血肉模糊、肢體不全，但史帝及吉人也只剩下圖托斯梅斯還站著。

他衝向剩下的齊丹人，舉起手掌當作武器，掌心黑得像黑人一樣。但在他出掌前，高個子齊丹人手中的木杖竄出，彷彿在黃種人出手的同時變長。杖頭點中圖托斯梅斯，他身形搖晃；木杖一下又一下竄出，圖托斯梅斯倒地死去，五官迅速出現黑斑，最後整具屍體都變成跟魔法加持的手掌同樣顏色。

齊丹人轉身走向在木乃伊胸口燃燒的寶石，但科南搶先一步。

四周一片死寂，兩人在屍堆之中面對彼此，牆上的石棺木乃伊看著他們。

「我跟了你很遠，喔阿奎洛尼亞之王，」齊丹人冷冷說道。「順著那條長河而下，翻越高山，路過波坦和辛加拉，走過阿果斯丘陵，抵達海岸。從塔蘭提亞找出你的足跡可不容易，阿修羅的祭司十分狡猾。我們在辛加拉跟丟過，但在邊界山丘下的森林裡找到你跟食屍鬼打鬥時留下的頭盔。今晚我們又差點在迷宮裡錯失你的蹤跡。」

科南心想自己走運，離開吸血鬼後走另一條路回來，而不是他去時的路。不然他就會直接碰上這群黃皮膚惡魔，而不是遠遠看見他們透過天知道什麼奇特天賦，像人形血獵犬般嗅聞他的蹤跡。

齊丹人輕輕搖頭，彷彿看穿他的心思。

「那些想法毫無意義；漫長的旅程就在這裡結束。」

「你爲什麼追我？」科南問，擺開架勢，隨時準備移往任何方向。

「我欠人的債，」齊丹回答。「對你這種將死之人，我不會保留祕密。我們是阿奎洛尼亞王瓦勒利斯的手下。我們服侍他許久，但那筆債已經償清了——我的兄弟透過死亡償還，而我則是達成主人的要求。我會帶兩顆心回歸阿奎洛尼亞；阿利曼之心是我的；科南的心給瓦勒利斯。只要讓從活生生的死亡之樹砍下的木杖碰到——」

木杖有如靈蛇般疾竄而出，但科南的匕首砍得更快。兩截木杖落地蠕動，鋼刃再度出擊，化爲電光，齊丹人人頭落地。

科南轉身出手去拿寶石——接著縮手，寒毛豎起，血液凝結。

躺在祭壇上的不再是皺巴巴的木乃伊。寶石於躺在破爛布條上、活生生的裸體男子胸口閃閃發光。活人？科南難以肯定。他的眼珠像是兩顆污濁的黑玻璃，其中綻放非人的陰森目光。

男人緩緩起身，將寶石握在手中。他聳立在祭壇旁，黝黑，裸體，五官彷彿雕刻而出。他一聲不吭地朝科南伸手，寶石宛如心臟般在他掌心跳動。科南接過寶石，心中浮現從死人手中接過禮物的詭異感覺。他發現祭司沒有唸誦適當的咒語——召喚儀式並不完整——生命沒有完全回到他的屍體中。

「你是誰？」辛梅利亞人問。

對方的回答毫無語氣，像是地底洞窟鐘乳石上滴落的水滴。「我是索斯梅克利；我死了。」

「好吧，帶我離開這座天殺的神廟，麻煩？」科南要求，皮膚爬滿雞皮疙瘩。

死人動作呆板地走向一扇黑拱門。科南跟上去。他回頭再看一眼這座陰暗寬敞的大殿，祭壇四周躺滿死屍；被他砍下腦袋的齊丹人雙眼無神地凝望無盡黑影。

寶石宛如奇特油燈般滴落金火，照亮漆黑走道。科南在黑影中瞥見一眼雪白肌膚，相信自己看見的是在寶石光芒前畏縮的吸血鬼阿姬娃夏；其他不是人的生物也跟她一起蹣跚退入黑暗。

死人筆直前進，從不左顧右盼，步伐始終不變，踏出宛如末日的腳步聲。科南皮膚上冒出冷汗。心中浮現冰寒的疑慮。他如何肯定這個來自過去的恐怖怪物在帶領他邁向自由？但他知道，單靠自己的力量，他永遠無法離開這座無數走廊地道交會而成的魔法迷宮。他跟著可怕的嚮導穿越聳立在身前和背後的黑暗，通過潛伏在寶石耀眼光芒之外恐怖又瘋狂的怪物。

接著入口大銅門出現在他面前，科南感覺到吹拂沙漠的夜風，看見滿天星斗，還有金字塔大片陰影外星光照亮的沙漠。索斯梅克利一言不發地指向沙漠，隨即轉身無聲無息地走回黑暗。科南凝望著那條踏著堅定無聲的步伐回歸黑暗的身影，彷彿迎向無可避免的末日，或永恆的沉睡。

辛梅利亞人咒罵一聲，跳出門廊，彷彿身後有惡魔追趕般逃入沙漠。他沒有回頭去看金字塔，也沒看聳立在沙漠另一端的凱米黑塔，他往南直奔海岸，有如驚慌失措般狂奔。如此激烈奔行幫他清除腦中的蛛網；清爽的沙漠風吹走靈魂中的惡夢，噁心感讓一股喜悅之情取代，沙漠景象變成沼澤，他終於看見黑水躺在眼前，還有停靠其中的冒險者號。

他衝過低矮樹叢，沼澤的水深及腰際；他一頭潛入水中，完全不管鯊魚或鱷魚，游到單甲板帆船旁，爬鎖鏈上甲板，渾身滴水，得意洋洋，然後守衛才發現他。

「醒來，你們這些狗！」科南大吼，架開受驚的守衛朝他胸口刺出的長矛。「啓錨！就位！給那個漁夫一頭盔金子，放他上岸！天就快亮了，我們得在天黑前盡快航向最近的辛加拉港口！」

他舉起寶石在頭上轉動，甲板登時籠罩在金焰光芒中。

20 阿克隆將東山再起

阿奎洛尼亞度過寒冬。樹枝上長出樹葉，小草在溫暖南風中滋長。但許多田地都無人耕種，許多豪華宅院或繁榮小鎮如今淪爲焦黑廢墟。野狼大搖大擺走在雜草叢生的道路上，無主的枯瘦盜賊浪跡樹林之間。只有塔蘭提亞還在飲酒做樂，夜夜笙歌。

瓦勒利斯的統治手段跟瘋子一樣。就連許多當初歡迎他歸來的男爵也開始公開反對他。他的稅務官搾光富人跟窮人；慘遭掠奪的王國所有財富通通流往塔蘭提亞，而該城愈來愈不像是王國首都，而是征服者在征服國中的駐軍要塞。商人大賺特賺，但生活並不安穩；因爲沒人知道自己什麼時候會被以捏造的罪名指控叛國，所有財產充公，人則被丟入大牢或是斬首處死。

瓦勒利斯完全不打算安撫人民。他靠納米迪亞士兵和走投無路的傭兵維持政權。他知道自己是阿馬利克的傀儡。他知道自己必須聽從納米迪亞的命令行事。他知道自己永遠沒機會統一阿奎洛尼亞，擺脫主人的控制，因爲外圍行省會反抗他到最後一兵一卒。而如果他嘗試統一他的王國，納米迪亞人就會把他趕下王座。他作繭自縛。受傷的尊嚴在吞噬他的靈魂，於是他開始縱情聲色，過一天算一天，完全不考慮不在乎明天。

但他瘋狂之中依然保有理性，埋藏之深，就連阿馬利克也看不出來。或許多年狂野混亂的流放生涯在他體內種下超乎常理的怨念。或許對當前處境的厭惡將這股怨念推往瘋狂的境界。

無論如何，他如今都只剩下一個慾望：把所有跟他有關的人推向毀滅。

他知道一旦他對阿馬利克失去利用價值，他的統治就結束了；他也知道，只要他繼續壓迫自己的王國，納米迪亞人就會讓他統治下去，因爲阿馬利克打算高壓統治到阿奎洛尼亞徹底臣服，藉以摧毀它最後一絲獨立意志，然後終於將之據爲己有，用他無盡的財富以自己的喜好重新打造這個國家，接著再以此地的人民和資源從塔拉斯克斯手中奪走納米迪亞。因爲阿馬利克的終極野心就是要成爲帝國王帝，瓦勒利斯很清楚這一點。瓦勒利斯不知道塔拉斯克斯是否對此起疑，但他知道納米迪亞王認同這種殘酷的手段。塔拉斯克斯討厭阿奎洛尼亞，基於古老戰爭的宿怨。他一心只想摧毀這個西方王國。

瓦勒利斯打算徹底摧毀這個國家，徹底到就連阿馬利克的財富都無法重建。他痛恨那些男爵的程度就跟痛恨阿奎洛尼亞人差不多，唯一的希望就是能活到親眼見證阿奎洛尼亞淪爲廢墟、塔拉斯克斯和阿馬利克陷入毫無希望的內戰，終將徹底摧毀納米迪亞的那天。

他相信征服至今依然反抗的岡德、波坦，及波松尼亞邊境就是他統治結束的時刻。到時候他就會失去對阿馬利克的利用價值，可以用完就丟。於是他延遲征服這些行省，將軍事行動限制在漫無目的的掠奪和突襲，用各式各樣貌似有理的反對和拖延藉口滿足阿馬利克採取行動的慾望。

他的生活就是縱情聲色，夜夜笙歌。他的王宮中充滿最美麗的女人，不管是自願還是強迫的。他褻瀆諸神，帶著金王冠酩酊大醉躺在宴會廳地板上，用紅酒玷污他的王家紫袍。在嗜血慾望驅使下，他於市集廣場架設絞刑台，掛著好幾具屍體，染紅劊子手的斧頭，派他的納米迪亞騎兵出征鄉野，燒殺擄掠。人民被壓迫到極點，隨時處於起義反叛邊緣，卻被殘暴手段壓制下來。瓦勒利斯掠奪、強暴、搜刮、摧毀，直到阿馬利克都看不下去，警告他這樣下去王國將會萬劫不復，卻沒發現這就是他打定主意要幹的事。

當阿奎洛尼亞和納米迪亞人都在談論國王的瘋狂行徑，納米迪亞境內的人卻經常提起薩托圖，蒙面巫師。不過很少有人在貝弗魯斯街頭見過他。有人說他多半時候都待在山丘，密會古老種族的倖存者：深色皮膚、沉默寡言，自稱是遠古王國後裔的傢伙。人們提到那些如夢似幻的山丘深處傳來鼓聲，火光照亮黑暗，風中帶來奇怪的吟詠聲，除了與谷地人大異其趣的山區村落壁爐旁會聽到的胡言亂語外，完全遭人遺忘許多世紀的咒語和儀式。

除了經常伴隨派桑人左右的奧拉斯特斯，沒人知道這些密會的用意為何，而他看起來愈來愈憔悴。

但春洪氾濫時，突來的傳言橫掃死氣沉沉的王國，喚醒大地，灌注生命。它宛如竊竊私語的微風自南方而來，喚醒沉浸在絕望之中的人們。然而沒人能夠肯定傳言一開始是怎麼傳開的。有人說是個奇怪陰森的老太婆從山裡出來，長髮於風中飄逸，身後有隻大灰狼像狗一樣跟著。其他人說是阿修羅祭司好似鬼祟幽魂般遊走於岡德和波坦邊境，還跑去波松尼亞的森林村落。

無論如何，傳言出現了，叛變宛如大火沿著邊境焚燒。外派的納米迪亞駐軍遭受突襲，無人倖免，搜索部隊被砍成碎片；西方武裝起義，而且氣勢跟之前不同，強大的決心和受到鼓舞的怒火，並非引發之前起義的極度絕望。參與的人不只平民百姓；眾男爵開始強化他們的城堡，公開對抗他們行省的總督。波松尼亞部隊沿著邊境邊緣移動：壯健結實、果斷勇敢的男人，身穿鎖子甲和鋼盔，手持長弓。原先一蹶不振、宛如廢墟的王國突然充滿活力，生氣勃勃，危險異常。於是阿馬利克連忙送信給塔拉斯克斯，要求他率兵趕來。

□

塔蘭提亞王宮內，兩個國王和阿馬利克討論叛軍起義的問題。他們沒有通知在納米迪亞山丘中進行神祕研究的薩托圖。自從瓦基亞谷血腥日後，他們就不再尋求薩托圖的魔法協助，而他也逐漸疏遠，很少跟他們聯絡，顯然對他們的陰謀不感興趣。

他們也沒通知奧拉斯特斯，但他來了，整個人白得像是風暴中的浪花。他站在國王舉行密會的黃金圓頂廳中，而他們驚訝地看著他憔悴的目光，從未想過奧拉斯特斯會恐懼到這種地步。

「你看起來很累，奧拉斯特斯。」阿馬利克說。「坐下，我找奴隸幫你拿酒來。你快馬加鞭——」

奧拉斯特斯揮手打斷他的好意。

「我從貝弗魯斯趕來途中累死了三匹馬。在說完要說的話前，我不能喝酒，也不能休息。」

他來回踱步，彷彿體內有把火讓他靜不下來，接著停在莫名其妙的夥伴面前。

「當我們使用阿利曼之心復活死人，」奧拉斯特斯突然說，「我們沒有考慮過掀動過往黑塵的後果。那是我的錯，也是我的罪。我們只想到我們的野心，忘記這個傢伙也有自己的野心。我們釋放了一隻惡魔來到人間，常人難以理解的惡魔。我自己也幹過邪惡之事，但我，或任何跟我同族同輩的人都還是有條不願跨越的界線。我的祖先清清白白，不曾與惡魔打交道；只有我墮入這道深淵，而憑我一己之力最多就只能壞到這個地步。但薩托圖掌握了十萬年的黑魔法和惡魔之力，乃是遠古傳說中的邪惡。他超乎我們想像，不僅因為他也是巫師，更因為他是一支巫師種族的後裔。」

「我見識過撼動靈魂的景象。在那些寂靜山丘之中，我看到薩托圖跟邪靈交流，自被遺忘的阿克隆召喚惡魔。我看到那個天殺帝國的天殺後裔崇拜他，奉他為他們的大祭司。我見過他的計畫——告訴你們，他打算重塑那個遠古、黑暗、恐怖的阿克隆帝國！」

「什麼意思？」阿馬利克問。「阿克隆滅亡了。剩下的人根本不足以組成帝國。就算薩托圖有辦法把廢墟恢復到三千年前的模樣。」

「你不了解他的黑魔法，」奧拉斯特斯冷冷說道。「我見過山丘在他的咒語中變成截然不同的古老景象。我曾瞥見山谷、森林、高山、湖泊的模糊輪廓，彷彿現實之後的陰影，與今日景象不同，而是陰暗過去的模樣——我甚至感應道，而不是看到，被遺忘的派桑紫塔宛如薄暮中的霧影般隱隱發光。」

「我最後一次陪同他參與的密會中，終於在鼓聲和野獸般的信徒高聲嚎叫裡了解到他的巫術有多強大。我告訴各位，他將透過他的魔法，以前所未有的龐大血祭喚回阿克隆。他將奴役世界，以血雨清洗現在，恢復過去！」

「你瘋了！」塔拉斯克斯喊道。

「瘋？」奧拉斯特斯神色狂亂地瞪向他。「有誰在見過我曾見過的景象後還能保持理智？但我說得是眞的。他計畫讓阿克隆重返人間，包括它的塔樓、巫師、國王、恐懼，一切都跟古時候一樣。阿克隆的後裔將會以他爲核心開始重建，但重建的泥灰和基石則是現今世界上的人。我無法告訴你們這要怎麼辦到。每當我試圖理解就會頭昏眼花。但我看到了！阿克隆會再度成爲阿克隆，就連山丘、森林及河流都會恢復到古代的模樣。有何不可？如果憑我那點淺薄知識都能讓死去三千年的人復活，史上最偉大的巫師爲什麼不能帶回滅亡三千年的王國？阿克隆將在他的召喚下東山再起。」

「我們如何阻止他？」塔拉斯克斯信了，於是問道。

「只有一個辦法，」奧拉斯特斯說。「我們必須偷走阿利曼之心！」

「但我——」塔拉斯克斯脫口而出，隨即閉上嘴巴。

沒人注意到他，奧拉斯特斯繼續說下去。

「我們可以利用那股力量來對付他。只要掌握在我手中，我或許就能與之抗衡。但我們該怎麼偷走它？他把寶石藏在隱密的地方，就連薩莫拉盜賊也束手無策。我查不出藏寶石的地方。如果他再度陷入黑蓮花沉睡就好了——但他上次沉睡是在瓦基亞之役過後，因爲施展強大魔法而深感疲憊，還有——」

房門本有上門上鎖，但卻無聲無息開啓，薩托圖站在他們面前，神色寧靜祥和，輕扯老成持重的鬍鬚；不過眼中閃爍著來自地獄的柔光。

「我教你太多知識了，」他冷冷說道，伸出手指宛如末日指針般指向奧拉斯特斯。在任何人採取行動前，他於僵如雕像的祭司腳邊拋出一把粉末。粉末起火燃燒；像蛇一樣的藍煙竄起，圍著奧拉斯特斯向上纏繞。藍煙升到他肩膀上時，突然如蛇般竄出，纏住他的脖子。奧拉斯特斯叫不出聲，喉音汩汩。他雙手抓向頸部，眼睛鼓脹，舌頭吐出。藍煙就像繩索般絞住他脖子；接著消失不見，奧拉斯特斯癱倒在地，就此死去。

薩托圖拍拍雙掌，兩個男人進房，經常跟在他身旁的人——個子矮小，膚色深到令人反感，雙眼血紅，牙齒像老鼠般尖銳。他們一言不發，抬起屍體，再度出門。

薩托圖揮一揮手，不當回事，坐在兩個臉色發白的國王旁邊的象牙桌上。

「你們爲何在此密會？」他問。

「阿奎洛尼亞人在西方反叛，」阿馬利克回答，從奧拉斯特斯死亡的震驚中恢復過來。「那些蠢人相信科南還活著，率領波坦部隊意圖奪回他的王國。如果他在瓦基亞之役後立刻現身，或一直有他還活著的傳言，中央行省絕不會隨之起舞，因爲他們懼怕你的力量。但在瓦勒利斯的殘暴統治下，他們已經絕望到願意追隨任何能夠統一他們來對抗我們的人，寧願就此死去，也不要繼續遭受折磨與苦難。」

「當然阿奎洛尼亞境內一直都有科南沒有眞的死在瓦基亞的謠言，但大部分人民直到近期才開始相信這種說法。帕蘭泰迪斯從俄斐流亡回來，信誓旦旦宣稱當日國王重病待在大帳裡，有個重裝騎兵穿了他的盔甲冒充他，另外還有個在瓦基亞遭受重擊，最近才復元的侍從證實了他的說詞——或假裝證實。」

「有個帶狼當寵物的老女人在國境四周遊走，宣稱科南王尙在人間，有朝一日將會回歸，奪回王冠。近日，那些天殺的阿修羅祭司也放出同樣的謠言。他們宣稱透過神祕的方式收到消息，科南即將回歸征服他的王國。我抓不到老太婆或祭司。這一切當然都是特洛瑟羅的陰謀。我的間諜掌握明確的證據，波坦人集結兵力，準備入侵阿奎洛尼亞。我相信特洛瑟羅會弄個假科南王出來。」

塔拉斯克斯大笑，但笑得毫無說服力。他感到外衣下一道傷疤隱隱作痛，想起當時追蹤逃犯的渡鴉；想起他的侍從，阿利迪斯，從邊界高山帶回的殘破屍體，是隻大灰狼幹的，那些嚇壞了的士兵說。但他同時也記得趁巫師睡覺時從金箱子裡偷走紅寶石，於是他什麼都沒說。

瓦勒利斯想起一個貴族臨死前說出的可怕故事，也記得四個齊丹人消失在南方的迷宮中，一直沒有回來。但他也沒有多說，因爲對盟友的仇恨與疑慮把他當蟲呑噬，一心只想看到叛軍和納米迪亞人兩敗俱傷。

但阿馬利克說話了：「說什麼科南還活著實在太荒謬了！」

薩托圖的回應就是在桌上丟下一捆羊皮紙。

阿馬利克撿起信，瞪大眼睛閱讀。他嘴裡吐出憤怒的叫喊。他讀：

給薩托圖，納米迪亞大騙子：

阿克隆的狗，我即將回歸我的王國，我要把你的皮掛在刺藤上。

——科南

「假的！」阿馬利克大吼。

薩托圖搖頭。

「是眞的。我拿宮廷圖書館的王室文件對過簽名。沒人能模仿那種狂放的字跡。」

「如果科南還活著，」阿馬利克喃喃說道，「這次叛變就跟之前不同，因爲他是唯一可以讓阿奎洛尼亞團結的人。但，」他質疑，「這不像科南的作風。他爲什麼要特別放話，讓我們提高警覺？照理說他應該無預警進攻，那才是野蠻人的作法。」

「我們早就收到警告了，」薩托圖說。「我們的間諜查出波坦在備戰。他想要率軍翻山肯定會被我們發現；於是他以獨特的手法派人送信給我。」

「爲什麼找你？」瓦勒利斯問。「爲什麼不找我，或塔拉斯克斯？」

薩托圖高深莫測的目光轉向國王。

「科南比你們聰明，」他終於說道。「他已經知道你們兩個國王還不知道的祕密——西方國家眞正的主人不是塔拉斯克斯，不是瓦勒利斯，不，不是阿馬利克，而是薩托圖。」

他們沒有回應；他們坐著看他，突然間明白了他所說的都是事實。

「我的道路向來都是帝國大道，」薩托圖說。「但首先我們必須除掉科南。我不知道他在貝弗魯斯是怎麼逃掉的，因爲我陷入黑蓮花沉睡時對外界的事物一無所知。但此刻他在南方，調兵遣將。這是他最後的垂死掙扎，要不是瓦勒利斯搞得民不聊生根本不能成事。讓他們叛變；我把他們玩弄在股掌之間。我們等到他正式起兵，然後徹底殲滅他。」

「到時候我們就能除掉波坦、岡德，還有愚蠢的波松尼亞人。之後就是俄斐、阿果斯、辛加拉、科斯——我們會把全世界所有國家統一成一個大帝國。你們就當我的總督和將領，遠比當今世上的國王更有權勢。我所向無敵，因爲阿利曼之心藏在沒人能再度拿來對付我的地方。」

塔拉斯克斯偏開目光，以免薩托圖看穿他的心思。他知道自從巫師把阿利曼之心放入睡蛇刻紋的金箱之後，他就再也不曾開箱看過。他覺得奇怪，薩托圖竟然沒發現阿利曼之心失竊；那顆奇怪的寶石超出他的黑暗知識範圍；他那些奇怪的天賦並沒有警告他說箱子空了。塔拉斯克斯相信薩托圖不知道奧拉斯特斯揭露了多少他的祕密，因爲派桑人沒有提起召喚阿克隆的事，只說要建立全新的世俗帝國。塔拉斯克斯相信薩托圖對自己的力量有所保留；如果他們的

21 危機鼓

波坦部隊旗幟飄揚，鋼鐵閃爍，行軍穿越南方山道，肯定戰爭即將開打的事實。間諜信誓旦旦宣稱位於部隊之首的是名身穿黑護甲的高大男子，華麗絲綢外衣上繡著阿奎洛尼亞王室的雄獅徽記。科南活著！國王活著！如今不論敵友，雙方都不再對此存疑。

除了南方傳來部隊入侵的消息，星月趕路的朝臣也自北方帶來剛德人揮兵南下，沿路集結西北部男爵和北波松尼亞人的消息。塔拉斯克斯率領三萬一千人前往琵奇河的高帕倫，剛德人必須渡河才能攻擊納米迪亞人占領的城鎮。琵奇河通過巨岩峽谷，水流湍急，這個時節融雪導致水位滿溢，只有幾個地點可供部隊渡河。琵奇河以東所有國土都控制在納米迪亞人手中，根據合理推測，剛德人應該會在高帕倫或其南方的坦納索渡河。納米迪亞人每天都在期待援軍到來，最後聽說俄斐王騷擾納米迪亞南境，增派援軍會導致納米迪亞南方遭受敵人入侵。

阿馬利克和瓦勒利斯率領兩萬五千人離開塔蘭提亞，留下眾多兵馬防止諸城趁他們不在時反叛。他們打算搶先擊敗科南，以免他跟國內其他反叛勢力合流。

國王和波坦部隊已經翻越高山，但至今沒有任何交戰，沒有攻擊城鎮或堡壘。科南出現，然後消失。顯然他轉而向西，穿越人煙稀少的丘陵鄉野，進入波松尼亞邊境，沿路徵召部隊。阿馬利克和瓦勒利斯跟他們的部隊，納米迪亞人、阿奎洛尼亞叛徒、殘暴的傭兵，困惑又憤怒地四下轉進，尋找不見蹤影的敵軍。

阿馬利克發現根本無法掌握科南的動向。斥候部隊經常有去無回，三不五時就會發現釘死在橡樹上的間諜。鄉野之中危機四伏，因爲平民百姓偷襲部隊——凶殘、致命、神不知鬼不覺。阿馬利克只能肯定北方某處有支龐大的剛德人及北波松尼亞聯軍，位於瑟奇河對岸，而西南方則有科南率領人數較少的波坦及南波松尼亞人組成的部隊。

他開始擔心如果他和瓦勒利斯繼續深入鄉野，科南有可能會徹底避開他們，繞過他們入侵後方的中央行省。阿馬利克退出瑟奇谷，在距離坦納索一日路程處駐紮。他在那裡等候。塔拉斯克斯留在高帕倫，擔心科南的行動是爲了把他引向南方，好讓剛德人自北方渡口進入王國。

□

薩托圖搭乘永不疲累的怪馬拉的雙輪戰車抵達阿馬利克營地，進入男爵跟瓦勒利斯站在象牙桌上地圖前商討戰情的營帳。

薩托圖揉皺地圖，丟到一旁。

「你們的斥候查不出來的情報，」他說，「我的間諜查到了，雖然他們的情報奇特隱晦不完美，彷彿有個隱形勢力在跟我做對。

「科南率領一萬波坦人、三千波松尼亞人，還有總數五千左右的西方和南方男爵及家臣，沿著瑟奇河行進。三萬名剛德人和北波松尼亞人正南下與他會合。他們透過天殺的阿修羅祭司祕密聯繫，那些傢伙似乎與我對立，等戰鬥結束後，我要把他們丟去餵蛇——我向塞特發誓！」

「兩支部隊都朝坦納索的渡河口前進，但我認爲剛德人不會渡河。我相信科南會渡河加入他們。」

「科南爲什麼要渡河？」

「因爲拖延戰事對他有利。他等待越久，兵力就越壯大，我們的處境就越危險。河對岸的山丘裡擠滿了對他忠心耿耿的人——窮困潦倒的難民、瓦勒利斯暴政下的逃犯。全國各地的人都在趕來加入他的部隊，有的孤身上路，有的三五成群。每天，我軍都有部隊遭受伏擊，被鄉民砍成碎片。中央行省的反抗的行動愈來愈多，很快就會全面叛變。我們留守的兵力不夠，暫時納米迪亞也不會派遣援軍。我知道帕蘭泰迪斯在幕後操縱俄斐邊界的戰局。他在俄斐有親戚。」

「如果我們不盡快消滅科南，後方就會全面叛變。到時候我們就得退回塔蘭提亞，守護已經落入我們掌握的領土；可能還得在全面叛變的國家中一路殺過去，而科南的大軍緊追在後，然後在城內城外都是敵人下死守塔蘭提亞。不，我們不能等。我們必須在科南兵力成長前消滅他，在中央行省叛變前。只要把他的腦袋掛在塔蘭提亞城門上，叛變立刻就會瓦解殆盡。」

「你爲什麼不施法殺光他們部隊？」瓦勒利斯問，語氣有點嘲諷。

薩托圖凝視阿奎洛尼亞人，彷彿在那雙剛愎自負的眼中看穿所有嘲弄的狂意。

「不必擔心，」他終於說。「我的魔法終究會像踏死蜥蜴般踩爛科南。但魔法還是需要矛和劍協助。」

「如果他渡河，占據葛拉連丘陵，要攻下他就會很困難，」阿馬利克說。「但如果在河這一岸的山谷中截住他，就能徹底剷除他。科南距離坦納索多遠？」

「以他行軍的速度，明日晚間就會抵達渡河口。他的部隊克苦耐勞，而他逼得他們很緊。他至少會比剛德人早一天抵達河岸。」

「很好！」阿馬利克一拳打在桌上。「我可以比他早一步抵達坦納索。我派人送信給塔拉斯克斯，請他跟我趕去坦納索。他抵達時，我應該已經截斷科南的渡河行動，並且摧毀他。然後我們會合兵力，渡河解決剛德人。」

薩托圖不耐煩地搖頭。

「如果對手不是科南，這個計畫就夠好了。但你的兩萬五千大軍不足以在剛德人趕到前擊敗他的一萬八千人。他們會像受傷的豹般情急拚命。萬一剛德人在兩軍交戰時趕到呢？你將兩面受敵，在塔拉斯克斯趕到前被殲滅。他來不及趕來坦納索援助你。」

「那怎麼辦？」阿馬利克問。

「調動所有兵馬去對付科南，」阿克隆人回答。「派人去找塔拉斯克斯參戰。我們等他來。然後一起前往坦納索。」

「但我們等待同時，」阿馬利克質疑，「科南會渡河跟剛德人會合。」

「科南不會渡河，」薩托圖回道。

阿馬利克抬起頭來，凝視神祕的雙眼。

「什麼意思？」

「如果瑟奇河北方的上游突然下起豪雨呢？如果河水湍急到完全不能過河呢？到時候我們難道不能好整以暇率領全軍，在河的這一側攔截科南，加以殲滅嗎？然後等洪水稍退，我認爲隔天就退得差不多了，我們不就能渡河去剷除剛德人了嗎？這樣我們就能以所有兵力輪流對付兩支較弱的部隊。」

瓦勒利斯發出每當有機會摧毀朋友或敵人就會發出的笑聲，焦躁地伸手整理雜亂的黃髮。阿馬利克凝視阿克隆人，目光中參雜恐懼和仰慕之情。

「如果我們在瑟奇谷中攔截科南，讓他右側是山脊，左側是洪水，」他承認，「集結全部兵力，我們就能夠殲滅他。你認爲——你確定——你相信上游眞會有豪雨？」

「我回我的營帳，」薩托圖邊說邊起身。「死靈法術可不是揮揮魔杖就能施展的。派人去通知塔拉斯克斯。不要讓人接近我的營帳。」

最後那句話沒必要說。就算拿錢賄賂，部隊裡也沒人會接近那座門簾永遠緊閉的神祕黑絲大帳。除了薩托圖，沒人會進那座帳篷，但還是經常有人聽見帳裡有人說話；帳牆有時無風自動，裡面還會傳出詭異的音樂。偶爾，午夜過後，絲牆會被帳內的火焰映紅，勾勒出畸形輪廓於其中來來去去。

當晚，阿馬利克躺在自己的帳篷裡，聽見薩托圖的帳篷中傳來穩定的鼓聲，而納米迪亞人敢發誓鼓聲中三不五時會夾雜低沉嘶啞的嗓音。他忍不住發抖，因爲他知道那並非薩托圖的聲音。鼓聲宛如雷鳴般持續不斷，遠遠傳出，黎明時，阿馬利克從自己的帳篷看出去，瞥見北方天際的紅光閃電。天上其他部分星光閃爍。但遠方的閃電不斷擊落，像是一把小劍刃轉動時反射的火光。

□

次日日落，塔拉斯克斯率領部隊趕到，在急行軍後風塵僕僕，軍容疲憊，步兵跟在騎兵後面硬撐許久。他們在阿馬利克營地旁的平原上紮營，黎明時聯合大軍開始西進。

阿馬利克派遣大量斥候先行查探，不耐煩地等候他們回報波坦部隊受困在洪水激流旁。但斥候回到主力部隊時卻帶來科南已經渡河的消息！

「什麼？」阿馬利克大叫。「他在洪水之前就渡河了嗎？」

「沒有洪水。」斥候神情困惑。「他昨晚深夜抵達坦納索，率領部隊渡河。」

「沒有洪水？」薩托圖大叫，第一次在阿馬利克面前露出驚訝的神色。「不可能！瑟奇河源頭昨晚有下暴雨，前天晚上也一樣！」

「大人說得或許沒錯，」斥候回道。「河水確實混濁，坦納索人說昨日水位上升了一呎；

但那並不足以阻止科南渡河。」

薩托圖的魔法失效！這個想法狠狠衝擊阿馬利克的腦袋。打從在貝弗魯斯看見皺縮木乃伊膨脹成一個活生生的人那天晚上開始，他對這個來自過去的怪人就產生了與日俱增的恐懼。奧拉斯特斯之死將那股潛伏的恐懼化爲實體。內心深處，他深信這個男人——或魔鬼——天下無敵。但如今他卻見證了他無可否認的失敗。

但就連最偉大的死靈法師偶爾也會失敗，男爵心想。無論如何，他都不敢反抗來自阿克隆的男人——還不敢。奧拉斯特斯死了，只有密特拉知道他墜入哪個無名地獄，而阿馬利克知道自己的劍無法抵抗殺死叛變祭司的力量。薩托圖的恐怖陰謀落在難以預料的未來。科南和他的部隊則是當前的威脅，而他們依然需要薩托圖的魔法才有辦法對付他。

□

他們來到坦納索，一座有防禦工事的小村莊，剛好位於一連串礁岩在河道上形成天然橋梁的位置，除了大洪水時都能供人渡河。斥候帶來消息，科南已經占據河對岸數里外的葛拉連山丘。而太陽下山之前，剛德人也抵達他的營地。

阿馬利克看向薩托圖，在火把照耀下顯得高深莫測。黑夜降臨。

「現在怎麼辦？你的魔法沒有效果。科南的部隊幾乎跟我們一樣強大，而他還占據地形優勢。我們有兩個不好的選項：在這裡紮營，等他進攻，或退回塔蘭提亞，等待援軍。」

「我們一等就完蛋了，」薩托圖回答。「渡河，在平原上駐紮。我們黎明進攻。」

「但他有地形優勢！」阿馬利克大聲道。

「笨蛋！」激動的語氣打破了巫師冷靜的假象。「你忘了瓦基亞嗎？只因爲某種神祕的自然定律阻擋了洪水，你就以爲我無能爲力了嗎？我本來打算讓你的部隊摧毀我們的敵人；不必擔心，現在交給我的魔法去剷除他們的主力部隊。科南陷入陷阱。他絕對看不到明天的日落。渡河！」

他們在火把照耀下渡河。馬蹄在岩橋上躂躂作響，踏水穿越黑影。盾牌及胸甲反射火光，也在黑水河面上映出紅色的倒影。岩橋堪稱寬敞，但即便如此，他們還是到午夜過後才在對岸的平原上紮營。遠方山丘傳來紅紅的火光。科南在葛拉連丘陵上調轉部隊，當地曾不只一次成爲阿奎洛尼亞王最後決戰的場所。

阿馬利克離開大帳，焦躁不安地在營地走動。薩托圖帳篷中傳出怪光，三不五時會有惡魔般的叫聲劃破寂靜，還有一陣低沉不祥的鼓音沙沙作響，而非隆隆作響。

阿馬利克，本能受到黑夜和當前處境的刺激，感覺阻止薩托圖的並不只是自然勢力。他開始質疑巫師的力量。他看向山丘上的火光，臉色十分陰沉。他和他的部隊深入敵境。上方山丘上潛伏了數萬名內心和靈魂的情緒與希望都被剝奪，只剩下對征服者瘋狂仇恨之人，迫切渴望復仇。戰敗就表示全軍覆沒，因爲他們必須穿越充滿嗜血瘋狂敵人的土地。天亮後，他就必須率領部隊對抗西方國家最可怕的戰士，還有他背水一戰的大軍。如果薩托圖此刻失敗的話——六名重裝守衛步出陰影。胸甲和頭盔上反射火光。他們半領半拖著一條衣衫破爛的憔悴身影。

他們敬禮說道：「大人，此人跑來哨站，說有話要跟瓦勒利斯王說。他是阿奎洛尼亞人。」

他看起來比較像狼——被陷阱弄傷的狼。手腕和腳踝上都有鐐銬造成的瘀傷。他的臉上有個烙鐵印出的印記。他半伏在男爵面前，打結的頭髮後流露明亮的目光。

「你是誰，髒狗？」納米迪亞人問。

「叫我提伯利亞斯，」對方回答，牙齒不由自主打顫。「我是來教你如何困住科南的。」

「原來是叛徒，呃？」男爵冷冷說道。

「聽說你有黃金。」男人輕聲道，在破爛衣衫中發抖。「給我點黃金！給我黃金，我就告訴你怎麼擊敗國王！」他瞪大雙眼，高舉雙手，掌心向上，彷彿抖動的利爪。

阿馬利克神色厭惡地聳肩。但舉凡工具都有用處。

「只要你說實話，我會給你扛都扛不動的黃金。」他說。「如果你是騙子和間諜，我就把你倒吊釘死。帶他來。」

來到瓦勒利斯的帳篷裡，男爵指向伏在他面前發抖、緊抓身上破布的男人。

「他說明日之戰，他有辦法幫我們。如果薩托圖的計畫跟之前一樣沒用，我們就會需要幫助。說吧，狗。」

男人身體出現奇怪的抽動。開口時忙亂結巴：

「科南駐紮在雄獅谷谷口。那座山谷呈扇形，兩側都是陡坡。如果你們明天主動進攻，你們就得衝上山谷。你們沒辦法爬上兩側的山丘。但如果瓦勒利斯王願意接納我，我就帶他穿越山丘，從後方攻擊科南。如果要這麼幹，我們就得立刻啓程。騎馬要好幾個小時，因爲我們得西行數里，然後北行數里，再轉而向東，才能抵達雄獅谷後方，就跟剛德人來時的路一樣。」

阿馬利克遲疑，扯扯他的下巴。在這種混亂的情況下，經常有人會願意爲了金子出賣靈魂。

「如果你是爲了把我引開，你就死定了。」瓦勒利斯說。「你知道這一點，是吧？」

男人發抖，但神情並不畏縮。

「如果我背叛你，殺了我！」

「科南不敢分散兵力，」阿馬利克思考。「他需要所有兵力來抵擋我們的攻擊。他不可能分派部隊在山丘中埋伏。再說，這傢伙知道他的性命取決於如同他所承諾的幫你領路。他這樣的狗難道會犧牲自己嗎？不可能！不，瓦勒利斯，我相信這傢伙說的是實話。」

「不然就是最厲害的盜賊，因爲他願意出賣解放他們國家的人，」瓦勒利斯笑道。「很好。我就跟這隻狗走。你能給我多少人？」

「五千人應該夠了。」阿馬利克回道。「來自後方的突襲會讓他們亂了陣腳，那樣就夠了。我期待你在正午發起突襲。」
「我動手時你會知道的。」瓦勒利斯說。
阿馬利克回到自己的大帳，滿意地從三不五時自薩托圖帳中發出的淒厲喊叫判斷他依然待在自己帳篷裡。不久帳外的黑暗中傳來鋼鐵敲擊和馬勒聲響，他不禁冷冷一笑。瓦勒利斯終於派上用場了。男爵知道科南像隻受傷的獅子，就算瀕臨死亡還是會拚命反擊。當瓦勒利斯從後方突襲，情急拚命的辛梅利亞人很可能會在被殲滅之前除掉他的宿敵。這樣就太好了。阿馬利克認爲等瓦勒利斯幫納米迪亞鋪好勝利之道後就沒有利用價值了。

□

跟隨瓦勒利斯的五千名騎兵大部分是頑強的阿奎洛尼亞叛徒。他們在寂靜的星光下離開沉睡的營地，往西朝向星空前的大片隆起陰影前進。瓦勒利斯一馬當先，提伯利亞斯跟在旁邊，手腕被皮繩綁著，牽在另一側的重裝騎兵手上。其他人拔出長劍，緊跟在後。
「敢耍花樣，你就死定了。」瓦勒利斯指出這一點。「我不知道這些山丘中所有羊腸小徑，但我熟知鄉間地形，知道抵達雄獅谷後方的大概方向。你最好別亂帶路。」
男人低下頭，牙齒打顫，一再保證自己忠心耿耿，神色愚蠢地看向上方飄逸的旗幟，其上繪有古王朝的金蛇。

他們往西遠遠繞道，通過雄獅谷最遠端的山丘。一小時後，他們轉而向北，穩定穿越荒野和起伏不定的山丘，走在依稀可見的小徑和迂迴曲折的道路上。日出時，他們位於科南所在地的西北方數里外，嚮導轉向東行，帶他們穿越一座峭壁迷宮。瓦勒利斯點頭，透過幾座山峰研判他們的位置。他一直在留意方位，知道他們依然走到正確的方向上。

但突然間，毫無預警，北方出現濃霧，遮蔽坡道，擴散到整座山谷。太陽看不見了，世界變成灰茫茫的虛空，視線範圍不出數碼。他們搖搖晃晃，盲目摸索。瓦勒利斯咒罵一聲。他看不見充當路標的山峰了。他必須徹底仰賴那個不老實的嚮導。金蛇旗幟在無風的環境下低垂。沒多久提伯利亞斯似乎也糊塗了；他停馬，神色不定，四下亂看。

「迷路了嗎，你這條狗？」瓦勒利斯嘶聲道。

「聽！」

他們前方隱隱傳來震動，有節奏的鼓聲。

「科南的鼓！」阿奎洛尼亞人大叫。

「如果我們近到能聽見鼓聲，」瓦勒利斯說，「爲什麼沒聽見殺聲和兵器交擊的聲響？他們肯定已經開打了。」

「峽谷和山風會扭曲聲音，」提伯利亞斯說，他牙齒打顫，長期待在潮濕地牢中的人經常會有這種症狀。

「聽！」

他們耳中依稀傳來悶吼。

「他們在谷裡作戰！」提伯利亞斯叫道。「戰鼓在高處打。我們快上！」

他策馬狂奔，衝向遠方的鼓音，彷彿終於搞清楚方向。瓦勒利斯跟上，咒罵濃霧。接著他想起濃霧也會遮掩他的行蹤。科南不會發現他來襲。他可以在正午陽光驅退濃霧前抵達辛梅利亞人後方。

此時此刻，他無法分辨兩側的景象，不知道是懸崖、樹林，還是峭壁。鼓聲持續不斷，隨著他們前進越顯大聲，但他們不再聽見戰鬥聲響。瓦勒利斯不知道他們此刻面對什麼方向。他在發現兩側的濃霧中出現灰岩峭壁時著實吃了一驚，這才知道他們身處一條狹窄隘道。但嚮導看來毫不緊張，而瓦勒利斯在發現隘道變寬，消失在濃霧中後鬆了口氣。他們已經穿越隘道了；如果有埋伏的話，肯定是在那條隘道上。

但提伯利亞斯再度停馬。鼓聲隆隆作響，瓦勒利斯無法肯定來自哪個方向。好像是前面，又變成後面，一會兒在左，一會兒又在右。瓦勒利斯不耐煩地四下張望，坐在他的戰馬上，霧氣纏繞，水氣凝結在盔甲上。他身後一長串鋼甲騎兵宛如幽靈般消失在濃霧中。

「停下來幹嘛，你這隻狗？」他問。

對方似乎在傾聽鬼魅般的鼓聲。他緩緩在馬鞍上坐直，轉頭面對瓦勒利斯，嘴角的笑容令人不寒而慄。

「霧要散了，瓦勒利斯。」他的聲音變了，伸出瘦削的手指一比。「看！」

鼓聲止歇。霧氣消散。灰雲之上的第一道山峰出現，高聳陰森。霧氣逐漸下降，退縮，散去。瓦勒利斯站在馬鐙上驚叫，身後的騎兵紛紛跟著他叫。他們四面八方都是峭壁。他們不是如預期般身處寬敞的山谷之中。他們位於數百呎高的峭壁圍繞的盲谷內。唯一的出入口就是剛剛那條狹窄隘道。

「狗！」瓦勒利斯舉起戴鎖甲手套的手，一拳擊中提伯利亞斯嘴巴。

提伯利亞斯吐出一口血，在可怕的笑聲中發抖。

「爲世界除掉一頭怪物的計策！看吧，狗！」

瓦勒利斯再度大叫，叫聲中憤怒蓋過恐懼。

隘道口出現一群狂野、可怕的男人，沉默不語，宛如雕像——頭髮蓬鬆、衣衫破爛，手持長矛——數以百計。峭壁上也出現其他面孔——數千張臉——狂野、枯瘦、凶猛的臉，布滿火燒、劍砍，及飢餓的痕跡。

「科南的計策！」瓦勒利斯怒吼。

「科南不知情。」提伯利亞斯大笑。「是難民的計策，被你毀掉人生、變成野獸的人。阿馬利克說得沒錯。科南沒有分散兵力。我們是追隨他的人民，徘徊在這些山丘之間的狼，無家可歸、毫無希望的人。這是我們的計畫，阿修羅祭司召喚濃霧協助我們。看看他們，瓦勒利斯！他們身上都有你折磨過的痕跡，不管是肉體上還是靈魂裡！」

「看著我！你不認得我，是不是，不認得你的絞刑手在我身上燒出來的傷痕？你從前認識我。從前我是阿米利斯的領主，我兒子死在你手上，我女兒被你的傭兵姦殺。你說我不會爲了困住你而犧牲自己？全能的諸神啊，如果我有一千條命，我會全部犧牲來換取你的末日！

「而我換到了！看看被你摧毀的這些人，曾經爲王的死人！他們的死期到了！這座峽谷就是你的葬身之地。你可以爬懸崖；很陡，很高。你可以硬闖隘道：長矛會阻擋你的去路，巨石會掉下來壓扁你！狗！我在地獄等你！」

他仰天長笑，笑得岩石震動。瓦勒利斯在馬鞍上側身，揮下巨劍，砍穿他的肩膀和胸膛。提伯利亞斯摔倒在地，依然在鮮血四濺中森然大笑。

鼓聲再起，整座峽谷彷彿落雷不斷；巨石滾落；峭壁雲霧中羽箭呼嘯，蓋過慘叫聲和垂死尖叫。

22 通往阿克隆的路

東方剛剛出現黎明晨曦，阿馬利克已經率領大軍抵達雄獅谷口。這座山谷兩側是低矮、起伏、但陡峭的山丘，地面呈一層層不規則的台地向上傾斜。科南的部隊在最上層的台地堅守陣地，等待攻擊。自岡德行軍南下與他會合的部隊並非全是長矛兵。七千名波松尼亞弓箭手隨行而來，還有四千名北部及西部的男爵及家臣強化他的騎兵陣容。

長矛兵在狹窄的谷源排成緊密的楔形陣隊。共有一萬九千人，大部分都是剛德人，還有四千名其他行省來的阿奎洛尼亞人。他們兩側各有五千名波松尼亞弓箭手。長矛兵後方的騎士安安穩穩坐在馬上，舉起長槍：一萬名波坦人、九千阿奎洛尼亞人，男爵和他們的家臣。

他們的陣地極具優勢。敵軍不可能自兩側來襲，因爲那樣必須在波松尼亞羽箭和長劍之前攀爬陡峭山丘。他的營地就在大軍之後，狹窄陡峭的山谷，乃是雄獅谷的延續，只是地勢更高。他不擔心來自後方的突襲，因爲後方的山丘擠滿對他忠心耿耿的難民、家破人亡之人。

但陣地易守難攻就表示要突圍逃走也不容易。此地對守方而言是堡壘也是陷阱，是只許贏不許敗的絕望之人最後決戰場所。唯一可能的撤退之道就是他們後方的狹窄山谷。

薩托圖爬上雄獅谷左側的山丘，接近寬敞谷口的位置。這座山丘比其他山丘更高，名叫國王祭壇，理由不可考。只有薩托圖知道，因爲他擁有三千年前的記憶。

他不是一個人來的。他兩個親信跟他一起，沉默、毛髮濃密、鬼鬼祟祟、膚色甚深，還帶了個手腳受縛的阿奎洛尼亞女孩來。他們把她放在一塊古石上，外形類似祭壇，位於山丘頂峰。漫長的歲月裡，這塊古石一直聳立於此，經歷日曬雨淋，直到世人以爲它只是一塊形狀古怪的天然石塊。但薩托圖依然記得那塊石頭是什麼，爲何聳立在此。兩個親信走遠，像沉默的地精彎腰駝背，留薩托圖獨自站在祭壇旁，黑鬍鬚風中飄蕩，俯瞰山谷。

他可以往回清楚看到遠方蜿蜒的瑟奇河，往前則能見到谷源後方的山丘。他看見谷源台地上的楔形鋼鐵，弓箭手的頭盔在岩石和灌木叢間反光，沉默騎士動也不動地坐在馬上，三角旗飄在頭盔上，長槍豎起宛如尖刺樹林。

往反方向，他看到密密麻麻的納米迪亞隊伍穿著閃亮的護甲整齊進入谷口。他們身後領主和騎士的華麗大帳篷及普通士兵的樸素帳篷一路延伸到河邊。

納米迪亞主力部隊宛如熔鋼河般流入山谷，大紅龍旗如同河面上的漣漪。走在最前面的是弓兵，隊伍整齊，半舉弓弩，弩矢上弦，指扣扳機。緊接著是長矛兵，在後面是部隊眞正的主力——騎馬的騎士，旗幟在風中飄揚，長槍舉起，彷彿前赴盛宴般駕馭戰馬前進。

規模較小的阿奎洛尼亞主力部隊無聲無息地等在山坡上。

納米迪亞騎士共有三萬名，而就跟大部分海伯里亞國家一樣，騎兵乃是部隊之劍。步兵的作用只是爲武裝騎兵清除衝鋒的道路。這些人總數共有兩萬一千人，由長矛兵跟弓兵組成。弓兵一邊前進一邊放箭，陣形不亂，弩箭呼嘯。但要嘛就是過早落地，不然就擊中層層交疊的剛德盾牌。在弩弓手進入殺敵範圍前，波松尼亞人高角度發射的箭已經對他們造成嚴重傷害。

在這種情況下，納米迪亞弓兵嘗試反擊，但卻徒勞無功，隨即陷入混亂，開始撤退。他們穿輕護甲，武器也比不過波松尼亞長弓。西方弓箭手都有灌木叢和岩石掩護。更有甚者，納米迪亞步兵缺乏騎兵的士氣，心裡清楚他們的用處只是在爲騎兵開路。

弩弓兵撤退，長矛兵前進補上陣線缺口。這些人大部分都是傭兵，他們的雇主一點也不在乎犧牲他們。他們的作用就是掩護騎士，直到後者進入衝鋒距離。於是當弩弓兵朝兩側進行遠距離攻擊，長矛兵就直接迎向來自上方的攻擊，騎兵則跟在他們後方前進。

長矛兵開始在山坡上呼嘯落下的死亡箭雨中動搖，就聽見號角響起，部隊分向左右，鎖甲騎兵以雷霆萬鈞之勢衝出隊伍中央。

他們化爲死亡之霧全速衝鋒。布尺長的羽箭射中騎兵和戰馬護甲上所有縫隙。戰馬在雜草叢生的台地上陷入混亂，人立而起，帶著它們的騎兵向後跳躍。山坡上躺滿鋼甲騎兵。衝鋒失利，宛如潮浪消退。

阿馬利克在山谷中重新集結。塔拉斯克斯在紅龍旗下持劍作戰，但當天指揮部隊的乃是托爾男爵。阿馬利克咒罵一聲，看著剛德人頭盔上方露出的槍尖。他本來期待騎兵撤退能夠誘使敵軍的騎兵衝下山坡來追他，然後被等在兩側的弓兵和擁有數量優勢的騎兵屠殺。但他們沒有動作。營地僕役從河岸拿水袋過來。騎士脫下頭盔，往滿頭大汗的頭上倒水。山坡上的傷兵徒勞無功地大聲討水。谷地高處有泉水供守軍飲用。他們沒有在口渴中度過那個漫長炎熱的春日。

國王祭壇上的薩托圖站在遠古石塊旁，眼看著鋼鐵浪潮退卻流竄。騎兵再度出擊，羽飾飄揚，長槍持平。他們穿越呼嘯箭霧，勢如奔雷地撞上矛盾組成的防守牆。羽盔上揚起斧頭，狠狠砍落，長矛朝上刺出，擊倒戰馬和騎兵。高傲的剛德人跟騎兵一樣勇猛善戰。他們不是來送死的，不是爲了比他們高級的兵種犧牲。他們是全世界最強的步兵，傳統讓他們擁有無可動搖的士氣。阿奎洛尼亞王早就了解堅不可摧的步兵具有多少價值。他們毫不動搖地堅守陣地；雄獅旗幟在部隊頭上隨風飄逸，楔形陣最頂端，身穿黑護甲的高大身影一聲發喊，宛如狂風暴雨般揮動染血的戰斧，砍穿鋼鐵和人骨。

納米迪亞人帶著他們士氣高昂的傳統英勇作戰。但他們無法擊潰鐵楔形陣，而兩側宛如喪鐘般的呼嘯羽箭無情摧殘他們緊密的陣形。他們自己的弓兵毫無用處，他們的長矛兵也沒辦法爬上高地攻擊波松尼亞人。慢慢地、頑強地、悶悶不樂地，神色猙獰的騎士撤退，清點他們折損的人馬。他們上方的剛德人並沒有發出勝利吶喊。他們緊縮陣形，封鎖倒地士兵露出的縫隙。鋼盔下，汗水流入他們眼中。他們緊握長矛，靜靜等候，激動的內心充滿了國王徒步跟他們並肩作戰的驕傲之情。他們身後的阿奎洛尼亞騎兵依然沒有動作。他們坐在馬上，冷眼旁觀。

一名騎士催趕汗流浹背的戰馬爬上名爲國王祭壇的山丘，神色不滿地瞪視薩托圖。「阿馬利克說施展魔法的時刻到了，巫師。」他說。「我們在山谷裡像蒼蠅般遭人屠殺。我們無法衝破他們的戰線。」

薩托圖似乎變大了，看起來更高、更猛、更恐怖。

「回去告訴阿馬利克，」他說。「重新集結部隊，等候我的信號衝鋒。收到信號前，他會看見直到他死都無法抹滅的景象。」

騎士行禮，一副違背本願的模樣，飛快衝下山坡。

薩托圖站在深色祭壇石旁，凝望山谷對面，看向台地上的死傷士兵，看著位於上游山谷那支鮮血淋漓的冷酷部隊，還有在谷地中重新集結的鋼甲騎兵。他仰頭望天，低頭看著深色石塊上的白皙嬌軀。舉起一把刻有象形文字的匕首，吟詠年代久遠的咒語：

「塞特，黑暗之神，陰影中的鱗片之王，藉由處女之血及七重符號，我召喚你在黑土下的子嗣！深淵之子，紅土之下、黑土之下，醒來，擺動你們恐怖的鬃髮！撼動山丘，將巨石翻覆在我的敵人身上！讓他們頭上天色陰沉，腳下大地巨震！讓黑土深處的烈風吹襲他們腳底，令其焦黑乾枯——」

他突然住口，舉起匕首。緊繃寂靜之中，下方部隊突然發喊，隨著風聲傳來。

祭壇另一邊出現了一名身穿黑兜帽袍的男子，頭巾遮蔽五官細節，漆黑雙眼深邃冷靜。

「阿修羅狗！」薩托圖低聲道，嗓音宛如憤怒巨蛇在嘶吼。「你瘋了嗎，找死嗎？哈，巴爾！凱戎！」

「再召喚呀，阿克隆狗！」對方大笑說道。「大聲召喚他們！他們聽不見，除非你的叫聲在地獄中迴蕩。」

丘頂旁的樹叢中走出一名平民打扮的陰沉老太婆，頭髮在肩膀上飄逸，身後跟著隻大灰狼。

「女巫、祭司和狼。」薩托圖冷冷說道，隨即大笑。「笨蛋，想用你們那些騙人的把戲對抗我的魔法！我一揮手就能把你們吹飛！」

「你的魔法不過就是風中的麥桿，派桑狗。」阿修羅信徒回道。「你都沒想過瑟奇河為何沒有洪水氾濫，把科南困在對岸嗎？那天晚上看到閃電時，我就猜出你的計畫，我的魔法在暴雨來襲前驅散那些烏雲。你連你的降雨法術失敗了都不知道。」

「你撒謊！」薩托圖大叫，但聲音中的自信動搖了。「我有感應到強大的魔法衝擊——但我的降雨術一經施展，世界上沒人能夠抵消，除非他擁有巫術之心。」

「但你計畫中的洪水沒有出現，」祭司回道。「看看你在山谷裡的盟友，派桑人！你帶領他們來送死！他們受困在陷阱的利齒中，你完全幫不上忙。看！」

他伸手一指。山谷上半部的狹谷，波坦人後方，一名騎士急馳而來，高舉某樣在陽光下反光的東西。他不顧一切衝下山坡，穿越剛德人的陣線，剛德人發出低沉吼叫，矛盾互擊，聲如雷鳴。兩軍之間的台地上，汗濕的戰馬立起跳躍，狂野的騎士大聲吶喊，像瘋子般揮舞手中的物品。那是一面破破爛爛的紅旗，刺眼的陽光照亮盤繞其上的金蛇鱗片。

「瓦勒利斯已死！」海卓瑟斯叫聲洪亮。「濃霧和鼓聲把他引向末日！霧是我召喚來的，派桑狗，也是我驅散的！我所擁有的法力遠比你強大！」

「那又如何？」薩托圖吼道，模樣恐怖，目光炙烈，五官扭曲。「瓦勒利斯是笨蛋。我不需要他。我不用別人幫忙就能摧毀科南！」

「那你在拖延什麼？」海卓瑟斯嘲弄道。「爲什麼要讓這麼多盟友死在羽箭和長矛下？」

「因爲鮮血能夠增強法力！」薩托圖如雷吼道，嗓音撼動岩石。他可怕的頭上冒出令人驚恐的光輪。「因爲巫師不會平白浪費魔力。因爲我要爲日後的大日子保留實力，而不是浪費在鄉野間的小爭端上。但現在，以塞特之名，我要徹底釋放魔力！看著吧，阿修羅狗，過時神祇的虛假祭司，見識一幅讓你永世瘋狂的景象！」

海卓瑟斯仰頭大笑，笑聲充滿惡意。

「看吧，派桑黑魔鬼！」

他的手自長袍內取出一樣冒火的東西，在陽光下焚燒，改變周遭的色調，變成鼓動的金光，令薩托圖的膚色看來宛如屍體。

薩托圖彷彿中劍般大叫。

「阿利曼之心！是阿利曼之心！」

「對！唯一比你更強大的力量！」

薩托圖彷彿身體皺縮，當場變老。突然間他的鬍鬚雪白，頭髮出現灰斑。

「阿利曼之心！」他嘟噥道。「你偷走了！狗！賊！」

「不是我偷的！它經歷了一段南向的漫長旅程。但如今落入我的手中，你的黑魔法不是它的對手。它把你復活，也將把你丟回黑夜。你該踏上通往阿克隆的漆黑道路，屬於寂靜與黑夜的道路。尚未重生的黑暗帝國應該待在傳奇和黑記憶中。科南將再度統治。阿利曼之心會回到密特拉地下神廟，作爲阿奎洛尼亞力量的印記燃燒千年！」

薩托圖發出非人尖叫，快步繞過祭壇，舉起匕首；但某處——或許是天上，或許是在海卓瑟斯手上發光的大寶石——射出一道刺眼的藍光。藍光直射在薩托圖胸口，山丘迴蕩衝擊的聲響。阿克隆巫師如遭雷擊般倒下，落地前身體出現恐怖的變化。祭壇石旁躺著的不是剛死的屍體，而是一具皺縮木乃伊，棕色、乾癟、難以辨識的屍首，躺在破爛布條之中。

老澤拉塔神色嚴肅地低頭看著。

「他不是活人。」她說。「阿利曼之心賜他虛假的生命，就連他自己都遭受欺瞞。在我眼中，他一直都是木乃伊。」

海卓瑟斯彎腰解開祭壇上昏迷女人的束縛，樹林間突然出現奇特的幽靈景象——薩托圖那輛怪馬雙輪戰車。他們無聲無息地來到祭壇前，停下，車輪幾乎碰到草地上那團棕色乾屍。海卓瑟斯抬起巫師的屍體，放上馬車。怪馬毫不遲疑，調轉方向，往南奔下山丘。海卓瑟斯、澤拉塔和灰狼眼睜睜看著他們離開——直奔位於人類視線範圍外的阿克隆。

□

山谷中，阿馬利克僵在他的馬鞍上，看著發狂的騎士在山坡上騰躍迴旋，揮舞染血蛇旗。接著他的腦袋在本能驅使下轉動，看向人稱國王祭壇的山丘。他目瞪口呆。山谷裡的人全都看見了——一道令人目眩神迷的光柱聳立在丘頂，噴灑金火。光柱在軍隊上方短暫發出令太陽相形見拙的強光。

「那不是薩托圖的信號！」男爵吼道。

「不！」塔拉斯克斯大叫。「那是發給阿奎洛尼亞軍的訊號！看！」

上方始終堅守陣地的部隊終於開始移動，低沉的吼叫聲穿越谷地而來。

「薩托圖失敗了！」阿馬利克怒吼。「瓦勒利斯失敗了！我們被引入陷阱！密特拉詛咒讓我們淪落至此的薩托圖！傳令撤退！」

「太遲了！」塔拉斯克斯大喊。「看！」

山坡上的長槍森林垂下槍頭，平舉在騎士身前。剛德人部隊宛如撩起的門簾般讓道兩旁。在風暴雷鳴般的吶喊聲中，阿奎洛尼亞騎士衝下山坡。

這輪衝鋒勢不可擋。弩弓手失去鬥志，弩矢劃過他們的盾牌和凹陷的頭盔。他們的羽飾和三角旗隨風飄擺，壓低長槍，衝過長矛兵鬆散的陣線，宛如潮浪般沖下山坡。

阿馬利克下令衝鋒，納米迪亞人情急拚命，驅馬上坡。他們還是比進攻方人多。但衝鋒上坡的部隊人疲馬憊。攻方的騎士當天卻尚未出手。他們的馬精力充沛。他們下坡狂奔，勢若奔雷。他們如同閃電般擊中混亂的納米迪亞陣線——打倒他們，衝散他們，砍爛他們，把屍體殘骸丟下山坡。

緊跟騎兵而來的是陷入血腥狂怒的剛德部隊，波松尼亞人也衝下山丘，邊跑邊朝每個還在動的敵人放箭。

戰浪順著山坡而下，混亂的納米迪亞人位於浪峰。他們的弓箭手丟下弩弓，匆忙逃命。撐過騎兵衝鋒的長矛兵則被冷酷的剛德兵砍成肉醬。

混亂之中，戰場越過谷口，直達其後的平原。整座平原上滿是戰士，有的在逃命，有的在追殺，有人一對一，也有人群起圍毆、砍殺坐在立起轉圈之馬上的騎士。但納米迪亞人慘敗，鬥志全失，無法重新集結，堅守陣地。他們分成許多百人隊，奔向河畔。很多人及時趕到，匆忙渡河，東向逃命。他們穿越鄉野；人民像野狼般獵殺他們。沒幾個人活著抵達塔蘭提亞。

戰役一直到阿馬利克伏誅才終於結束。男爵徒勞無功地努力集結部隊，筆直迎向一群跟隨身穿黑護甲，外衣上繡有王室雄獅之人的騎士，他們頭上飄擺著金獅旗和波坦人的紅豹旗。一個閃亮盔甲的高大戰士壓低長槍，衝向托爾領主。兩人交戰，聲如雷鳴。納米迪亞人的長槍擊中對手的頭盔，打斷螺栓和鉚釘，扯下頭盔，露出帕蘭泰迪斯的臉。但阿奎洛尼亞人的長槍刺穿盾牌和胸甲，插入男爵的心臟。

阿馬利克大吼一聲，身體離鞍而起，拍打刺穿他的長槍，納米迪亞人宛如洪水決堤轉身逃跑。他們盲目衝向河岸，像旋風般捲過平原。惡龍時代就這麼過去了。

塔拉斯克斯沒有逃跑。阿馬利克死了，揚旗兵死了，納米迪亞王室旗幟在鮮血和塵土中遭人踐踏。他大部分騎士都在逃命，而阿奎洛尼亞騎士則展開追殺；塔拉斯克斯心知戰敗，但還是率領一群忠心耿耿的手下加入混戰，滿腦子只有一件事——去找科南，辛梅利亞人。而他終於找到他了。

陣形完全瓦解，緊密的部隊四下散落，各自爲戰。特洛瑟羅的羽飾在平原一方擺動，普羅斯佩羅和帕蘭泰迪斯的則出現在另一側。科南孤身一人。塔拉斯克斯的護衛一個接著一個倒地。兩個國王展開決鬥。

但在他們騎馬衝向對方時，塔拉斯克斯的馬一聲嘶鳴，摔倒在地。科南跳下馬背，朝他奔去，納米迪亞王掙扎起身。鋼鐵反射刺眼陽光，金鐵交擊，藍火星四濺；接著塔拉斯克斯爲了閃避科南來勢洶洶的闊劍，整個人撲倒在地，發出響亮的盔甲撞擊聲。

辛梅利亞人一腳踏上敵人胸口，高舉闊劍。他的頭盔掉了；他甩開黑髮，藍眼中燃燒從前的火焰。

「你投降嗎？」

「你會饒我性命？」納米迪亞人問。

「會。我不會像你對我那樣，你這條狗。你跟棄械投降的士兵都能活命。雖然我應該把你當成地獄來的盜賊劈開腦袋。」辛梅利亞人補充。

塔拉斯克斯轉頭看向平原。殘存的納米迪亞軍爭渡石橋，獲勝的阿奎洛尼亞軍緊追在後，於盛怒下滿足報復的慾望。波松尼亞人和剛德人闖入敵軍營地，撕毀帳篷，搜尋戰利品，逮捕囚犯，扯開行李，推翻馬車。

塔拉斯克斯大聲咒罵，然後以這種情況下最有尊嚴的儀態聳肩。

「好吧。我別無選擇。你有何條件？」

「把你當前占領的阿奎洛尼亞領土通通交出來。命令駐軍離開他們駐守的城堡和城鎮，留下武器，然後盡快叫你那些天殺的部隊滾出阿奎洛尼亞。另外，你要把所有當成奴隸變賣的阿奎洛尼亞人都送回來，並且支付賠償金，金額多寡等估算過你占領期間對這個國家造成的損失再做決定。你要留在這裡當人質，直到戰敗條件徹底執行。」

「好。」塔拉斯克斯投降。「我立刻無條件交出所有我軍駐守的城堡和城鎮，其他的條件也都會照做。我本人的贖金呢？」

科南大笑，自敵人鋼鐵胸甲上抬起腳來，抓住他的肩膀，一把拉起。他開口說話，隨即轉身看向朝他走來的海卓瑟斯。祭司一如往常般沉著冷靜，挑路穿越滿地人馬的屍體。

科南伸出染血的手擦拭臉上沾染灰塵的汗水。他一整天都在作戰，一開始徒步與長矛兵並肩作戰，然後上馬，領頭衝鋒。他的外衣沒了，護甲染滿鮮血，布滿劍痕、錘痕、斧痕。他高大的身影聳立在血腥與屠殺的背景前，宛如神話中令人望而生畏的異教英雄。

「幹得好，海卓瑟斯！」他大聲道。「克羅姆呀，我眞高興看到你的信號！我的騎士等得不耐煩，上陣的渴望都快把他們的心挖出來。我本來都快阻擋不了他們了。巫師呢？」

「他已踏上前往阿克隆的幽暗之道。」海卓瑟斯回道。「至於我——我要回塔蘭提亞。我這裡的工作已經結束，而我得去密特拉神廟辦件事。我們在這裡的工作都已結束。我們在這個戰場上拯救了阿奎洛尼亞——不只是阿奎洛尼亞。你回歸首都的路上，人民會夾道歡迎。全阿奎洛尼亞都會爲了重返王座的國王歡呼。那麼，之後在王家大殿見吧——別了！」

科南默默看著祭司離開。四面八方都有騎士朝他快步趕來。他看見帕蘭泰迪斯、特洛瑟羅、普羅斯佩羅、塞維斯・加拉努斯，他們的護甲濺滿鮮血。戰陣廝殺聲逐漸變成勝利歡呼。所有人的目光，充滿衝突的火熱及獲勝的喜悅，都轉向國王高大漆黑的身影；高舉鎖甲手臂揮舞染血劍。四下傳來吶喊聲響，宛如浪濤般低沉洪亮：「科南萬歲，阿奎洛尼亞王萬歲！」

塔拉斯克斯開口。

「你還沒定我的贖金。」

科南大笑，還劍入鞘。他伸展粗壯胳臂，伸出血手指撩開濃密頭髮，彷彿在感受奪回的王冠。

「你的後宮有個叫桑諾碧雅的女孩。」

「怎麼，對，有。」

「很好。」科南微笑，心中浮現一段美好的回憶。「她就是你的贖金，沒別的了。我會信守承諾，前往貝弗魯斯迎接她。她在納米迪亞是奴隸，但我要讓她成為阿奎洛尼亞王后！」

〈惡龍時代〉完

霜巨人的女兒

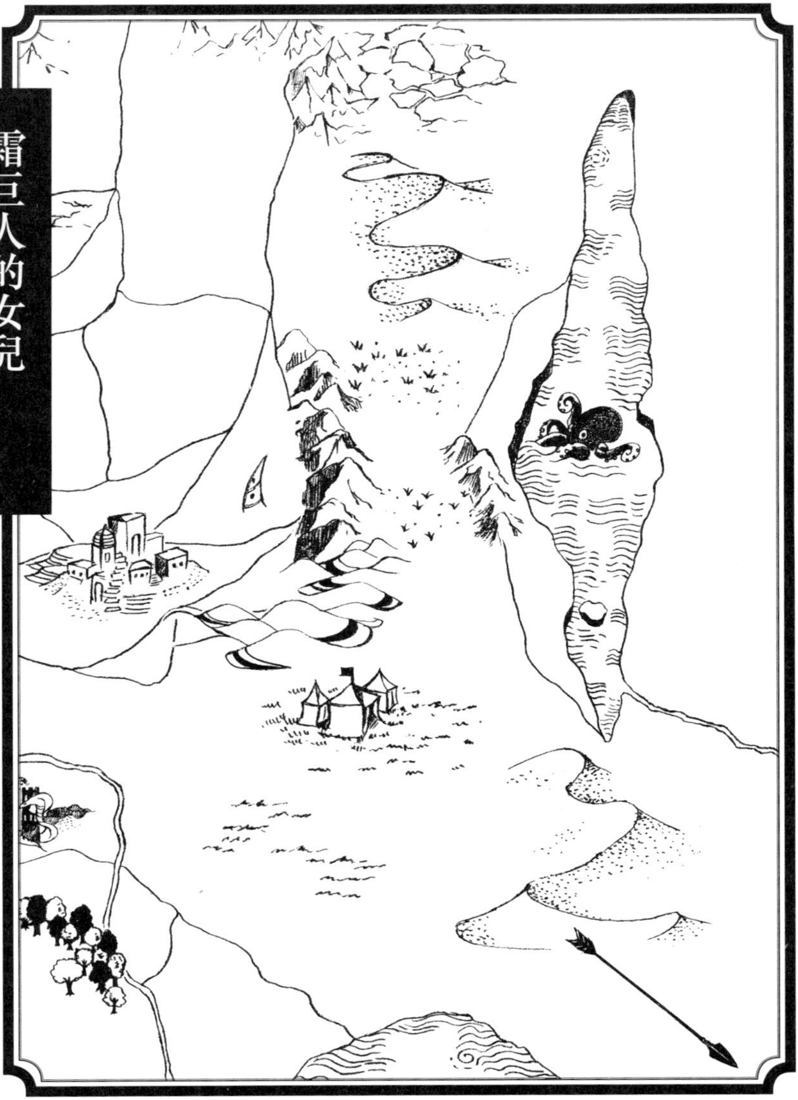

從科南的「生平順序」來看，〈霜巨人的女兒〉應該是他最早的冒險，也很可能是霍華第一篇原創的科南故事（〈劍上的鳳凰〉改寫自舊作），不過《怪譚》的主編拒絕了這篇稿子。後來霍華把主角名字改爲「阿姆拉」（Amra），篇名變成〈霜巨人的女兒〉，刊登在《奇幻迷》雜誌（*The Fantasy Fan*）一九三四年三月號。有趣的是，「阿姆拉」日後成爲科南的別名（見〈血色城堡〉）。霍華明顯受到布芬奇的神話學著作影響，他改寫了阿波羅和達芙妮的神話，把瘋狂迷戀／追求女神的角色變成科南，亞特莉（Atali）的名字則源自另一個希臘女神亞特蘭妲（Atalanta）。這個「戰士被女神引誘，想要強暴她」的劇情乍看非常離譜，但若放進神話故事的脈絡，突然就能夠理解了，因爲希臘神話不就是充滿各種色慾薰心、見了美女就想上的神嗎？故事最後，科南發現這一切似夢非夢，類似的橋段後來也出現在〈劍上的鳳凰〉。

——編者

長劍交擊聲消逝，屠殺吶喊聲默然；寂靜籠罩染血的雪地。陰寒的太陽在冰原上反射刺眼光芒，大雪覆蓋的平地攤滿破損的盔甲和斷劍，映出片片銀光，亡者躺於葬身地。痲痺的手掌依然緊握殘缺的劍柄；戴頭盔的腦袋在劇痛下後仰，紅色及金色鬍鬚冷冷指向天際，彷彿最後一次呼喚霜巨人尤米爾，戰士民族之神。

血淋淋的盔甲軀體間站著兩條身影，狠狠瞪視對方。頭上是宛如寒霜的天空，四周是一望無際的平原，腳下躺滿死人。他們緩緩穿越屍體，宛如趕赴約會的亡魂般走過死亡世界。在陰森死寂中來到彼此面前。

兩人身材高大，虎背熊腰。他們的盾牌都掉了，甲冑凹痕滿布。護甲沾染血塊；他們的劍都已染紅。角盔上有承受猛烈攻擊的痕跡。其中一人髮色漆黑，沒留鬍鬚。另一人的頭髮和鬍鬚都如明亮積雪上的血跡般鮮紅。

「男人，」他說，「告訴我你的名字，讓我在華納海姆的弟兄知道死於海姆杜爾劍下最後一個沃夫西爾強盜是誰。」

「不是華納海姆，」黑髮戰士吼道，「你會在英靈殿告訴弟兄你死在辛梅利亞人科南手下。」

海姆杜爾大吼撲出，長劍拖曳致命弧光。科南頭盔中劍，濺灑點點藍焰，打得他身形搖晃，眼冒紅星。他轉身迴旋，以厚實肩膀爲後盾，刺出嗡嗡作響的劍刃。劍尖刺穿銅鱗、骨頭及心臟，紅髮戰士死在科南腳下。

辛梅利亞人昂然而立，甩甩長劍，突然感到一股強烈的倦意。雪地的陽光宛如匕首般刺痛他雙眼，天空似乎在收縮，產生奇特的分離感。他轉身離開躺滿死亡擁抱下的黃鬍鬚戰士跟紅鬍鬚屠夫的殘破大地。才走出幾步，明亮的雪地突然轉暗。盲目浪潮來襲，他跪倒在雪地中，以穿戴護甲的手臂撐地，像獅子擺動鬃毛般搖頭，企圖擺脫眼前的黑暗。

銀鈴般的笑聲貫穿暈眩而來，他的視線逐漸清晰。他抬起頭；面前的景象籠罩一襲難以形容或界定的奇特感——大地和天空都蒙上陌生的色調。但他沒花時間琢磨此事。他面前多了一個女人，宛如風中的幼苗輕輕搖晃。她的膚色如象牙般白皙，除了一層薄紗，不著任何衣物。她纖細的腳掌比雪地還白。她低頭對著神色困惑的戰士輕笑。她的笑聲比銀泉的悠揚之聲更加甜美，但卻帶有殘酷嘲弄的意味。

「妳是誰？」辛梅利亞人問。「妳是打哪兒來的？」

「有什麼差別？」她的嗓音美過銀弦豎琴，但隱隱藏有暴戾之氣。

「叫妳的男人來。」他說著握緊長劍。「我筋疲力竭，但絕不會讓他們活捉。妳是華納人。」

「我有這麼說嗎？」

他再度打量她乍看似是紅色的凌亂長髮。如今看出它們非紅非黃，完美混合兩種髮色。他目光著迷。她的頭髮彷彿精靈金；反射難以逼視的耀眼陽光。她的眼睛也跟頭髮類似，不是全藍，不是全灰，彷彿隨時幻化，閃爍著無法界定的色彩迷霧。她厚唇紅潤，淺淺微笑，從纖細的腳掌到波浪髮冠，白皙肉體彷彿女神夢境般完美。科南腦側血管陣陣抽動。

「我看不出來，」他說，「妳是跟華納海姆和我的敵人一夥，還是我朋友阿斯嘉德人。我四下遊歷，卻從未見過像妳這樣的女人。妳的頭髮亮眼到無法逼視。我沒見過這樣的頭髮，就連亞薩族最美麗的女人也有所不及。以尤米爾之名——」

「你憑什麼以尤米爾之名起誓？」她嘲弄道。「你來自南方，遊走異國人民之間，對冰雪諸神有多少認識？」

「以我本族的黑暗諸神之名！」他怒道。「我雖然不是金髮亞薩人，劍術可比他們高強！今天我見證了八十個人倒地，只有我在沃夫西爾的強盜與布拉吉之狼交戰中存活下來。告訴我，女人，妳有在雪原上看見護甲反光，或是武裝男人穿越冰地嗎？」

「我看見白霜在陽光下閃爍。」她回答。「我聽見輕風吹過永凍雪地的低語。」

他搖頭嘆息。

「尼奧爾德應該在開戰前就跟我們會合。我擔心他和手下遭遇埋伏。沃夫西爾和他的戰士都死了。

「我以為戰爭帶我們來到不毛之地，方圓數里格內沒有村落，但雪地荒涼，妳赤身裸體，不可能來自遠方。如果妳是阿斯嘉德人，請帶我去妳的部落，因為我已經打到頭昏眼花，疲憊不堪。」

「我的村落太遠，你走不到，辛梅利亞人科南。」她笑道。她攤開雙臂，在他面前扭腰擺臀，慵懶性感地甩動金髮，優雅的長睫毛隱隱遮蔽灼熱的目光。「我不美嗎，男人？」

「像是雪地上的赤裸黎明。」他喃喃說道，目光炙烈，如狼似虎。

「那你何不起身跟我走？躺在我面前這個強壯的戰士是什麼人？」她嘲弄的語氣十分惱人。「跟其他蠢人一起躺下，死在雪地中吧，黑髮科南。你到不了我要去的地方。」

辛梅利亞人咒罵一聲，吃力起身，藍眼目光炙烈，黝黑的傷疤面孔神情扭曲。怒火撼動他的靈魂，但眼前這個嘲諷他的女人所激起的慾火令他血脈噴張。強烈的慾望和肉體痛楚襲捲全身，地面和天空都在他朦朧的目光前轉紅。在透體而過的狂暴裡，疲憊和暈眩蕩然無存。

他二話不說朝她撲去，撐開十指抓向她柔嫩的肌膚。她驚笑一聲，向後跳開，拔腿就跑，透過雪白的香肩回頭嘲笑他。科南低聲吼叫，直追而上。他把適才的大戰拋到腦後，不再理會躺在血泊中的護甲戰士，也忘記了尼奧爾德和沒趕上作戰的強盜。他腦中只剩下眼前這條彷彿在飄，而不是在跑的白皙身影。

他們在雪白刺眼的平原上展開追逐。血腥戰場消失於他們身後，而科南始終一聲不吭地追趕對方。他穿護甲的腳踏碎冰封的地面。他深陷積雪之中，憑藉蠻力穿雪而行。但女人輕鬆掠過雪地，彷彿羽毛漂過池塘；她赤裸的腳掌幾乎沒在白霜之上留下足跡。儘管血管中熱血沸騰，寒意依然貫穿戰士的護甲和毛皮短衫而來；但那只披薄紗的女人卻步伐輕盈，神情愉快，彷彿在波坦的棕櫚樹和玫瑰花園中飛舞。

她不斷前進，科南持續追趕。辛梅利亞人乾燥的嘴唇中吐出惡毒的詛咒。他咬牙切齒，腦側的大血管鼓脹抽動。

「妳逃不了的！」他吼道。「如果把我引入陷阱，我就把妳族人的腦袋堆在妳腳邊！如果妳躲起來，我就算夷平高山也會找出妳來！我會追著妳直下地獄！」

令人發狂的笑聲回到他耳邊，野蠻人嘴中噴出口沫。她領著他逐漸深入荒地。四周景象改變；荒涼的平原轉爲低矮丘陵，地勢上揚，山勢崎嶇。他在遙遠的北方瞥見高山，有些因爲距離之故呈現藍色，有些因爲永凍雪而一片雪白。高山上撒落明亮的極光。極光成扇形散入天際，彷彿冷焰霜刃，色彩幻化，變大變亮。

天空在他頭頂發光，奇特的光源霹靂啪啦作響。雪地的反光也很詭異，片刻是霜藍色，片刻是冰紅色，片刻是寒銀色。科南固執地穿越如夢似幻的冰雪國度，彷彿置身水晶迷宮，唯一眞實的事物就是在前方觸手可及距離外飛越明亮雪地的白皙身影——永遠都在觸手可及的距離外。

他毫不費心思索這一切都多古怪，即使當兩條高大的身影冒出來阻擋去路也一樣。他們盔甲上的白鱗片上蒙了一層霜；他們的頭盔和斧頭上都有結冰。他們頭髮沾有雪花；鬍鬚上結滿冰椎；他的的雙眼都像頭上掠過的光線一樣冰冷。

「哥哥！」女人在兩人之間飛舞吶喊。「看看是誰跟在我後面！我帶了個男人來給你們殺！挖出他的心臟，放在父親的砧板上冒煙！」

兩名巨人以好似冰山撞冰岸的吼叫聲回應，在狂暴的辛梅利亞人撲到同時舉起閃亮的斧頭。霜刃掠過他面前，閃得他目不視物，而他瘋狂反擊，一劍砍穿敵人大腿。巨人悶哼一聲，摔倒在地，科南則被撞入雪地，左肩被另一名巨人打痳，不過辛梅利亞人的護甲救了他一命。柯南看到剩下的巨人聳立在自己面前，宛如冰雕巨像，背景是明亮冰寒的天空。斧頭落下，砍入雪地，沉入凍土，科南閃向一旁，跳起身來。巨人大吼，拔出斧頭，但科南趁機出劍。巨人膝蓋彎曲，緩緩沉入雪中，頸部斷口冒出鮮血，染紅雪地。

科南轉身，看見女人站在不遠處，目光驚恐地瞪視他，嘲弄的神情蕩然無存。他猛吼一聲，情慾大發，手掌抖動，劍上的血滴飛濺。

「把妳剩下的哥哥通通叫出來！」他吼道。「我會把他們的心賞給狼吃！妳逃不了的——」

她叫聲驚恐，轉身拔腿就跑。她笑不出來了，也不敢透過雪白的香肩轉頭嘲弄他。她為了活命而逃，儘管他緋緊全身肌肉，跑到腦側都快炸開，眼前一片血紅，她還是持續拉開距離，身影在天空的巫火之前逐漸變小，變得像是孩童，變成雪地中的翻飛白焰，變成遠方的陰暗殘影。但他咬牙咬到牙齦出血，毫不停步持續追趕，眼看殘影變回翻飛白焰，白焰變成宛如孩童大小的身影；接著她與他的距離不到一百步，一呎接著一呎，距離持續拉近。

如今她跑得氣喘吁吁，披頭散髮；他聽見她的喘氣聲，趁她回頭一瞥透過雪白香肩看見恐懼神色。野蠻人恐怖的耐力派上用場。她健步如飛的白皙長腿越跑越慢；逐漸顯得步伐不穩。他狂野的靈魂中竄出她親手點燃的地獄慾火。他發出非人的吼叫聲，逼近到她身後，她則驚叫轉身，舉起雙臂阻擋他。

他拋下長劍，一把抱住她。她身體後仰，在其鐵臂中拚命掙扎。她的金髮掠過他的臉，以其光澤遮蔽他的目光；透過穿戴護甲的手臂感受她嬌軀扭動幾乎把他逼瘋。他強硬的手指深陷她柔順的肌膚；而她的肌膚冷如冰霜。他手裡抱著的彷彿不是血肉之軀，而是燃燒的冰塊組成的女人。她一頭金髮偏向一側，死命避開令她嘴唇瘀清的狂吻。

「妳像雪一樣冰冷。」他喃喃說道。「我會用我血中的慾火給妳溫暖——」

她驚聲尖叫，奮力扭動，掙脫他的雙臂，把身上唯一穿的薄紗留在他手中。她向後跳開，面對著他，金髮凌亂，雪白的酥胸起伏，美麗的雙眼充滿恐懼之火。那一瞬間，他僵住了，震懾於她裸體於雪景之前的絕美之中。

而就在那一瞬間，她高舉雙臂，朝向天空撒落的光芒，以在科南耳中揮之不去的嗓音喊道：「尤米爾！喔，父親，救我！」

柯南向前撲出，攤開雙臂去抓她，整片天空卻在宛如冰山裂開的轟然巨響中化爲冰焰。女人象牙般的身體突然被一道冰藍火焰吞噬，光彩奪目到辛梅利亞人必須伸手遮眼。短暫的一瞬間，天空和雪丘都沐浴在啪啦作響的白焰、藍鏢般的冰光，及凍結的紅火中。接著科南身形搖晃，放聲大叫。女人消失了。發光的雪地上空無一人；他頭上巫火閃爍，整片霜天混亂瘋狂，遠方的藍山傳來轟隆雷鳴，彷彿有輛巨大的雙輪戰車在於雪地中踏出閃電、蹄聲響徹雲霄的神駒後方迅速前進。

接著突然間，極光、雪丘、燃燒的天空在科南眼前旋轉不休；數千顆火球炸成火花大雨，天空本身變成一個巨型轉輪，一邊旋轉，一邊撒落星星。他腳下，雪丘宛如海浪般起伏，辛梅利亞人摔倒在雪地上，動彈不得。

□

在太陽早於億萬年前便已熄滅的漆黑冰冷宇宙中，科南察覺生命的脈動，陌生而又難料。一陣地震來襲，晃得他東倒西歪，擦傷他的手腳，直到他在痛楚和憤怒中吼叫，伸手去抓他的劍。

「他要醒了，荷沙，」一個聲音道。「快——如果他今後還想使劍，我們就得把寒霜趕出他的肢體。」

「他不肯鬆開左手。」另一人低吼。「他握著東西——」

科南睜開雙眼，凝視兩個彎腰在他身旁大鬍子男人。他四周都是身穿護甲和毛皮的金髮戰士。

「柯南！你活下來了！」

「克羅姆呀，尼奧爾德。」辛梅利亞人喘息道。「我還活著嗎，還是我們都死了，這裡是英靈殿？」

「我們活著。」亞薩人嘟噥道，忙著搓揉科南凍僵的腳。「我們遭遇埋伏，不然早就在開戰前跟你們會合。我們趕到戰場時，屍體都已冰涼。我們沒在死者中發現你，於是追蹤你的足跡而來。以尤米爾之名，科南，你爲什麼跑到北方荒原來？我們追蹤你的足跡好幾個小時。要是遇上暴雪遮蔽了足跡，我們就永遠找不到你了，看在尤米爾的份上！」

「不要老把尤米爾掛在嘴裡，」一個戰士瞥向遠山，語氣不安地說。「根據傳說，這裡是祂的地盤，祂就住在那邊的山裡。」

「我遇上一個女人，」科南迷糊問道。「我們在平原上遭遇布拉吉的人。我不知道我們打了多久。只有我活下來。我當時神智不清。大地在我眼中如同夢境。直到現在一切才恢復自然，變成我所熟悉的模樣。那個女人跑來嘲弄我。她的美貌宛如來自地獄的凍焰。我一看到她，立刻陷入一種奇特的瘋狂狀態，忘記世間的一切。我是追她來的。你們沒發現她的足跡嗎？還有身穿冰甲的巨人屍體？」

尼奧爾德搖頭。

「雪地裡只有你的足跡，科南。」

「那我可能發瘋了。」科南神色茫然。「但那個赤身裸體穿越冰原的金髮女巫看來跟你同等眞實。不過她卻在我的手中化爲冰焰消失。」

「他的幻覺。」一名戰士低聲道。

「才不是！」一名年長男人說，他的眼神狂野詭異。「那是亞特莉，霜巨人尤米爾之女！她會前往布滿死屍的戰場，於垂死之人眼前現身！我小時候見過她一次，當時我重傷躺在沃瑞文的血腥戰場上。我看見她走在雪地屍體之間，赤裸的肌膚散發象牙光澤，金髮在月光下明亮耀眼。我躺在地上，像垂死的狗般嚎叫，只因我沒力氣爬向她。她在淒涼的戰場上引誘男人進入荒原，交給她那些冰巨人哥哥屠殺，將男人的紅心放在尤米爾的砧板上冒煙。辛梅利亞人見到的是亞特莉，霜巨人的女兒！」

「去！」荷沙嘟噥道。「老高姆年輕時頭給劍砍過，腦子有問題。科南是在混戰中產生幻覺——你看他頭盔上的凹痕。那每一道凹痕都可能把他腦子打壞。他是追蹤幻象進入荒原的。他來自南方；怎麼可能知道亞特莉？」

「或許你說得對。」科南喃喃說道。「整件事都很詭異——克朗姆呀！」

他突然住口，瞪著左掌所握的東西；其他人也低聲驚呼，看著他揚起的薄紗——人類的紡紗桿絕對紡不出來的薄紗。

〈霜巨人的女兒〉完

甕中神

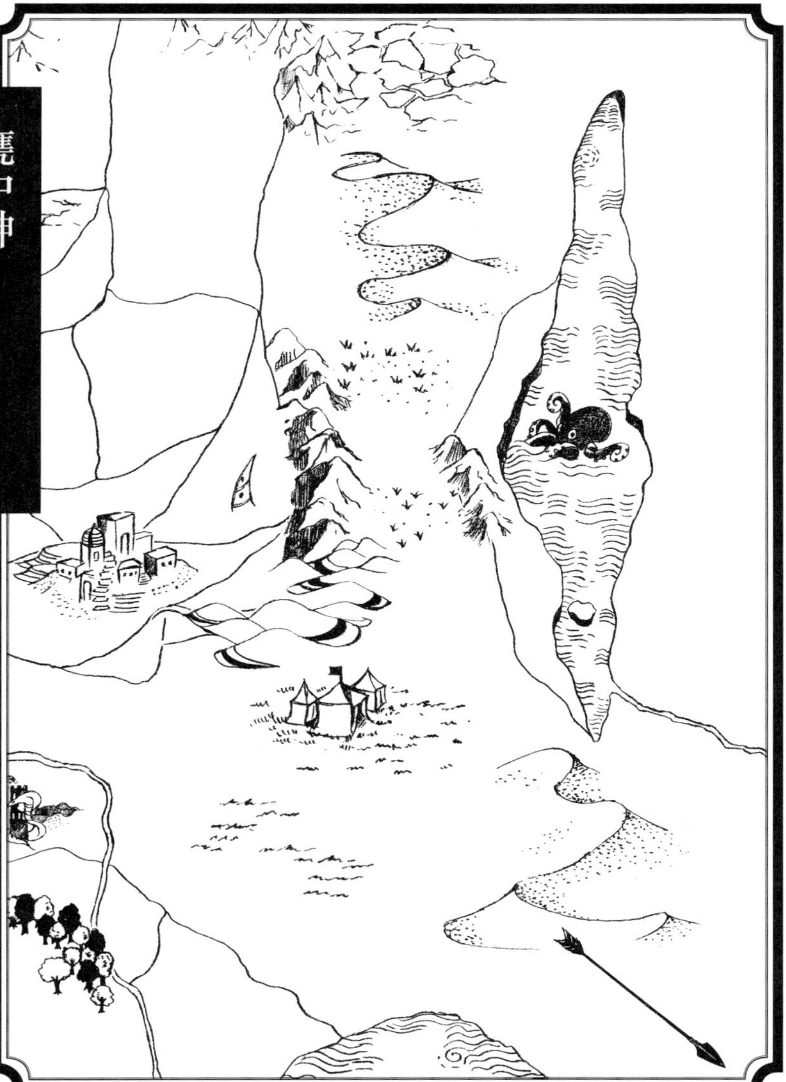

本篇和〈霜巨人的女兒〉、〈劍上的鳳凰〉是霍華最早完成的三篇科南小說，三篇裡面有兩篇被退稿，唯一被錄用的是拿舊作改寫的〈劍上的鳳凰〉，嚴格來說「打擊率」並不高，我們眞要慶幸霍華並未灰心喪志，反而繼續寫下去，才有後面更成熟也更精彩的科南故事。一九五二年九月，〈甕中神〉經德坎普改寫，首度刊登在《太空科幻小說》雜誌（*Space Science Fiction*），眞正的原版要到二〇〇二年遊星出版社的《辛梅利亞的科南》第一卷。〈甕中神〉幾乎可說是一個「警察程序」（police procedural）的推理故事，故事中的科南初來乍到，尚不習慣城市裡的繁文縟節，所以我們看到了警察濫權和官僚頤指氣使的嘴臉，霍華「文明與野蠻的衝突」主題已經略具雛形。

——編者

守衛阿魯斯抓緊弩弓，雙手顫抖，滿身大汗，瞪視躺在光滑地板上的醜陋屍體。午夜時分獨自遇上死屍的感覺不太好。

阿魯斯站在大長廊上，仰賴兩側壁龕中的大蠟燭照明。牆上掛著黑絨布掛毯，掛毯之間還有盾牌和交叉放置的奇特武器。每隔一段距離可以看到有趣的神像——岩石或稀有木材雕刻而成，也有銅的、鐵的或銀的——在光滑的黑紅木地板上反映昏暗的倒影。

阿魯斯忍不住發抖。儘管已在此地擔任守衛好幾個月，他依然不習慣這個地方。這座建築十分雄偉，乃是人稱卡里安・帕布利可神廟的大博物館兼古董屋，收藏來自世界各地的奇珍異寶——此時此刻，午夜孤寂，阿魯斯站在安靜無聲的大走廊上，凝望地上那具有錢有勢的神廟主人屍體。

即使腦袋不靈光，守衛依然看出眼前的屍體跟之前駕馭金馬車，不可一世地駛過帕里安大道，漆黑雙眼炯炯有神的傢伙大不相同。厭惡和恐懼卡里安・帕布利可的人不太可能認出這個宛如一桶肥油般癱在地上，華麗長袍扯開一半，紫色短衫凌亂不堪的屍體是他。他臉色發黑，神情驚恐，黑舌頭垂在張大的嘴旁。他攤開肥手，彷彿在抵擋什麼，但卻徒勞無功。粗手指上的寶石戒指閃閃發光。

「他們怎麼沒搶他的戒指？」守衛語氣不安，喃喃低語，接著大吃一驚，凝神細看，後頸寒毛根根豎起。有個人掀開一道遮蔽門廊的陰暗絲質掛毯，步入走廊。

阿魯斯看見一個身材魁梧的年輕人，身上只穿纏腰布和繫至腳踝的涼鞋。他的皮膚讓荒野中的艷陽曬成棕色，阿魯斯緊張兮兮地打量他寬闊的肩膀、厚實的胸膛、粗壯的手臂。他一眼就看出這個神色不善、濃眉大眼的傢伙不是納米迪亞人。那頭雜亂黑髮下有雙綻放凶光的藍眼。腰帶上有把插在皮鞘中的長劍。

阿魯斯渾身發毛，緊握他的弩弓，有點想先朝陌生人射一箭再說，但又擔心沒有一箭斃命的話會怎麼樣。

陌生人神色好奇地看著地上的屍體，似乎並不吃驚。

「你爲什麼殺他？」阿魯斯緊張問道。

對方搖搖頭髮凌亂的腦袋。

「我沒有殺他。」他以帶有野蠻人口音的納米迪亞語回答。「他是誰？」

「卡里安・帕布利可。」阿魯斯邊後退邊回答。

對方藍眼一亮，似乎深感興趣。

「這裡的主人？」

「對。」阿魯斯退到牆邊，抓住垂在那裡的粗絨繩，奮力拉扯。外面街道上所有店家門外所掛的鈴鐺同聲響起，召喚其他守衛趕來。陌生人吃了一驚。

「你爲什麼那麼做？」他問。「那會引來守衛。」

「我就是守衛，惡棍。」阿魯斯鼓起勇氣回道。「站在原地，不要亂動，不然我就放箭射你。」

他的手指貼著弩弓的扳機，弩箭的方箭頭瞄準對方的闊胸。陌生人皺起眉頭，臉色一沉。他毫不恐懼，但似乎拿不定主意是該乖乖照做，還是冒險突圍。阿魯斯輕舔嘴唇，血液凝結，明顯在這個外國人陰鬱遲疑的眼中看見殺機。

接著他聽見門被撞開，人聲喧譁，終於心懷感激地深吸一大口氣。陌生人肌肉緊繃，神色憂慮，像頭受驚的狩獵野獸，看著六個男人湧入走道。只有一個人身穿努馬利亞警衛隊的紅制服，不過全都腰繫刺劍、扛著矛斧——一種長柄武器，半矛半斧。

「這是怎麼回事？」領頭的男人問，此人身穿平民服飾，目光冰冷、神情敏銳，看起來跟其他身材魁梧的夥伴不同。

「密特拉呀，迪米崔歐！」阿魯斯語帶感激地叫道。「今晚我有好運眷顧！我沒想到守衛會這麼快回應警鈴——更沒想到你會一起來！」

「我跟迪昂努斯一起巡邏，」迪米崔歐說。「警鈴響時，我們剛好路過神廟。這是誰？密特拉呀！是神廟的主人！」

「正是，」阿魯斯回道，「慘遭殺害。我今晚負責巡邏神廟，因為，你知道，此地收藏了難以想像的財富。卡里安．帕布利可有很多富有的贊助人——學者、王公貴族、有錢的奇珍收藏家。好吧，幾分鐘前，我試推通往柱廊的門，結果發現門只有上閂。那扇門的門閂從裡外都可以開，門鎖只能從外面開。卡里安．帕布利可擁有唯一的鑰匙，而那把鑰匙此刻掛在他腰帶上。」

「我當場起疑，因爲卡里安・帕布利可關閉神廟時總是會鎖上這扇門；而他今晚返回東郊宅邸後，我就沒再看到他回來。我的鑰匙可以打開門閂。我進門，發現他陳屍於此。我沒碰過屍體。」

「那麼，」迪米崔歐目光銳利，掃向嚴肅的陌生人。「他是誰？」

「凶手，毫無疑問。」阿魯斯大叫。「他從那邊那扇門出來。他是北方蠻族——海波伯利亞人或波松尼亞人，或許。」

「你是誰？」迪米崔歐問。

「科南。」野蠻人回道。「辛梅利亞人。」

「這人是你殺的？」

辛梅利亞人搖頭。

「回答我！」問話的人大聲道。

陰鬱的藍眼中閃過一絲怒火。

「我不是狗。」他語氣不善。

「喔，傲慢無禮的傢伙！」迪米崔歐的同伴語氣輕蔑地說，此人身材高大，佩戴警衛隊徽章。「獨立自主的傢伙！擁有人權的公民，呃？等我扁過就沒啦！好了，你！從實招來！你爲什麼要殺——」

「先等一等，迪昂努斯，」迪米崔歐插嘴道。「我是努馬利亞城審訊議會的議長。你最好告訴我，你爲什麼會出現在這裡。如果你不是凶手，提出證明。」

辛梅利亞人遲疑。他不害怕，但神情困惑，就像所有野蠻人在面對文明體系和規則會有的反應。對他而言，那些世俗禮法始終都是神祕難解的謎團。

「趁他在想的時候，」迪米崔歐轉向阿魯斯，「告訴我——你今晚有看到卡里安・帕布利可離開神廟嗎？」

「沒，他通常在我開始巡邏前就離開了。但那時大門有上閂上鎖。」

「他有沒有可能在你沒有發現下回到神廟？」

「有可能，但可能性不大。神廟很大，我繞一圈要幾分鐘。如果他從宅邸回來，肯定會乘坐他的雙輪馬車，因爲路途遙遠——再說，有誰聽說卡里安・帕布利可搭乘過其他交通工具？就算我人在神廟另外一側，我也該聽到雙輪馬車駛過石板地的聲響。而我沒聽到，也沒看到任何馬車，除了黃昏時沿街駛過的那些。」

「今晚稍早時，大門有上鎖？」

「我發誓。我今晚有試開過所有門好幾次。至少半小時前，大門都是從外面鎖上的——那是我上次嘗試開門的時候，後來我就發現門鎖被打開了。」

「你沒聽見慘叫或掙扎聲？」

「沒。但那並不奇怪。神廟的牆都很厚，基本上完全隔音——掛毯還進一步增強隔音效果。」

「幹嘛浪費時間提問揣測？」佩戴徽章的壯漢抱怨道。「刑求嫌犯就好啦。他就是凶手，這點毫無疑問。把他拉去法庭——等我把他打成肉醬，他就招供了。」

迪米崔歐打量野蠻人。

「你聽得懂他在講什麼嗎？」審判官問。「你有什麼要說的？」

「誰敢碰我一根寒毛，就準備去地獄跟他祖先打招呼。」辛梅利亞人咬牙切齒，目露凶光。

「如果不是為了殺害此人，你又是為何來此？」迪米崔歐逼問。

「我是來偷東西的。」對方綳著臉說。

「偷什麼？」審判官接著問。

「食物。」科南遲疑片刻後回答。

「說謊！」迪米崔歐大聲道。「你知道這裡沒有食物。別騙我。說實話，不然——」

辛梅利亞人手握劍柄，動作充滿惡意，彷彿老虎翻開嘴唇，露出獠牙。

「把狠話留給怕你的蠢人聽，」他吼道，藍焰在其眼中悶燒。「我不是在城市裡長大的納米迪亞人，不會對你雇用的狗搖首乞憐。我曾為了更微不足道的理由殺過比你位高權重的傢伙。」

迪昂努斯本來已經張嘴打算怒吼，聽到這話又閉上嘴巴。守衛不太確定地搖晃矛斧，看著迪米崔歐，聽候命令。他們目瞪口呆，難以想像有人膽敢公然反抗大權在握的警衛隊，等著長官下令逮捕野蠻人。但迪米崔歐沒有下令。他很清楚，雖然其他人蠢到不明白，在文明邊境外長大，隨時爲生存奮鬥的人能鍛鍊出硬如鋼鐵的肌肉和肉眼難察的速度。只要還有機會避免，他就不想逼辛梅利亞人釋放蠻族的狂怒。再說，他對此案有所存疑。

「我尚未指控你殺害卡里安。」他說。「但你不能否認情況看來對你不利。你是怎麼進入神廟的？」

「我躲在神廟後的倉庫陰影下。」科南不太情願地回答。「等這條狗，」他拇指比向阿魯斯——「路過，轉過轉角，我就迅速跑到牆邊爬上去——」

「騙人！」阿魯斯吼道。「沒人爬得上那麼直的牆！」

「你有見過辛梅利亞人攀岩嗎？」迪米崔歐不耐煩地問。「是我在調查此案。繼續，科南。」

「牆角都有雕飾，」辛梅利亞人說。「很容易爬。我在這條狗繞回來前爬上屋頂。我穿越屋頂，找到一扇從裡面用鐵門閂閂上的活門。我用劍砍斷門閂——」

阿魯斯想起那道門閂有多粗，不由自主吞嚥口水，再度後退。野蠻人皺眉看他一眼，繼續說下去。

「我擔心會吵醒人，但這個險非冒不可。我穿越活門，進入上層房間。我沒有停留，直奔樓梯。」

「你怎麼知道樓梯在哪裡？」審判官問。「我聽說只有卡里安的僕人和他的贊助人可以進入上層的房間。」

科南眼神固執，並不答話。

「你抵達樓梯後做了什麼？」迪米崔歐問。

「下樓。」辛梅利亞人說。「樓梯通往那道門簾後的房間。我一下樓就聽見開門聲。我透過門簾偷看，發現這條狗站在屍體前。」

「你爲什麼離開藏身處？」

「我在外面看到守衛時，光線十分陰暗。剛剛在這裡看到他時，我以爲他也是賊。直到他拉警鈴繩，拿弩弓瞄準我，我才知道他是守衛。」

「就算如此，」審判官繼續逼問，「你又爲什麼要露面？」

「我以爲他也是來偷——」辛梅利亞人突然住口，一副不小心透露太多的模樣。

「也是來偷你要偷的東西！」迪米崔歐接著說。「你已經透露太多了！你是爲了偷某樣特定物品而來的。你自己也承認，你沒在樓上逗留，而値錢的東西通常都收藏在樓上。你知道神廟的格局——你是某個熟悉神廟的人派來的，爲了竊取某樣特殊物品！」

「還有殺害卡利安・帕布利可！」迪昂努斯喊道。「密特拉呀，破案了！逮捕他，動手！天亮前他就會坦承犯案！」

科南咒罵一聲，向後跳開，拔出長劍，嗡嗡作響。

「後退，如果你珍惜你的狗命！」他吼道，目露精光。「只因爲你們有膽量刑求商店老闖，剝光妓女的衣服屈打成招，並不表示你們有本事對山丘人如法炮製！我會帶幾個人一起下地獄！放箭吧，守衛——我會在今晚結束前踢出你的腸子！」

「等等！」迪米崔歐插嘴。「叫你的狗退下，迪昂努斯。我不認爲這傢伙是凶手。你這個笨蛋，」他低聲補充，「等我們有機會找更多人來，或騙他放下劍再動手。」迪米崔歐不打算放棄文明的優勢，讓情況演變成肢體衝突，任由野蠻人靠狂野蠻力平衡實力上的差距。

「很好，」迪昂努斯不太情願地說。「所有人退下，給我看好他。」

「把劍給我。」迪米崔歐說。

「有本事就拿去。」科南吼道。迪米崔歐聳肩。

「那好吧。不要嘗試逃跑。外面還有四個拿弩弓的人。我們進入任何建築前都會布置哨兵線。」

野蠻人壓低他的劍，不過只有微微放鬆警覺。迪米崔歐再度轉向屍體。

「勒斃。」他喃喃道。「用劍又快又準，何必要勒斃他？辛梅利亞人殘暴嗜血，生下來手裡就拿劍。我沒聽過他們用這種手法殺人。」

「或許是爲了洗刷嫌疑。」迪昂努斯說。

「有可能。」他手法熟練，檢視屍體。「死亡約莫半小時。」他低聲道。「如果科南說得是實話，那在阿魯斯進來前，他根本沒多少時間動手行凶。但他有可能說謊——他有可能是更早之前就闖進來了。」

「我是在阿魯斯上次巡邏經過後翻牆進來的。」科南吼道。

「那是你的說法。」迪米崔歐打量死者喉嚨，骨頭碎裂，皮膚紫青。他的腦袋因爲脊椎斷折而垂向一邊。迪米崔歐搖了搖頭，神色疑惑。

「凶手爲什麼要用比手臂還粗的繩索行凶？」他喃喃說道。「還靠恐怖的蠻力扯碎死者的粗脖子？」

他站起身來，走向最近的門。

「門旁台座上的半身像被撞到地上，」他說，「光滑的地板上有刮痕，門簾被扯歪，彷彿被人抓過——或許是爲了支撐重量。卡里安・帕布利可肯定是在那個房間中遇襲。或許他掙脫了凶手，或拖著對方逃出來。總之，他跌跌撞撞來到走廊上，凶手追出來殺了他。」

「如果這個異教徒不是凶手，凶手又在哪裡？」警衛隊長問。

「我尚未排除辛梅利亞人涉案的可能。」審判官說。「但我們去那個房間看看——」

他停步轉身，側耳傾聽。街上傳來雙輪馬車行駛的聲響，突然逼近，突然停止。

「迪昂努斯！」審判官大聲道。「派兩個人去找那輛馬車。把車夫帶過來。」

「從聲音聽來，」阿魯斯十分熟悉街上所有聲響。「我敢說它停在普羅梅羅家前面，就在絲綢店另一側。」

「普羅梅羅是誰？」迪米崔歐問。

「卡里安・帕布利可的主記帳員。」

「把他跟馬車車夫一起帶來。」迪米崔歐說。「我們等他們來再去查那個房間。」

兩名守衛出去辦事。迪米崔歐繼續檢視屍體；迪昂努斯、阿魯斯和剩下的警衛隊員監視科南。科南手持長劍，像座神色陰鬱的銅像。沒多久室外傳來腳步聲，兩名守衛帶著一個戴頭盔、穿短衫、體格壯碩、皮膚黝黑、手持馬鞭的馬車車夫，還有一個神情怯懦的男子，一看就知道是從工匠階級崛起，幫有錢商人辦事的傢伙進來。

他一看到地板上的屍體立刻失聲尖叫。

「喔，我就知道不會有好結果的！」

「你是普羅梅羅，記帳員，我猜。那你呢？」

「安納羅，卡里安．帕布利可的車夫。」

「你看到屍體似乎不太驚訝。」迪米崔歐問。

「有什麼好驚訝的？」車夫黑眼閃爍。「不過就是有人幹了我想幹很久，但又不敢幹的事。」

「原來如此！」審判官喃喃道。「你是自由人嗎？」

安納羅神情苦澀，拉開上衣，露出肩膀上欠債奴隸的烙印。

「你知道你家主人今晚要來這裡？」

「不知道。我今晚跟往常一樣，駕駛馬車前來神廟。他上車，我就駕車回他家。但還沒抵達帕里安大道，他又下令掉頭回來。他看起來似乎神色不寧。」

「你有帶他回神廟嗎？」

「沒。他要我停在普羅梅羅家。然後他命令我離開，等午夜過後再去接他。」

「當時什麼時候？」

「天黑沒多久。街上沒什麼行人。」

「後來你去哪了？」

「我回奴隸房，等時間到了才返回普羅梅羅家。我直接駛去他家，在門口跟他交談時就被你的人抓過來了。」

「你不知道卡里安為什麼要去普羅梅羅家？」

「他不跟奴隸討論生意。」

迪米崔歐轉向普羅梅羅。「你知道些什麼？」

「什麼都不知道。」記帳員嚇得牙齒打顫。

「卡里安‧帕布利可有去你家嗎，就像車夫說得那樣？」

「有。」

「他待了多久？」

「幾分鐘而已。然後就離開了。」

「他從你家去神廟？」

「我不知道！」記帳員的聲音刺耳，情緒緊繃。

「他去你家做什麼？」

「跟——跟我討論公事。」

「你說謊。」迪米崔歐大聲道。「他去你家做什麼？」

「我不知道！我什麼都不知道！」普羅梅羅開始歇斯底里。「不關我的事——」

「逼他說，迪昂努斯。」迪米崔歐說，迪昂努斯嘟噥一聲，朝手下點頭。警衛隊員滿臉獰笑，走向兩名疑犯。「你知道我是誰嗎？」他吼道，湊過頭去，神色囂張地瞪著畏縮的獵物。

「你是波斯蘇莫。」車夫繃著臉說。「你曾在法庭挖出一個女人的眼睛，只因爲她不肯出賣愛人。」

「沒有我問不出來的答案！」守衛大吼，粗脖子上青筋鼓動，整張臉脹成紫色，一把抓起記帳員的衣領，扭得他幾乎窒息。

「說，鼠輩！」他吼。「回答審判官。」

「喔，密特拉呀，饒命！」可憐人說。「我發誓——」

波斯蘇莫朝他一邊臉頰捶下，接著又捶另一邊，然後把人摔在地上，出腳猛踢。

「饒命！」記帳員哀求。「我說——我什麼都說——」

「起來，你這條狗！」波斯蘇莫得意洋洋地大叫。「別躺在那裡裝可憐。」

迪昂努斯偷看科南一眼，確認他有沒有被嚇到。

「看到惹火警衛隊會有什麼下場了吧。」他說。

辛梅利亞人神色輕蔑地朝哀哀叫的記帳員吐口水。「他是懦夫兼蠢蛋。」他大聲道。「敢讓你的手下碰我，我就把他的腸子灑在地板上。」

「你要招了嗎？」迪米崔歐語氣疲倦。他覺得這種場面很無聊。「我只知道，」記帳員啜泣說道，像慘遭毆打的狗般於劇痛中奮力起身。「卡里安在我回家後沒多久就跑來——我跟他同時離開神廟——然後遣走他的馬車。他用解雇威脅我不准告訴任何人。我是個可憐人，沒有朋友，沒有人情。少了這個工作，我會餓肚子。」

「關我屁事？」迪米崔歐說。「他在你家待了多久？」

「一直待到午夜前半小時。然後他就走了，說要去神廟，辦好事情再回來。」

「他去神廟辦什麼事？」

普羅梅羅遲疑片刻，懼怕自己的雇主，不敢洩露祕密，接著他微微發抖，看向波斯蘇莫，只見他滿臉獰笑，握緊拳頭，於是連忙張嘴說話。

「他要去查看神廟裡的某樣東西。」

「那爲什麼一個人來，搞那麼神祕？」

「因爲那不是他的東西。那東西是黎明時分隨著南方的車隊運送來的。車隊的人不知道那是什麼，只知道是斯堤及亞的車隊放在他們這裡，預計要送給漢努馬的卡蘭西斯，伊比斯的祭司。有人付錢給車隊主人直接把貨運給卡蘭西斯，但那傢伙是個無賴，決定要直接前往阿奎洛尼亞，漢努馬根本不順路。於是他要求把東西留在神廟裡，等卡蘭西斯派人來取。」

「卡里安同意，告訴對方他會親自派人去通知卡蘭西斯。但對方離開後，我去找信差，結果卡里安吩咐我不要派人送信。他坐下來盯著對方留下的東西看。」

「什麼東西？」

「某種棺材，就像斯堤及亞古墓裡的那種，但這具棺材是圓形的，有點像是有蓋的金屬甕。材質類似銅，但硬多了，刻有象形文字，類似南斯堤及亞巨石柱上刻的那種。棺蓋用銅帶固定在棺身上。」

「棺材裡有什麼？」

「車隊的人不知道。他們說把東西交給他們的人說裡面裝了無價之寶，從金字塔深處的墓穴中挖出來的，之所以要送去給卡蘭西斯是『出於對伊比斯祭司的愛。』卡里安．帕布利可相信裡面藏有巨人諸王的王冠，也就是比斯堤及亞人祖先更早盤據那片黑暗土地的居民。他給我看棺蓋上的一個圖案，宣稱是傳說中那些怪物國王的王冠。」

「他決定要打開那個甕，看看裡面裝了什麼。一想到傳說中的王冠，他就好像發瘋似的，根據傳說，王冠上鑲有許多只有那個古老民族見過的寶石，只要一顆價值就超過當今世上所有寶石的總合。」

「我警告他不要這麼做。但他待在我家，等到午夜將至，便獨自前往神廟，隱身黑影中，等守衛巡邏到神廟另一側，然後用腰帶上的鑰匙開鎖進去。我躲在絲綢店的黑影中，眼看他進入神廟，然後返回我家。如果大甕裡裝得真是王冠，或任何價值連城的東西，他打算把東西藏在神廟中某處，然後再溜出來。天亮之後，他就會放出消息說有賊溜進神廟，偷走卡蘭西斯的財物。除了我和車夫外，沒人知道他幹過什麼勾當，而我們兩個都不會背叛他。」

「那守衛呢？」迪米崔歐問。

「卡里安沒打算讓他發現。他計畫誣賴他是盜賊的同夥。」普羅梅羅回答。阿魯斯吞嚥口水，臉色發白，難以想像他的雇主如此奸詐。

「那口棺材在哪裡？」迪米崔歐問。普羅梅羅伸手一指，審判官哼了一聲。「好哇！卡里安遇襲的房間。」

普羅梅羅臉色發白，雙掌抽動。

「斯堤及亞人有什麼理由送禮物給卡蘭西斯？商路運送過古神和詭異木乃伊，但在崇拜盤據黑暗墓穴的大惡魔塞特的斯堤及亞，有誰會愛伊比斯的祭司愛到這個地步？伊比斯打從天地初開就跟塞特作對，卡蘭西斯一輩子都在對抗塞特的祭司。此事絕不單純。」

「帶我們去看棺材。」迪米崔歐下令，普羅梅羅神色遲疑地帶路。所有人都跟上去，包括完全不在乎守衛目光的科南，他似乎對此事有點好奇。他們路過被扯歪的門簾，進入光線比走廊更昏暗的房間。房內每一面牆上都有門通往其他房間，牆前擺滿美麗的雕像，來自陌生遙遠國度的神祇。接著普羅梅羅突然驚叫。

「看！那個大甕！蓋子開了——裡面空了！」

房間中央有個奇怪的黑圓柱體，將近四呎高，最寬處直徑約莫三呎，大概就在圓柱正中央。刻滿圖案的甕蓋躺在地板上，旁邊有錘子和鑿子。迪米崔歐看向大甕內部，面對陰暗的象形文字疑惑片刻，然後轉向科南。

「這是你要來偷的東西嗎？」

野蠻人搖頭。

「這我怎麼可能帶走？一個人又扛不動。」

「銅帶被這把鑿子鑿斷。」迪米崔歐邊想邊說，「很匆忙。這裡有錘子敲錯的痕跡。我們可以假設大甕是卡里安打開的。有人躲在附近——八成是在門簾後。卡里安一打開甕，凶手就展開行動——也可能是他殺了卡里安後，再來開棺。」

「這東西很恐怖。」記帳員語氣顫抖。「年代久遠到絕不可能神聖。誰在理性世界裡見過這種金屬？看起來比阿奎洛尼亞鋼還硬，但有些部位又有腐蝕痕跡。你看象形文字溝道中的黑模渣。味道像是地底深處的泥土。你看——看看棺蓋！」記帳員手指發抖。「你說那是什麼？」

迪米崔歐湊近打量棺蓋上的刻紋。

「似乎代表某種王冠。」他嘟噥道。

「不！」普羅梅羅叫道。「我警告過卡里安，但他不相信我！那是身軀盤繞的鱗蛇，尾巴連到嘴裡。那是塞特的標記，古蛇，斯堤及亞之神！這個大甕老到不屬於人類世界——那是塞特以人形行走人間年代的遺物！或許就是祂的後代把他們國王的骸骨放在這種棺材裡！」

「或許你的意思是那些枯骨爬起來勒斃卡里安．帕布利可，然後離開。」迪米崔歐嘲弄道。

「在那個大甕裡安息的絕對不是人。」記帳員瞪大雙眼低聲道。「人類怎麼躺得進去？」

迪米崔歐神色噁心地罵句髒話。

「如果科南不是凶手，」他大聲說，「那凶手就還在神廟裡。迪昂努斯，阿魯斯，跟我留在這裡，你們三個疑犯也留下。其他人下去搜。如果凶手在阿魯斯發現屍體前逃走，他就只能從科南進來的路離開，那表示野蠻人會遇上他，如果他沒說謊的話。」

「我只有看到這條狗。」科南指著阿魯斯說。

「你當然沒看到別人，因爲你就是凶手。」迪昂努斯說。「我們在浪費時間，但我們會走完形式，搜索神廟。如果我們沒找到凶手，我保證你會被燒死。記住法律，我的黑髮野蠻人——殺害平民要去礦坑做苦工，殺害商人要吊死，殺害有錢人，燒死！」

科南斜嘴一笑，露出牙齒，警衛隊隨即展開搜索。留在房間裡的人聽著他們上下樓梯，移動物體，打開房門，互相喊叫。

「科南。」迪米崔歐說，「你知道如果他們沒找到人，代表什麼意思？」

「人不是我殺的。」辛梅利亞人吼道。「如果他礙到我，我就會打爛他的頭。但我看到他時，他已經是屍體了。」

「我知道今晚有人派你來此，至少是來偷東西的。」迪米崔歐說。「你不坦白，就很難洗刷謀殺罪名。你最好開口。光是你出現在這裡就足以判你去礦坑做十年工，不管你承不承認犯罪。但如果你從實招來，或許可以免於火刑。」

「好啦，」野蠻人不情不願地說，「我是來偷薩莫拉鑽石杯的。有人給我神廟的地圖，告訴我東西在哪裡。杯子收藏在那個房間，」科南一指，「閃姆銅神像下的壁龕裡。」

「他說得是實話。」普羅梅羅說。「我想世界上只有不到六個人知道那個祕密壁龕。」

「如果得手，」迪昂努斯語氣輕蔑，「你眞會把東西送去給雇主嗎？還是會自己留下來？」

那雙眼睛再度閃過憤慨的目光。

「我不是狗。」野蠻人喃喃說道。「我言而有信。」

「誰派你來的？」迪米崔歐問，但科南不肯答。

守衛陸續回歸。

「沒人躲在神廟裡。」他們大聲道。「我們徹底搜過了。我們找到野蠻人溜進來的屋頂活門，還有被他砍斷的門閂。如果有人從那裡逃出，肯定會被我們外面的人看見，除非他在我們趕到之前離開。再說，他還得堆疊桌椅或箱子才爬得上去，那些我們都沒看到。有什麼理由他不能在阿魯斯巡邏神廟時走大門離開？」

「因爲大門從裡面上閂，只有阿魯斯跟卡里安・帕布利可腰帶上的鑰匙開得起來。」

「我找到凶手犯案的繩索。」其中之一說道。「黑繩，比男人的手臂還粗，上面有奇怪斑點。」

「在哪裡，笨蛋？」迪昂努斯大聲問。

「隔壁房間。」守衛回答。「纏在一根大理石柱上，凶手顯然以為不會被人發現。我搆不到。但肯定就是凶器。」

他帶路進入擺滿大理石雕像的房間，指向一根用以襯托雕像的高大石柱，裝飾大於實用性質。接著他停步瞪視。

「不見了！」他大叫。

「根本就沒有！」迪昂努斯嗤之以鼻。

「以密特拉之名，眞的有！」守衛信誓旦旦。「盤繞石柱，就在那些樹葉雕飾上方。天花板附近太陰暗了，我看不清楚——但之前肯定在那裡。」

「你喝醉了。」迪米崔歐說著轉過身去。「太高了，人根本搆不到；再說，除了蛇外，沒有東西能爬上那麼光滑的石柱。」

「辛梅利亞人可以。」其中一人低聲道。

「有可能。假設科南勒斃卡里安，把繩索綁上石柱，穿越走廊，躲在有樓梯的房間。他又怎麼可能在你看見繩索之後把它拿走？他從阿魯斯發現屍體後就一直跟我們在一起。不，我敢說人不是科南殺的。我認為眞凶為了取得大甕裡的東西殺害卡里安，此刻藏身於神廟中某個隱密角落。如果找不到他，我們就得把事情賴在野蠻人頭上，藉以滿足公義，但——普羅梅羅呢？」

他們回到安靜躺在走廊上的屍體旁。迪昂努斯大聲威脅普羅梅羅，記帳員突然從空大甕的房間走出來。他渾身發抖，臉色慘白。

「又怎麼了，你這傢伙？」迪米崔歐不耐煩地問。

「我在大甕底部發現一個圖案！」普羅梅羅口齒不清。「不是古代象形文字，而是最近加刻上去的！索斯阿蒙的標記，斯堤及亞巫師，卡蘭西斯的死敵！他在某座陰森金字塔深處找到那個大甕！遠古諸神不會像人一樣死去──他們陷入漫長沉睡，讓信徒鎖在棺材裡，避免外來力量打擾他們睡眠。索斯阿蒙企圖謀殺卡蘭西斯──貪婪的卡里安釋放其中的怪物──而它就躲在附近──此刻正偷偷接近我們──」

「你這個語無倫次的蠢人！」迪昂努斯大吼，神色厭惡，朝他嘴巴狠狠一拳。迪昂努斯是唯物論者，心中容不下任何迷信揣測。

「好了，迪米崔歐，」他說著轉向審判官，「除了逮捕野蠻人，沒有別的事好做了──」

辛梅利亞人突然大叫，所有人立刻轉身。他盯著通往雕像間隔壁房間的門。

「看！」他大聲道。「那房間裡有動靜──我看到它穿越掛毯。有東西好像長條黑影般爬過地板！」

「去！」波斯蘇莫語氣不屑。「我們搜過那個房間──」

「他看到有東西！」普羅梅羅嗓音刺耳，緊張莫名。「這地方被詛咒了！有東西爬出棺材，殺了卡里安．帕布利可！它躲在人類無法躲藏的地方！我告訴你，那個恐怖大甕裡藏著一名塞特之子！」他十指如爪，抓住迪昂弩斯衣袖。「你必須再搜一次那個房間！」

警衛隊長神色厭惡地甩開他，波斯蘇莫突然靈光一現。

「你應該自己去搜，記帳員！」他說著抓起普羅梅羅的脖子和腰帶，把尖聲怪叫的可憐人抬向門口。他停在門外，使勁把記帳員扔進去，摔在地上，動彈不得。

「夠了。」迪昂弩斯大吼，打量悶不吭聲的辛梅利亞人。警衛隊長抬手，科南雙眼精光大作，形勢緊張，一觸即發，接著對峙遭人打斷。一名守衛走來，拖著一個身穿華服的瘦子。

「我發現他在神廟後面鬼鬼祟祟。」守衛說，期待獲得長官讚揚。結果被罵到毛髮都豎起來。

「立刻放開那位先生，你這個笨手笨腳的笨蛋！」警衛隊長大罵。「你難道不認得阿斯崔亞斯・佩坦尼爾斯，城主的外甥嗎？」

守衛羞愧難當，連忙後退，年輕貴族矯揉做作地拍拍他華麗的衣袖。

「不必道歉，好迪昂弩斯。」他裝模作樣道。「這是他的職責，我懂。我剛離開一場宴會，打算散步回家，消除酒意。這是怎麼回事？密特拉呀，是謀殺嗎？」

「確實是謀殺，大人。」警衛隊長回答。「我們已經抓到人了，儘管迪米崔歐不認為他是凶手，但那傢伙肯定會被綁上木樁燒死。」

「眞是凶神惡煞，」年輕貴族喃喃說道。「怎麼會有人懷疑不是他幹的？我從未見過長得這麼像壞蛋的傢伙。」

「有，你見過，你這條噴香水的狗。」辛梅利亞人吼道，「雇用我偷薩莫拉鑽石杯的時候。宴會，呃？去！你在陰暗處等我把杯子交給你。我本來不打算透露你的名字，只要你幫我美言幾句。現在告訴這些狗，守衛巡邏路過後，你有看到我翻牆進來，證明我沒時間在阿魯斯發現屍體前殺死這頭肥豬。」

迪米崔歐立刻看向阿斯崔亞斯，卻見他面不改色。

「如果他的話是實話，大人。」審判官說，「就可以證明他不是凶手，我們也可以輕易壓下行竊未遂的罪名。他闖空門要判十年苦勞，但只要你一句話，我們可以安排他逃跑，不會有人洩露此事。我了解——你不是第一個爲了償還賭債幹這種事的年輕貴族。我們不會出去亂說的。」

科南神色期待地看著年輕貴族，但阿斯崔亞斯聳了聳肩，伸出嬌貴的白手摀住呵欠。

「我不認識他。」他回答。「說什麼我雇用他根本是瘋言瘋語。讓他面對法律的制裁。他身強體壯，最適合去礦坑服勞役。」

科南瞪大雙眼，神色驚訝，彷彿被針刺了一下；守衛提高警覺，握緊矛斧，隨即在他突然低頭，彷彿認命時鬆懈下來，就連迪米崔歐也沒發現他是在透過濃密的黑眉毛打量他們，雙眼瞇成隱現藍光的兩條縫。

他如眼鏡蛇般毫無預警出擊，長劍在燭光下一閃而過。阿斯崔亞斯慘叫一聲，腦袋在血雨中與肩膀分家，五官凝結成一張慘白驚恐的面具。科南快如大貓，轉身狠狠刺向迪米崔歐的下體。審判官本能後退，及時避開要害，劍尖刺入大腿內側，掠過腿骨，從外側破體而出。迪米崔歐哀鳴一聲，跪倒在地，痛得頭昏眼花，鬥志盡失。

科南毫不停頓。迪昂努斯連忙舉起矛斧，在腦袋前招架呼嘯而來的長劍。長劍砍斷矛柄，劍勢偏斜，割下他一側耳朵。野蠻人速度快到令警衛隊員眼花撩亂，所有攻勢徒勞無功。科南突然發難，又快又猛，要不是波斯蘇莫運氣好，碰巧抱住辛梅利亞人雙臂，箝制他持劍的手，警衛隊員只怕還沒動手就已經躺下一半。科南左手竄向守衛腦袋，波斯蘇莫向後倒地，尖聲慘叫，摀住沒有眼珠的血紅眼眶。

科南在猛砍而來的矛斧之前後躍，脫離包圍他的敵人，來到舉起弩弓的阿魯斯面前。科南對準他肚子狠狠一腳，守衛當場倒地，臉色發青，氣喘吁吁，科南朝他嘴巴再補一腳。可憐的傢伙張開一口爛牙慘叫，血肉模糊的嘴裡噴出血泡。

接著波斯蘇莫把普羅梅羅丟入的房間傳出足以撼動靈魂的慘叫聲，嚇得所有人停止動作，眼看記帳員跌出絨布簾房門，站在原地，渾身顫抖，無聲啜泣，臉色發白，淚流滿面，哭得像個智障兒。

所有人目瞪口呆看著他——科南的劍在滴血，警衛隊高舉矛斧，迪米崔歐蜷伏在地，努力阻止大腿傷口噴血，迪昂努斯摀著斷耳傷口，阿魯斯邊哭邊吐斷牙——就連波斯蘇莫也停止嚎叫，透過遮蔽視線的血霧眨眼觀看。

普羅梅羅跌跌撞撞進入走廊，在眾人面前直挺挺地倒地。他瘋狂大笑，難聽刺耳，尖聲叫道：「這個神脖子很長！哈哈哈！喔，受詛咒的長脖子！」接著身體劇烈抖動，渾身僵硬，躺在地上，神色茫然地凝望陰暗的天花板。

「他死了！」迪昂努斯大驚失色，忘記身上的傷，還有站在他身邊，劍還在滴血的野蠻人。他彎腰檢視屍體，隨即起身，神色不定。「他身上沒傷——以密特拉之名，那個房間裡有什麼？」

所有人驚恐到了極點，當場大吼大叫衝向神廟大門，宛如暴民般堵在入口，像瘋子一樣擠出去。阿魯斯跟上，半瞎的波斯蘇莫也奮力起身，匆忙慌張地追隨夥伴，發出傷豬般的尖叫，哀求他們不要丟下他。他撲到眾人之間，嚇得大家驚慌大叫，打倒他，踐踏他。但他還是爬向他們，而迪米崔歐緊跟在後。審判官有勇氣面對未知的危機，但他身受重傷，失去鬥志，刺傷他的劍又還在附近。他抱著血淋淋的大腿，一拐一拐地走向夥伴。警衛隊員、車夫和守衛，不管有沒有受傷，全都放聲尖叫，湧入街道，在外面看守的人也跟著恐慌，加入他們一起逃跑，連原因都沒多問。科南獨自站在走廊，只有地板上的屍體爲伴。

野蠻人改變持劍姿勢，大步走入那個房間。房內掛有許多絲綢掛毯；地上擺了一堆絲墊和臥榻；一張沉重的鍍金屏風上方有張臉在瞪視科南。

科南神色讚歎地看著那張冰冷古典的容顏，他從未見過擁有這種五官特徵的人類。對方表情不懦弱、不寬容、不殘暴、不慈悲，沒有任何屬於人類的情緒。他看起來就像是某個神的大理石面具，大師級工藝，只不過擁有生命——奇特冰冷的生命，辛梅利亞人從未見過，也無法理解。他想像屏風之後的軀體有多完美——肯定很完美，他心想，因爲那張臉美到超凡入聖。但他只看得見那張像神一樣的面孔，左右搖擺的完美頭顱。對方張開厚唇，說出一個單字，聲音渾厚，彷彿失落在叢林中的齊丹神廟金鐘所發。那是沒人聽過的語言，早在人類興起前已遭世間遺忘，但科南聽得懂它的意義：「過來！」

於是辛梅利亞人過去，奮力躍起，長劍揮砍。美麗的頭顱滾落屏風，在黑血四濺下落於他腳邊。他後退，不敢碰觸它。接著他寒毛豎起，眼看屏風搖晃，隨著位於其後的東西劇烈抖動。科南見過也聽過數十個人垂死的景象和叫聲，但他從未聽過任何人臨死前發出這種聲響。有東西在甩動掙扎，彷彿大繩索在狂抽猛撞。

掙扎終於停止後，科南小心翼翼來到屏風後看。恐懼全面來襲，辛梅利亞人拔腿就跑，一直跑到努馬利亞的塔樓消失在身後黎明中爲止。想到塞特和曾經統治大地，如今沉睡在漆黑金字塔地底深處洞窟裡的塞特之子就像一場惡夢。鍍金屏風後沒有人類的身軀——只有一條無頭巨蛇盤繞成圈的屍體。

〈甕中神〉完

女人谷驚魂

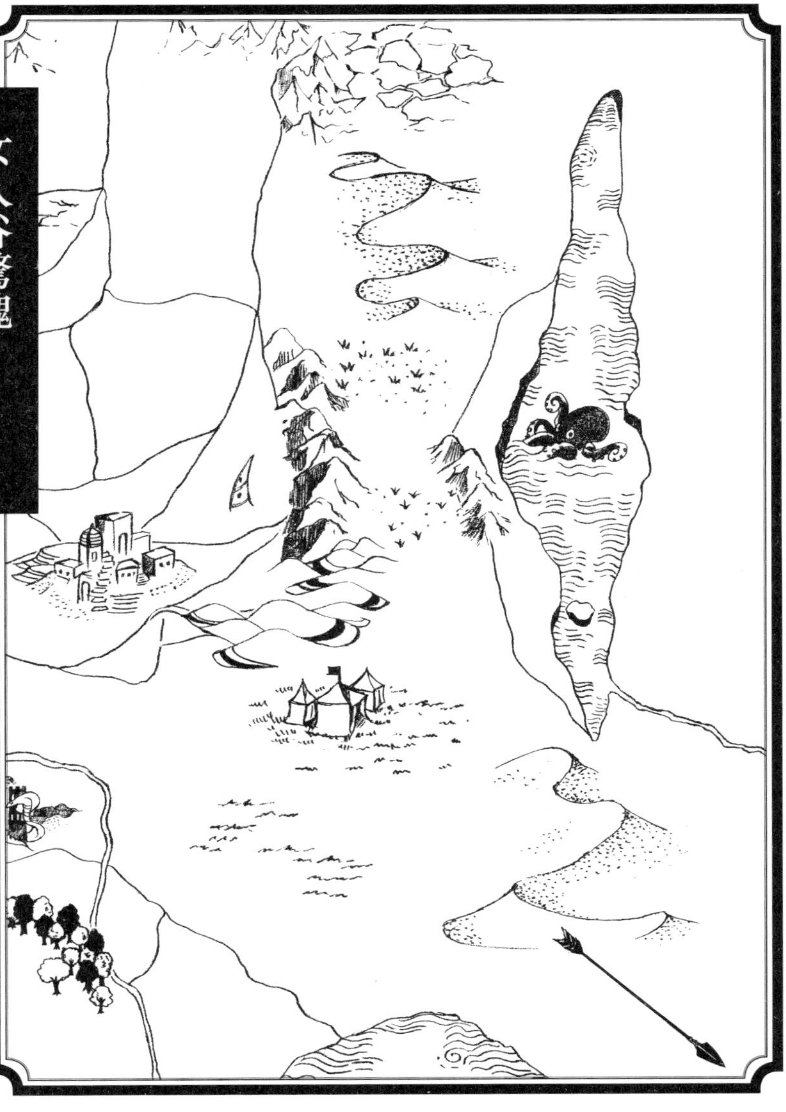

第三篇被退稿的科南故事，一九六七年首度刊登在《恐怖》雜誌（*The Magazine of Horror*）。白人女子莉薇雅被黑人部落俘虜，以獻身為代價請求路過的傭兵科南救她，卻在事成後背信逃走，結果淪為「女人谷」居民獻給異界邪魔的祭品。整體而言不是太成功的作品。

——編者

01

鼓聲和大象牙號角聲震耳欲聾，但在莉薇雅耳中，那些聲響好似令人困惑的低語，模糊不清，遙不可及。她躺在一間大屋的床上，處於精神錯亂與昏迷不醒之間。外在的聲響和騷動難以觸及她的意識。她整個心靈影像，儘管茫然混亂，始終專注在她弟弟赤裸的身軀上，其大腿內側持續抖動，不斷淌血。陰影流竄，宛如惡夢的漆黑背景冷酷清晰地描繪出那條白皙身軀。痛苦的慘叫聲似乎依然於空氣中迴蕩，參雜在一陣淫穢下流的惡魔笑聲中。

她意識不清，與世隔絕。她沉浸在痛苦深淵裡——保有自我，但痛苦於其血肉中凝聚實體。於是她躺在原地，沒有想法與情緒，外界鼓音陣陣，號聲隆隆，野蠻的嗓音配合赤腳踐踏實地和輕柔掌擊的節奏吟唱邪惡曲調。

但透過凍結心智，她的個人意識終於開始慢慢甦醒。首先她隱約察覺自己的肉體依然毫髮無傷。她毫不感激地接受這個奇蹟。因爲此事毫無意義。她不自覺地自床坐起，神色茫然環顧四周。她四肢開始輕微抽動，彷彿因應神經中樞甦醒而自發反應。她赤裸的腳掌緊張兮兮地掠過硬土地板。手指不由自主地扭動，拉扯身上僅有的一件內衫裙襬。她愣愣想起之前，彷彿已經過了很久很久，那些粗魯的手剝下她身上其他衣物，令她在恐懼與羞愧中哭泣。奇怪，從前她竟然會爲了那點小事而痛苦萬分。畢竟，憤怒和羞辱的程度都是相對比較來的，就跟所有事物一樣。

屋門開啓，走進一個黑女人——體態輕盈如豹，柔軟的肌膚散發黑檀光澤，全身只有腰間綁了條薄絲巾。她目光閃爍，神色不善，眼白反射屋外的火光。

她帶來用竹筒裝的食物——燻肉、烤馬鈴薯、玉米、大塊當地麵包——還有裝了亞拉提啤酒的鍛金杯。她把飲食放在床上，但莉薇雅沒有多看。她坐在床上，呆呆凝視對面牆壁，掛滿幼竹編成的蓆子。年輕黑女人笑聲邪惡，露出黑眼及白牙，在淫穢的聲響和遠比言語低俗的撫摸下，大搖大擺地轉身離開小屋，利用扭腰擺臀展現遠比任何文明女子的言語羞辱更諷刺傲慢的態度。

女人的言語和舉止都沒有動搖莉薇雅的意識。她的感知依然專注在內心世界裡。鮮明逼眞的內心影像讓眞實世界看來像是虛無飄渺的全景畫，充滿鬼魂和陰影。她愣愣吃喝，食不知味。

終於她站起身來，搖搖晃晃走過小屋，透過竹牆縫隙偷看外面。鼓聲和號角聲突然因應她內心某個隱晦的角落產生變化，令她毫不自覺地開始尋找原因。

一開始她無法理解眼前的景象；一切都很混亂昏暗，形狀轉移融合，扭轉蠕動，形體不定的黑塊凸顯於忽明忽滅的血紅背景前。接著物體和動作恢復成正常的樣貌，她看出男男女女在火堆旁移動。紅光灑落在銀器和象牙裝飾品上；白羽毛於強光前垂擺；裸體黑人走來走去，彷彿黑暗雕刻出的輪廓，刻劃在深紅背景上。

在一張象牙座椅上，兩排頭戴羽飾、腰繫豹皮腰帶的壯漢之間，坐著一條肥胖、矮小的身影，高深莫測、模樣噁心、一團類似蟾蜍的黑暗，散發腐臭叢林和暗夜沼澤的臭味。怪物的小肥手放在圓肚子上；他的後頸是團烏黑肥油，彷彿把小小的腦袋往前頂。他的雙眼反射火光，像是斷樹殘根上的火炭。駭人的目光令其臃腫的身軀看來沒有那麼遲鈍。

女人的目光停留在那條令人厭惡的身影上，身體突然緊繃僵硬，心中再度冒出怒火。轉眼之間，她從行屍走肉變成具有感知的生命，有血有肉，刺痛灼燒。痛楚被仇恨淹沒，但仇恨又強烈到化爲痛楚；她覺得自己堅硬鋒利，彷彿身體變成鋼鐵。她覺得仇恨化爲實體，順著她的視線射出；她以爲自己的情緒強大到能讓對方摔下座椅，暴斃身亡。

但如果巴祖吉，巴卡拉之王，有因爲俘虜的目光而感到身心不適，他也沒有表現出來。他繼續從跪在地上的女人手中拿玉米塞滿自己青蛙般的嘴，凝望身前這條他的子民朝兩側退開讓出的通道。

從刺耳的鼓音和號角聲聽來，莉薇雅推測有個非常重要的人物即將通過這條在兩面汗流浹背的黑人人牆之間的通道。片刻過後，那個人出現了。

一排三人並列的戰士隊伍朝向象牙椅接近，飄揚的羽飾和反光的長矛穿越群眾而來。看到走在黑矛兵最前面的男人，莉薇雅大吃一驚，心跳幾乎停止，隨即勉強恢復跳動。此人在黑壓壓的背景中十分顯眼。他跟夥伴一樣身穿豹皮纏腰布及羽毛頭飾，但他是白人。

他大步走向象牙椅，態度不卑不亢。當他在蹲坐於王座上的身影前停步時，所有人都安靜下來。莉薇雅察覺氣氛緊張，但她並不清楚是怎麼回事。一時之間，巴祖吉坐在原位，像大青蛙般伸長他的短脖子；接著，彷彿讓對方穩健的目光所吸引，他搖晃起身，站姿奇特，擺動光頭。

緊張的氣氛就此打破。旁觀村民高聲歡呼，陌生人比畫手勢，他手下的戰士高舉長矛，朝巴祖吉王行王家禮。不管此人是誰，既然連巴卡拉的巴祖吉都起身迎接他，莉薇雅就肯定他是這片野地上有權有勢的人。權勢代表軍事威望——暴力是這些蠻族唯一崇尚的東西。

接下來莉薇雅眼睛就黏在小屋牆的縫隙上，觀察那個陌生白人。他的戰士跟巴卡拉人混在一起，吃喝跳舞、暢飲啤酒。他本人跟幾個手下盤腿坐在巴祖吉和巴卡拉族的首腦人物身邊大快朵頤。她看著他的手跟其他人一樣伸到鍋裡抓東西吃，與巴祖吉分享同一壺啤酒。儘管如此，她還是注意到他獲得國王般的禮遇。由於他沒有象牙座椅，巴祖吉乾脆也不坐他的，跑到草蓆上與賓客同坐。有人端上一壺新啤酒，巴卡拉王淺嚐一口就遞給白人。權勢！這一切儀式禮儀都代表權勢——力量——威望！莉薇雅興奮發抖，令她喘不過氣的計畫逐漸成形。

於是她全神貫注地觀察白人，留意他外表所有細節。他很高；比大部分高大的黑人更高更壯。他動作輕盈，宛如大豹。雙眼在火光映射下好似藍焰。高綁腿涼鞋保護他的腳，粗腰帶上的皮劍鞘裡插著把長劍。他的五官特徵陌生，莉薇雅從未見過他這種長相的人。但她沒有費心分辨他是哪一族的人。知道他皮膚是白色的就好了。

幾小時過去，喧鬧的人聲隨著人們醉倒而逐漸淡去。最後巴祖吉蹣跚起身，高舉雙手，宣布宴席結束，不過看起來也像是在吃喝大賽中投降，隨即由手下攙扶回房休息。白人站起身來，絲毫沒有受到豪飲大量啤酒影響，在幾個還清醒的巴卡拉首腦護送下前往賓客住所。他消失在屋內，莉薇雅發現有十二個他手下的長矛兵手持長矛在屋外站崗。顯然陌生人並不太信任巴祖吉的友誼。

莉薇雅打量整座村落，感覺有點審判夜的末日氣息，雜亂的街道上到處都是醉醺醺的人。她知道有完全清醒的人在防禦村落外圍，但村裡只剩下白人小屋外的長矛兵沒有喝醉——不過已經有幾個開始靠著長矛打盹了。

她心跳加劇，溜到囚禁小屋後，出門，通過在打呼的守衛。她化身白影，漂往陌生人所在的小屋。她四肢伏地，爬到小屋後方。一名高大黑人蹲在那裡，腦袋頂在大腿上。她繞過他，來到小屋牆邊。她一開始被囚禁在這間小屋裡，曾嘗試利用一張掛蓆後的窄縫逃跑。她找到那條縫，扭動柔軟的身軀側身擠入，推開內側的掛蓆。

屋外的火光依稀照亮小屋內部。她才剛推開掛蓆，突然聽見低聲咒罵，頭髮當場讓人緊緊抓住，整個人被扯離牆縫，拉進屋裡。

她驚慌片刻，隨即恢復冷靜，撩開眼前的亂髮，抬頭凝視聳立在他面前的白人，在那張陰沉有疤的臉上看見驚訝的神情。他持劍在手，目光如炬，不過看不出是出於氣憤、懷疑、還是驚訝。她聽不懂他講的話——不是黑人那種充滿喉音的語言，不過也不是文明世界的語言。

「喔，拜託！」她哀求。「不要這麼大聲。他們會聽到——」

「妳是誰？」他問，改說俄斐語，不過帶有蠻族腔調。「克羅姆呀，我沒想到會在這片蠻荒地上見到白女人。」

「我名叫莉薇雅。」她回答。「我是巴祖吉的俘虜。喔，聽我說，請聽我說！我不能待太久。我得在他們發現我不在小屋前回去。」

「我弟弟——」她哽咽一聲，繼續說下去：「我弟弟是瑟泰勒斯，我們是切可斯家族的人，俄斐的科學家兼貴族。我弟弟取得斯堤及亞王的特別許可，前往魔法師之城克沙塔學習他們的技藝，我是陪我弟弟一起去的。他只是個孩子——比我年輕——」她啜泣得厲害，一時說不下去。陌生人一言不發，目光炙烈看著她，眉頭深鎖，看不出在想什麼。他散發出一股狂野不羈的特質，令她害怕、緊張、不確定。

「庫許的黑人掠奪卡沙塔，」她急著繼續道。「當時我們的駱駝車隊正要進城。我們守衛跑了，掠奪隊的人帶走我們。但他們沒有傷害我們，宣稱他們會跟斯堤及亞索求贖金。但其中一個酋長想要獨吞贖金，跟他的追隨者趁夜帶走我們，往東南方逃跑，直抵庫許邊境。他們在那裡遭到巴卡拉掠奪隊襲擊，慘遭殲滅。瑟泰勒斯和我被抓到這個野獸巢穴——」她劇烈啜泣。

「今天早上他們在我眼前把我弟弟分屍——」那段回憶令她喘不過氣，一時看不見東西。「他們把他的屍體丟去餵豺狼。我不知道自己昏迷了多久——」

她說不下去，揚起目光打量眉頭深鎖的陌生人。她突然感到一陣狂怒；她舉起拳頭，捶打他厚實的胸膛，但他根本不痛不癢。

「你怎麼能像笨蛋一樣無動於衷？」她輕聲吼道。「你跟這些傢伙一樣是野獸嗎？啊，密特拉呀，從前我以爲人類看重榮譽。如今我知道所有人心裡都有個價碼。你——你懂什麼榮譽——懂得慈悲或善良？你跟他們一樣都是野蠻人——你只有皮膚是白的，靈魂跟他們一樣黑。」

「你毫不在乎跟你同樣膚色的人慘遭這群黑狗宰殺——不在乎白種女人淪爲他們的奴隸！很好！」她後退，喘息，在盛怒之下改變策略。

「我給你出個價！」她語氣激動，扯下上衣，露出雪白的酥胸。「我不美嗎？我不比那些黑女人性感嗎？我不值得你殺幾個人嗎？你不願爲了得到白皮膚的處女殺人嗎？」

「殺了巴祖吉那條黑狗！讓我看到那顆詛咒的腦袋在血地中滾動。殺了他！殺了他！」她激動下捶打緊握的雙拳。「然後占有我，爲所欲爲。我會成爲你的奴隸！」

他一時之間沒有說話，宛如屠殺與毀滅的陰沉雕像，手指把玩他的劍柄。

「妳說得好像妳有權力獻出自己，」他說。「好像妳的身體擁有傾國傾城的力量。我爲什麼要爲了得到妳去殺巴祖吉？在這片土地上，女人就跟大蕉樹一樣廉價，她們是否自願根本無關緊要。妳把自己的價值看得太高了。如果我要占有妳，我根本不必跟巴祖吉爭。他寧願把妳送我也不會跟我作對。」

莉薇雅倒抽一口涼氣。她體內怒火蕩然無存，小屋在她眼中天旋地轉。她足下一軟，癱倒在床上。茫然悲痛的感覺擠壓她的靈魂，突然間了解自己的處境有多絕望。人心會下意識地依附熟悉的價值和觀念，即使身處那些價值與觀念毫不相干的陌生環境。儘管莉薇雅經歷過種種苦難，她還是直覺認定女人的許可在她提出的代價中占有舉足輕重的地位。她震驚地發現自己手中沒有任何籌碼。她沒辦法把男人當棋子一樣操控；她自己才是身不由己的棋子。

「我現在才看出假設世界這個角落的人會遵守另一個角落的規則和習俗有多荒謬。」她語氣無力，自己也不清楚自己在說什麼，只是把心裡的想法喧之於口。她震懾於最新的命運轉折，動也不動地躺在床上，直到野蠻白人的鐵指緊扣她的肩膀，提起她再度站起。

「妳說我是野蠻人，」他語氣嚴厲，「說得不錯，感謝克羅姆。如果當初找野蠻人當護衛，而不是軟弱的文明人，今晚妳就不會淪爲黑豬的奴隸。我叫科南，是辛梅利亞人，一生在劍鋒下過日子。但我不是會把白女人留給黑人玩弄的狗；儘管妳的族人說我是強盜，我可從未不經同意強暴女人。不同的國度有不同的習俗，但一個男人只要夠強，就能在世界任何角落強推自己的習俗。而從來沒人敢說我是弱者！」

「如果妳又老又醜，像魔鬼的寵物禿鷹，我還是會從巴祖吉手中帶走妳，只因爲妳皮膚的顏色。」

「但妳年輕貌美，而我看女黑人已經看到要吐了。我願意照妳的遊戲規則來玩，只因爲妳某些本能跟我的很像。回妳屋裡去。巴祖吉喝得太醉，今晚不會去找妳，明天我會讓他一直有事忙。明天晚上妳將爲科南暖床，不是巴祖吉。」

「你要怎麼做？」她情緒混亂，興奮發抖。「這些就是你所有戰士嗎？」

「他們就夠了。」他嘟噥道。「他們都是巴暮拉斯人，是吸戰爭奶水長大的。我應巴祖吉邀請前來。他希望我跟他聯手攻打吉西吉。今晚我們大吃大喝。明天正式開會協商。等我解決他，他可以去地獄開會。」

「你要打破停戰協定？」

「這片土地上的停戰協定簽下來就是要打破的。」他冷冷回答。「他也打算打破吉西吉的停戰協定。等我們一起洗劫該城後，他一有機會就會幹掉我。在其他地方被視爲黑心背叛的事情，在這裡卻是明智之舉。如果沒有學到黑國教會我的一切，我絕不可能一路爬上巴暮拉斯部族戰爭酋長的地位。現在回妳的屋子睡覺，妳要爲了科南，而非巴祖吉保養妳的美貌！」

02

莉薇雅透過竹牆縫隙偷看，緊張得微微發抖。這一整天，打從他們因徹夜狂歡而睡眼惺忪地晚起開始，黑人就一直在準備今晚的宴會。辛梅利亞人科南在巴祖吉的屋子裡待了一整天，莉薇雅無從得知他們談了些什麼。她努力在唯一會進她屋裡的人面前掩飾興奮之情——幫她端食物飲水來的那個神色不善的女黑人。但那粗鄙的婊子昨晚喝多了，並未發現俘虜神色有異。

如今夜晚再度降臨，火光照亮村莊，眾酋長再度離開國王的屋子，來到廣場上蹲下，舉行最後一場儀式性的聚會。這一次大家沒喝那麼多啤酒。莉薇雅發現巴暮拉斯人若無其事地朝向眾酋長坐的地方聚集。她看見巴祖吉，還有坐在食物鍋對面的科南，笑著跟高大的阿嘉，巴祖吉的戰爭酋長交談。

辛梅利亞人在啃一根大牛骨，她默默看著，發現他偷看身後一眼。那似乎就是巴暮拉斯人在等的信號，因為他們目光全都轉向他們酋長。科南起身，笑容滿面，一副要去附近的煮鍋拿東西的模樣——接著以迅雷不及掩耳的速度用大骨頭狠狠擊中阿嘉。巴卡拉戰爭酋長身體一沉，頭顱塌陷，接著恐怖的呼喊響徹雲霄，巴暮拉斯人宛如發狂獵豹般展開行動。

煮鍋翻倒，燙傷蹲在旁邊的女人，竹牆被人撞凹，痛楚慘叫迅速傳開，伴隨巴暮拉斯人欣喜若狂的「耶！耶！耶！」歡呼聲，長矛在紅光照射下宛如火焰。

巴卡拉陷入混亂，逐漸淪爲屠宰場。入侵者突然發難癱瘓了不幸的村民。他們完全沒有料到客人會展開攻擊。他們大部分矛都堆在屋子裡，許多戰士已經喝醉了。阿嘉倒地就是要明晃晃的巴暮拉斯利刃插入毫無戒心之人體內的信號；接下來屠殺就開始了。

莉薇雅僵在牆縫之前，膚色宛如雕像慘白，雙手自兩側將滿頭金髮抓成一團。她瞳孔放大，渾身僵硬。痛苦和憤怒的叫聲宛如實質攻擊般擊中她飽受折磨的神經；扭動、揮砍的人在她眼前化作殘影，跟著又變得出奇清晰。她看到矛頭沉入黑人扭曲的身體，濺灑鮮血。她看到棍棒狠狠擊中慘不忍睹的腦袋。火堆飛出火炬，火星四濺；茅草屋頂冒煙，接著噴出火舌。一陣全新的慘叫聲蓋過其他叫聲，因爲有活生生的受害者被人當頭丟入燃燒的建築中。空氣中瀰漫烤肉的氣味，混入原先的汗臭和血腥味中。

莉薇雅緊繃的神經終於突破極限。她一再放聲嘶吼，尖聲慘叫，淹沒在燃燒和屠殺的聲響之中。她揮拳擊打自己腦側。她的理性瀕臨崩潰，慘叫聲轉爲歇斯底里的可怕笑聲。她徒勞無功地提醒自己眼前慘死得都是她的敵人——這一切都是她迫切期望、一手策劃的——這恐怖的景象只是在爲發生於她和她弟身上的事付出代價。極度恐懼讓她產生這些不理性的想法。

她毫不同情這些大量死在滴血長矛下的受害者。她唯一的情緒就是盲目、赤裸、瘋狂、不理性的恐懼。她看見科南，白皮膚在黑人間形成強烈對比。她看見他舞動長劍，身邊的人紛紛倒地。有一群人擠在火堆旁掙扎，她瞥見一條矮胖身影在其中扭動。科南殺了進去，然後就被擠成一團的黑人遮住。一陣難以忍受的尖聲慘叫傳來。人群突然分開片刻，她看見一條矮胖身影東倒西歪，血流如注。接著人群再度合流，劍光宛如閃電般在暴民之間流竄。

人群中傳來宛如野獸般的吼叫聲，充滿原始的喜悅，偏偏又很恐怖。科南高大的身軀穿越人群而來。他邁開大步走向女人藏身的房子，手裡提著一個可怕的東西——火光映紅巴祖吉王的斷頭。那雙失去生氣，毫無神采的黑眼上翻，只看得到眼白；下巴鬆垂，好似蠢笑；斷頸處血如雨下，染紅地面。

莉薇雅呻吟一聲，連忙退開。科南已實踐承諾，如今帶著可怕的貨物，要來找她收帳。他會伸出血紅手指抓住她，用那張依然因爲屠殺氣喘吁吁的嘴巴蹂躪她的唇。她滿腦子胡思亂想。莉薇雅尖叫一聲，衝過小屋，撞上後牆的門。門開了，她迅速穿越空地，宛如白鬼般掠過黑影和紅焰的國度。

某種隱性本能指引她來到圈馬的畜欄。一名戰士正在取下馬欄跟主畜欄之間的欄門，而他在她路過時嚇得大叫。他伸出黑手抓她，握住上衣衣領。她奮力掙脫，上衣留在他手上。馬兒噴息跑過她，把黑人撞倒在地——精瘦的庫許良駒，在烈火和血腥味前陷入瘋狂。

她盲目地抓起掠過的馬鬃，雙腳隨之騰空，再度落地，然後奮力躍起，使勁拉扯，終於爬到繃緊的馬背上。馬兒驚恐發狂，衝過火場，小馬蹄在刺眼火光中濺起火花。受驚的黑人瞥見裸體女人緊握馬鬃，拖曳飄逸的黃髮像風一樣奔馳而過。馬兒直衝村外，瞬間遁入空氣之中，消失在黑夜裡。

03

莉薇雅不會引導馬匹方向，也不打算這麼做。火光和燃燒聲漸漸消失在身後；風吹起她的秀髮，拂過她裸露的肢體。她只隱約意識到自己必須抓緊飄動的馬鬃，繼續騎、繼續騎，騎過世界邊境，遠離所有痛苦、哀傷和恐懼。

精瘦良駒奔跑了數小時，最後在爬上星光照耀的山峰時絆了一跤，把騎師摔下馬背。她摔在柔軟的草皮上，動也不動地靜躺片刻，依稀聽見座騎快步離去。她爬起身來，隨即察覺四周安靜無聲。在經歷過好幾天蠻族鼓音和號角摧殘後，寂靜彷彿擁有實體，好似柔軟幽暗的絨布。她抬頭凝望深藍天空上的明亮星辰。當晚沒有月亮，但星光照亮大地，變化無常的陰影增添如夢似幻的感覺。她站在一片翠綠的高地上，四周都是土地鬆軟的緩坡，在星光下宛如絲絨。她在一段距離外看見濃密的樹線，顯然遠方有片樹林。黑夜之中，寂靜昏昏欲睡，微風吹過星空。

大地遼闊，萬籟俱寂。微風溫暖的觸摸提醒自己赤身裸體，導致她不太自在地扭動，伸手遮掩身體。接著她感到夜晚的孤獨，無法抹滅的寂寞。她孤身一人；她赤裸站在山丘上，觸目所及了無人煙；除了黑夜和微風外什麼都沒有。

她突然十分慶幸此刻的黑夜與寂寞。沒人威脅她，沒有粗暴的手要抓她。她看向前方，山坡通往一座寬敞的谷地；蕨葉隨風飄擺，星光照亮許多散布谷地中的小東西。她以爲那些都是大白花，而這個想法掀起心中一段回憶；那些黑人曾神情恐懼地提起一座山谷；巴卡拉人祖先占領這片土地時，把原先住在這裡的鬃皮膚部落的年輕女子趕入一座山谷。根據傳說，那些女人爲了逃離強暴的命運，在古老諸神的幫助下變成白花。沒有黑人膽敢進入那座山谷。

但莉薇雅敢。她要走下觸感宛如絲絨的草地山坡；她要待在垂擺的白花之間，從此不必擔心男人火熱、粗魯的手染指自己。科南說協議註定會被打破；她要打破跟他之間的協議。她要進入女人谷驚魂——她也要消失在孤寂之中……在這些夢幻雜亂的思緒飄入她意識的同時，她已經開始走下緩坡，兩側的谷壁逐漸高聳。

但由於坡度太緩，抵達谷底時，她並沒有受困山壁之間的感覺。她彷彿身處影海之中，大白花朝她點頭低語。她到處亂走，用她的小手撥開蕨葉，傾聽掠過蕨葉的風語，在看不見得溪流汩汩聲中找到童稚的歡愉。她彷彿置身夢中，來到奇特幻境。一個想法反覆出現：這裡很安全，殘暴的男人動不了她。她哭了，不過是喜悅的淚水。她躺在草地上，握住青草，彷彿要把新發現的庇佑所擁入懷中，永不放手。

她摘下大白花的花瓣，做成花冠，裝飾金髮。花香跟谷裡其他一切相同，夢幻、神奇、有魔力。

最後她來到谷地中一片空地，看見一塊大石，彷彿經過人手雕刻，並以蕨類植物、花朵、花圈裝飾。她站在那裡凝視大石，接著周圍出現動靜。她轉身，看見黑暗中有東西悄悄接近——

身材苗條的棕皮膚女人，體態輕盈，赤身裸體，漆黑秀髮上有戴花。她們宛如夢境生物來到她身邊，一言不發。但當她看到她們的眼睛，恐懼突然透體而來。那些眼睛在星光下閃閃發光，絕不屬於人類所有。她們具有人類的外表，但靈魂卻出現奇特的變化；從她們發光的眼中反映出的變化。恐懼如潮浪般來襲。蛇在她新發現的天堂中抬起恐怖的大頭。

但她無處可逃。到處都是體態輕盈的棕色女人。當中最美的女人無聲無息地來到顫抖的女孩面前，伸出棕手臂擁抱她。她口中的香氣跟在星光下垂擺的大白花一模一樣。她嘴唇貼上莉薇雅的嘴唇，給予深情恐怖的長吻。俄斐人感覺血液凝結，四肢僵硬，彷彿白大理石雕像般受困女人的懷抱中，無法言語，動彈不得。

幾雙手抬起她來，放到花床中的石祭壇上。棕女人手牽手圍成一圈，在祭壇旁緩緩移動，以一種詭異黑暗的節奏起舞。太陽或月亮都不曾見過這種舞蹈，明亮的星星愈來愈白，愈來愈亮，彷彿它的邪惡魔力在萬物之中引起共鳴。

她們開始低聲吟唱，嗓音不太像人，比較像遠方溪流的汨汨聲；在星空下垂擺的花朵發出的低語。莉薇雅靜靜躺著，意識清醒，但動彈不得。她毫不懷疑自己的理智。她不打算尋求合理的解釋或分析；她和這群在四周跳舞的女人乃是遭受惡夢附身的無言存在，只能無助地躺在原地，凝望滿天星斗，不知爲何，她十分清楚有東西會來找她，正如許多年前它曾來到這群裸體棕女人之前，把她們變成現在這群沒有靈魂的生物。

首先，遙遠的天上，她看見群星之中出現一個黑點，逐漸擴大；它愈來愈近；化身蝙蝠；

然後繼續擴大，但形體沒有多大變化。它伴隨群星漂浮在她上方，筆直墜落，展開大翅膀；她躺在它漆黑的陰影中。四周的吟唱聲逐漸響亮，變成一首沒有靈魂的歡樂頌歌，迎接前來取得新鮮祭品的神，新鮮又如玫瑰花般粉紅，宛如晨露中的花朵。

如今它飄於她正上方，她在這副景象下靈魂逐漸枯萎、冰寒、渺小。它的翅膀類似蝙蝠；但它的身體和瞪視她的陰暗面孔絕非任何來自海洋、大地或空中的生物所有；她知道自己面對最恐怖的怪物，一個超越瘋子狂野夢境中漆黑深淵裡的污穢產物。

她突破奪走嗓音的無形束縛，張嘴淒厲慘叫。一陣渾厚殘暴的吼叫回應她的叫聲。她聽見急速逼近的腳步聲；周遭出現類似激流的漩渦；白花四下飛濺，棕女人消失無蹤。

大黑影依然飄在她頭上，而她看見一個高大的白人，羽飾在星光下垂擺，朝她直奔而來。

「科南！」她不由自主地大叫。野蠻人狂吼一聲，躍入空中，向上揮出反射星光的長劍。

大黑翼揚起振落。莉薇雅嚇得目瞪口呆，眼看辛梅利亞人被捲入上空的黑影中。她聽見對方氣喘吁吁；他的腳重重踏上土地，踩扁白花。他那一劍造成的撞擊撕裂聲響徹雲霄。他像獵犬咬住的老鼠被甩來甩去；鮮血濺灑在草地上，染紅宛如地毯般的白花瓣。

接著彷彿在惡夢中旁觀這場惡鬥的女人看見黑翼怪物在半空搖晃抖動；它奮力振動受傷的蝠翼，掙脫科南的長劍，一飛沖天，消失在群星之間。打跑它的人身形晃動，高舉長劍，雙腳撐開，呆呆地凝望天空，想不到自己能打贏，但又隨時準備繼續開打。

片刻過後，科南走到祭壇旁，氣喘吁吁，每一步都在滴血。他厚實的胸膛起伏，汗水閃閃發光。脖子和肩膀的傷口淌血，沿著雙臂流下。他一碰到她，束縛女人的魔法就解除了，她連忙起身，滑下祭壇，閃避他的手。他靠著石祭壇，低頭看著縮在腳邊的她。

「有人看到妳騎馬離開村子，」他說。「我盡快追了出來，找到妳的蹤跡，不過靠火把追蹤並不容易。我一路追到妳被馬摔下來的地方，儘管當時火把已滅，草地中也找不到妳赤腳行走的痕跡，我還是很肯定妳會進入這座山谷。我的手下不願跟來，所以我獨自入谷。這是什麼魔鬼之谷？那是什麼怪物？」

「是神。」她輕聲道。「黑人有提過它——很久以前來自遠方的神。」

「來自外界黑暗的魔鬼。」他嘟噥道。「喔，它們不算少見。它們像跳蚤一樣躲在環繞這個世界的光環之外。我曾聽薩莫拉的智者談起他們。有些傢伙想出辦法來到人間，但這麼做必須取得凡塵的形體，擁有某種血肉。像我這種人，只要拿把劍，就能對抗任何尖牙利爪，不管是來自地獄還是人間。來吧，我的人在山脊後等我。」

她伏在地上，動也不動，想不出話說，他則皺眉看著她。接著她道：「我逃走了。我騙你。我不打算信守承諾。根據我們的交易，我是你的，但只要有機會我就會逃走。想怎麼懲罰我就動手吧。」

他甩甩頭髮上的血汗，還劍入鞘。

「起來。」他嘟噥道。「這場交易一開始就錯了。我不後悔殺掉巴祖吉那條黑狗，但妳不是用來買賣的妓女。不同地方的人有不同的習俗，不過不管身在何處，人都沒有必要當豬。我考慮過後，認爲要妳信守承諾就跟強迫妳沒什麼兩樣。再說，妳沒有能力在這片土地上生存。妳是城市、書籍、文明之子——那不是妳的錯，但在我的世界裡妳活不了多久。死女人對我沒有好處。我會帶妳去斯堤及亞邊境。斯堤及亞人會送妳回俄斐。」

她抬頭看他，一副自己聽錯了的模樣。「回家？」她不自覺地重複。「回家？俄斐？我的族人？城市、塔樓、和平，我家？」她突然淚如泉湧，跪倒在地，抱住他的膝蓋。

「克羅姆呀，女人，」科南嘀咕，神色尷尬。「不要這樣；妳以爲我把妳踢出這個國家是在幫妳；我不是解釋過了，妳並非適合巴暮拉斯戰爭酋長的女人？」

〈女人谷驚魂〉完

黑夜怪客

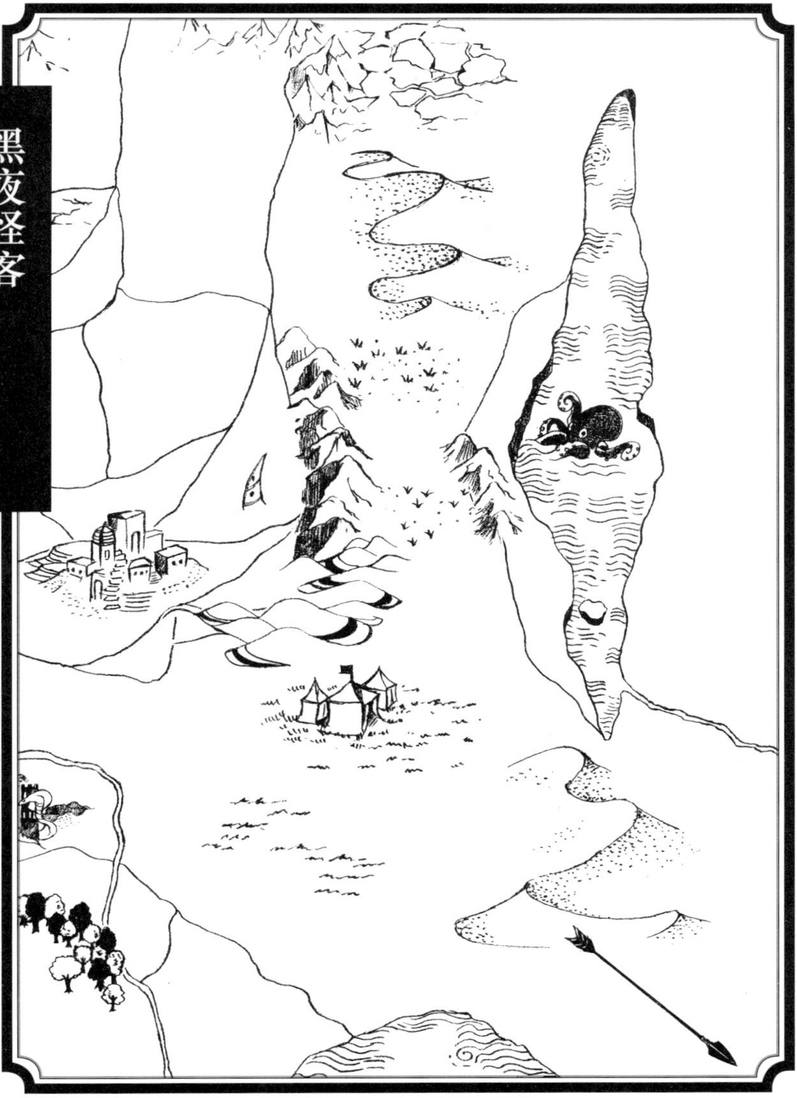

這是最後一篇未經錄用的科南故事，被《怪譚》拒絕後，霍華將之改寫為歷史海盜小說〈紅色兄弟會之劍〉（Swords of the Red Brotherhood），把故事背景搬到十七世紀的美洲，但仍然找不到買家。霍華死後，德坎普二度改寫，更名為〈崔尼克斯的寶藏〉（The Treasure of Tranicos），刊登在一九五三年二月號的《奇幻雜誌》（*Fantasy Magazine*）。霍華的原作要等到半個世紀後的一九八七年才首次出版，被收錄在卡爾．愛德華．華格納主編的選集《勇氣的回聲》（*Echoes of Valor*）裡面。華格納是著名的奇幻和恐怖作家，也是科南「原著派」的堅定支持者，一九七七年為柏克萊出版社主編了三卷的科南全集，是史上第一套採用霍華原著的版本。〈黑夜怪客〉寫於〈黑河彼岸〉之後，可說是霍華「奇幻版美國拓荒故事」的延續，文明人與皮克特蠻族依然爭鬥不休。故事中的科南智勇雙全，周旋於幾個老謀深算的海盜船長之間，還要聯合眾人之力對付來勢洶洶的皮克特大軍。最後他不僅英雄救美，還救了一個小孩（這是科南故事中罕見的），而且不眷戀金銀珠寶，留下帥氣的俠盜形象。

——編者

01 塗漆野人

前一刻林間空地上還空無一物；下一刻就有個男人神色謹愼地站在樹叢邊緣。灰松鼠沒有聽見他接近的聲響。但他突然現身驚嚇到了在陽光下輕快飛舞的鮮艷飛鳥，導致牠們沖天而起，化身喧鬧的鳥雲。男人皺起眉頭，回頭看著來時的方向，深怕飛鳥洩露他的行蹤。接著他輕手輕腳穿越空地。儘管身材高大，體格壯碩，他的動作依然宛如獵豹般輕盈。他渾身上下只穿一條纏腰布，手腳上布滿荊棘劃破的傷痕，還黏了一層乾泥巴。粗壯的左臂上裹著染血的繃帶。雜亂的黑髮下有張憔悴的容顏，雙眼宛如受傷獵豹般綻放精光。他微微跛行，沿著陰暗古道穿越空地。

走到半路，他突然停步轉身，宛如貓科動物，面對來時方向，因爲一陣拖長的嚎叫聲穿越森林而來。在別人耳中聽起來就是普通狼嚎。但這個男人知道那不是狼。他是辛梅利亞人，熟悉野外的聲音，就像城市人聽得出朋友的聲音。

充血的雙眼燃起怒火，他再度轉身，快步前進，離開空地，沿著隆起於樹木和樹叢間一片濃密灌木林邊緣走。一根深深沉入草地中的大圓木平行躺在小徑和灌木林之間。辛梅利亞人看到這根圓木，停下腳步往後看向空地。在普通人眼中看不出他路過的跡象；但在他野地歷練的目光下還是看得出來，這表示追蹤他的傢伙一樣看得出來。他無聲嘶吼，眼中怒火大盛——準備展開困受之鬥的野獸特有的狂暴怒火。

他以相對而言不夠謹慎的步伐沿著小徑前進，三不五時踏扁幾片草葉。接著，當他來到大圓木另一端時，他跳上圓木，放輕腳步往回跑。樹皮早在風吹日曬下掉光。再銳利的目光也看不出他折返的跡象。他抵達灌木林最濃密的位置，宛如影子般融入其中，一路上連片樹葉都沒碰到。

時間慢慢過去。樹枝上的灰松鼠再度開始吵鬧——隨即矮身趴下，安靜無聲。林間空地又有人來。就跟剛剛的人一樣無聲無息，三個男人突然出現在空地東緣。他們膚色黝黑，身材矮小，胸膛和手臂肌肉結實。他們身穿鹿皮串珠纏腰布，黑髮中插著老鷹羽毛。他們身上塗抹恐怖的圖案，全都有拿武器。

他們仔細觀察空地，然後才露面，毫不遲疑地離開樹叢，排成一列，輕盈如豹，低頭凝望小徑。他們在追蹤辛梅利亞人的足跡，但即使對這些人類獵犬而言，這也不是件容易的事。他們慢慢走過空地，接著其中之一突然僵住，嘟噥一聲，用他的寬刃刺矛指向小徑交會森林處一片被壓扁的草葉。三人立刻停步，瞪大黑眼打量林牆。但他們的獵物藏得很隱密；他們沒看到任何值得懷疑的跡象，隨即開始移動，速度不快，跟著似乎顯示獵物已經虛弱絕望到開始犯錯的蹤跡前進。

他們剛剛路過古道旁灌木叢最濃密處，辛梅利亞人就跳到他們身後，把匕首埋入最後那個人的肩膀中央。攻擊來得太快，毫無徵兆，皮克特人沒有機會自保。他還沒發現自己身處險境，匕首已經插入心臟。另外兩人立刻轉身，動作飛快，但匕首擊中目標的同時，辛梅利亞人已經狠狠揮出右手中的戰斧。第二個皮克特人還在轉身，斧頭已經落下。這一斧劈開他的腦袋，直沒至齒。

剩下的皮克特人，從鷹羽末端的紅點判斷是酋長，瘋狂展開攻擊。他在辛梅利亞人從死人腦袋中拔出斧頭前刺向對方胸口。辛梅利亞人把屍體甩向酋長，緊跟著就是宛如傷虎撲擊般凶狠絕望的一擊。皮克特人被屍體撞得失去重心，沒有動手擋格血淋淋的斧頭；殺戮本能蓋過求生本能，於是他對準敵人胸口奮力出矛。辛梅利亞人占有比對手聰明的優勢，而且雙手都有武器。他改變斧頭砍落的方向，架開刺矛，隨即以左手的匕首劃開對方塗漆的肚子。

皮克特人放聲慘叫，癱倒在地，肚破腸流——叫聲不是出於恐懼或痛苦，而是出於困惑和野獸般的狂怒，宛如獵豹垂死尖叫。空地東方一段距離外傳來許多叫聲。辛梅利亞人嚇了一跳，連忙轉身，像頭受困的野獸般伏低，露出牙齒，甩開臉上的汗水。繃帶滲血，沿著手臂流下。

他喘息咒罵，往西而逃。如今他也不掩飾行蹤了，直接伸長雙腿，發足狂奔，召喚出自然為了補償在野地生存的人類所提供的強大耐力。他身後的樹林有段時間了無聲息，接著剛剛離開的地方傳出凶狠的吼叫，顯然追殺他的人已經發現屍體。他沒有力氣咒罵再度綻開的傷口灑落的血滴，流下就連小孩都能跟蹤的血跡。他本來以為追逐他超過百里的戰鬥部隊只剩下那三個皮克特人。但他早該知道這些人狼絕不會放棄任何血足跡。

樹林再度陷入死寂，那表示他們開始加速追趕，透過他無法掩飾的血滴標定他的方向。一陣西風吹拂他的臉，帶來他熟悉的鹹水濕氣。他隱隱感到驚訝。如果他已經如此接近大海，就表示這場追逐持續的時間比想像中還長。但就要結束了。即使擁有他這種如狼似虎的體力，也會在如此費力的追逐中筋疲力竭。他氣喘吁吁，身側劇痛。他雙腳疲憊發抖，受傷的腳每次踏地都痛如刀割。他依賴與生俱來的荒野本能行動，將每條神經和肌腱逼到極限，耗盡所有生存的微妙技巧。在走投無路的情況下，他開始聽從另外一種本能，找尋最後決戰的場所，用血腥代價出賣自己的性命。

他沒有離開古道，進入兩側的茂密樹林。他知道現在的情況不可能甩開追殺他的人。他繼續沿著古道奔跑，血液鼓動的聲音在耳中愈來愈響，每吸一口氣都在折磨乾裂的嘴唇。他身後傳來瘋狂吼叫，顯示對方已經逼近目標，很快就要解決獵物。他們邊跑邊叫，即將像群餓狼般展開攻擊。

他突然衝出樹林，發現前方的地面突然竄高，古道順著岩壁蜿蜒而上，兩旁凸起許多巨石。一切都在他眼前透過紅霧亂轉，但他來到了一座山丘，樹林位於一面峭壁腳下。古道一路通往山峰附近的大岩架。

那座岩架是個不錯的葬身地。他一拐一拐往上走，太陡的地方就手腳並用，匕首咬在嘴裡。他還沒抵達突出的岩架，樹林中就闖出來約莫四十個渾身塗漆的傢伙，叫聲有如狼嚎。一看到獵物的身影，他們開始放聲尖叫，衝向峭壁，邊跑邊放箭。箭柄如雨般落在持續往上爬的男人身邊，其中一支射中他的小腿。他毫不停步，拔出箭，丟到一旁，不理會其他準頭不佳，在旁邊的岩石上撞碎的箭。他冷冷翻上岩架邊緣，隨即轉身，拔出斧頭，拿起匕首。他透過岩緣打量下方的追兵，只露出他的亂髮和炯炯有神的雙眼。他大口呼吸，胸口起伏，咬緊牙關，對抗胸腹間的噁心感。

只有幾支箭呼嘯而來。追兵知道獵物受困了。戰士大呼小叫，手握戰斧，動作靈活地跳過山腳的岩石。第一個抵達岩壁的是個壯漢，其頭上的羽飾末端染紅，代表酋長的身分。他停頓片刻，一腳踏上傾斜古道，拉弓搭箭，腦袋後仰，嘴唇分開，準備歡呼。但他始終沒有放箭。他動也不動地僵在原地，黑眼中嗜血的神情轉爲驚訝。他吶喊一聲，連忙後退，揚起雙臂阻止其他人上前。岩架上的男人聽得懂皮克特語，但距離太遠，聽不清楚紅羽酋長斷斷續續跟戰士說了些什麼。

但所有人都停止吼叫，一聲不吭地抬頭看——岩架上的人認爲他們不是在看他，而是在看這座山丘。接著他們不再猶豫，放鬆弓弦，把弓塞回腰帶上的鹿皮套中；轉過身去，小跑步穿越空地，頭也不回地消失在森林裡。

辛梅利亞人驚訝地瞪著他們。他熟悉皮克特人，知道他們是眞的離開了。他肯定他們不會再回來。他們將回歸位於東方百里外的家園。

但他想不出原因。他的避難所有什麼可怕，竟然能讓餓狼般的皮克特戰鬥部隊放棄獵殺許久的獵物？他知道世界上有很多聖地，不同的部族視爲庇佑所的地方，躲在裡面不會受到該部族騷擾。但不同的部落很少會尊重其他部落的庇佑所；而追殺他的這族人肯定不會在這個區域擁有聖地。他們是鷹族的人，村落位於遙遠的東方，狼族皮克特人隔壁。

他是在狼族皮克特人襲擊雷霆河沿岸的阿奎洛尼亞聚落時遭擒的，而他們把他送給鷹族人，藉以換回一名狼族酋長。鷹族人跟這個高大的辛梅利亞人有血仇，如今仇上加仇，因爲他逃亡途中殺害了一名聲名遠播的戰爭酋長。那就是他們不肯放棄追殺他的原因，渡過寬闊河流及山丘，穿越大片陰暗森林，敵對部族的獵場。如今存活下來的追兵竟然在敵人陷入絕境時轉身離開。他搖頭，怎麼想也想不透。

他輕輕起身，在長途跋涉後頭暈目眩，幾乎無法理解逃亡已經結束。他四肢僵硬，傷口痛楚。他乾巴巴地吐口水，輕聲咒罵，伸出粗手腕揉揉充血灼痛的雙眼。他眨了眨眼，開始打量周遭環境。下方的綠地波浪起伏，西緣盡頭浮現一片他知道是飄在海面上的鐵藍色霧氣。風兒吹拂他的黑髮，空氣裡的鹽味令他精神一振。他鼓起厚胸，深吸海風的氣味。

接著他僵硬吃力地轉身，在小腿淌血劇痛中低吼，開始查看身處的岩架。岩架後是通往峭壁頂峰的岩壁，約莫還有三十呎高。岩壁上刻著類似梯子的石階。石階下數呎外的牆上有道裂口，夠高夠寬，足以供人進入。

他一拐一拐走到裂口，看看裡面，嘟噥一聲。太陽高掛在西邊的森林上，陽光照入裂口，露出類似通道的石窟，石窟末端有扇拱門。門框中是扇沉重的鐵框橡木門！

這太神奇了。這附近完全一片荒野。辛梅利亞人知道這片西海岸內陸千里之內，除了殘暴的海陸部落外了無人煙，而那些傢伙比他們住在森林裡的同胞更不文明。

最近的文明邊疆聚落位於雷霆河沿岸，東方數百里外。辛梅利亞人知道他是唯一穿越過雷霆河到海岸之間的荒野的白人。但那扇門絕非出自皮克特人之手。

無法解釋那扇門的存在就表示它很可疑，於是他疑神疑鬼地走近，手持斧頭和匕首。接著他充血的雙眼開始習慣太陽光線兩側較爲陰暗的空間，發現這裡還有其他東西——牆邊擺了兩排鐵框寶箱。他登時眼睛一亮。他在一個寶箱前彎腰，但是箱蓋打不開。他舉起斧頭準備打爛古鎖，隨即改變心意，一拐一拐地走向拱門。他舉手投足間散發更多自信，武器垂在身側。他推動雕飾大門，門毫無窒礙地向內開啓。

接著他的態度又在電光石火間起了變化；他咒罵一聲，向後彈開，舉起匕首和斧頭採取防禦架勢。他停在原位，宛如凶神惡煞的雕像，伸長粗脖子看向門後。一間更大更陰暗的石室，一顆隱隱發光的大首飾擺在小象牙台座上，台座則放在一張大黑檀木中央，四周坐了幾條了無聲息的身影，就是那些傢伙嚇到入侵者。

他們動也不動，沒有轉頭看他。

「好吧，」他斷聲說道，「你們喝醉了？」

沒有回應。他不是容易難爲情的人，但他覺得有點尷尬。

「可以給我來杯你們在喝的紅酒嗎？」他低吼，尷尬的局面激發他暴躁的天性。「克羅姆呀，你們對自己的同胞眞不禮貌。你們要不要——」他越說越小聲，安靜地打量坐在大黑檀木桌旁的怪人片刻。

「他們不是喝醉了，」他過了一會兒說。「他們根本沒在喝酒。這是什麼魔鬼的遊戲？」

他跨越門檻，立刻開始死命掙扎，對抗掐住他喉嚨的那些隱形手指。

02 來自大海的人

貝莉莎漫不經心地以穿著優雅便鞋的腳趾玩弄一枚貝殼，暗自拿它雅緻的粉邊跟朦朧海灘上的粉紅霧氣相比較。當時尚未黎明，但太陽即將升起，海面上珍珠灰色的薄雲還沒消散。

貝莉莎抬起美麗的腦袋，凝望這片對她而言陌生又反感，偏偏在各方面都熟悉到令她沮喪的場景。腳下黃褐色的沙接觸層層疊疊來的海浪，向西退去消失在天邊的藍霧之中。她站在寬闊海灣的南端，往南地面上傾，通往一座低矮丘脊，形成海灣的一角。她知道站在那座丘脊上，朝南可以看見跟西方和北方同樣一望無際的大海。

她無精打采地轉向陸地，漫不經心地看著過去一年居住的堡壘。他們家族金紅交織的旗幟在黯淡珍珠色和天藍色的清晨天空下隨風飄揚——沒能在她年少的心中喚醒任何火花的旗幟，儘管它曾以勝利者的姿態飄在許多遙遠南方的血腥戰場上。她看到許多人影在堡壘附近的菜園和田地工作，盡可能遠離聳立於東方森林邊緣，從南到北看不見盡頭的林牆壁壘。她害怕那座森林，那個小聚落裡所有人都怕那座森林。那並非毫無來由的恐懼——死亡盤據在那片颯颯低語的深淵，痛快殘暴的死亡，緩慢恐怖的死亡，隱密、偽裝、毫不疲倦、冷酷無情。

她輕嘆一聲，無精打采地走向水線，也沒有什麼特別的目的。每天的生活一成不變，城市、庭院、慶典的世界彷彿不光處於千里之外，根本是很久以前的東西。她再度徒勞無功地思索導致辛加拉伯爵帶著家臣逃到這片蠻荒海岸，遠離家園一千里，把城堡換成木屋的理由。

她的目光轉柔，聽著赤腳踏在沙灘上的腳步聲。一個小女孩跑過低矮沙脊，赤身裸體，嬌小的身軀嗒嗒滴水，亞麻色的頭髮濕淋淋地貼在小頭上。她瞪大雙眼，神情興奮。

「貝莉莎女士！」她叫，辛加拉語中帶有一絲俄斐腔調。「喔，貝莉莎女士！」

她跑到上氣不接下氣，比手畫腳，看不懂意思。貝莉莎微笑，朝女孩伸手，並不在意自己的絲服碰觸潮濕暖活的身體。在貝莉莎孤獨寂寞的生活中，她以與生俱來親切溫柔的態度對待這個在自南方海岸遠道而來的漫長旅程中，從其殘暴主人手裡搶來的可憐女孩。

「妳想說什麼，提娜？喘口氣，孩子。」

「有船！」女孩大叫，指向南方。「我剛剛在潮水留在沙灘上的水池裡游泳，沙脊另外一邊，我看到船！南方來的船！」

她膽怯地拉住貝莉莎的手，嬌小的身體興奮發抖。想到有陌生訪客，貝莉莎覺得自己的心跳也劇烈了起來。打從來到這片荒涼海岸以來，他們還沒見過有船。

提娜跑在她前面，越過黃沙，繞過潮水留下的淺池。她們爬上矮沙丘，提娜站在丘頂，青空前一條白皙身影，濕淋淋的黃髮吹過小臉，伸出微微顫抖的手臂。

「看呀，女士！」

貝莉莎已經看到了——一面抖動的白帆，灌滿清爽的南風，沿著海岸前進，距離數里之外。她心跳停了一停。在一成不變的孤獨生活中，一點小事都可以掀起軒然大波；但貝莉莎有股即將發生奇特暴力事件的預感。她覺得這艘船前來這片孤寂海岸並非偶然。北方沒有海港城鎮，雖然還是有人航向無盡的冰凍海岸；而南方最近的海港位於千里之外。這個陌生人為什麼跑來人跡罕至的可維拉灣？

提娜貼在主人身邊，小巧的五官流露憂慮神情。

「會是什麼人，女士？」她結巴道，在海風前臉色發白。「難道是伯爵害怕的那個人？」

貝莉莎低頭看她，眉頭深鎖。

「妳怎麼說這種話，孩子？妳怎麼知道我舅舅有害怕的人？」

「一定有，」提娜語氣天眞，「不然他絕不會躲到這麼荒涼的地方。看呀，女士，船速眞快！」

「我們得去通知我舅舅，」貝莉莎喃喃說道。「漁船尚未出海，他們都還沒發現這艘船。穿衣服，提娜。快點！」

小孩蹦蹦跳跳地下了矮丘，前往剛剛發現船隻的水池，拿起她留在沙灘上的便鞋、上衣和腰帶。她跳回丘脊上，姿勢古怪地邊跳邊穿衣物。

貝莉莎，神色焦慮地看著帆船逼近，抓起她的手，兩人快步奔向堡壘。她們通過堡壘外圍護欄的大門後沒多久，一陣刺耳的小號聲嚇到了所有在菜園工作的工人，及正在打開船屋門推漁船下水的漁夫。

所有堡壘外的人都放開手中的工具，丟下他們的工作，衝向護欄，完全不浪費時間尋找警報響起的原因。慌亂逃竄的人匯集在護欄門口，所有人都神色驚恐地轉頭去看東方的陰森森林。完全沒人轉向海面。

他們湧入大門，對著在護欄後射箭台上巡邏的守衛大聲提問。

「什麼事？為什麼叫我們進來？是皮克特人嗎？」

一個沉默寡言，身穿老舊皮甲和鏽鋼護具的重裝兵伸手指向南方。他所在的地勢較高，已經可以看見帆船。人們開始爬上射箭台，凝望海面。

主宅跟其他房舍一樣都是木製建築，瓦蘭索伯爵站在屋頂的小瞭望塔上，看著急速逼近的帆船繞過南灣角。伯爵是中年人，中等身高，體格精瘦。他膚色黝黑，神情威嚴。身穿黑絲寬管褲和緊身上衣，渾身上下唯一的色彩來自劍柄上的寶石，還有草草披在肩上的酒紅斗篷。他緊張兮兮地扭著稀疏的小鬍子，陰沉的目光轉向他的總管——一個五官皺如皮革，身穿綢緞和鋼甲的人。

「你怎麼看，蓋伯？」

「卡拉克帆船。」總管回道。「改造成類似巴拉洽海盜船的外形——看！」

下方人群齊聲驚呼，呼應他的叫喊；那艘船駛出灣角，進入海灣。所有人都看到主桅上的旗幟——一面紅骷髏黑旗在陽光下隱隱反光。

護欄裡的人瞪大眼睛看著那個恐怖的圖案；接著所有目光轉向塔樓，看向陰沉地站在那裡的堡壘主人，斗篷在身邊隨風飄擺。

「是巴拉洽海盜船，沒錯。」蓋伯嘟噥道。「除非我瘋了，不然它就是史多羅姆的『紅手號』。他來這片荒涼海岸做什麼？」

「肯定沒好事。」伯爵低吼道。他低頭一看，知道護欄大門已經關閉，他的重裝兵隊長，身穿明亮鋼甲，正在安排手下的防禦位置，有些去射箭台，有些到下方的射孔。他把主要兵力擺在西牆，大門附近。

瓦蘭索帶了一百個人展開放逐生涯：士兵、家臣、農奴。其中有四十個人是重裝兵，戴頭盔，穿全套盔甲，配劍、斧和弩弓。剩下的是勞動人民，沒有盔甲，只有硬皮衣，不過身強體壯，擅長他們的獵弓、伐木斧、和豬矛。他們抵達防禦位置，皺眉看向他們的宿敵。巴拉洽群島位於辛加拉西南海岸外，海盜已經掠奪大陸居民超過一世紀。

位於護欄上的人緊握弓箭或豬矛，冷冷注視卡拉克帆船航向海岸，銅質部位在陽光下閃閃發光。他們看到水手擁上甲板，聽見他們中氣十足的吼叫。船欄後傳來一排武器反光。

伯爵離開塔樓，趕跑面前的外甥女和她神情熱切的小跟班，穿戴頭盔和胸甲，前往護欄指揮防禦。他的臣民神色陰鬱地看著他。他們打定主意要奮戰到死，但儘管占據地利，他們依然勝算不大。他們早就做好必死的決心。在荒涼的海岸居住一年，與魔鬼作祟的森林爲鄰，讓他們的靈魂蒙上一層不祥的陰霾。他們的女人默默站在建於護欄內側的小屋門口，強迫小孩安靜下來。

貝莉莎和提娜站在主宅樓上的窗口神情熱切地看著，貝莉莎感覺懷中的小身體在劇烈顫抖。

「他們會在船屋附近下錨。」貝莉莎喃喃說道。「沒錯！他們下錨了，離岸一百碼。不要抖成這樣，孩子！他們攻不下堡壘的。或許他們只是想要清水和補給。或許是被風暴吹來這片海域。」

「他們乘長船往岸上划來！」孩子叫道。「喔，女士，我好怕！他們身材高大，還穿護甲！你看陽光照得他們矛尖和頭盔面罩好像在冒火！他們會吃我們嗎？」

儘管擔心害怕，貝莉莎還是哈哈大笑。

「當然不會！妳怎麼這樣想？」

「辛吉里托跟我說巴拉洽海盜會吃女人。」

「他逗妳的。巴拉洽海盜很殘暴，但他們不比辛加拉那些海盜叛徒壞。辛吉里托以前當過海盜。」

「他好壞，」小孩喃喃道。「我很高興皮克特人砍掉他的頭。」

「閉嘴，孩子。」貝莉莎微微顫抖。「不要說那種話。看，海盜已經上岸了。他們在海灘列隊，有一個人朝堡壘而來。一定是史多羅姆。」

「哈囉，堡壘裡的人！」一陣陰風般的嗓音傳來。「我打著和平的旗號來談判！」

護欄上方冒出伯爵的頭盔；盔框之中神情嚴峻，冷冷打量海盜。史多羅姆停在聽得到雙方說話的距離邊緣。他身材高大，沒戴頭盔，一頭亂髮隨風飄動。他是肆虐巴拉洽群島的海盜中最惡名昭彰的傢伙。

「有話快說！」瓦蘭索說。「我跟你這種人沒什麼好談的。」

史多羅姆皮笑肉不笑。

「去年你的蓋倫帆船在特拉利貝斯外的風暴中逃離我的魔爪，我還眞沒想到會在皮克特海岸再見到你，瓦蘭索！」他說。「雖然當時我很好奇你會跑去哪裡。看在密特拉的份上，早知道我就來追你了！剛剛在理應了無人煙的海灘上看到這座堡壘上掛著你的紅鷹旗，我著實嚇了一大跳呀。你找到了，當然？」

「找到什麼？」伯爵不耐煩地問。

「少跟我裝了！」海盜殘暴的天性稍縱即逝。「我知道你爲何來此——我也是爲了同樣的理由而來。誰都別想阻止我。你的船呢？」

「不關你的事。」

「你沒船。」海盜很有信心地斷言道。「那道護欄中有蓋倫帆船的船桅。你的船不知如何在你上岸後遭受摧毀。如果你有船，早就帶著到手的寶藏離開了。」

「你到底在說什麼，可惡？」伯爵吼道。「到手的寶藏？我是殺人放火的巴拉洽海盜嗎？就算是，這片荒涼海岸上又有什麼寶藏？」

「就是你來找的東西。」海盜冷冷回應。「就是我要找的東西——而我打算弄到手。但我很好打發——把東西給我，我就放過你們。」

「你瘋了。」瓦蘭索吼道。「我是來這裡離群索居的，直到你從海裡爬出來，你這隻黃頭狗。滾！我不想跟你和談，我也受夠了這些空談。帶你手下的惡棍離開。」

「我離開時，會把你的狗窩燒成灰燼！」海盜盛怒吼道。「最後一次機會——你要不要交出寶物，換取活命的機會？你們受困於此，只要我一聲令下，立刻有一百五十個人會動手割斷你們的喉嚨。」

伯爵的回應就是在護欄後方比畫手勢。轉眼之間，一支箭從射孔疾飛而出，在史多羅姆的胸甲上撞爛。海盜哇哇大叫，往後跳開，衝向海灘，四周箭如雨下。他的手下一聲發喊，如潮浪般擁上，利刃反射陽光。

「詛咒你，狗！」伯爵大喊，握緊戴著護甲手套的拳頭打倒弓箭手。「你爲什麼不瞄準頸甲上的喉嚨？拉弓搭箭，弟兄們——他們攻過來了！」

但史多羅姆會合手下，阻止他們衝鋒。海盜散開成一長排，包圍整面西牆，謹愼前進，邊走邊放箭。他們的武器是長弓，箭術比辛加拉人高明。但後者有護欄保護。長箭高弧度射入護欄，插在地上微微晃動。其中一支插在貝莉莎所在的窗口，嚇得提娜哇哇大叫，縮在窗後，瞪大雙眼看著箭柄抖動。

辛加拉人弩矢和弓箭齊發，不慌不忙地瞄準射擊。女人把小孩趕入屋內，平心靜氣地等待諸神安排好的命運降臨。

巴拉洽海盜擅長猛烈的正面交鋒，但他們殘暴之中不失謹愼，不打算浪費力氣在壁壘之前徒勞衝鋒。他們維持散開的陣形，緩慢前進，充分利用天然地形和植物掩護——植物不多，因爲堡壘的人爲因應皮克特掠奪隊而清空了四面八方的植物。

幾具屍體躺在沙地上，陽光反射護甲，箭柄豎立在腋窩或脖子上。但海盜迅捷如貓，總是在改變位置，也有穿著輕甲護身。他們持續放箭，對護欄後的人造成威脅。儘管如此，情況十分明顯，只要繼續弓箭作戰，有防禦工事的辛加拉人就能保持優勢。

但海灘上的船屋外有海盜在用斧頭砍船。伯爵怨毒咒罵，看著他們用實心木頭費力鋸成木板打造的漁船被改造成什麼模樣。

「他們要做防箭盾，可惡！」他怒道。「我們得在他們做好前主動出擊——趁他們陣形分散——」

蓋伯搖頭，看著手持簡陋長矛的裸臂人民。

「他們的箭會射死我們很多人，而且我們近戰也打不過他們。我們必須待在牆後，相信我們的弓箭手。」

「是沒錯，」瓦蘭索吼道。「如果我們能把他們擋在牆外的話。」

沒多久，所有人都看出海盜的企圖，因爲有三十個左右的海盜推著用漁船船板和船屋本身的木材做成的大盾前進。他們找了輛牛車，把防箭盾架上堅固的橡木輪。他們吃力地推著箭盾車，遮蔽他們的身影，只看得到腳。

箭盾車朝大門逼近，四周的弓箭手開始朝它匯集，邊跑邊射箭。

「放箭！」瓦蘭索大叫，臉色鐵青。「在他們抵達大門前阻止他們！」

一團箭雨呼嘯射出護欄，全部插在厚木頭上。海盜以嘲笑回應攻擊。他們的箭開始射入圍牆上的箭孔，其他海盜也開始逼近，一名士兵突然轉身，摔落射箭台，掙扎喘息，喉嚨突起一支箭柄。

「射他們的腳！」瓦蘭索大叫；接著——「四十個人拿矛和斧頭到大門集合。其他人守住護牆！」

移動的大箭盾前方地面插滿弩箭。一下嗜血慘叫聲顯示有人腳上中箭，跌出護盾後方，邊罵髒話邊跳腳，企圖拔出腳掌上的箭。轉眼之間，他身上又多了十幾支獵箭。

但是，在一下渾厚的喉音吼叫聲中，防箭盾給推到護牆邊，接著護盾中央的開口中冒出一根鐵頭帆桁，在海盜結實的手臂和嗜血吆喝聲中開始撞擊大門。巨大的堡壘大門嗚嗚晃動，護欄外還持續飛入弓箭，有些擊中目標。來自大海的野人已經點燃渴望戰鬥的怒火。

他們一邊吼叫一邊甩出攻城槌，其他人從四面八方逼近，在圍牆內逐漸轉弱的攻勢下迅速放箭，持續進攻。

伯爵像瘋子般大吼大叫，衝向城牆，奔向大門，拔出長劍。一群重裝兵連忙跟上，握緊長矛。再過不久，堡壘大門就會出現大洞，他們必須用身體去堵住那個洞。

接著喧鬧的交戰聲中出現新的聲響。一陣刺耳的小號聲，發自海盜船上。桅頂橫杆上有個人在揮動雙臂，瘋狂比劃。

史多羅姆正忙著拉動攻城槌，突然聽見小號聲。他使盡吃奶的力氣反抗其他人的力量，站穩雙腳反方向扯停攻城槌。他轉過頭去，滿頭大汗。

「等等！」他大吼。「等等，可惡！聽！」

在他公牛般的吼叫過後，所有人都清楚聽見小號聲，還有一個聲音朝護欄後的人叫了幾句聽不懂的話。

但史多羅姆顯然聽得懂，因為他再度提高音量，下達命令。他們放開攻城槌，防箭盾跟進攻時一樣迅速撤離大門。

「看！」提娜在窗口大叫，興奮地跳上跳下。「他們跑了！全都跑了！他們衝向海灘！看！他們一離開射程範圍就丟下防箭盾！他們跳上小船，划向大船！喔，女士，我們贏了嗎？」

「應該沒有！」貝莉莎凝望海面。「看！」

她拉開窗簾，探頭出窗口。她年輕的嗓音蓋過守軍震驚的叫聲，導致他們全都轉頭看向她所指的方向。他們齊聲歡呼，看見另一艘船莊嚴雄偉地繞過南角。接著辛加拉的王家金旗映入他們眼簾。

史多羅姆的海盜擁上他們的加拉克帆船，拉起船錨。陌生船艦尚未穿越海灣，紅手號已經消失在北角之後。

03 黑人降臨

「出去，快！」伯爵大叫，拉開大門幾道門閂。「在新船靠岸前摧毀那個防箭盾！」

「但史多羅姆逃了，」蓋伯勸道，「那艘是辛加拉船。」

「照我的話去做！」瓦蘭索吼道。「我的敵人並非全是外國人！出去，你們這些狗！三十個人，帶斧頭，把那個防箭盾拆成木柴。把牛車推回護欄內。」

三十個人拿斧頭衝向海灘，身穿無袖上衣的壯漢，斧頭在陽光下反光。城主的態度顯示新船可能也會帶來危險，所以他們動作飛快，緊張驚慌。堡壘裡的人清楚聽見他們砍碎木頭的聲響，辛加拉船還沒在海盜船下錨的地方下錨，斧兵已經推著牛車，穿越沙灘往回跑。

「伯爵為什麼不打開大門去迎接他們？」提娜問。「他是不是擔心他所怕的人就在那艘船上？」

「妳是什麼意思，提娜？」貝莉莎不安地問。伯爵從未公開說明過自我放逐的原因。他不是會在敵人之前逃跑的人，儘管他有很多敵人。但提娜這種想法令人不安；極不尋常。

提娜似乎沒聽見她的問題。

「斧兵已經退回護欄，」她說。「堡壘門再度關閉上閂。部隊依然堅守牆邊的陣地。如果那艘船是追趕史多羅姆而來，為什麼不繼續追過去？那並非戰艦。那是一艘卡拉克帆船，就跟史多羅姆的一樣。看，有艘小船往岸上來。我看見船頭有個男人，裹著黑斗篷。」

小船靠岸，男人步伐悠閒地走過沙灘，身後跟著三個人。他個子很高，體格精瘦，身穿黑絲衫和明亮鋼甲。

「站住！」伯爵吼道。「我要跟你們領袖單獨談判！」

高個子陌生人脫下高頂盔，順勢鞠了個躬。同行之人停步，拉緊他們的斗篷，後方小船上的水手則靠著船槳，凝視飄在護欄上的旗幟。

來到堡壘大門一定距離外時，「當然，」他說，「在這片赤裸海域上，紳士應該坦承相見！」

瓦蘭索神色懷疑地盯著他。陌生人膚色黝黑，臉頰削瘦，有種獵食者的氣勢，留著稀疏的小鬍子。他喉嚨旁有一堆飾帶，手腕上也有。

「我認得你，」瓦蘭索緩緩說道。「你是布雷克・沙羅諾，海盜。」

陌生人再度鞠躬，儀態優雅。

「也不會有人不認得可瑟塔家族的紅鷹旗。」

「看來這片海岸已經成爲南方海域惡棍的聚集地。」瓦蘭索吼道。「你想怎樣？」

「好啦，好啦，先生！」沙羅諾抗議。「這種態度對待剛剛幫你一把的人很不禮貌。那條阿果斯狗，史多羅姆，剛剛不是正要闖入你們大門嗎？他難道沒有一看到我繞過南角就逃之夭夭了嗎？」

「沒錯，」伯爵不太情願地嘟噥道。「但我很難在海盜和叛徒之間選邊站。」

沙羅諾哈哈大笑，毫無怨懟，玩弄他的小鬍子。

「你講話很坦白，大人。但我只想在你的海灣中下錨，讓我的人進入你的樹林中打獵找水，或許我可以在你的餐桌上一起喝杯紅酒。」

「我沒有能力阻止你。」瓦蘭索吼道。「但聽清楚了，沙羅諾；你的人不能進入護欄。只要有一個人接近到百呎之內，他的肚子就會插上一支箭。請你保證不會弄壞我的菜園和畜欄裡的牲口。你可以帶三頭小公牛當新鮮食物，不能拿更多。如果想打其他主意，我們在堡壘裡足以抵擋你們的攻擊。」

「你連史多羅姆的攻擊都擋不下。」海盜語氣嘲弄地指出事實。

「你沒有木材製作防箭盾，除非你們去砍樹，或拆掉你們自己的船。」伯爵冷冷說道。「你的手下也不是巴拉洽弓箭手；他們的箭術不比我手下高明。再說，這座堡壘裡的財物不值得你大費周章。」

「誰提到財物和紛爭了？」沙羅諾抗議。「沒啦，我的人只是想要下船伸展伸展，也厭倦了嚼醃豬肉。我保證他們會守規矩。他們可以上岸嗎？」

瓦蘭索不太情願地表示同意，沙羅諾鞠躬，模樣諷刺，儀態莊嚴地退走，彷彿走在柯達瓦王宮中的水晶地板上，而除非傳言有誤，他曾有一段時間確實經常出沒那座王宮。

「別讓任何人離開護欄。」瓦蘭索命令蓋伯。「我不相信那條叛徒狗。只因爲他把史多羅姆趕離我們大門，並不表示他不會割斷我們喉嚨。」

蓋伯點頭。他很清楚巴拉洽跟辛加拉海盜之間不和。巴拉洽海盜大部分是阿果斯水手變成的罪犯；加上阿果斯和辛加拉本身的世仇，這些海上掠奪者也形成了立場相對的宿敵。兩派海盜都會掠奪船艦和沿岸城鎮；同時他們也會以同等殘暴的手段獵殺彼此。

護牆後的人沒有騷擾上岸的海盜，膚色黝黑，火紅絲衫，明亮鋼鐵，頭上綁著紅頭巾，耳下掛著金耳環。他們在沙灘上紮營，約莫一百七十幾人，瓦蘭索注意到沙羅諾在南北灣角都有派哨。他們沒有弄亂菜園，只有遵照瓦蘭索在護欄後大聲指示，趕出三頭牛宰殺食用。他們在海灘上生火，運了一桶麥酒上岸來喝。

他們拿其他水桶在堡壘南方一段距離外的泉水打滿了水，接著有拿弩弓的人開始朝森林走去。瓦蘭索一看，立刻上前對在營地裡走來走去的沙羅諾大叫：「別讓你的人進入森林。如果肉不夠，再從畜欄中拉一頭小公牛。進入森林可能會遇上皮克特人。

「那些渾身塗漆的魔鬼有好幾個部落住在這座森林裡。我們上岸沒多久就擊退了一次攻擊，之後我有六個手下分別在森林中遇害。我們暫時和平共處，但是和平十分脆弱。不要招惹他們。」

沙羅諾神色震驚地看了樹林一眼，彷彿以爲會看到一群野人躲在裡面。接著他鞠躬說道：「感謝你的警告，大人。」他叫他的手下回來，嗓音刺耳，與他跟伯爵說話時的優雅語調大異其趣。

如果沙羅諾能看穿枝葉林蔭的話，他肯定會更擔心，如果他能看見躲在林中那個凶神惡煞，透過神祕莫測的黑眼監視他們的話——一個渾身塗漆的恐怖戰士，只穿一條雌鹿皮纏腰布，左耳上插根巨嘴鳥羽毛。

天色漸暗，海面上飄起一層灰影，逐漸瀰漫天際。太陽在紅光中下沉，為漆黑的海浪增添血色。霧氣滲出海面，漂浮於森林地面上，化為煙絲包圍堡壘護牆。海灘上的營火在濃霧中變成黯淡紅光，海盜的歌聲聽起來很悶，彷彿發自遠方。他們從卡拉克帆船上取來老舊帆布，沿著海灘搭建住所，烤牛肉，節制分派船長的麥酒。

堡壘大門關閉上閂。士兵面無表情地巡邏護牆，肩扛長矛，鋼盔上凝結水珠。他們不安地打量海灘上的營火，隨時注意如今在霧氣中只能依稀看到一條黑線的森林。護牆內的室外空無一人，黑漆漆地，空蕩蕩地。小屋縫隙中傳出燭火，主宅的窗內也有燈火。除了衛哨的腳步、屋簷滴水，還有遠方的海盜歌聲外，堡壘中完全聽不見聲響。

幾乎細不可聞的歌聲傳入瓦蘭索和不速之客一起坐著喝酒的大殿中。

「你的手下很亢奮，先生。」伯爵嘟囔道。

「他們都很高興能再度踏上沙灘，」沙羅諾回道。「這趟旅程搞得大家筋疲力竭——對，一場漫長艱困的追逐。」他豪邁地朝默默坐在主人右手邊的女人舉起酒杯，彬彬有禮地喝了一口。

許多人面無表情地沿牆而站，戴頭盔持長矛的士兵，身穿絲綢上衣的僕役。瓦蘭索在這片荒原上的派頭跟他在柯達瓦宮廷時不能相提並論。

主宅，他堅持如此稱呼它，在這片海岸上堪稱奇觀。一百個人日以繼夜忙了好幾個月建造而成。他的圓木外牆上缺乏裝飾，但內部盡可能跟可瑟塔城堡一模一樣。大殿牆壁的圓木都用金鑲邊絲掛毯遮起。高聳天花板的梁柱都是打磨光滑的船梁。地板上鋪著厚地毯。上樓的寬敞階梯也有鋪地毯，大扶欄本來是蓋倫帆船的船欄。

大石火爐的火堆驅退夜晚的濕氣。寬紅木板中央大銀吊燈上的燭光照亮大殿，在階梯上灑落長長的影子。瓦蘭索伯爵坐在主位，旁邊坐了他的外甥女、海盜客人、蓋伯和侍衛隊長。用餐的人少凸顯出這張可供五十名賓客坐下用餐的桌子有多大。

「你跟蹤史多羅姆？」瓦蘭索問。「你把他趕到這麼偏遠的地方來？」

「我是跟蹤殺史多羅姆。」沙羅諾笑道，「但他不是在逃避我的追殺。史多羅姆不是會逃離任何人的人。不；他是來找東西的；我也想要的東西。」

「什麼東西能把海盜吸引到這種不毛之地來？」瓦蘭索喃喃說道，凝視著酒杯裡閃閃發亮的酒。

「什麼能吸引柯達瓦伯爵？」沙羅諾回道，貪婪之火在其眼中稍縱即逝。

「看重榮譽的人會對腐敗的王室宮廷感到噁心。」瓦蘭索說。

「看重榮譽的可瑟塔家族已經默默忍受腐敗數百年了，」沙羅諾直言道。「大人，請滿足我的好奇——你爲何賣掉你的土地，在蓋倫帆船上裝滿城堡裡的家具，航向地平線，遠離辛加拉國王和貴族的勢力範圍？爲什麼定居於此，不去你的劍或聲望能夠大展身手的文明之地？」

瓦蘭索把玩著脖子上的印信金鏈。

「我爲什麼離開辛加拉，」他說，「是我自己的事。但是定居於此是出於意外。我帶我的人和你剛剛提到的家具上岸，本來只打算建立臨時聚落。但我停在海灣裡的船被突來的風暴吹走，撞上北角峭壁。那種風暴在一年間的某些時節十分常見。之後我們別無選擇，只能留在這裡，想辦法生存下去。」

「那如果有機會，你會回歸文明？」

「不回柯達瓦。但或許會去遙遠的地區——梵迪亞，或齊丹——」

「妳不覺得這裡很荒涼嗎，女士？」沙羅諾首度直接對貝莉莎說話。

女孩當晚是出於渴望看到新面孔、聽見新嗓音而來到大殿。但如今她希望自己留在房間裡陪提娜。沙羅諾目光中的意圖十分明白。他談吐高雅正式，表情嚴肅敬重；但那只是掩飾其暴力邪惡本性的面具。當看向身穿低領絲綢禮服和珠寶腰帶的年輕貴族美女，他完全無法壓抑眼中的慾火。

「這裡生活平淡了些。」她低聲回道。

「如果有船，」沙羅諾直截了當詢問主人，「你會放棄這個聚落？」

「可能。」伯爵承認。

「我有船。」沙羅諾說。「如果我們可以談好條件——」

「什麼樣的條件？」瓦蘭索抬起頭來，神色懷疑地看著客人。

「大家一起分享。」沙羅諾說，五指攤開，抵住桌面。這個手勢令人聯想到大蜘蛛。但他手指緊繃微顫，雙眼燃放全新的火苗。

「分享什麼？」瓦蘭索神情困惑凝望他。「我帶來的黃金都跟我的船一起沉沒，而且沒有像木頭殘骸一樣沖到岸上。」

「不是分享那個！」沙羅諾比個不耐煩的手勢。「容我直言，大人。你能假裝是命運導致你在有上千里長的海岸可選時，偏偏於這個特定的地點上岸嗎？」

「沒什麼好假裝的，」瓦蘭索冷冷回答。「我的船長叫辛吉里托，以前當過海盜。他到過這片海岸，說服我在這裡登陸，宣稱他晚點會告訴我理由。但他始終沒有揭露理由，因爲我們登陸隔天他就在森林裡失蹤了，之後我們的狩獵隊找到他的無頭屍體。他顯然慘遭皮克特人伏擊殺害。」

沙羅諾凝望瓦蘭索片刻。

「淹死我吧，」他終於說，「我相信你，大人。可瑟塔家的人不會說謊，不管他在其他方面成就有多高。容我提出交易。我承認之前在海灣下錨時，我心中擬定了其他計畫。我認定你已經弄到寶藏了，打算用計奪下這座堡壘，割斷你們所有人的喉嚨。但現況迫使我改變計畫——」他看貝莉莎一眼，令她不禁臉紅，微感憤怒地抬頭。

「我有艘船可以幫你脫離放逐生涯，」海盜說，「你可以帶家眷和少數家臣一起走。剩下的人就自求多福。」

牆邊的人神色不安，左顧右盼。沙羅諾繼續，直截了當，毫不掩飾意圖。

「但首先你必須幫我取得我不遠千里而來想要取得的寶藏。」

「以密特拉之名，什麼寶藏？」伯爵氣沖沖地問。「你跟史多羅姆那條狗一樣都不把話說清楚。」

「你有聽過血腥崔尼克斯，最偉大的巴拉洽海盜？」沙羅諾問。

「誰沒聽過？就是他攻入斯堤及亞流亡王子托斯梅克里的城堡島，殺光島上的人，奪走王子逃離凱米時帶走的寶藏。」

「對！那個寶藏的傳言引來了好像禿鷹衝向屍體的紅色兄弟會——巴拉洽海盜、辛加拉海盜、甚至南方的黑海盜。他擔心自己的手下叛變，於是駕駛一艘船往北逃竄，消失在文明的疆域之外。那是將近一百年前的事。」

「但根據傳言，最後那趟旅程有一個人存活下來，返回巴拉洽群島，結果被辛加拉戰艦俘虜。執行吊刑前，他說出了他的故事，用自己的血在羊皮紙上繪製地圖，透過某種手段夾帶出來。他的故事如下：傳尼克斯乘船抵達所有航線以外的海域，最後在一段偏遠海岸的海灣中下錨。他帶著寶藏和十一名最信賴的船長上岸。依照他的吩咐，該船駛向其他地方，一週後再返回，帶走他們的艦隊長和船長。傳尼克斯打算用這段時間把寶藏埋在海灣附近某處。那艘船在約定的時間返回，但卻不見傳尼克斯和十一名船長，只看到他們在海灘上建造的簡陋房舍。」

「房舍都被摧毀，附近留下些赤腳足跡，但卻沒有打鬥痕跡。沒有寶藏，沒有寶藏埋在何處的線索。海盜深入樹林，尋找他們的老大和船長，但遭到狂野的皮克特人攻擊，退回他們船上。他們情急之下啓錨離開，但在抵達巴拉洽群島前，一陣恐怖的風暴吹沉了船，只有一個人活下來。」

「那就是傳尼克斯寶藏的故事，世人找了將近一世紀都找不到的寶藏。大家都知道有這張地圖，卻沒人知道地圖在哪裡。」

「我曾見過那張地圖。當時史多羅姆和辛吉里托跟我在一起，還有一個隨巴拉洽海盜出海的納米迪亞人。我們喬裝改扮，混入辛加拉某海港鎮，在一間茅舍中見到地圖。有人打翻油燈，有人在黑暗中大叫，等我們再度點燃燈火，持有地圖的老傢伙已經胸口中刀而亡，地圖則不翼而飛，夜班巡邏隊帶著長矛跑來調查騷動。我們一哄而散，分頭逃跑。」

「幾年下來，史多羅姆和我一直留心彼此，懷疑地圖在對方手中。好吧，結果根本不在我們手上。然而最近我聽說史多羅姆啓航北行，所以我跟蹤他。那場追逐的結果你也看到了。」

「我只有在老傢伙桌上匆匆瞥見地圖一眼，難以按圖索驥。但史多羅姆的舉動顯示這裡就是傳尼克斯下錨的海灣。我相信他們把寶藏藏在那片森林裡，歸途中被皮克特人殺光。寶藏沒有落入皮克特人手中。這段海岸還是有少許交易行爲，沒人聽說過寶藏的事，海岸部落也沒有流出任何金飾或稀有珠寶。」

「我的提議如下：我們攜手合作。史多羅姆躲在攻擊距離內。他逃走是因爲擔心遭到我們夾殺，但他會回來的。只要聯手，我們就可以嘲笑他。我們可以出外尋寶，留下足夠的人手防禦堡壘，以免他突襲。我相信寶藏藏在附近。十二的人不可能把寶藏抬出多遠。我們會找到寶藏，裝載上船，前往外國港口，靠金子掩飾過往。我已經受夠這種生活。我想回歸文明，過著貴族生活，坐擁錢財、奴隸和城堡——外加一個貴族老婆。」

「所以？」伯爵問，神色懷疑，瞇起雙眼。

「把你外甥女許配給我。」海盜開門見山。

貝莉莎突然尖叫，嚇得跳起身來。瓦蘭索跟著站起，臉色鐵青，手指握著酒杯扭動，彷彿考慮要不要拿去丟客人。沙羅諾無動於衷；他動也不動地坐著，一手放在桌上，手指勾如禽爪。他雙眼慾火中燒，惡意十足。

「你大膽！」瓦蘭索吼道。

「你似乎忘了你已不再位高權重，瓦蘭索伯爵，」沙羅諾吼道。「我們不在柯達瓦宮廷，大人。這片荒涼海岸上，地位高低是用力量和武器來衡量的。我衡量過你了。陌生人踐踏可瑟塔城堡，可瑟塔家族的財富都已沉入海底。你會死在這，一個流亡者，除非我讓你使用我的船。」

「你沒有理由反對我們兩家聯姻。等布雷克・沙羅諾改頭換面之後，你會發現我能夠融入貴族世界，可瑟塔家族絕不會因爲這個女婿而蒙羞。」

「你有這種想法就是發瘋了！」伯爵怒不可抑。「你——幹那個的？」

輕盈的便鞋腳步聲吸引他的注意力。提娜快步跑入大殿，看見伯爵瞪她時遲疑片刻，深深行屈膝禮，然後繞過餐桌，小手擠入貝莉莎掌心。她微微喘息，便鞋潮濕，亞麻頭髮貼在頭上。

「提娜！」貝莉莎焦慮地問。「妳去哪了？我以爲妳幾個小時前待在自己房間裡。」

「沒錯，」小孩邊喘邊說，「但我弄丟了妳給我的珊瑚項鍊——」她揚起項鍊，不值錢的小玩意兒，但她覺得比她其他東西貴重，因爲那是貝莉莎送她的第一個禮物。「我怕讓妳知道的話，妳不會讓我去找——一個士兵的妻子幫我離開護欄再回來——拜託，女士，別逼我說出她是誰，因爲我保證不會說。我在今早玩水的水池旁找到我的項鍊。如果我做錯了，請懲罰我。」

「提娜！」貝莉莎低聲道，緊緊摟住孩子。「我不會懲罰妳。但妳不該跑到護欄外面去，海灘上有海盜紮營，皮克特人隨時可能出沒。我帶妳回房去，換下這些濕衣服——」

「是，女士。」提娜喃喃道，「但我要先告訴妳黑人的事——」

「什麼？」這聲驚叫發自瓦蘭索口中。他的酒杯摔在地上，雙手撐住桌面。彷彿遭受雷擊般，城堡主人失態到了極點。他臉色發青，雙眼驚訝到幾乎噴出腦袋。

「妳說什麼？」他喘道，瞪大雙眼瞪著神情困惑地縮在貝莉莎身上的小孩。「妳說什麼，小鬼？」

「一個黑人，大人，」她結巴道，貝莉莎、沙羅諾和其他人則神色驚訝地看著他。「我去水池邊找項鍊時看到的。風中有陣奇特的哀鳴聲，彷彿大海在恐懼中啜泣，然後他出現了。我很害怕，於是躲在一座沙脊後偷看。他搭乘一艘怪黑船而來，船身四周藍焰飛竄，偏偏又沒點火把。他在南灣角下的沙灘靠岸，朝森林走去，看起來像濃霧中的巨人——身材高大，像庫許人一樣黑皮膚——」

瓦蘭索彷彿身受重擊般搖晃。他抓向自己喉嚨，使勁扯下金徽章項鍊。他神色瘋狂，衝上前去，自貝莉莎懷中搶走驚叫的小孩。

「小蕩婦！」他喘道。「妳說謊！妳聽到我說夢話，撒這種謊來折磨我！說妳在騙人，不然我剝掉妳的皮！」

「舅舅！」貝莉莎大叫，困惑到極點，企圖從他手中搶回提娜。「你瘋了嗎？這是幹嘛？」他大吼一聲，掰開她的手，把她推向蓋伯，後者接下她，毫不掩飾色迷迷的神情。

「饒命，大人！」提娜泣道。「我沒說謊！」

「我說妳有！」瓦蘭索吼道。「蓋布瑞羅！」

冷酷的僕人抓住嚇得發抖的小孩，一把剝光她身上的衣服。他轉身，把她的小手臂提到肩膀以上，令其雙腳騰空。

「舅舅！」貝莉莎尖叫，在蓋伯充滿情色意味的束縛下徒勞掙扎。「你瘋了！你不行——喔，你不行！」她聲音突然啞了，眼看瓦蘭索抓起珠寶柄馬鞭，對準小孩嬌弱的軀體狠狠抽下，在其裸肩上留下紅鞭痕。

貝莉莎呻吟，在提娜的慘叫聲中感到痛苦噁心。世界突然陷入瘋狂。她彷彿置身惡夢，看向面無表情的士兵和僕人，野獸的臉、牛的臉，完全沒有流露同情或憐憫。沙羅諾不屑的神情也是惡夢的一部分。那片紅霧中的一切都不像真的，除了提娜裸露的白皙身體，肩膀到膝蓋間布滿鞭痕；所有聲音都很虛幻，除了小孩劇痛哭喊，還有瓦蘭索的喘息聲，一邊神色痴狂地抽鞭，一邊吼道：「妳撒謊！妳撒謊！詛咒妳，妳撒謊！承認妳撒謊，不然我活活剝了妳的皮！他不可能跟來這裡──」

「喔，請饒命，大人！」小孩尖叫，在肌肉結實的僕人背上徒勞掙扎，劇痛與恐懼導致她沒想到靠說謊來自救。鮮紅的血珠沿著她抖動的大腿流下。「我有看到！我沒撒謊！饒命！拜託！啊！」

「笨蛋！你這個笨蛋！」貝莉莎一旁尖叫。「你難道看不出來她說得是實話嗎？喔，你是野獸！野獸！野獸！」

突然間瓦蘭索・可瑟塔伯爵似乎恢復了一些理智。他拋下馬鞭，轉過身去，靠上桌子，盲目抓向桌緣。他打個寒顫，微微發抖。他汗濕的頭髮黏在額頭上，汗水沿著宛若恐懼面具般的鐵青面孔流下。蓋布瑞羅鬆手，提娜滑落地板，縮成一團。貝莉莎掙脫蓋伯，衝了上去，邊哭邊跪倒，把可憐的孩子擁入懷中。她神情扭曲地看向舅舅，把滿腔怒火往他身上送──但他沒在看她。他似乎已將她和被他打慘的小孩都拋到腦後。她難以置信地聽到他對海盜說：「我接受你的條件，沙羅諾；以密特拉之名，我們去找出這個受詛咒的寶藏，離開這片天殺的海岸！」

這話當場澆熄她的怒火。她驚訝到說不出話，只能抱起哭哭啼啼的小孩上樓。她回頭一瞥，發現瓦蘭索蜷伏在椅子上，不是坐著，雙手顫抖地捧著大酒杯喝酒，沙羅諾則像頭陰森的獵食者般聳立在他面前──不清楚出了什麼事，但立刻把握住這個突如其來的機會。他語氣果斷地低聲說話，瓦蘭索默默點頭同意，似乎毫不在乎對方說了什麼。蓋伯站在陰影中，食指和大拇指搓揉下巴，牆邊其他人偷偷交換神色，不知道他們主人為何崩潰。

回到樓上房間，貝莉莎把半昏迷的女孩放上床，開始清洗柔嫩肌膚上的鞭痕，塗抹軟膏。提娜完全放鬆，交給她的主人處置，虛弱呻吟。貝莉莎感覺她的世界在耳邊崩塌。她既噁心又困惑，情緒激動，神經顫抖，難以自剛剛目睹的一切中恢復。她靈魂中開始對舅舅產生恐懼和怨恨。她從未愛過他；他對她很嚴厲，顯然也不看重親情，一心只想控制她。但她一直認為他處世公正，無畏無懼。剛剛他慘白的面孔和炙烈的目光在她心中掀起強烈反感。整件事情都是某種極度恐懼下的產物；而基於這股恐懼，瓦蘭索摧殘了她唯一深愛與珍惜的小孩；基於這股恐懼，他願意把她，他的外甥女，賣給惡名昭彰的罪犯。究竟是什麼導致這種瘋狂的舉止？提娜看到的黑人究竟是誰？

小孩神智不清，含糊說話。

「我沒撒謊，女士！我真的沒有！我看到一個黑人，搭乘在水面上燃燒藍焰的黑船！個子很高，像黑人一樣黑，披黑斗篷！我看到他時很害怕，血液都凝結了。他把船留在沙灘上，進入森林。伯爵為什麼要為了看到這個人打我？」

「別說話，提娜，」貝莉莎安撫她。「安靜躺好。很快就不痛了。」

身後房門開啓，她立刻轉身，抄起一把珠寶匕首。伯爵站在門口，那景象令她不寒而慄。他看起來老了好幾歲；臉色發灰，神情陰鬱，目光令她心生恐懼。她跟他向來不親；如今她覺得兩人之間存在著一道鴻溝。站在門口的不是她舅舅，而是一個來恐嚇她的陌生人。

她揚起匕首。

「如果你再碰她，」她口乾舌燥地說，「我對密特拉發誓，這把匕首會插入你胸口。」

他沒有理她。

「我在主宅四周安排衛兵，」他說。「沙羅諾明天會帶人進入護欄。他在找到寶藏前都不會開船。等他找到寶藏，我們立刻出航，目前還沒決定去哪座港口。」

「你要把我賣給他？」她低聲問。「以密特拉之名——」

他狠狠瞪她，目光陰森，自私自利。她神色畏縮，在那道目光中看見莫名恐懼中產生的暴戾之氣。

「妳會照我的吩咐去做。」他過了一會兒說，聲音就跟燧石打火一樣毫無人性。他轉身離開房間。貝莉莎突然感到恐懼，癱倒在提娜所躺的床上。

04—黑鼓響起

貝莉莎不知道自己昏迷了多久。她感覺到提娜的手臂摟著她，聽見孩子在她耳邊哭泣。她不自覺地坐直身子，把女孩擁入懷中；她就這麼坐在那裡，眼睛乾巴巴地，呆呆看著搖曳的燭光。城堡內一片死寂。海灘上的海盜也停止歌唱。她神情呆滯，以近乎公正客觀的心態審視自己所面臨的麻煩。

瓦蘭索瘋了，被神祕黑人的事情逼瘋。爲了躲避這個陌生人，他打算遺棄聚落，跟沙羅諾一起逃走。以上顯而易見。同樣明顯的事實在於他願意犧牲她以換取逃跑的機會。在被黑心包圍的情況下，她完全看不到希望之光。

僕人全都是遲鈍或是冷酷無情的粗人，他們的女人都很蠢，對一切無動於衷。他們沒有膽量也不會願意幫她。她求助無門。

提娜抬起淚痕滿布的臉，彷彿在聽從自己的心聲。小孩透過某種神奇的方式了解貝莉莎最深沉的心事，她也很清楚命運的無情和弱者唯一的選擇。

「我們必須逃，女士！」她低聲道。「沙羅諾不能娶妳。我們逃往森林深處。我們一直走到走不動，然後躺下來一起死。」

堪稱弱者最後避難所的悲劇力量湧入貝莉莎的靈魂。那是唯一能夠逃脫打從逃離辛加拉以來就自四面八方壓迫她的黑影的方法。

「我們逃，孩子。」

她起身，翻找她的斗篷，隨即聽見提娜驚呼。女孩站在地上，手指壓住嘴唇，雙眼瞪大，神色驚恐。

「怎麼了，提娜？」小孩驚恐的表情讓貝莉莎壓低音量，不由自主也害怕起來。

「走廊上有人。」提娜低聲道，緊緊抱住自己手臂。「他停在我們門口，然後繼續走，朝走廊盡頭伯爵的房間前進。」

「妳的耳力比我好。」貝莉莎喃喃說。「但那也沒什麼奇怪的。說不定是伯爵本人，或蓋伯。」她上前要開門，但提娜連忙拉住她脖子，貝莉莎感覺到她心跳劇烈。

「不，不，女士！不要開門！我害怕！我不知道爲什麼，但我感應到有邪惡的東西在附近！」

貝莉莎受到影響，輕拍安撫她，然後伸手去推門中央窺視孔上的金盤。

「他回來了！」女孩發抖。「我聽見了！」

貝莉莎也聽見了——奇特輕盈的腳步聲，她不寒而慄，發現腳步聲不屬於任何她認識的人所有。也不是沙羅諾的腳步聲，或任何有穿鞋的人。難道是那個海盜打赤腳溜到走廊上，打算趁主人睡覺時殺了他？她想起在樓下巡邏的守衛。如果海盜留在主宅過夜，臥房門口肯定有派重裝兵看守。那會是誰在走廊上躡手躡腳？除了她、提娜和伯爵外，就只有蓋伯睡在樓上。

她迅速熄滅蠟燭，避免燭光滲出門孔，然後推開金盤。走廊通常有點蠟燭，但此刻一片漆黑。有人走在黑暗的走廊上。她沒有看見，卻察覺到一條身影通過她門外，但看不出對方的外觀，只知道具有人形。一股冰冷的恐懼來襲，令她僵在原地，無法發出凍結在嘴後的尖叫。那種恐懼跟他舅舅造成的不同，也跟害怕沙羅諾不一樣，就連陰森樹林帶來的恐懼都不能相提並論。一股毫不理性的盲目恐懼宛如冰手般扣住她的靈魂，把她舌頭凍結在上顎。

對方走到樓梯頂端，短暫進入樓下燈火的照明範圍，一瞥見紅光前的漆黑身影，她差點就嚇昏了。

她縮在黑暗中，等待大殿裡的士兵看見入侵者時出聲吶喊。但主宅內一片死寂；某處傳來刺耳的風聲。就這樣了。

貝莉莎滿手是汗，在漆黑中摸索點燃蠟燭。她依然怕得發抖，不過不確定紅光前的黑影究竟有什麼不對勁的地方，竟在她靈魂深處掀起如此強烈的厭惡感。對方具有人類的外形，但輪廓就是很奇怪——不自然——偏偏她又說不出不自然在哪裡。不過她知道她看見的絕非人類，也知道那條黑影奪走了她剛剛下定的決心。她士氣低落，無法採取任何行動。

蠟燭燃起，黃光照亮提娜的白臉。

「是那個黑人！」提娜低聲道。「我知道！我的血變冷了，就跟在海灘上看到他時一樣。樓下有士兵；他們爲什麼沒看到他？我們該去通知伯爵嗎？」

貝莉莎搖頭。她怕重新經歷提娜第一次提起黑人時的場景。無論如何，她都不敢開門走入漆黑的走廊。

「我們不敢去森林！」提娜抖道。「他躲在裡面——」

貝莉莎沒問女孩怎麼知道黑人會在森林裡；邪惡生物會躲在森林非常合乎邏輯。她知道提娜說得沒錯；他們此刻不敢離開堡壘。她的決心並沒有在死亡前動搖，但一想到要進入有黑怪物藏身的陰森樹林就讓她裹足不前。她無助地坐下，把臉埋在雙掌之中。

沒多久，提娜在床上睡著，三不五時呻吟幾聲。淚珠在她的長睫毛上閃爍。她睡不安穩，不停扭動疼痛的身體。天亮之前，貝莉莎察覺空氣中瀰漫一股鬱悶難受的氣息。她聽到海面上傳來隆隆雷聲。她吹熄已經快燒完的蠟燭，走到同時能看見大海和堡壘後方森林的窗口。

霧散了，但大海盡頭飄來一片烏雲，雷電交加。漆黑森林中也傳來隆隆聲響。她嚇了一跳，轉身凝望森林，宛如一面陰森壁壘。她聽見奇特的節奏——渾厚低沉，不是皮克特人的鼓聲。

「鼓聲！」提娜嗚咽道，在睡夢中手指不停開闔。「黑人——敲打黑鼓——在黑森林裡！喔，拯救我們——！」

貝莉莎發抖。東方地平線上出現預告黎明將至的白線。但西邊的烏雲翻騰不休，持續擴大。她神色訝異地看著，因爲這個時節從來沒有風暴造訪這段海岸，她也不曾見過這種烏雲。

烏雲從世界邊緣湧出，許多沸騰滾動的黑暗，具有火焰的脈絡。它在由內而外的強風吹拂下翻騰起伏。雷聲撼動空氣。還有一個聲音完美融入雷鳴之中——風聲，總是搶在雷鳴前出現。

漆黑的地平線在電光中抖動撕裂；遙遠的海面上，她看到白頂海浪趕在風前。她聽見風聲呼嘯，隨著逼近海岸愈來愈響亮。但此時風還沒有吹到陸地上。空氣燥熱，令人氣悶。兩者對比給人一種不眞實的感覺：海面上有風雨雷電迎向內陸；但這裡卻平靜無風到令人窒息。下方有扇窗板撞擊窗框，在緊繃的寂靜中聽來格外駭人，有個女人突然出聲，聽來慌張不安。但堡壘裡大部分人都在沉睡，對即將到來的風暴毫無所覺。

她突然發現自己還能聽見神祕鼓音，毛骨悚然地轉向黑森林。她什麼都看不見，但某種難以言喻的本能讓她幻想出一條可怕的黑影蹲在漆黑樹枝下，唸誦聽起來類似鼓音的無名咒語——

她努力擺脫那個恐怖畫面，看向大海，剛好趕上一道閃電劃過天際。她透過電光看見沙羅諾船桅的輪廓；她看見海灘上的海盜營帳，南彎角的沙脊和北彎角的岩壁，全都如同正午時分清晰可見。風聲愈來愈大，喚醒主宅裡沉睡的人們。樓梯上傳來急迫的腳步聲，接著沙羅諾大聲喊叫，語氣微帶恐懼。

有人開門，瓦蘭索回應他，在風暴呼嘯中大吼大叫。

「你怎麼不警告我西方有風暴？」海盜吼道。「要是船錨撐不住——」

「這個時節從來沒有風暴從西邊來！」瓦蘭索叫道，穿著睡衣衝出房間，臉色發白，頭髮凌亂。「這是——」他的聲音被風暴蓋過，他則瘋狂爬上通往瞭望塔的樓梯，滿嘴髒話的海盜緊跟在後。

貝莉莎伏在窗口，神色敬畏，震耳欲聾。風聲愈來愈響，淹沒所有聲音——除了如今聽來宛如勝利呼喊般的瘋狂鼓音。風暴撲向內陸，首先來襲的是道一里格長的巨浪——接著海岸淪爲人間地獄。大雨如洪水奔流，盲目瘋狂地沖刷海灘。狂風宛如雷鳴，吹得堡壘所有木材都在抖動。上岸的海浪撲熄海盜的火堆。在電光中，貝莉莎透過雨簾看到海盜的帳篷化爲碎片，隨波而去，海盜則東倒西歪地衝向堡壘，幾乎敗在激流和疾風之下。

在藍光照明下，他看見沙羅諾的船離開停泊處，衝向隆起迎接它的崎嶇峭壁……

05 荒野來的男人

風暴平息了。黎明於雨過天青的藍天中到來。太陽灑落耀眼的金光，色彩鮮艷的鳥兒齊聲歌唱，闊葉上的水珠如鑽石般閃爍，在清爽的晨風中微微顫抖。

一個男人站在穿越沙灘入海的小溪邊，隱身於樹木與草叢中，彎下腰去清洗他的手和臉。他依照他們族人傳統的方式沐浴，一邊大呼過癮，一邊像水牛般濺起水花。但他在水花四濺下突然抬頭，凌亂的頭髮滴落水珠，沿著壯健的肩膀下流。他伏低身形，側耳傾聽，隨即站起身來，面對內陸，手握長劍，一氣呵成。接著他僵住，目瞪口呆。

有個跟他一樣高大的男人走過沙地朝他而來，毫不掩飾行蹤；海盜瞪大雙眼，凝視對方的緊身絲褲、高筒靴、寬邊外套及有一百年前歷史的帽子。陌生人手持寬刃彎刀，意圖十分明白。

海盜認出對方，登時嚇得臉色發白。

「你！」他難以置信。「密特拉呀！是你！」

他口吐髒話，舉起彎刀。群鳥宛如火焰般衝出林頂，因爲金鐵交擊聲打斷它們歌唱。武器激盪出藍色火花，鞋根踐踏，擠壓沙礫。接著金鐵交擊聲結束在血肉砍擊聲中，一個男人悶聲驚呼，跪倒在地。劍柄自其麻痺的掌心脫落，他則癱倒在染滿鮮血的沙地上。他拚盡最後的力氣自腰帶上拔出一樣東西，企圖放到嘴邊，接著僵硬抽搐，就此死去。

贏家彎下腰去，冷冷掰開僵硬的手指，拿走對方臨死前緊握不放的東西。

□

沙羅諾和瓦蘭索站在沙灘上，凝視著他們手下收集來的浮木——帆桁、桅桿、破木頭。沙羅諾的船在風暴中狠狠撞上矮峭壁，力道猛烈到幾乎只能打撈碎木頭。貝莉莎站在他們後方一段距離外，一手摟著提娜，偷聽他們交談。女孩臉色慘白，無精打采，毫不在乎之後的命運。她聽見那兩個男人在說什麼，但卻完全不感興趣。她難以接受自己只是棋子的事實，棋局結果如何都不是她能掌控——不管是在荒涼海岸度過悲慘的一生，還是透過什麼方式回歸文明世界。

沙羅諾惡狠狠地咒罵，但瓦蘭索神色恍惚。

「這個時節沒有來自西方的風暴。」他喃喃說道，形容憔悴地看著眾人把浮木拖上沙灘。「風暴不是碰巧平空出現，擊毀我打算乘坐逃跑的船隻。逃跑？我就像是陷阱裡的老鼠，根本無路可逃。不，我們全都是受困的老鼠——」

「我不知道你在講什麼，」沙羅諾吼道，用力扯了扯他的小鬍子。「自從那個亞麻色頭髮的小蕩婦說什麼有黑人從海上來之後，我就搞不清楚你在講什麼了。但我知道我不會在這片詛咒海岸上度過餘生。我有十個手下跟船一起下地獄了，但我還有一百六十個手下。你有一百個人。你的堡壘裡有工具，森林裡又不缺木材。我們來造一艘船。等他們把這根浮木拖到海浪沖刷範圍外後，我就叫他們去下去砍樹。」

「那要好幾個月，」瓦蘭索喃喃說道。

「好吧，我們能把時間花在什麼更好的作法上嗎？我們受困於此——除非建造一艘船，哪裡也去不了。我們得搭建臨時鋸木場，但我這輩子還沒遇上解決不了的問題。我希望那場風暴吹沉了史多羅姆的船——那條阿果斯狗！我們一邊造船，一邊找尋老傳尼克斯的寶藏。」

「你沒機會建造好船的。」瓦蘭索冷冷說道。

「你擔心皮克特人？我們有足夠的人手對付他們。」

「我不是指皮克特人。我是指黑人。」

沙羅諾氣沖沖地轉頭看他。「你可以說清楚嗎？這個受詛咒的黑人到底是誰？」

「確實受詛咒，」瓦蘭索凝望大海說。「來自我血腥過往的影子，不把我送入地獄誓不罷休。我就是因為他才逃出辛加拉，希望大海能夠掩飾我的足跡。但我早該知道他遲早會找上門來。」

「如果這樣的人上岸來，肯定躲在樹林裡。」沙羅諾吼道。「我們搜索森林，逼他出來。」

瓦蘭索笑聲刺耳。

「那就像在遮蔽明月的烏雲裡找一道黑影；在黑暗中摸索眼鏡蛇；於午夜時分追蹤來自沼澤的迷霧。」

沙羅諾皺眉看他，顯然懷疑他精神失常。

「這傢伙究竟是誰？別再講那種似是而非的話了。」

「我的瘋狂暴行和野心的影子；一頭來自失落年代的怪物；不是有血有肉的凡人，而是——」

「有船逼近！」北角的哨兵大叫。

沙羅諾轉身，嗓音破風而去。

「見過嗎？」

「見過！」答案小聲傳來。「是紅手號！」

沙羅諾像野人般破口大罵。「史多羅姆！魔鬼會照顧自己人！他怎麼逃過風暴的？」海盜提高音量，聲音遠遠傳出。「回堡壘，你們這些狗！」

在外觀稍顯殘破的紅手號轉過北灣角前，海灘上已經空無一人，護欄上冒出許多頭盔和綁紅巾的腦袋。海盜如冒險者般輕易跟神情冷淡的堡壘居民聯手抗敵。

沙羅諾咬牙切齒看著一艘長船悠閒地划向海灘，在船頭上看到宿敵的那頭黃髮。船靠岸了，史多羅姆孤身一人大步走向堡壘。

他在一定距離外停步，如公牛般渾厚的嗓音清清楚楚穿越晨空而來。「哈囉，堡壘裡的人！我是來談判的！」

「好吧，那你何不走近點談？」沙羅諾吼道。

「我上回接近堡壘談判時胸口中了一箭！」海盜喊道。「我要人保證不會再發生那種事！」

「我保證！」沙羅諾語氣諷刺。

「誰要你保證，你這條辛加拉狗！我要瓦蘭索保證。」

伯爵恢復了點尊嚴。他語帶權威地回道：「上前，但不要帶手下。我們不會放箭射你。」

「有你這句話就夠了。」史多羅姆立刻說。「不管可瑟塔家族的人有多奸詐，只要親口許諾，他就不會反悔。」

他大步前進，來到堡壘門口，嘲笑沙羅諾恨得牙癢癢的表情。

「好了，沙羅諾，」他挑釁，「跟我們上次見面相比，你少了一艘船！但你們辛加拉人向來不是好水手。」

「你的船怎麼沒事，你這個梅桑西亞大敗類？」海盜喝問。

「北方數里外有座海灣，受到山脊保護，足以瓦解強風。」史多羅姆回答。「我在那裡下錨。船錨扯得很緊，不過沒讓我們撞到陸地。」

沙羅諾神色陰沉。瓦蘭索一言不發。他不知道北方的海灣。他沒怎麼探索附近區域。對皮克特人的恐懼加上缺乏好奇心導致他和他的人盡量待在堡壘附近。辛加拉人天生就不是探險家或拓荒者。

「我想提出交易。」史多羅姆神態輕鬆。

「我們沒東西跟你交易，要打就來。」沙羅諾吼道。

「我不這麼認爲，」史多羅姆抿嘴微笑。「你們在殺害我的大副加拉克斯時露了底牌。今天早上之前，我還認定傳尼克斯的寶藏在瓦蘭索手中。但如果你們兩個已經得到寶藏，就不必費心跟蹤我，殺害我的大副，奪取地圖。」

「地圖？」沙羅諾語氣一僵，脫口而出。

「喔，少裝了！」史多羅姆大笑，但眼冒怒火。「我知道是你搶走的。皮克特人不穿靴子！」

「但——」伯爵莫名其妙，開口解釋，不過在沙羅諾輕推一把後閉嘴。

「如果地圖在我們手上，」沙羅諾說，「你打算拿什麼來換？」

「讓我進堡壘。」史多羅姆提議。「然後再談。」

他意有所指地看了看站在護欄後圍觀他們的人，兩個對手了解他的意思。所有人都了解。史多羅姆有船。那個事實就是交易的主角，也能在戰鬥中扮演關鍵角色。但那艘船只能運送這麼多人，不管是誰發號司令；他們可以乘船離開，但肯定有人會被留下。在緊張的揣測之中，護欄上陷入一片死寂。

「叫你的人待在原地，」沙羅諾警告，指向兩艘停在海灘上的小船，還有停在海灣的大船。

「好。但別想抓我當人質！」他冷笑道。「不管談判結果如何，我要瓦蘭索保證我能毫髮無傷地離開堡壘。」

「我保證。」伯爵回應。

「那就好。開門，我們直截了當地談。」

大門開啓又關上，三個領袖消失在眾人眼前，兩方勢力的人繼續安靜對峙：護欄上的人，和蹲在小船旁的人，相隔一大片沙灘；卡拉克海盜船停在一片藍海之外，船欄的鋼蓋閃閃發光。貝莉莎和提娜伏在大殿的大階梯上，下面的人都沒理她們。四個人坐在大餐桌旁：瓦蘭索、蓋伯、沙羅諾和史多羅姆。大殿裡沒有其他人。

史多羅姆大口喝酒，把空酒杯放在桌上。他虛僞的誠懇表情完全讓眼中殘暴背叛的目光所出賣。但他講話還算坦白。

「我們都想要老傳尼克斯藏在這座海灣附近的寶藏。」他直言道。「我們都有其他人需要的東西。瓦蘭索有人力、物資和能夠對抗皮克特人的堡壘。你，沙羅諾，有我的地圖。我有船。」

「我想知道，」沙羅諾說，「既然多年來地圖一直在你手上，你爲什麼不早點來找寶藏？」

「不在我手上。是那隻狗，辛吉里托，在黑暗中殺了老頭，搶走地圖。但他沒船沒人手，而他花了超過一年的時間弄到那些。他來找寶藏時，皮克特人阻止他登陸，他的手下叛變，逼他返回辛加拉。其中之一偷走了地圖，最近賣給了我。」

「所以辛吉里托認得這座海灣。」瓦蘭索喃喃道。

「是那條狗領你來此，伯爵？我早該猜到了。他人呢？」

「肯定在地獄，既然他當過海盜。皮克特人殺了他，顯然是趁他在森林裡尋找寶藏的時候。」

「很好！」史多羅姆很高興聽聞此事。「好吧，我不知道你怎麼知道地圖在我大副手上。我信任他，我手下比信任我還信任他，所以我把地圖交給他。但今天早上他隨一些人進入內陸，跟大家走散了，我們發現他在海灘附近被人砍死，地圖不見了。我的手下指控我殺了他，但我對那些蠢蛋指出殺他的人留下的足跡，證明跟我的腳不合。我知道不會是我的手下殺的，因爲他們的靴子都不會留下那種足跡。而皮克特人根本不穿鞋。所以肯定是辛加拉人。」

「好吧，你們有地圖，但還沒找到寶藏。如果找到了，你們就不會讓我進入堡壘。我把你們困在堡壘裡，你們不能出去找寶藏，就算眞的已經找到了，你們也沒船離開。」

「我的提議如下：沙羅諾，把地圖給我。你，瓦蘭索，給我新鮮的肉和其他物資。旅途漫長，我的人已經快得壞血病了。我的代價就是帶你們三個人、貝莉莎女士和她的小鬼離開，在辛加拉海港附近放你們上岸——如果沙羅諾喜歡，我也可以讓他在海盜聚集地附近上岸，既然辛加拉肯定有絞刑索等著他。另外我再加碼，讓你們每人都能分得一筆寶藏。」

辛加拉海盜一言不發地扯小鬍子。他知道史多羅姆絕不會信守承諾。沙羅諾根本也不會考慮同意此事。但直接拒絕等於是逼對方開打。他試圖研擬智取對方的計畫。他想要史多羅姆的船的慾望就跟想要失落的寶藏一樣強烈。

「我們爲什麼不以你當人質，強迫你的手下拿船來換？」他問。

史多羅姆嘲笑他。

「你當我是笨蛋？如果我一個小時內不出去，或懷疑你們另有所圖，我的手下就會拔錨啓航。就算你們在沙灘上把我活活剝皮，他們也不會交出船。再說，伯爵保證過。」

「我會信守承諾。」瓦蘭索嚴肅地說。「不要威脅他了，沙羅諾。」

沙羅諾沒有回應，全副心思都放在奪取史多羅姆的船上；想辦法在不透露他沒有地圖的事實下繼續談判。

看在密特拉的份上，他真想知道究竟是誰奪走了那張受詛咒的地圖。

「讓我帶我的手下一起上船，」他說。「我不能遺棄忠心耿耿的追隨者——」

史多羅姆嗤之以鼻。「你何不直接叫我把刀給你，割斷我的喉嚨算了？遺棄忠心耿耿的——去！只要有利可圖，你連親兄弟都能遺棄。不！你不能帶足以叛變搶船的人手上船。」

「給我們一天時間考慮。」沙羅諾說，爭取時間。

史多羅姆一拳捶在桌上，杯裡的酒差點灑出來。

「不，看在密特拉的份上！現在就給我答案！」

沙羅諾站起身來，怒氣蓋過他的機智。

「你這條巴拉洽狗！我就給你答案——用你的腸子——」他扯下斗篷，握住劍柄。史多羅姆大吼起身，椅子摔在地板上。瓦蘭索跳起，伸手擋在兩個虎視眈眈、伸長腦袋、武器出鞘、顏面抖動的傢伙之間。

「兩位，夠了！沙羅諾，我跟他保證過——」

「去你的保證！」沙羅諾吼。

「讓開，大人。」巴拉洽海盜也叫，語氣充滿殺機。「你保證不會背叛我。這條狗跟我公平決鬥不算違背你的承諾。」

「說得好，史多羅姆！」他們身後傳來一個低沉雄厚的嗓音，帶有饒富興味的語調。所有人都轉過身去，張口結舌。台階上的貝莉莎驚訝到驚呼出聲。

一個男人自一道門簾後大步走出，不疾不徐地走向大桌。他立刻主導了整個局面，所有人都察覺當前形勢出現了全新的變數。

陌生人跟兩個海盜一樣高，體格更爲壯碩，但體型和高筒靴都不影響他獵豹般的敏捷動作。他穿著緊身白絲褲，天藍色的寬邊外套沒扣，露出其下的寬領上衣和紅腰帶。外套上有橡實狀的銀鈕釦，袖口和口袋口鑲金邊，還有緞面衣領。加上一頂亮面帽子，這種打扮風格大概已經有一百年沒人穿過了。對方腰間掛著一把大彎刀。

「科南！」兩個海盜同聲叫道，瓦蘭索和蓋伯聽到這個名字時倒抽一口涼氣。

「還會有誰？」壯漢走到桌前，神色諷刺地嘲笑他們驚訝的神情。

「你——你在這裡做什麼？」總管結巴問。「你怎麼進得來，沒有邀請也沒人通報？」

「我趁你們這群蠢蛋在大門爭論時爬東側的護欄進來。」科南回答。「堡壘裡所有人都伸長脖子往西邊看。我在你們開堡壘門放史多羅姆進來時溜進主宅。之後我就一直躲在那個房間裡偷聽。」

「我以爲你死了。」沙羅諾緩緩說道。「三年前有人在礁石海岸看到你的船的殘骸，之後你就在大陸上銷聲匿跡。」

「我沒有跟手下一起溺斃，」科南回應。「那種大小的海洋還淹不死我。」

台階上，提娜興奮地抓著貝莉莎，神情專注地透過扶欄凝視樓下。

「科南！女士，是科南！看！喔，看呀！」

貝莉莎在看；那感覺就像是遇上活生生的傳奇人物。哪個在海上討生活的人沒聽說過科南那些狂野血腥的故事，曾當過巴拉洽海盜船長，引發最恐怖的海上災難的野性漢子？有二十幾首民謠都在講述他那些膽大包天的行徑。一個不容忽視的男人；大搖大擺地走入大殿，為複雜的局勢增添更多決定性的要素。而在恐懼與讚歎中，貝莉莎的女性本能開始揣測科南對她的態度——會是史多羅姆那種毫不在意，還是沙羅諾那種強烈慾火？

瓦蘭索從家裡出現陌生人的震驚中恢復過來。他知道科南是辛梅利亞人，在北方荒原中出生成長，體能遠遠超越文明人的極限。他能避開所有人的耳目溜進堡壘並不奇怪，但瓦蘭索深怕其他野蠻人也能辦到這種事——比方說深皮膚的沉默皮克特人。

「你來這裡幹嘛？」他問。「你是從海上來的嗎？」

「我從森林裡來。」辛梅利亞人側頭向東。

「你跟皮克特人一起生活？」瓦蘭索冷冷問道。

壯漢眼中浮現怒火。

「即使是辛加拉人也該知道皮克特人和辛梅利亞人相互征戰，從未和平共處，」他咒罵一聲。「我們跟他們的世仇比世界更加古老。如果你跟我粗野的同胞講這種話，你的腦袋已經被劈開了。但我跟你們文明人相處許久，知道你們有多無知、多無禮——竟然要求穿越千里荒野而來的客人說明來意。無所謂。」他轉向神色陰沉瞪著他看的兩個海盜。

「根據剛剛聽到的對話，」他說，「引發爭議的是張地圖！」

「不關你的事。」史多羅姆吼道。

「不關嗎？」科南斜嘴一笑，從口袋裡拿出一張皺巴巴的東西——有紅線標記的羊皮紙。

史多羅姆瞪大雙眼，臉色發白。「我的地圖！」他脫口叫道。「哪裡來的？」

「我殺了你的大副，加拉克斯，奪過來的。」科南神情愉快地笑道。

「你這條狗！」史多羅姆大叫，轉向沙羅諾。「地圖根本不在你手上！你說謊——」

「我又沒說在我手上。」沙羅諾吼。「是你自己騙自己。少笨了。科南只有一個人。如果他有船員，早就割斷我們喉嚨啦。我們搶走他的地圖——」

「你搶不到的！」科南哈哈大笑。

兩個海盜齊聲詛咒，朝他撲去。他後退一步，把羊皮紙捏成一團，丟入壁爐的炭火中。史多羅姆大叫一聲，掠過他身邊，耳朵下方遭受重擊，頭昏腦脹摔在地上。沙羅諾拔出長劍，還沒刺出已經被科南的彎刀擊落。

沙羅諾退到桌旁，神色怨毒。史多羅姆爬起身來，目光呆滯，耳朵瘀青，流出鮮血。科南微微靠向桌子，伸出彎刀抵住瓦蘭索伯爵胸口。

「不要叫人，伯爵。」辛梅利亞人輕聲道。「不要吭聲——你也一樣，狗臉！」他如此稱呼蓋伯，而蓋伯完全不打算透露任何怒意。「地圖已經燒成灰燼，現在灑血毫無意義。坐下，通通坐下。」

史多羅姆遲疑，伸手去握劍柄，接著聳聳肩，悶悶不樂地沉入一張椅子。其他人也照做。科南保持站姿，站在桌前，所有敵人目光怨毒地看著他。

「你們在討價還價，」他說。「我也是爲此而來。」

「你要交易什麼？」沙羅諾語氣輕蔑。

「傳尼克斯的寶藏！」

「什麼？」四個男人同時起身，朝他湊近。

「坐下！」他吼，以彎刀刃面敲擊桌面。他們坐回去，情緒緊繃，臉色發白，但又難掩興奮之情。

他笑著享受自己的言語引發的效果。

「沒錯！我拿到地圖前就找到寶藏了。那就是我燒掉地圖的原因。我不需要它。這下除非我指路，不然誰也別想找到寶藏。」

他們目露殺機瞪著他。

「你說謊，」沙羅諾不信。「你剛剛已經騙過我們。你說你是從森林來的，又說沒跟皮克特人一起生活。所有人都知道這片土地一片荒野，只有野人住在裡面。最近的文明前哨站是雷霆河河畔的阿奎洛尼亞聚落，位於東方數百里外。」

「我就是從那裡來的。」科南冷冷回應。「我相信我是第一個穿越皮克特荒野的白人。我爲了跟蹤一支騷擾前線的掠奪隊而渡過雷霆河。我跟著他們深入荒野，殺了他們酋長，但在混戰中被投石器的石頭打昏，讓那些狗活捉。他們是狼族的，而他們把我交易給鷹族，換回被鷹族虜獲的酋長。鷹族人帶著我西行近百里，打算回歸主村落後燒死，但我趁夜殺了他們的戰爭酋長和三、四個人，逃出生天。

「我無法回頭。他們在後方追我，一直把我往西邊趕。幾天前我甩開他們，看在克羅姆的份上，我藏身的地方剛好就是老傳尼克斯的寶窟！我全找到了：裝有武器衣物的寶箱——我的衣服和這把彎刀就是從那裡來的——成堆的錢幣、寶石、老古董，其中還包括了托斯梅克里宛如冰冷星光般的首飾！老傳尼克斯和他十一個船長坐在一張黑檀木桌旁，盯著那些寶藏看，彷彿已經盯了整整一百年！」

「什麼？」

「對！」他笑。「傳尼克斯死在他的寶藏堆裡，所有船長都死了！他們的屍體沒有腐爛，沒有皺縮。他們穿著高筒靴、寬外套和亮面帽坐在那裡，僵硬的手中拿著酒杯，就這麼坐了一世紀！」

「聽起來太詭異了！」史多羅姆語氣不安，但沙羅諾吼道：「那又怎樣？那是我們要找的寶藏。繼續，科南。」

科南在桌前坐下，倒了杯酒，喝一口，然後才開始說話。

「這是我離開康納瓦加後喝到的第一口酒，克羅姆呀！天殺的鷹族皮克特人在森林裡追得我很緊，我連找到堅果和草根都沒時間咀嚼。有時我抓到青蛙，只能生吃，因爲我不敢生火。」

不耐煩的聽眾強烈表達他們對他找到寶藏前的冒險不感興趣。

他微微一笑，繼續說下去：「好吧，我找到寶窟後就在裡面休息了好幾天，設陷阱抓兔子，療養傷勢。我看到西邊有人煙，但以爲是海邊的皮克特村落。我躲著不露面，後來發現皮克特人會迴避那座寶窟。如果有人發現我，他們都沒有在我面前露面。」

「我昨晚開始往西走，朝人煙以北數里外的方向。快到海邊時，狂風暴雨來襲。我在一顆巨岩下躲雨，待到風平浪靜爲止。接著我爬上一棵樹，尋找皮克特人的蹤跡，結果發現你停在海面上的加拉克帆船，史多羅姆，也看到你的手下上岸。我在前往你們海灘營地途中遇上加拉克斯。我一劍砍了他，因爲我們之間有宿怨。要不是他死前想要吞了地圖，我根本不會料到他身上有這種東西。」

「我一眼就認出那是什麼，當然，當你們這群狗發現屍體時，我正在考慮能怎麼利用它。我躺在距離你們不到十二碼的樹叢裡，聽你跟你的手下討論此事。我認爲當時並不是適合我現身的時候！」

他嘲笑史多羅姆臉上憤怒和懊惱的神情。

「好了，我躺在那裡聽你們說話，大概了解了情況，也從中得知沙羅諾和瓦蘭索在南方的海灘。所以當你說殺人搶地圖的一定是沙羅諾，而你打算去跟他談判，找機會幹掉他奪回地圖時——」

「你這條狗！」沙羅諾大吼。史多羅姆臉色鐵青，但還是冷冷一笑。

「你以爲我會跟你這種滿嘴謊話的傢伙公平交易嗎？——繼續，科南。」

辛梅利亞人微笑。他顯然是故意在搧風點火。

「然後就沒什麼好說了。你們沿海岸航行，我則直接穿越樹林，比你們搶先一步抵達堡壘。沙羅諾的船就跟你猜的一樣毀於風暴——但話說回來，你很熟悉這座海灣的地形。」

「好了，事情就是這樣。我有寶藏，史多羅姆有船，瓦蘭索有物資。克羅姆呀，沙羅諾，我看不出你有什麼用處，但爲了避免衝突，我決定算你一份。我的提議很簡單。」

「我們把寶藏分成四份。史多羅姆和我帶我們的份搭乘紅手號離開。你跟瓦蘭索留在荒野中當大王，或伐木造船，隨便你們。」

瓦蘭索臉色發白，沙羅諾破口大罵，史多羅姆則暗自偷笑。

「你眞的蠢到敢獨自上史多羅姆的船？」沙羅諾吼。「你一出海就會被他割喉。」

「這就像羊、狼和甘藍菜的問題。」他承認。「該怎麼讓他們渡河時不自相殘殺！」

科南開懷大笑。

「這就是辛梅利亞人的幽默感。」沙羅諾抱怨。

「我不要留在這裡！」瓦蘭索大叫，黑眼目光狂野。「不管有沒有寶藏，我都要離開！」

科南瞇起眼睛打量他。

「那好吧，」他說，「這樣如何：我們照我的說法分了寶藏。史多羅姆帶沙羅諾、瓦蘭索及他挑選的家臣搭船離開，把堡壘和剩下的人加上沙羅諾所有手下留給我指揮。我自己建造自己的船。」

沙羅諾看起來不太高興。

「我的選項只有留在這裡接受放逐，或遺棄我的手下，獨自搭乘紅手號離開，然後被割喉？」

科南的笑聲在大殿中迴蕩，他開心地拍拍沙羅諾的背，無視海盜眼中的殺機。

「沒錯，沙羅諾！」他說。「我跟史多羅姆開船離開，你留下，或是你跟史多羅姆開船離開，把你的手下留給我。」

「我寧願跟沙羅諾走，」史多羅姆坦白說。「你會策反我的手下，科南，在我抵達巴拉洽群島前割斷我的喉嚨。」

沙羅諾的白臉開始滴汗。

「如果我們跟這個魔鬼走，我、伯爵和他外甥女都不可能活著上岸。」他說。「在這座大殿裡，你們都在我的掌握中。因爲外面都是我的手下。我爲什麼不宰了你們兩個？」

「不爲什麼。」科南愉快地承認。「問題是如果你這麼做，史多羅姆的手下會開船離開，把你困在這片海岸，過一陣子讓皮克特人割喉；還有一旦殺了我，你永遠別想找到寶藏；加上如果你敢叫人，我就會把你的腦袋砍成兩半。」

科南邊說邊笑，彷彿身處什麼奇特的處境，但就連貝莉莎也感覺得出來他是認真的。他的彎刀就放在大腿上，沙羅諾的劍則躺在桌下，觸手不可及的地方。蓋伯不善打鬥，瓦蘭索似乎沒有能力下達決定或採取行動。

「對！」史多羅姆咒罵一聲。「我們兩個可不是那麼好解決的。我同意科南的提議。你怎麼說，瓦蘭索？」

「我必須離開這片海岸！」瓦蘭索喃喃自語，目光空洞。「我必須盡快——我必須離開——遠走高飛——越快越好！」

史多羅姆皺眉，不知道伯爵是怎麼了，於是轉向沙羅諾，笑容不善：「你呢？沙羅諾？」

「我能說什麼？」沙羅諾吼道。「讓我帶三個幹部跟四十個水手上紅手號，我就同意。」

「三個幹部，三十個水手。」

「可以。」

「成交！」

他們沒有握手，也沒有儀式性地喝酒表示成交。兩個船長好似餓狼般互瞪。伯爵手掌顫抖地扯著小鬍子，沉浸在他自己的陰鬱思緒中。科南像頭大貓般伸展、喝酒、笑看眾人；但那笑容宛如跟蹤獵物的老虎般不懷好意。貝莉莎察覺大殿中殺機四伏，每個男人心中都是背叛的意圖。他們全都不打算信守承諾，或許只有瓦蘭索除外。兩個海盜都想獨吞船和寶藏，少一樣都不滿足。但要怎麼做？他們到底在打什麼主意？貝莉莎讓空氣中的仇恨與背叛氣息壓得喘不過氣。辛梅利亞人，儘管說話十分坦白，看起來一樣心機深沉——猶有過之。他不光是在肉體方面主導整個局面，雖然他的厚肩膀和粗手臂似乎大到大殿都快容納不下。他連在氣勢上也完全蓋過其他海盜。

「帶我們去找寶藏！」沙羅諾要求。

「等等。」科南回答。「我們必須維持勢均力敵，不能讓任何一方占便宜。這樣辦吧：讓史多羅姆的人上岸，只留六個人在船上，其他人在海灘紮營。沙羅諾的人離開堡壘，一樣在海灘紮營，保持在視線範圍內。這樣雙方就能監視彼此，確保沒人在我們離開後溜進樹林，伏擊我們。留在紅手號上的人把船開離海岸，避免任何一方奪船。瓦蘭索的人待在堡壘裡，但是大門不關。你要跟我們去嗎，伯爵？」

「進入森林？」瓦蘭索發抖，拉緊斗篷。「就算爲了傳尼克斯的寶藏也不幹！」

「好吧。我們需要約莫三十個人搬運寶藏。兩個海盜團各出十五個人，盡快出發。」

貝莉莎，專注留意樓下整體形勢的發展，看見沙羅諾和史多羅姆偷偷對看一眼，然後迅速垂下目光，舉起酒杯，掩飾眼中的不良意圖。貝莉莎看出科南計畫中的致命缺陷，懷疑他怎麼會忽略這一點。或許他對自己的力量太過自信。但她知道他絕不會活著走出森林。等到寶藏入手，其他人就會聯手剷除他們都痛恨的傢伙。她發抖，憂心地凝視這個死定了的男人；那種感覺很奇怪，看著這名強大的戰士坐在那裡，哈哈大笑，暢飲美酒，力量如日中天，卻很清楚他註定面對慘死的命運。

整件事情充滿黑暗血腥的預兆。沙羅諾一有機會就會殺害史多羅姆，而她知道史多羅姆已經想好要怎麼除掉沙羅諾，還有，毫無疑問，她舅舅和她自己。如果沙羅諾贏得這場殘暴的機智競賽，他們就安全了——但眼看那個海盜坐在那裡咬他的小鬍子，邪惡的天性完全表現在他黝黑的臉上，她實在難以肯定哪種命運比較可怕——死亡還是沙羅諾。

「多遠？」史多羅姆問。

「如果一小時內出發，午夜之前就能回來。」科南回答。他喝光杯裡的酒，站起身來，調整腰帶，看向伯爵。

「瓦蘭索，」他說，「你是不是瘋了，竟然殺害身塗獵漆的皮克特人？」

瓦蘭索嚇一跳。「什麼意思？」

「你是想說你不知道你的手下昨晚在樹林裡殺了一個皮克特獵人？」

伯爵搖頭。「我的人昨晚沒進樹林。」

「好吧，有人進去了。」辛梅利亞人嘟噥道，在口袋裡翻找。「我看到他的頭顱給釘在森林邊緣的樹上。他染的圖案不是作戰用的。我沒發現靴印，所以我認為他是在風暴之前就給釘上去的。但現場有其他足跡——潮濕的地面上有鹿皮軟鞋印。皮克特人到過現場，見過那顆頭。他們是其他部族的人，不然肯定會把頭顱帶走。如果他們跟死人的部族剛好處於停戰期間，他們就會去他的村落告知此事。」

「或許是他們殺的。」瓦蘭索說。

「不，他們沒有。但他們知道是誰殺的，就跟我知道是誰殺的一樣。這條項鍊綁在斷頭所在的樹墩上。你肯定是瘋到家了，才會直接標明是自己幹的。」

他拿出一樣東西，丟在桌上，伯爵身形搖晃，呼吸困難，伸手摸脖子。那是他平常都會戴在脖子上的金徽章項鍊。

「我認得可瑟塔徽章，」科南說。「這條項鍊讓皮克特人知道此事是外國人所爲。」

瓦蘭索沒有回應。他坐著凝視項鍊，彷彿那是一條毒蛇。

科南皺眉看他，神色懷疑地望向其他人。沙羅諾比個手勢，表示伯爵腦袋不太正常。

科南把彎刀插回刀鞘，戴上亮面帽。

「好吧。我們走。」

兩個船長喝光他們的酒，站起身來，調整劍帶。沙羅諾伸手放在瓦蘭索手上，輕輕推他。伯爵嚇了一跳，左顧右盼，然後跟其他人出門，神色茫然，項鍊在其指尖垂擺。但並非所有人都離開大殿。

貝莉莎和提娜遭人遺忘在台階上，待在欄杆後偷看，發現蓋伯放慢腳步跟在其他人身後，等他們出去後關上沉重的大門。接著他快步走向壁爐，小心翼翼地翻找悶燒的煤塊。他跪在地上，仔細研究某樣東西一段時間。然後他站直身子，一副鬼鬼祟祟的模樣，從另一扇門離開大殿。

「蓋伯在壁爐裡找什麼？」提娜輕聲問。貝莉莎搖頭，接著，在好奇心驅使下，起身下樓，步入空蕩蕩的大殿。片刻過後，她跪倒在總管剛剛跪的位置，看見他看見的東西。

科南丟入火堆中的焦黑地圖。地圖脆到一碰就會粉碎，但其上的線條和部分文字依稀可見。她無法閱讀那些文字，不過可以看出一座山丘或峭壁的輪廓，四周都是顯然代表濃密樹林的標記。她看不出所以然，但從蓋伯的舉動來看，她相信他認得地圖上描繪的場景或地形特徵。她知道總管比聚落裡其他人更熟悉森林。

06 搶死人的錢

貝莉莎下樓，發現瓦蘭索伯爵坐在桌旁，把玩斷掉的項鍊。她看他的神情中沒有愛，只有恐懼。他身上出現的變化太可怕了；他彷彿鎖在屬於自己的殘酷世界裡，被恐懼抽離所有人性。

在黎明風暴過後的正午豔陽下，堡壘陷入一種奇特的寧靜。護欄內的人聲聽起來悶悶的，很小聲。沉悶慵懶的氣氛延伸到海灘上，兩方對立的海盜警覺猜忌，分別在相距數百碼的沙地上紮營。遠處海面上，紅手號下錨停駐，幾名水手待在船上，一看情況不對就會把船開走。加拉克帆船乃是史多羅姆的王牌，用以確保同伴不會耍任何詭計。

科南精心策劃，消除在森林中遭遇雙方人馬伏擊的機會。但在貝莉莎看來，他完全沒有預防兩個夥伴背叛。他率領兩名船長和三十個海盜消失在樹林中，辛加拉女人很肯定她再也不會見到他。

她過了一會兒開口說話，聲音自己聽來都很緊繃刺耳。

「野蠻人領著兩名船長進入森林。他們錢一到手，就會把他殺了。但等他們帶著寶藏回來，然後呢？我們眞的要上船嗎？我們能信任史多羅姆嗎？」

瓦蘭索心不在焉地搖頭。

「史多羅姆會爲了獨吞寶藏殺光我們。但沙羅諾有悄悄對我告知意圖。除非我們成爲紅手號的主人，不然絕不上船。沙羅諾會確保尋寶團拖到深夜，被迫在森林裡紮營。他會想辦法趁睡覺時殺了史多羅姆和他手下。然後辛加拉海盜會偷偷摸入海灘。黎明前，我派漁夫游泳出海奪船。史多羅姆沒料到這著，科南也沒有。沙羅諾和他的手下會離開森林，加上在海灘上紮營的海盜，一起摸黑幹掉巴拉洽海盜。我則率領重裝兵殺出堡壘。他們少了船長，沒有鬥志，人數也不足，我和沙羅諾可以輕易解決他們。到時候我們帶著所有寶藏搭史多羅姆的船離開。」

「那我呢？」她透過乾巴巴的嘴唇問。

「我把妳許配給沙羅諾了。」他語氣嚴厲。「他就是因爲這個理由才不幹掉我們。」

「我絕不嫁給他。」她語氣無助。

「妳會嫁。」他冷冷說道，一點同情的語氣都沒有。他把項鍊舉到窗口灑落的陽光下。「我一定是把它掉在沙裡了。」他喃喃說。「他有接近到那麼近的距離——在沙灘上——」

「你沒把它掉在沙灘上。」貝莉莎的語氣跟他一樣毫不寬容；她的靈魂化爲石頭。「昨晚在這座大殿裡鞭打提娜時，你不小心把它扯下來。我離開大殿前還看到它在地上反光。」

他抬頭，臉色發青，恐懼異常。

她笑聲殘酷，在他瞳孔放大的眼中感應到他的疑問。

「沒錯！黑人！他來過！這座大殿裡！他肯定是在地上撿到項鍊。守衛沒發現他。他昨晚到過你門外。我看到他走過樓上的走廊。」

一時之間，她以爲他會當場嚇死。他沉回他的椅子上，項鍊滑落他麻痺的手指，叮地一聲落在桌上。

「在主宅裡！」他喃喃道。「我以爲門閂、橫槓、武裝守衛可以阻擋他，我眞是太蠢了！我擋不住他，就像我逃不出他的掌心一樣！在我門口！我門口！」這個想法讓他魂不附體。「他爲什麼不開門進去？」他尖叫，拉扯衣領上的飾帶，彷彿喘不過氣。「他爲什麼不做個了斷？我曾夢到在黑暗的臥房中醒來，看到他蹲在面前，藍色的地獄火焰在他頭上的角旁飛竄！爲什麼——」

恐慌感逐漸過去，他開始暈眩顫抖。

「我懂了！」他喘道。「他在玩弄我，就像貓玩弄老鼠。昨晚在臥房殺掉我太容易了、太仁慈了。於是他摧毀我賴以逃命的船隻，殺死那個可憐的皮克特人，把我的項鍊留在他身上，誘導野人相信是我殺了他——他們見過那條項鍊掛在我脖子上很多次。

「但爲什麼？他究竟有什麼陰謀，人類難以想像或了解的邪惡目的？」

「這個黑人到底是誰？」貝莉莎問，冰冷的恐懼沿著背脊往上爬。

「我的貪婪和慾望所釋放的惡魔，爲了永遠折磨我而降臨世間！」他低聲說。他在桌上攤開修長的十指，透過空洞詭異的雙眼凝望著她，彷彿完全沒看到她，而是看穿她的身體，看見遙遠昏暗的末日。

「我年輕時在宮廷裡有個敵人，」他說，比較像是自言自語，而不是對她說。「有權有勢的男人，擋在我和野心之間。在追求財富和權力的慾望驅使下，我尋求擅長黑魔法的人協助——

一個黑魔法師，根據我的請求從存在外圍的深淵裡召喚來一頭惡魔，使其化爲人形。它除掉了我的敵人；我取得無人能夠匹敵的權力和財富。但我不打算支付凡人召喚惡魔辦事所需支付的代價。」

「魔法師利用邪惡的魔法欺騙沒有靈魂的黑暗生物，把它羈絆在地獄裡無助吶喊——我以爲直到永遠。但由於魔法師賜予惡魔人類的形體，他沒辦法徹底破除它和物質界間的羈絆，沒辦法完全關閉它前來這個世界的宇宙走廊。」

「一年前在柯達瓦，我聽說那個年老力衰的魔法師在他的城堡裡慘遭殺害，喉嚨上有惡魔利爪的痕跡。當時我就知道是那個惡魔逃出法師羈絆它的地獄，而他會來找我報仇。一天晚上，我在城堡大殿的陰影中看見他的惡魔臉——」

「那不是他的肉身，而是他的靈體——但他的靈體沒辦法穿越海風猛烈的海洋。在他的肉身抵達可達瓦前，我乘船出海，在我和他之間隔開遼闊的大海。他的能力有其極限。想要跟蹤我渡海，他必須保持肉身。但他的肉身跟人類不同。我想，他可以被火燒死，儘管召喚他來的魔法師沒有能力殺死他——這是魔法師本身的限制。」

「但那惡魔陰險狡詐，難以誘捕或宰殺。他想躲起來時，沒人能找到他。他陰影般穿梭黑夜，毫不在乎門閂和橫槓。他用睡眠遮蔽守衛的眼睛。他能召喚風暴，指揮深淵來的毒蛇、黑夜中的惡魔。我希望能在藍海荒洋中掩飾我的行蹤——但他找上門來，爲了取回他失去的東西。」

詭異的雙眼微微發光，看穿掛毯牆，凝望遙遠無形的地平線。

「我還有機會智取他，」他喃喃道。「讓他今晚不動手——只要撐到黎明，我就可以上船，再度在他的復仇跟我之間增添一座海洋。」

□

「地獄火呀！」

科南突然停步，仰望上方。身後的海盜隨之停步——他們分作兩群，手裡持弓，疑神疑鬼。他們走在一條皮克特人建造的東向古道上，儘管才走約莫三十碼，海灘卻已不見蹤影。

「怎麼了？」史多羅姆語氣懷疑。「停下來做什麼？」

「你瞎了嗎？看那裡！」

古道上方一根樹枝垂下一顆人頭，對著他們微笑——黝黑塗漆的臉，濃密的黑髮，左耳上插著巨嘴鳥羽毛。

「我取下那顆頭，藏在樹叢裡。」科南低吼，仔細掃視附近的樹林。「哪個蠢蛋把它掛回去的？看來有人竭盡所能引誘皮克特人攻打海灘聚落。」

所有人神色不安地打量彼此，在已經沸騰的大鍋裡平添懷疑的元素。

科南爬到樹上，摘下頭顱，步入樹叢，丟入溪流，眼看著它沉沒。

「這棵樹附近的足跡不是巨嘴鳥族留下的。」他從樹林中走回來說。「我曾航行過這段海岸多次，對海陸部落有點了解。如果我沒看錯這些足跡，他們就是鸕鶿族的人。希望他們有跟巨嘴鳥族開戰。如果沒有，他們就會直接前往巨嘴鳥族的村落，然後情況就一發不可收拾。我不知道那座村落距離多遠——但只要他們聽說此事，就會好像餓狼般穿越森林。這對皮克特人來說是最嚴重的羞辱——殺死沒塗戰漆的男人，把他的頭插在樹上給禿鷹吃。這種事在這段海岸很少發生。但每當有文明人進入這片荒野時就會這樣幹。他們全都瘋到家了。來吧。」

海盜鬆開刀鞘和箭袋，深入森林。他們是海上男兒，習慣遼闊的灰水，一旦受困於神祕的樹木藤蔓綠牆之間就會焦躁不安。古道左彎右拐，沒多久大部分水手都失去方向，連海灘在哪裡都搞不清楚。

科南則是為了另一個理由不安。他一直盯著古道看，最後終於哼了一聲：「不久前有人經過這裡——不到一個小時。穿靴子的人，不熟悉森林生存之道。或許他就是找到皮克特人的頭顱，插回樹上的那個蠢蛋？那裡除了之前就有的皮克特人足跡，沒有其他足跡。到底是誰趕在我們之前。你們兩個混蛋有基於任何理由派人先來嗎？」

史多羅姆和沙羅諾都否認有幹這種事，然後滿臉不信任的模樣瞪著彼此。他們兩個都看不出科南口中的足跡；他在沒有長草的硬土地面看到的腳印在他們沒經驗的眼中就跟隱形一樣。

科南加快腳步，所有人快步跟上，不信任的悶燒火堆裡又多了新炭。不多時古道轉而向北，科南離開古道，開始往東南方穿越密林。史多羅姆神色不安地偷看沙羅諾一眼。他們或許得被迫改變計畫。離開古道不出數百呎，他們兩個都徹底迷路，心知沒辦法憑自己的力量找路回去。他們開始擔心辛梅利亞人其實有手下，而他正帶領他們迎向埋伏地點。

他們越走，疑心越重，正當面臨驚慌邊緣時，他們步出了濃密樹林，來到一座光禿禿的峭壁前。東側的樹林有條幽暗小道通往峭壁，順著岩石堆蜿蜒而上，接上一道石階，末端是頂峰附近的一座岩架。

科南停步，一身海盜華服打扮的他看來十分古怪。

「我被鷹族皮克人追殺時，是從那條路上去的。」他說。「那條路通到岩架後的一座洞穴。傳尼克斯和他手下船長的屍體就在那個洞穴裡，還有他從托斯梅克里手中掠奪的財寶。但上去之前先把話說清楚：如果在這裡殺了我，你們就別想找到通往海灘的那條古道。我很清楚你們這些水手的能耐。你們沒辦法在森林中生存。海灘當然就在西邊，但如果你們帶著寶藏穿越密林，那就不是幾個小時，而要花好幾天才走得出去。等巨嘴鳥族的人得知獵人的下場後，我不認爲這座森林對白人而言會是安全的地方。」他嘲笑他們在聽見自己道破他們意圖時露出的難看笑容。而且他也算準了他們此刻心裡盤算的主意：讓野蠻人幫他們弄到寶藏，帶他們回到海灘古道，然後再幹掉他。

「除了史多羅姆和沙羅諾，所有人留在這裡。」科南說。「我們三個就足以把洞裡的寶藏都搬下來。」

史多羅姆笑容陰森。

「跟你和沙羅諾兩個人上去？你當我是白痴嗎？我至少要帶一個手下！」他指定水手長一

起上去，高大冷酷的壯漢，寬皮腰帶之上打赤膊，戴金耳環，頭上綁條紅頭巾。

「我帶我的劊子手！」沙羅諾吼道。他朝個臉好像羊皮紙包在頭顱上的瘦海賊比劃手勢，此人削瘦的肩膀上扛著一把雙手大彎刀。

科南聳聳肩。「很好。跟我來。」

他們緊跟著他走上蜿蜒古道，抵達岩架。他們擠在他身邊，穿越岩壁上的裂口，在看到地道兩側的鑲鐵寶箱時忍不住透過齒縫貪婪吸氣。

「這裡的貨不錯，」他漫不經心地說。「絲綢、飾帶、衣服、飾品、武器—南方海域常見的戰利品。但真正的寶藏都在那扇門後。」

大門半開半闔。科南皺眉。他記得離開洞窟前有把門關上。但他沒有對神情渴望的同伴說出此事，讓道一旁給他們看。

他們看見一座寬敞洞窟，其中有道奇特的藍光，照亮瀰漫其中的朦朧霧氣。洞窟中央有張大黑檀木桌，一張或許是從某個辛加拉男爵城堡裡搬來的高背寬把手椅上坐著一個身材高大、相貌英俊、氣勢恢宏的男人——血腥崔尼克斯，腦袋垂在胸前，結實的手掌依然握著珠光寶氣的酒杯，裡面的紅酒閃閃發光；傳尼克斯頭戴亮面帽，身穿金邊外套，寶石鈕釦在藍焰前閃耀不定，腳穿寬口靴，金腰帶上的金劍鞘裡插著寶石柄長劍。

木桌兩側坐著十一名船長，每個下巴都抵在飾帶裝飾的胸口上。詭異的藍焰投射在他們和高大的艦隊長身上，發自小象牙台座上的大首飾，雕工細緻的寶石上綻放耀眼的冰火，照亮傳尼克斯身前的位置——從凱米搶來的托斯梅克里首飾。這些寶石的價值超越全世界所有知名寶石的總合。

沙羅諾和史多羅姆在藍光前顯得面無血色；他們身後的手下看得目瞪口呆。

「進去拿吧。」科南讓路說道，沙羅諾和史多羅姆互相推擠，爭先恐後地衝過他身旁。他們的手下緊跟在後。沙羅諾踢開大門——一腳踏入門檻，隨即停止前進，瞪著地上的一條身影，之前讓半開的門擋住。一個男人，伏倒在地，肢體扭曲，腦袋後仰，臉色慘白，神色痛楚，十指如爪緊扣自己喉嚨。

「蓋伯！」沙羅諾脫口叫道。「死了！怎麼——」他突然起疑，探頭越過門檻，進入瀰漫內洞中的藍霧範圍。他喘息驚叫：「這煙有毒！」

他還沒叫完，科南已經撞上擠在門口的四個男人，推得他們跌跌撞撞——而不是如他計畫般一頭栽入毒霧瀰漫的洞窟裡。他們在看到死人時遲疑，發現身陷陷阱，所以雖然被他推得跌了進去，卻沒有產生他想要的效果。史多羅姆和沙羅諾跪倒在門檻上方，水手長讓他們絆倒，劊子手則撞到牆壁。在科南把地上的人踢入洞窟，關門等毒霧生效之前，他必須先轉身對付第一個恢復平衡和理智，展開猛攻的劊子手。

辛加拉海盜揮出劊子手大劍，卻被辛梅利亞人矮身避過，大劍砍中石牆，濺出藍色火花。下一刻，他皮包骨般的腦袋就被科南的彎刀砍斷，滾落地面。

趁他們短暫交鋒，水手長從地上爬起，撲到辛梅利亞人身上，以普通人無法抵擋的力量瘋狂揮砍彎刀。洞窟窄道中金鐵交擊，震耳欲聾。兩個船長滾回門檻這一側，大口喘息，臉色發紫，叫不出聲，科南加勁猛攻，試圖幹掉當下的對手，在兩個船長毒效減緩前砍死他們。水手長於猛攻下步步後退，每一步都在滴血，只能絕望地叫他夥伴快來幫忙。在科南砍出最後一擊前，兩個氣喘吁吁卻滿臉殺機的船長已經嘶聲吼叫，持劍撲了上來。

辛梅利亞人連忙後退，跳回洞外岩架上。他認爲自己敵得過三名對手，雖然他們都是聲名遠播的劍客，但他擔心會被聽到打鬥聲衝上山道的海盜困住。

然而，留在下面的海盜並沒有如他預期般迅速反應。他們搞不清楚上方洞窟中傳來的悶聲撞擊和叫喊是怎麼回事，但沒人膽敢踏上山道，因爲擔心會被人從背後捅一劍。雙方海盜緊張對峙，手握武器，但無法決定該怎麼做，在看到辛梅利亞人跳回岩架時依然遲疑。他趁他們搭箭呆立時爬上裂口旁的石梯，平趴在峭壁頂峰上，脫離他們的視線範圍。

兩個船長衝上岩架，胡亂揮舞他們的劍，雙方手下看見領袖沒在互毆，於是停止對峙，目瞪口呆地打量形勢。

「你這隻狗！」沙羅諾大叫。「你打算毒死我們！叛徒！」

科南在上方嘲弄他們。

「好吧，你們以爲會怎麼樣？你們兩個打算寶藏一到手就割斷我的喉嚨。要不是蓋伯那個蠢蛋，我已經把你們四個困在裡面，在跟大家解釋你們是怎麼自己衝進去送死了。」

「害死我們兩個，你就可以接手我的船，還有所有寶藏！」史多羅姆口沫橫飛。

「對！還可以挑選船員！我過去幾個月來都在想辦法回歸主大陸，這是絕佳的機會！

「我在古道上看到的是蓋伯的腳印。不知道那個蠢蛋是怎麼發現這座洞窟，還有他打算怎麼獨自帶走寶藏。」

「要不是看到他的屍體，我們肯定會踏入死亡陷阱。」沙羅諾喃喃道，黝黑的臉頰依然慘白。「那股藍煙彷彿隱形手指般擠壓我的咽喉。」

「好了，你們打算怎麼辦？」看不見得敵人諷刺問道。

「我們打算怎麼辦？」沙羅諾問史多羅姆。「寶窟裡充滿毒霧，不知道為什麼不會飄出門檻。」

「你們拿不到寶藏。」科南得意洋洋地保證道。「毒煙會令你們窒息。我進去時也差點被毒死了。聽著，我告訴你們一個皮克特人在火堆將熄之際於小屋中流傳的故事！從前，很久以前，十二個陌生人從海上來，找到一座洞窟，在裡面堆滿黃金和珠寶；但有個皮克特薩滿施展法術，大地撼動，冒出濃煙，讓那群坐著喝酒的傢伙窒息而死。那陣煙，地獄火的煙，被薩滿的魔法侷限在那座洞窟裡。這個故事在各部落之間流傳，所有皮克特人都會避開那個受詛咒的地點。

「我為了逃避鷹族皮克特人而躲入那座洞窟，發現傳說是真的，而傳說中的陌生人就是傳尼克斯和他手下。他和手下船長坐著喝酒時，地震震裂洞窟地面，噴出地底深淵的毒霧——無疑是來自地獄，正如皮克特人傳說。死亡在守衛傳尼克斯的寶藏！」

「帶人上來！」史多羅姆口沫橫飛地說。「我們爬上去砍了他！」

「別傻了。」沙羅諾低吼。「你以爲世界上有人能在他的劍前爬上那道石梯？我們叫手下上來，沒問題，如果他敢露面就拿箭射他。但我們還有機會弄到那些寶石。他有取得寶藏的計畫，不然不會帶三十個人扛寶藏。如果他有辦法，我們當然也想得出來。我們弄凹彎刀當鉤子，綁在繩子上，丟到那張桌子下，把桌子拉到門口來。」

「好主意，沙羅諾！」科南語帶嘲弄。「跟我想得一樣。但你們要怎麼回古道上？如果要直接穿越樹林，你們抵達海灘前，天早就黑了，到時候我會跟上去，摸黑一個一個幹掉你們。」

「那並非虛言恫嚇。」史多羅姆低聲道。「他在黑暗中能像鬼一樣神出鬼沒。如果他在樹林裡獵殺我們，沒幾個人能活著抵達海邊。」

「那我們就在這裡幹掉他，」沙羅諾咬牙切齒。「一些人放箭掩護，其他人爬上去。如果他沒死在箭下，也有人跟他近身肉搏。聽！他笑什麼？」

「聽到死人策劃陰謀呀。」科南冷笑道。

「別理他。」沙羅諾臉色一沉，接著提高音量，叫下面的人上岩架來會合。

水手開始走上山道，有人大聲問了個問題。同一時間，遠處傳來類似怒峰般的嗡嗡聲，接著以一下碰撞聲收尾。那個辛加拉海盜驚呼一聲，張大的口中噴出鮮血。他跪倒在地，抓著在胸口晃動的黑箭柄。他的夥伴高聲示警。

「怎麼了？」史多羅姆喝問。

「皮克特人！」一個巴拉洽海盜喊道，舉起他的弓盲目放箭。他身旁有個人哀號一聲，喉嚨中箭倒地。

「找掩護，笨蛋！」沙羅諾大叫。他在置高點上看到樹叢中有身上塗漆的人移動。蜿蜒山道上有人垂死倒地。剩下的人手忙腳亂地衝下山壁，躲在峭壁下的巨石後面。他們躲得亂七八糟，不習慣這種作戰模式。樹叢中竄出羽箭，在巨石上撞碎。岩架上的人連忙趴平。

「我們被困住了！」史多羅姆臉色發白。他站在甲板上很勇敢，但這種無聲殘暴的作戰方式令他膽顫心驚。

「科南說他們懼怕這座峭壁。」沙羅諾說。「我們的人等天黑後爬上來。我們守住峭壁。皮克特人不會殺過來。」

「對！」科南在上面冷嘲熱諷。「他們不會爬峭壁來殺你們，沒錯。他們只會包圍這裡，困到你們渴死或餓死爲止。」

「他說得沒錯。」沙羅諾語氣無助。「我們該怎麼辦？」

「跟他講和。」史多羅姆低聲道。「如果有人能帶我們逃出生天，肯定就是他了。要割他喉嚨之後有得是時間。」他提高音量：「科南，我們暫時擱下恩怨。你的處境跟我們一樣。下來幫忙擺脫他們。」

「你怎麼會這麼想？」辛梅利亞人問。「我只要等到天黑，從峭壁另一邊爬下去，融入森林裡就好了。我可以溜出皮克特人的封鎖線，去堡壘回報你們通通被野人殺了——而這話再過不久就會成眞！」

沙羅諾和史多羅姆兩兩對看，無言以對。

「但我不會那麼做！」科南吼道。「不是因爲我同情你們這些狗，而是因爲白人不會把白人留給皮克特人宰殺，就算是敵人也一樣。」

辛梅利亞人的凌亂黑髮出現在峭壁邊緣上。

「現在聽仔細了：這下面只有一小隊人馬。我剛剛在笑的時候看到他們偷偷穿越樹叢。總之，如果他們人數夠多，此刻峭壁下的人早就死光了。我認爲他們是腳程快的年輕戰士，主戰鬥部隊派來阻止我們返回海邊的。我敢說有大型戰鬥部隊在朝我們逼近。」

「峭壁西側有派人放哨，但我想東側沒有。我會從東側下去，繞到他們後面。你們找機會下山去岩石後跟手下會合。叫他們掛起弓，拔出劍。聽到我放聲大叫，你們就往西方衝去。」

「那寶藏呢？」

「別管寶藏了！我們能把腦袋留在肩膀上就夠走運了。」

黑髮腦袋消失了。他們傾聽科南爬下幾乎垂直的東側峭壁的聲響，但是什麼都聽不到。森林裡寂靜無聲。沒有弓箭射擊水手藏身的岩石。但所有人都知道許多目光炙烈的黑眼正在靜觀其變。史多羅姆、沙羅諾和水手長躡手躡腳爬下蜿蜒山道。他們爬到半路，黑箭開始在身邊呼嘯而過。水手長哀鳴一聲，心口中箭，軟癱倒地。兩個船長連滾帶爬地衝下陡峭山道，羽箭擦過他們的頭盔和胸甲。他們狼狽衝到峭壁腳下，躺在巨石後方氣喘吁吁，滿身大汗。

「又是科南的詭計嗎？」沙羅諾語氣不善地揣測。

「此事可以信賴他。」史多羅姆語氣肯定。「這些野蠻人有他們自己一套榮譽標準，科南絕不會把同膚色的人留給其他種族的人屠殺。他會幫我們對付皮克特人，就算打算親手殺了我們也一樣——聽！」

令人血液凝結的叫聲劃破寂靜。叫聲發自西側樹林，同時有樣東西飛出林間，撞上地面，滾向石堆——一顆人頭，塗著恐怖圖案的臉僵成垂死吼叫的神情。

「科南的信號！」史多羅姆吼道，拚命一搏的海盜如海浪般湧出石堆，衝向樹林。

羽箭飛出樹叢，但是準頭奇差，只射中三個人。接著海上野人衝入樹林，撲到樹蔭下塗漆的裸體敵人身上。在一陣喘息、掙扎、徒手對打、刀斧交擊、靴子踐踏裸身的混戰過後，倖存者赤腳穿越樹叢，逃離現場，留下七條塗漆的屍體躺在地上染血的樹葉之間。樹林深處傳來打鬥聲，隨即恢復寧靜，科南走了出來，亮面帽沒了，外套破破爛爛，彎刀在手中滴血。

「現在怎麼辦？」沙羅諾喘道。他知道衝鋒成功完全是因爲科南在敵後突襲，導致塗漆的敵人士氣低落，並防止他們在衝鋒之前撤退。但他在科南砍死一名躺在地上痛苦抽搐的海盜時還是破口大罵。

「我們不能帶他走，」科南嘟噥道。「讓他給皮克特人活捉也不是慈悲的作法。走吧！」

他們緊跟他身後，穿越樹林而行。少了科南，他們得在樹林中滿頭大汗地跋涉數小時才能找到通往海邊的古道——如果眞找得到。辛梅利亞人毫不費力地率領他們前進，彷彿走在寬敞大道上，眾人在終於抵達往西的古道上時歇斯底里地放聲歡呼。

「笨蛋！」科南伸手拉住一個開始奔跑的海盜，把他拉回夥伴之間。「你跑不到一千碼就會心臟衰竭倒地。海邊還在數里之外。步調放慢。我們最後幾里可能得用衝的。保留一點體力。走吧，出發。」

他沿著古道慢跑前進；海盜配合他的速度緊跟在後。

□

太陽輕點西方海面的波浪。提娜站在貝莉莎觀察風暴的窗口。

「夕陽把大海映成血紅。加拉克帆船的帆就像紅海中的白點。森林已經開始變暗了。」

「海灘上的海盜怎麼樣？」貝莉莎無精打采地問。她閉眼躺在床上，雙手交扣在腦後。

「兩座營地都在準備晚餐，」提娜說。「他們收集浮木生火。我聽到他們在互相叫罵——那是什麼？」

女孩突然緊繃的語調讓貝莉莎坐起身來。提娜抓住窗沿，臉色發白。

「聽！嚎叫聲，很遠的地方，好像有很多狼！」

「狼？」貝莉莎衝上前來，心生恐懼。「狼在這個時節不會群起狩獵——」

「喔，看呀！」女孩尖叫，伸手一指。「有人衝出森林！」

貝莉莎立刻來到她身邊，瞪大眼睛看著遠方的小人影湧出樹林。

「是水手！」她驚呼。「空手而回。我看到沙羅諾——史多羅姆——」

「科南呢？」女孩低聲問。

貝莉莎搖頭。

「聽！喔，聽！」小孩緊貼著她啜泣道。「皮克特人！」

如今堡壘裡所有人都聽到了——瘋狂嗜血的吼叫聲，發自黑暗森林深處。氣喘吁吁奔向護欄的人在叫聲刺激下加快腳步。

「快！」史多羅姆喘道，神情吃力。「他們快追上來了。我的船——」

「船太遠，趕不上。」沙羅諾邊喘邊說。「往護欄跑。看，在沙灘上紮營的人看到我們了。」他上氣不接下氣地比畫手勢，沙灘上的人看懂了，也知道那陣逐漸響亮的嚎叫聲代表什麼意義。水手丟下營火和鍋具，逃向護欄大門。他們湧入大門時剛好趕上樹林逃出的人由南邊繞過來，一群累得半死不活，神色瘋狂的暴民。大門迅速關閉，水手開始爬上射箭台，加入已經在那裡守衛的人。

貝莉莎質問沙羅諾。

「科南在哪裡？」

海盜大拇指比向愈來愈黑的樹林；他胸口起伏；滿頭大汗。「我們還沒到海灘，他們的斥候已經追上來。他停下來殺了幾個，給我們爭取時間逃跑。」

他跌撞離開，上射箭台去找位置，史多羅姆已經在上面了。瓦蘭索也站在那裡，裹著斗篷，模樣陰森，默不吭聲，神情冷淡。他看起來彷彿著魔了般。

「看！」有個海盜大叫，蓋過尚未現身的敵人震耳欲聾的叫聲。

一個男人衝出森林，快步穿越空蕩蕩的海灘。

「科南！」

沙羅諾笑容如狼。

「我們在護欄中很安全；我們已經知道寶藏在哪裡。現在我們沒理由不放箭幹掉他。」

「不！」史多羅姆抓住他的手臂。「我們需要他的劍！看！」

一群野人跟在死命狂奔的辛梅利亞人身後湧出森林，邊跑邊嚎叫——裸體的皮克特人，好幾百人。他們的箭雨墜落在辛梅利亞人身旁。科南又跑幾步，抵達護欄東牆，奮力躍起，抓住圓木尖端，撐起自己，翻身入牆，彎刀咬在嘴裡。數枝羽箭隨即插在片刻前他身體所在的圓木上。他的華麗外套沒了，白絲上衣破爛，血漬處處。

「阻止他們！」他腳一落地，立刻吼道。「如果他們翻上護牆，我們就死定了！」

巴拉洽海盜、辛加拉海盜、重裝兵立刻開始反應，箭矢如狂風暴雨般射向進攻的野人。

科南看到貝莉莎和貼在她身邊的提娜，隨即換個語氣說話。

「回主宅去，」他命令她們。「他們的箭會掠過圍牆——我是怎麼說的？」一支黑柄箭插在貝莉莎腳邊的地上，宛如蛇頭般抖動，科南拉起一把長弓，跳上射箭台。「誰去準備火把！」

07—森林裡的人

黑夜降臨，但海灘上到處都是火把，將瘋狂的戰場照得一片火紅。塗漆的裸體野人湧入沙灘；如潮浪般衝向護欄，張牙舞爪，眼睛反射圍牆上火把的光芒。巨嘴鳥羽毛隨著黑髮飄動，還有鸕鶿和海鷹羽毛。少數幾名戰士，最狂野、最野蠻的皮克特人，在頭髮上綁鯊魚牙齒。海陸部族集結沿海各族的人馬，趕來驅逐領土上的白人入侵者。

他們攻打圍欄，羽箭先行，闖入圍欄後守軍箭矢齊發的攻勢之中。有時候他們逼近到能用戰斧砍大門，把矛插入射孔的距離。但每一波攻勢都被擊退，沒有闖入圍欄，留下一堆屍體。這是海盜最擅長的作戰方式；他們的箭矢射穿來襲的敵軍，他們的彎刀砍落爬上圍欄的野人。

但是森林之民在心中掀起的固執戰意驅使下一再返回屠殺現場。

「他們就像瘋狗！」沙羅諾喘道，砍向抓住圍欄圓木尖端的黑手，還有對他怒吼的黑臉。

「只要撐到天亮，他們就會失去鬥志。」科南哼聲道，手法熟練地劈開插羽毛的頭顱。

「他們不會長期圍攻堡壘。看，他們撤退了。」

這一波攻勢折返，圍牆上的人擦拭眼中汗水，清點折損人數，然後再度握緊血滑的劍柄。皮克特人宛如嗜血的狼群，不情願地被受困的獵物逼退，退回火把照明範圍外。圍欄外圍只剩下屍體。

「他們走了嗎？」史多羅姆甩甩濕淋淋的亂髮。他手中的彎刀布滿缺口，血跡斑斑，粗壯的胳臂上也都是血。

「他們還在附近。」科南朝在火光後方顯得更加深邃的黑暗點頭。他在黑影中瞥見動靜，看到閃爍的眼睛和鋼鐵反光。

「不過他們暫時撤退了。」他說。「派人在牆上站崗，剩下的人休息吃喝。已經過午夜了。我們持續作戰了好幾個小時。」

船長爬下射箭台，吩咐他們的船員離開圍牆。東南西北四面圍牆中央各派一名衛哨，還有一群武裝兵防守大門。皮克特人要攻打城牆必須衝過有火把照明的空曠沙灘，守軍可以在對方抵達圍欄前回歸崗位。

「瓦蘭索呢？」科南問，站在堡壘空地中央的火堆旁啃大牛骨。巴拉洽海盜、辛加拉海盜和堡壘人民全都混在一起，狼吞虎嚥女人端來的肉和麥酒，同時包紮傷口。

「他一小時前就不見了。」史多羅姆嘟噥道。「他本來在我旁邊作戰的，突然停止動作，凝視黑暗，好像見鬼一樣。『看！』他嘶聲道。『黑魔鬼！我看到他了！就在外面！』好吧，我敢發誓我有在陰影中看到一條高到不可能是皮克特人的身影。但只有匆匆一瞥就消失了。瓦蘭索跳下射箭台，彷彿深受重傷般跌跌撞撞跑進主宅。後來我就沒看過他了。」

「他看到的可能是森林魔鬼。」科南冷冷說道。「皮克特人說這片海岸有很多森林魔鬼。我比較擔心火箭。皮克特人很可能會開始放火箭。什麼聲音？聽起來有人在求救。」

□

敵方撤退時，讓危險的飛箭逼得躲起來的貝莉莎和提娜正趴在窗口。她們安安靜靜地看著眾人朝火堆聚集。

「圍欄上留得人不夠。」提娜說。

儘管圍欄四周躺滿屍體的景象令貝莉莎噁心，她還是強逼自己笑出聲來。

「妳認爲妳比海盜更懂作戰和圍城嗎？」她輕聲責備道。

「圍欄上應該留更多人。」小孩堅持，微微發抖。「萬一黑人回來怎麼辦？」

貝莉莎忍不住發抖。「我很怕。」提娜喃喃道。「我希望史多羅姆和沙羅諾都死掉。」

「不希望科南死？」貝莉莎好奇地問。

「科南不會傷害我們。」小孩很有信心。「他奉行野蠻人的榮譽準則，其他人都毫無榮譽可言。」

「妳比外表成熟多了，提娜。」貝莉莎說，對女孩經常出現過度成熟的表現感到有點不安。

「看！」提娜身體一僵。「南牆的哨兵不見了！剛剛他還在射箭台上；現在不見人影。」

從她們窗口看出去，只能透過一整排小屋的傾斜屋頂看到南牆圍欄的尖端。圍欄跟小屋之間有搭建約莫三、四碼寬的室外走道，全部連在一起。那些小屋都是農奴在住的。

「哨兵去哪了？」提娜語氣不安，低聲問道。

貝莉莎看向那排小屋距離主宅側門不遠處的盡頭。她敢發誓剛剛有看到一條黑影竄出小屋後方，消失在側門內。是失蹤的那個哨兵嗎？他為什麼要離開圍牆，為什麼偷偷溜進主宅？她不認為她看到的是那個哨兵，一股無名的恐懼凍結她的血液。

「伯爵呢，提娜？」她問。

「在大殿，女士。他獨自坐在桌前，裹著斗篷喝酒，面如死灰。」

「去把我們看到的景象告訴他。我繼續在窗口看，以免有皮克特人溜入沒人看守的南牆。」

提娜蹦蹦跳跳地離開。貝莉莎聽見她穿便鞋的小腳沿著走廊遠去，步下階梯。接著突然間，貝莉莎的心臟差點讓一陣無比驚恐的叫聲嚇得停止跳動。她還沒發現自己的四肢在動，人已經離開房間，衝過走廊。她跑下樓梯——然後彷彿變成石頭般停止動作。

她沒有如提娜般驚叫。她沒辦法發出聲音或是移動。她看見提娜，感覺小手緊緊抓住她。但那是眼前這個屬於黑暗夢魘、瘋狂、死亡場景中唯一符合理性的現實，一條恐怖的人形黑影攤開可怕的雙臂，雙眼綻放地獄火般血紅目光。

外面，史多羅姆搖頭回應科南的問話。

「我什麼都沒聽到。」

方！」

「我聽到了！」科南的野蠻本能湧現；他渾身緊繃，目光炙烈。「發自南牆，那些小屋後

他拔出彎刀，大步迎向護欄。他所在位置看不見南圍牆和安排在那裡的哨兵，都讓小屋擋住了。史多羅姆眼看辛梅利亞人如此反應，連忙跟上去。

科南停在小屋跟圍牆之間的小道入口，神色警覺。小道內十分陰暗，只有位於圍欄兩個角落的火把照明。約莫小道中央的位置有團黑影癱在地上。

「布拉克斯！」史多羅姆咒罵一聲，衝上前去，單膝跪倒在對方身前。「密特拉呀，他的喉嚨被人從左耳到右耳劃開！」

科南迅速掃視小道，除了他、史多羅姆、和屍體外再也沒有其他人。他透過一個射孔往外看。堡壘外圍的火把圈內沒有活人移動的跡象。

「會是誰幹的？」他懷疑。

「沙羅諾！」史多羅姆跳起身來，像野貓般噴灑怒火，毛髮豎起，臉頰抽動。「他命令他那些小賊從背後偷襲我的人！他計畫暗中除掉我！魔鬼呀！我腹背受敵！」

「等等！」科南出手阻止他。「我不認爲是沙羅諾——」

但發狂的海盜掙脫他，在破口大罵中衝過小屋的轉角。科南一邊暗罵一邊追過去。史多羅姆直接衝向高瘦的沙羅諾所在的火堆，辛加拉海盜船長在那裡喝麥酒。

他大吃一驚，酒杯突然遭人擊落，胸甲上滿是泡沫，跟著讓人拉著轉過身去，面對巴拉洽

海盜船長激動扭曲的面孔。

「你這條嗜殺成狂的狗！」史多羅姆吼道。「你竟敢在我的手下幫你殺敵時偷偷殺害他們？」

科南快步奔向他們，四面八方的人都停止吃喝，瞪大眼睛看著。

「什麼意思？」沙羅諾結巴道。

「你派人殺害我的哨兵！」盛怒的巴拉洽海盜叫道。

「你撒謊！」悶燒許久的仇恨突然火光大甚。

史多羅姆狂吼一聲，舉起彎刀砍向辛加拉海盜的腦袋。沙羅諾以左手的護甲擋下此刀，在激起得火花中跌撞後退，順勢拔出他自己的劍。

轉眼之間，兩個船長發瘋似地開打，武器在火光照耀下閃閃發光。他們的手下立刻盲目展開反應。巴拉洽和辛加拉海盜齊聲吼叫，拔出他們武器自相殘殺。圍牆上的哨兵棄守崗位，拔刀在手，跳入戰團。護欄內瞬間變成戰場，一群一群海盜在盲目狂亂中砍殺對手。有些武裝兵和農奴也被扯入戰團，大門的士兵轉身觀戰，神色訝異，把牆外的敵人拋到腦後。

一切發生得太快——壓抑許久的情緒突然爆發——科南還沒趕到兩個發狂的船長身邊，現場已經一發不可收拾。他無視他們的刀劍，使勁推開他們，向後跌出，沙羅諾腳下一絆，當頭摔倒。

「你們兩個天殺的笨蛋，打算害死所有人嗎？」

史多羅姆氣得嘴角冒泡，沙羅諾大聲叫人幫忙。一個辛加拉海盜從後方衝向科南，砍他腦袋。辛梅利亞人微微轉身，抓住他手臂，平空擋下攻擊。

「看，你們這些笨蛋！」他邊吼邊提劍一指。他語氣中某種特質吸引了陷入戰鬥狂怒的暴民注意；眾人僵在原地，武器高舉，沙羅諾單膝跪倒，所有人轉頭去看。科南指著得是個位於射箭台上的士兵。那個人身體搖晃，雙手抓向空氣，試圖大叫但卻叫不聲。他突然當頭摔落，所有人看到他肩膀中間的黑箭。

平地間傳來示警的叫聲。緊接著是令人血液凝結的吶喊、斧頭砍上大門的碎裂撞擊聲。火箭飛越圍牆，插上圓木，藍色煙絲往上飄。接著南牆那排小屋後方冒出鬼祟身影，迅速衝過空地。

「皮克特人闖進來了！」科南吼道。

堡壘內陷入一片混亂。海盜停止自相殘殺，有些人轉身面對野人，有些跳上圍牆。野人從小屋後湧現，如潮水般來襲；他們的斧頭對上海盜的彎刀。

沙羅諾掙扎起身，一名身塗戰漆的野人從後方衝過來，舉起戰斧砍爛他的腦袋。

科南率領一群水手對抗護欄內的皮克特人，史多羅姆則帶大部分他的手下爬上射箭台，砍殺已經爬上圍牆的黝黑身影。皮克特人，趁守軍自相殘殺時包圍堡壘，神不知鬼不覺地爬上圍牆，從四面八方展開攻擊。瓦蘭索的士兵聚集在大門後，試圖在戰意高昂的惡魔之前守住大門。

愈來愈多野人爬上無人看守的南牆，從小屋後方跑出來。史多羅姆及其手下在兩側護欄上遭人擊退，轉眼間堡壘空地上到處都是裸體戰士。他們像狼一樣拉倒守軍；戰況變成宛如漩渦般的塗漆野人衝殺絕望無助的白人。地上躺滿皮克特人、水手和堡壘居民的屍體，慘遭肆意踐踏。渾身是血的戰士大吼大叫闖入小屋，戰陣衝殺聲隨即被女人和小孩死於血斧下的慘叫聲蓋過。重裝兵聽見那些可憐的叫聲，當場棄守大門，皮克特人立刻破門而入，開始從該處湧進護欄。小屋開始陷入火海。

「退入主宅！」科南大吼，十幾個人跟隨他在吼叫的野人中間殺出一條血路。

史多羅姆來到他身旁，以舉流星錘般的手法握持彎刀。

「我們守不住主宅。」海盜嘟噥道。

「爲什麼守不住？」科南忙著砍人，沒空轉頭看他。

「因爲——呃！」一把黑手握持的匕首沉入巴拉洽船長的背心。「魔鬼吃你，混蛋！」史多羅姆搖晃轉身，一刀砍爛野人腦袋。海盜跪倒在地，口中流出鮮血。

「主宅燒起來了。」他嘶聲道，然後倒在塵土中。

科南迅速打量形勢。跟隨他的人全都倒在自己的血泊裡。躺在辛梅利亞人腳邊的皮克特人是最後一個擋他去路的敵人。四面八方都在混戰，但一時之間他孤身一人。他距離南牆不遠。多跑幾步就可以跳上射箭台，翻身出牆，遁入黑夜。但他想起在主宅裡絕望無助的女孩——而如今主宅已經冒出濃煙。他衝向主宅。

一名插酋長羽毛的野人在門外轉身，舉起戰斧，而辛梅利亞人身後還有一群動作迅捷的戰士追上來。他並不停步。他彎刀猛劈，架開戰斧，把對手腦袋砍成兩半。片刻過後，科南穿門而過，隨即關門上閂，阻擋砍門的斧頭。

大殿裡煙霧瀰漫，他看不清楚，摸索前進。某處傳出女人哽咽的聲音，基於足以粉碎神經的恐懼而發，細微、清晰、歇斯底里的嗚咽聲。他走出一團濃煙，當即停下腳步，凝視大殿。

大殿光線昏暗，濃煙密布；銀燭台燈翻倒在地，蠟燭熄滅；唯一的照明來自大壁爐和牆壁上的火光，火勢從地板蔓延到屋梁上。在紅光之前，科南看到一條人影垂在繩索上緩緩晃動。屍體轉成正面，表情扭曲到難以辨識。科南知道那是瓦蘭索伯爵，吊死在自己的屋梁下。

但大殿中還有其他東西。科南透過飄動的濃煙看到它——一條醜陋的黑影，擋在地獄火光之前。對方依稀具有人形；但是投射在燃燒牆壁上的影子完全不像人。

「克羅姆呀！」科南驚訝莫名，突然了解到自己遇上了一個不能用劍解決的怪物。他看到貝莉莎和提娜，緊緊抱在一起，蹲伏在樓梯腳下。

黑怪物站起身來，聳立在火焰之前，攤開粗壯的手臂；一張昏暗的臉斜眼瞪視濃煙，半人半魔，駭人恐怖——科南看見它頭上的角、血盆大口、尖耳朵——它穿越濃煙朝他逼近，迫切地喚醒他心中一段久遠的記憶。

辛梅利亞人附近有張大銀長凳，雕工細緻，曾經是可瑟塔城堡的一部分。科南抓起長凳，高舉過頭。

「銀和火！」他聲如狂風般大吼，激發出鋼鐵肌肉中所有力氣狠狠拋出長凳。百磅重的銀來勢洶洶地擊中黑色大怪物。就連惡魔也無法承受這種攻擊。他離地而起——向後飛出，當頭摔入火勢猛烈的壁爐。恐怖的慘叫撼動大殿，超越凡塵的怪物在人間死亡時所發出的叫聲。壁爐架出現裂痕，石塊從大煙囪中垮下來；蓋住掙扎扭動的漆黑肢體，慘遭炙烈火勢吞噬。燃燒的屋梁坍塌而下，在地板上發出巨響，火爐附近淪爲火海。

科南衝到樓梯前，樓上的火焰蔓延而下。他一手抱起昏倒的小孩，一手拉起貝莉莎。烈火焚燒的巨響聲夾雜大門被戰斧劈碎的聲響。

他左顧右盼，看見樓梯平台對面有扇門，連忙穿門而過，抱著提娜，拖著神智不清的貝莉莎。進入門後的房間時，身後傳來大殿屋頂坍塌的巨響。科南透過濃煙牆看見房間對面有扇開啓的門，通往戶外。他帶著兩個女孩衝過去，發現那扇門鉸鍊斷裂，門鎖和門閂都壞了，門本身還被蠻力撞爛。

「黑人是從這扇門進來的！」貝莉莎歇斯底里哽咽道。「我有看到——但我不知道——」

他們來到火光四射的戶外，距離南牆小屋數呎之遙。一個皮克特人偷偷走向他們，雙眼反射火光，高舉斧頭。科南轉身，讓手上的小孩避開攻擊，彎刀插入野人胸口，接著他拉得貝莉莎離地而起，帶兩個女孩衝向南牆。

堡壘之中濃煙翻飛，遮蔽大部分殘暴的景象；但有人看見他們逃出去。裸體野人，火光前化爲黑影，衝出濃煙，揮舞明晃晃的斧頭。科南在他們距離數碼外時矮身竄入小屋和圍牆之

08 一名海盜返回大海

黎明將至，陰暗的海面浮現玫瑰色彩。遙遠的海上有個白點在濃霧中逐漸清晰——一面彷彿平空飄在珍珠色天空上的船帆。辛梅利亞人科南在灌木茂密的海角上拿破爛斗篷蓋住火堆。他抖動斗篷，冒出陣陣黑煙，在黎明前飛昇消逝。

貝莉莎蹲伏在他身旁，一手摟著提娜。

「你覺得他們會看到，並了解你的意思嗎？」

「他們會看到，沒問題，」他保證道。「他們一個晚上都待在附近，希望能看到倖存者。他們嚇得不敢輕舉妄動。船上只有六個人，航海技術都沒好到能從這裡開往巴拉洽群島。他們會了解我的信號；那是海盜的信號。我告訴他們船長死了，所有水手也死了，要他們靠岸，接我們上船。他們知道我懂航行，他們會很樂意接受我的領導；非接受不可，因爲我是僅存的船長。」

「萬一皮克特人也看到你的煙呢？」她發抖，回頭看向霧茫茫的沙灘和灌木叢，只見北方數里外有道濃煙飄向天際。

「他們不太可能看到。我把妳們藏在樹林裡後，又爬回去偷看，發現他們在從倉庫裡搬出紅酒和麥酒。當時已經有很多人喝醉了。此時此刻，他們應該全部醉倒在地。如果我有一百個手下，就可以把他們全部殺光。紅手號加速了！那表示他們要來接我們！」

科南踩熄火堆，把斗篷還給貝莉莎，像隻慵懶大貓般伸展肢體。貝莉莎神色讚歎地看他。他冷靜的態度不是裝出來的；火焰、鮮血、屠殺之夜，加上其後穿越黑森林逃亡之旅並沒有對他造成影響。他冷靜到跟狂歡一整夜沒什麼兩樣。貝莉莎並不怕他；她覺得打從在這片狂野海岸登陸之後就沒有這麼安全過了。他跟那些海盜不同，那些捨棄所有榮譽標準，毫無道義可言的文明人。科南不一樣，依據他族人的規矩過活，儘管野蠻血腥，但至少有其獨特的榮譽準則。

「你認爲他死了嗎？」她沒頭沒尾地問道。

他沒問她是在指誰。

「我想是死了。銀和火對邪靈而言都很致命，而他受到大量銀和火的攻擊。」

兩人都不再提起那個話題；貝莉莎不願多想那條黑影進入大殿，執行拖延許久的恐怖復仇的畫面。

「妳回辛加拉後要做什麼？」科南問。

她神色無助地搖頭。「我不知道。我沒錢沒朋友。我沒有一技之長。或許被那些箭射穿心臟還比較好。」

「別說那種話，女士！」提娜哀求。「我會做兩人份的工作！」

科南從腰帶內側取出一個小皮袋。

「我沒拿到托斯梅克里的首飾，」他說。「不過有在放衣服的箱子裡找到些小東西。」他在掌心倒出一把火焰色澤的紅寶石。「還值不少錢。」他把紅寶石倒回袋子裡，交給她。

「我不能收——」她開口。

「妳當然能收。帶妳回辛加拉餓死跟把妳留給皮克特人割頭皮沒什麼差別。」他說。「我知道在海伯里亞人的土地上身無分文是什麼樣子。在我們國家，有時會發生饑荒；但我們只有在所有領土上都找不到食物時才會挨餓。可是在文明國度，我見過有人在身旁有人餓死時暴飲暴食。對，我見過有人靠在塞滿食物的商店和倉庫牆壁外活活餓死。」

「我有時候也會挨餓，但我可以用劍去找我要的東西。妳沒辦法這麼做。所以紅寶石妳拿去。妳可以賣掉它們，夠買城堡、奴隸、華服，有了那些，妳就可以輕鬆弄個丈夫，因爲文明世界的男人都渴望擁有那些東西的妻子。」

「那你呢？」

科南笑著比向迅速逼近的紅手號。

「我只想要船和船員。等我踏上那艘船的甲板，船就是我的了，等我抵達巴拉洽群島，我就會召集足夠的船員。紅色兄弟會的人會爭先恐後跟我出海，因爲我總是能帶他們找到稀有財物。等我在辛加拉海岸把妳和那個小孩送上岸，我就會展開掠奪生涯！不、不、謝謝了！當我可以盡情洗劫南方海洋上所有財物，一把寶石對我來說又算什麼？」

〈黑夜怪客〉完

《蠻王科南IV》完

科南故事的兩種閱讀順序

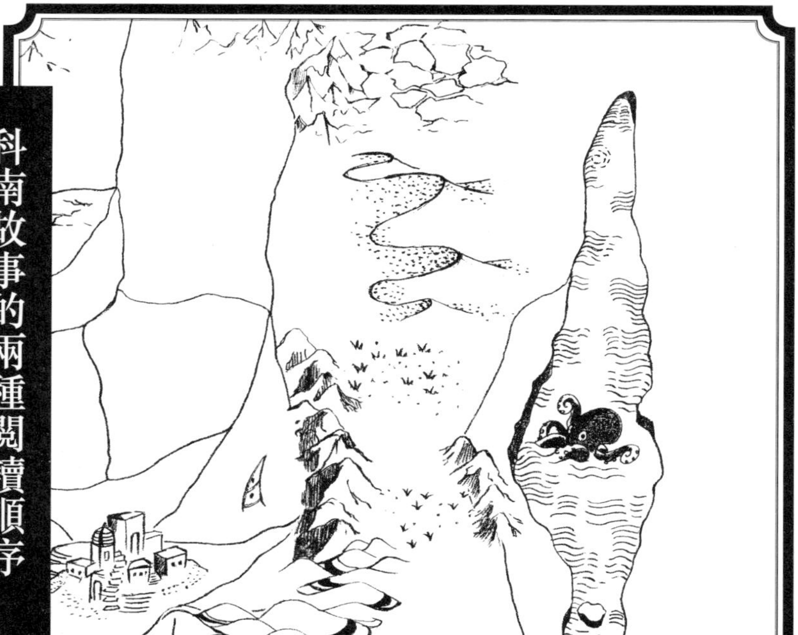

霍華的《蠻王科南》故事共有二十一篇，其中十七篇在他生前出版，其餘四篇則是在他死後才陸續刊登，其中大多數是短篇或中篇，《惡龍年代》是唯一長篇，基本上皆可獨立閱讀，不過常見有幾種閱讀順序：首先是「出版順序」，亦即依照雜誌上刊載的時間；二是「寫作順序」，也就是霍華實際完成作品的時間，因為從他寫完、投稿、被雜誌錄用到出刊有時間差，先寫完的未必就先出刊；三則是依循故事中的線索，從科南年輕時的冒險一路看到他登上王位的「生平順序」。本次中文版，我們選擇了第一種順序，希望能夠「模擬」百年前美國讀者初次認識科南的體驗。

——編者

科南故事出版順序 *Conan the Barbarian*

1932.12	劍上的鳳凰
1933.1	血色城堡
1933.3	象之塔
1933.7	黑巨像
1933.9	爬行的黑影
1933.10	黑神之池
1934.1	惡徒臨門
1934.4	月下魅影
1934.5	黑海岸女王
1934.8	鐵魔鬼
1934.9-11	黑環巫師會
1934.12	女巫降世
1935.3	葛瓦勒寶藏
1935.5-6	黑河彼岸
1935.11	贊波拉暗影
1935.12-1936.4	惡龍時代
1936.7-10	喋血紅釘

未出版作品——

霜巨人的女兒

甕中神

女人谷驚魂

黑夜怪客

科南故事寫作順序 *Conan the Barbarian*

劍上的鳳凰	The Phoenix on the Sword
霜巨人的女兒	The Frost Giant's Daughter
甕中神	The God in the Bowl
象之塔	The Tower of the Elephant
血色城堡	The Scarlet Citadel
黑海岸女王	Queen of the Black Coast
黑巨像	Black Colossus
月下魅影（月下鐵影）	Shadows in the Moonlight
爬行的黑影（日暮楚格城）	The Slithering Shadow
黑神之池	The Pool of the Black One
惡徒臨門	Rogues in the House
女人谷驚魂	The Vale of Lost Women
鐵魔鬼	The Devil in Iron
黑環巫師會	The People of the Black Circle
惡龍時代	The Hour of the Dragon
女巫降世	A Witch Shall Be Born
葛瓦勒寶藏（畢亞金的僕人）	Jewels of Gwahlur
黑河彼岸	Beyond the Black River
黑夜怪客	The Black Stranger
贊波拉暗影（贊波拉的食人族）	Shadows in Zamboula
喋血紅釘	Red Nails

國家圖書館出版品預行編目資料

蠻王科南. IV, 惡龍時代（完） / 勞勃・霍華（Robert E. Howard）著 ；
戚建邦譯. -- 初版. -- 台北市 : 蓋亞文化, 2023.02
冊； 公分. --（Fever ; FR084）
譯自：Conan the barbarian : the hour of the dragon
978-986-319-744-7（平裝）

874.57　　　　111022203

Fever 084

蠻王科南IV：惡龍時代【完】

作　　者　勞勃・霍華（Robert E. Howard）
譯　　者　戚建邦
企　　劃　譚光磊
封面插畫　布克
封面設計　莊謹銘
責任編輯　盧韻亘
總 編 輯　沈育如
發 行 人　陳常智
出 版 社　蓋亞文化有限公司
地址：台北市 103 承德路二段 75 巷 35 號 1 樓
電話：02-2558-5438　　傳眞：02-2558-5439
電子信箱：gaea@gaeabooks.com.tw
投稿信箱：editor@gaeabooks.com.tw
郵撥帳號 19769541　戶名：蓋亞文化有限公司
法律顧問　宇達經貿法律事務所
總 經 銷　聯合發行股份有限公司
地址：新北市新店區寶橋路二三五巷六弄六號二樓
電話：02-2917-8022　　傳眞：02-2915-6275
港澳地區　一代匯集
地址：九龍旺角塘尾道 64 號龍駒企業大廈 10 樓 B&D 室
電話：+852-2783-8102　　傳眞：+852-2396-0050
初版一刷　2023年02月
定　　價　新台幣 480 元
Published and printed in Taiwan

ISBN／ 978-986-319-744-7

Gaea

GAEA